중학생을 위한

단편소설 베스트 35 하

중학생을 위한

단편소설 베스트 35 하

초판 1쇄 발행 2015년 7월 13일
개정판 1쇄 발행 2022년 1월 3일
개정판 4쇄 발행 2024년 4월 11일

지은이 김유정 외
엮은이 김형주, 권복연, 성낙수
편집 최현영, 최다미, 안주영, 김지은, 박민정, 정예림
삽화 이고은, 박민정
인물관계도 창백한 기린
디자인 박민정, 이재호, 김혜진
마케팅 조병훈, 박민규, 최진주, 김도언

발행처 (주)리베르스쿨
주소 서울특별시 성동구 왕십리로58 서울숲포휴 11층
등록번호 제2013-16호
전화 02-790-0587, 0588
팩스 02-790-0589
홈페이지 www.liber.site
커뮤니티 blog.naver.com/liber_book(블로그)
www.facebook.com/liberschool(페이스북)
e-mail skyblue7410@hanmail.net
ISBN 978-89-6582-338-4(44800)
978-89-6582-336-0(전 2권)

리베르(Liber 전원의 신)는 자유와 지성을 상징합니다.

중학생을 위한

단편소설 베스트 35 하

(주)리베르 스쿨

머리말

문학은 배고픈 사람에게 따뜻한 밥 한 끼가 되어 주지는 못하지만 우리 사회에 배고픈 이들이 있다는 사실을 알림으로써 요란한 구호나 피켓이 없이도 우리의 잠든 양심을 깨우는 힘이 있습니다. 또한 아무것도 강요하지 않기 때문에 아무것도 얻는 것이 없을지 모르지만, "왜 사는지, 어떻게 살아야 하는지?" 삶의 의미와 태도를 돌아보게 만듭니다. 우리 아이들이 문학 작품을 읽어야 하는 까닭이 바로 여기에 있습니다. 어떻게 사는 것이 사람답게 사는 일인지 이해하기 위해서입니다.

다행인지 불행인지 매년 새 학기가 되면 수많은 문학 해설서가 쏟아져 나옵니다. 그만큼 문학 작품을 쉽게 접할 수 있는 환경이 조성되었지만, 원문만 제공하거나 해설과 질문이 부실한 책들이 대부분입니다. 책은 눈으로만 읽는 것이 아니라 때로는 머리로, 때로는 가슴으로 읽어야 하므로 "재미있게 읽었니?"라는 질문보다 "어떻게 생각하니?"라는 질문이 많아야 합니다.

『중학생을 위한 단편소설 베스트 35』에는 중학생이 반드시 읽어야 할 단편 소설이 실려 있습니다. 기본적인 어휘 풀이는 물론이고 '인물관계도, 작가 소개, 작품 정리, 구성과 줄거리, 생각해 보세요' 등 다양한 콘텐츠를 함께 제공해 작품을 보다 쉽게 읽을 수 있도록 구성했습니다.

『중학생을 위한 단편소설 베스트 35』의 특징은 다음과 같습니다.

1. 중학생이 반드시 읽어야 할 단편 소설 35편을 엄선해 수록했습니다. 이 작품들은 다양한 정서를 이해하는 데 도움을 줄 뿐만 아니라, 수행 평가를 비롯해 수능 · 논술 · 구술시험에 출제될 가능성이 높습니다.

2. 작품 원문 외에도 '인물관계도, 어휘 풀이, 작가 소개, 작품 정리, 구성과 줄거리, 생각해 보세요' 등 다양한 콘텐츠를 제공해 작품을 보다 쉽게 이해할 수 있도록 구성했습니다. 특히 작품마다 '인물관계도'를 그려 넣어 주요 등장인물을 한눈에 파악할 수 있도록 했고, '생각해 보세요'는 질문과 답변을 함께 실어 독서 효과를 극대화할 수 있도록 했습니다.

3. 작가가 사용한 예스러운 표현은 현대적인 표현으로 바꾸지 않고 원문에 충실하게 편집했습니다. 원문의 맛을 최대한 살리고 어휘 시험에 대비할 수 있도록 하기 위해서입니다.

4. 어휘 풀이는 각주가 아니라 내주로 처리해 가독성을 높였습니다. 일반적으로 학생들이 소설을 어려워하는 까닭은 생소한 어휘들 때문입니다. 그래서 한자어에는 한자를 표기하고 현대어 풀이를 덧붙였습니다.

• • •

우리 아이들이 10년 뒤 어떤 사람으로 성장하느냐는 현재 '만나는 사람'과 '읽고 있는 책'이 결정한다고 합니다. 그런데 주로 만나는 사람들이 또래이고, 주로 읽고 있는 책이 만화책이라면 어떻게 될까요? 사랑도, 성공도, 인생도 모두 또래와 만화책을 통해 배우지 않을까요?

'중학생을 위한 베스트 문학' 시리즈는 이 땅의 모든 중학생에게 우리가 살아가는 이 세상과 이 세상 사람들에 대한 이야기를 들려주기 위해 기획되었습니다. 독서는 책을 통해 세상과 만나고 사람과 만나는 일입니다. 모쪼록 이 책이 중학생인 저의 둘째 딸과 여러분에게 좋은 만남으로 기억되기를 바랍니다.

김형주 씀

차례

빈곤의 사회학

미국의 성공한 사업가 앤드루 카네기Andrew Carnegie는 성공하려면 가난한 가정에서 태어나야 한다고 말했습니다. 왜냐하면 가난한 사람들은 어떠한 절망의 순간에도 결코 희망을 버리지 않기 때문입니다. 영국의 시인 조지 허버트George Herbert도 가난한 자의 빵은 희망이라고 노래했습니다. 가난을 부끄러워하지 않아도 되는 것은 바로 이 때문입니다. 하지만 마음이 가난한 사람에게는 희망이 없습니다. 이러한 사람의 마음속에서 자라는 것은 희망이 아니라 욕망이며, 욕망 때문에 자신이 사람이라는 사실조차 잊어버리곤 합니다. 여러분은 어떻습니까?

• 달밤 • 꽃나무는 심어 놓고

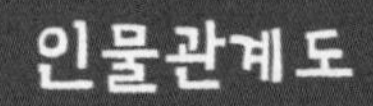

성북동으로 이사 온 저(나)는 황수건을 만나게 되었어요. 보조 신문 배달원이었던 황수건의 소원은 원 배달원이 되는 것이었어요. 하지만 황수건은 보조 배달원 자리에서 쫓겨났지요. 제가 참외 장사라도 해 보라고 돈을 주었지만 그것도 실패했어요. 어느 날, 황수건이 훔친 포도를 들고 저를 찾아왔어요. 주인에게 포돗값을 물어 주고 보니 황수건이 사라지고 없네요.

달밤

성북동으로 이사 나와서 한 대엿새 되었을까, 그날 밤 나는 보던 신문을 머리맡에 밀어 던지고 누워 새삼스럽게,

"여기도 정말 시골이로군!"

하였다.

무어 바깥이 컴컴한 걸 처음 보고 시냇물 소리와 쏴 하는 솔바람 소리를 처음 들어서가 아니라 황수건이라는 사람을 이날 저녁에 처음 보았기 때문이다.

그는 말 몇 마디 사귀지 않아서 곧 못난이란 것이 드러났다. 이 못난이는 성북동의 산들보다, 물들보다, 조그만 지름길들보다 더 나에게 성북동이 시골이란 느낌을 풍겨 주었다.

서울이라고 못난이가 없을 리야 없겠지만 대처大處 도회지에서는 못난이들이 거리에 나와 행세를 하지 못하고, 시골에선 아무리 못난이라도 마음 놓고 나와 다니는 때문인지, 못난이는 시골에만 있는 것처럼 흔히 시골에서 잘 눈에 뜨인다. 그리고 또 흔히 그는 태고太古 아무 먼 옛날 때 사람처럼 그 우둔하면서도 천진스러운 눈을 가지고, 자기 동리에 처음 들어서는 손다른 곳에서 찾아온 사람에게 가장 순박한 시골의 정취를 돋워 주는 것이다.

그런데 그날 밤 황수건이는 열 시나 되어서 우리 집을 찾아왔다.

그는 어두운 마당에서 꽥 지르는 소리로,

"아, 이 댁이 문안사대문 안서……."

하면서 들어섰다. 잡담 제하고 큰일이나 난 사람처럼 건넌방 문 앞으로 달려들더니,

"저, 저 문안 서대문 거리라나요, 어디선가 나오신 댁입쇼?"

한다.

보니 핫비가게 이름이나 상표 등을 등이나 옷깃에 나타낸 겉옷을 이르는 일본 말는 안 입었으되 신문을 들고 온 것이 신문 배달부다.

"그렇소, 신문이오?"

"아, 그런 걸 사흘이나 저, 저 건너 쪽에만 가 찾었습죠. 제기……."

하더니 신문을 방에 들이뜨리며안쪽으로 아무렇게나 막 집어넣으며,

"그런뎁쇼, 왜 이렇게 죄꼬만 집을 사구 와 겝쇼. 아, 내가 알었더면 이 아래 큰 개와집'기와집'의 방언도 많은걸입쇼……."

한다. 하도 말이 황당스러워 유심히 그의 생김을 내다보니 눈에 얼른 두드러지는 것이 빡빡 깎은 머리로되 보통 크다는 정도 이상으로 골이 크다. 그런데다 옆으로 보니 장구 대가리다.

"그렇소? 아무튼 집 찾느라고 수고했소."

하니 그는 큰 눈과 큰 입이 일시에 히죽거리며,

"뭘입쇼, 이게 제 업인뎁쇼."

하고 날래'빨리'의 방언 물러서지 않고 목을 길게 빼어 방 안을 살핀다. 그러더니 묻지도 않는데,

"저는입쇼, 이 동네 사는 황수건이라 합니다……."

하고 인사를 붙인다. 나도 깍듯이 내 성명을 대었다. 그는 또 싱글벙글하면서,

"댁엔 개가 없구먼입쇼."

한다.

"아직 없소."

하니,

"개 그까짓 거 두지 마십쇼."

한다.

"왜 그렇소?"

물으니 그는 얼른 대답하는 말이,

"신문 보는 집엔입쇼, 개를 두지 말아야 합니다."

한다. 이것 재미있는 말이다 하고 나는,

"왜 그렇소?"

하고 또 물었다.

"아, 이 뒷동네 은행소에 댕기는 집엔입쇼, 망아지만 한 개가 있는넵쇼, 아, 신문을 배달할 수가 있어얍죠."

"왜?"

"막 깨물랴고 덤비는걸입쇼."

한다. 말 같지 않아서 나는 웃기만 하니 그는 더욱 신을 낸다.

"그눔의 개, 그저 한번, 양떡을 멕여 대야빰을 때려야 할 텐데……."

하면서 주먹을 부르대는데 보니, 손과 팔목은 머리에 비기어 반비례로 작고 가느다랗다.

"어서 곤할 텐데 가 자시오."

하니 그는 마지못해 물러서며,

"선생님, 참 이 선생님 편안히 주뭅쇼. 제 집은 여기서 얼마 안되는 걸입쇼."

하더니 돌아갔다.

그는 이튿날 저녁, 집을 알고 오는데도 아홉 시가 지나서야,

"신문 배달해 왔습니다."

하고 소리를 치며 들어섰다.

"오늘은 왜 늦었소?"

물으니,

"자연 그럽죠."

하고 다른 이야기를 꺼냈다.

자기는 워낙 이 아래 있는 삼산 학교에서 일을 보다 어떤 선생하고 뜻이 덜 맞아 나왔다는 것, 지금은 신문 배달을 하나 원 배달이 아니라 보조 배달이라는 것, 저희 집엔 양친兩親 아버지와 어머니과 형님 내외內外 부부와 조카 하나와 저희 내외까지 식구가 일곱이라는 것, 저희 아버지와 저희 형님의 이름은 무엇 무엇이며, 자기 이름은 황가인데다가 목숨 수壽 자하고 세울 건建 자로 황수건이기 때문에, 아이들이 노랑 수건이라고 놀리어서 성북동에서는 가가호호家家戶戶 집집마다에서 노랑 수건 하면, 다 자긴 줄 알리라고 자랑스럽게 이야기하다가 이날도,

"어서 그만 다른 집에도 신문을 갖다 줘야 하지 않소?"

하니까 그때서야 마지못해 나갔다.

우리 집에서는 그까짓 반편半偏 지능이 보통 사람보다 모자라는 사람을 낮잡아 이르는 말과 무얼 대꾸를 해 가지고 그러느냐 하되, 나는 그와 지껄이기가 좋았다.

그가 아무것도 아닌 것을 가지고 열심스럽게 이야기하는 것이 좋았고, 그와는 아무리 오래 지껄이어도 힘이 들지 않고, 또 아무리 오래 지껄이고 나도 웃음밖에는 남는 것이 없어 기분이 거뜬해지는 것도 좋았다. 그래서 나는 무슨 일을 하는 중만 아니면 한참씩 그의 말을 받아 주었다.

어떤 날은 서로 말이 막히기도 했다. 대답이 막히는 것이 아니라 무슨

말을 해야 할까 하고 막히었다. 그러나 그는 늘 나보다 빠르게 이야깃거리를 잘 찾아냈다. 오뉴월인데도 "꿩고기를 잘 먹느냐?"고도 묻고, "양복은 저고리를 먼저 입느냐 바지를 먼저 입느냐?"고도 묻고 "소와 말과 싸움을 붙이면 어느 것이 이기겠느냐?"는 둥, 아무튼 그가 얘깃거리를 취재하는얻는 방면은 기상천외奇想天外 착상이나 생각이 쉽게 짐작할 수 없을 정도로 기발하고 엉뚱함로 여간 범위가 넓지 않은 데는 도저히 당할 수가 없었다. 하루는 나는 "평생 소원이 무엇이냐?"고 그에게 물어보았다. 그는 "그까짓 것쯤 얼른 대답하기는 누워서 떡 먹기."라고 하면서 평생 소원은 자기도 원 배달이 한번 되었으면 좋겠다는 것이었다.

남이 혼자 배달하기 힘들어서 한 이십 부 떼어 주는 것을 배달하고, 월급이라고 원 배달에게서 한 삼 원 받는 터이라, 월급을 이십여 원을 받고, 신문사 옷을 입고, 방울을 차고 다니는 원 배달이 제일 부럽노라 하였다. 그리고 방울만 차면 자기노 뛰어다니며 빨리 돌 뿐 아니라 그 은행소에 다니는 집 개도 조금도 무서울 것이 없겠노라 하였다.

그래서 나는 "그럴 것 없이 아주 신문사 사장쯤 되었으면 원 배달도 바랄 것 없고 그 은행소에 다니는 집 개도 상관할 바 없지 않겠느냐?" 한즉 그는 뚱그래지는 눈알을 한참 굴리며 생각하더니 "딴은 그렇겠다."고 하면서, 자기는 경난이 없어 거기까지는 바랄 생각도 못하였다고 무릎을 치듯 가슴을 쳤다.

그러나 신문 사장은 이내 잊어버리고 원 배달만 마음에 박혔던 듯, 하루는 바깥마당에서부터 무어라고 떠들어 대며 들어왔다.

"이 선생님? 이 선생님 곕쇼? 아, 저도 내일부턴 원 배달이올시다. 오늘 밤만 자면입쇼……."

한다. 자세히 물어보니 성북동이 따로 한 구역이 되었는데, 자기가 맡게 되었으니까 내일은 배달복을 입고 방울을 막 떨렁거리면서 올 테니 보라고 한다. 그리고 "사람이란 게 그러게 무어든지 끝을 바라고 붙들어야 한다."고 나에게 일러 주면서 신이 나서 돌아갔다.

우리도 그가 원 배달이 된 것이 좋은 친구가 큰 출세나 하는 것처럼 마음속으로 진실로 즐거웠다. 어서 내일 저녁에 그가 배달복을 입고 방울을 차고 와서 쭐럭거리는 것을 보리라 하였다.

그러나 이튿날 그는 오지 않았다. 밤이 늦도록 신문도 그도 오지 않았다. 그다음 날도 신문도 그도 오지 않다가 사흘째 되는 날에야, 이날은 해도 지기 전인데 방울 소리가 요란스럽게 우리 집으로 뛰어들었다.

"어디 보자!"

하고 나는 방에서 뛰어나갔다.

그러나 웬일일까, 정말 배달복에 방울을 차고 신문을 들고 들어서는 사람은 황수건이가 아니라 처음 보는 사람이다.

"왜 전엣사람은 어디 가고 당신이오?"

물으니 그는,

"제가 성북동을 맡았습니다."

한다.

"그럼, 전엣사람은 어디를 맡았소?"

하니 그는 픽 웃으며,

"그까짓 반편을 어딜 맡깁니까? 배달부로 쓸랴다가 똑똑지가 못하니까 안 쓰고 말었나 봅니다."

한다.

"그럼 보조 배달도 떨어졌소?"

하니,

"그럼요, 여기가 따루 한 구역이 된걸이오."
하면서 방울을 울리며 나갔다.

이렇게 되었으니 황수건이가 우리 집에 올 길은 없어지고 말았다. 나도 가끔 문안엔 다니지만 그의 집은 내가 다니는 길옆은 아닌 듯 길가에서도 잘 보이지 않았다.

나는 가까운 친구를 먼 곳에 보낸 것처럼, 아니 친구가 큰 사업에나 실패하는 것을 보는 것처럼, 못 만나서 섭섭뿐이 아니라 마음이 아프기도 하였다. 그 당자와 함께 세상의 야박함이 원망스럽기도 하였다.

한데 황수건은 그의 말대로 노랑 수건이라면 온 동네에서 유명은 하였다. 노랑 수건 하면 누구나 성북동에서 오래 산 사람이면 먼저 웃고 대답하는 것을 나는 차츰 알았다.

내가 잠깐씩 며칠 보기에도 그랬거니와 그에겐 우스운 일화도 한두 가지가 아니었다.

삼산 학교에 급사給仕 잔심부름을 시키기 위하여 부리는 사람로 있을 시대에 삼산 학교에다 남겨 놓고 나온 일화도 여러 가지라는데, 그중에 두어 가지를 동네 사람들의 말대로 옮겨 보면, 역시 그때부터도 이야기하기를 대단 즐기어 선생들이 교실에 들어간 새 손님이 오면 으레 손님을 앉히고는 자기도 걸상을 갖다 떡 마주 놓고 앉는 것은 물론, 마주 앉아서는 곧 자기류의 만담 삼매로 빠지는 것인데, 한번은 도 학무국에서 시학관이 나온 것을 이따위로 대접하였다. 일본 말을 못하니까 만담은 할 수 없고 마주 앉아서 자꾸 일본 말을 연습하였다.

"센세이 히, 오하요고자이마스카(선생님, 안녕하세요)? ……히히 아메가 후리마스(비가 옵니다). 유키가 후리마스카(눈이 옵니까)? 히히……."

시학관도 인정이라 처음엔 웃었다. 그러나 열 번 스무 번을 되풀이하는 데는 성이 나고 말았다. 선생들은 아무리 기다려도 종소리가 나지 않으니까, 한 선생이 나와 보니 종 칠 것도 잊어버리고 손님과 마주 앉아서 "오하요 유키가 후리마스카……." 하는 판이다.

그날 수건이는 선생들에게 단단히 몰리고 다시는 안 그러겠노라고 했으나, 그 버릇을 고치지 못해서 그예 쫓겨 나오고 만 것이다.

그는,

"너의 색시 달아난다."

하는 말을 제일 무서워했다 한다. 한번은 어느 선생이 장난말로,

"요즘 같은 따뜻한 봄날엔 옛날부터 색시들이 달아나기를 좋아하는데 어제도 저 아랫말에서 둘이나 달아났다니까 오늘은 이 동리에서 꼭 달아나는 색시가 있을걸……."

했더니 수건이는 점심을 먹다 말고 눈이 휘둥그레졌다 한다. 그리고 그날 오후에는 어서 바삐 하학下學 학교에서 그날의 수업을 마침을 시키고 집으로 갈 양으로 오십 분 만에 치는 종을 이십 분 만에, 삼십 분 만에 함부로 다가서 쳤다는 이야기도 있다.

하루는 나는 거의 그를 잊어버리고 있을 때,

"이 선생님 곕쇼?"

하고 수건이가 찾아왔다. 반가웠다.

"선생님, 요즘 신문이 거르지 않고 잘 옵쇼?"

하고 그는 배달 감독이나 되어 온 듯이 묻는다.

"잘 오, 왜 그류?"

한즉 또,

"늦지도 않굽쇼, 일쯕이 제때마다 꼭꼭 옵쇼?"

한다.

"당신이 돌을 때보다 세 시간은 일쯕이 오고 날마다 꼭꼭 잘 오."

하니 그는 머리를 벅적벅적 긁으면서,

"하루라도 걸르기만 해라. 신문사에 가서 대뜸 일러바치지……."

하고 그 빈약한 주먹을 부르댄다.

"그런뎁쇼, 선생님?"

"왜 그류?"

"삼산 학교에 말씀예요, 그 제 대신 들어온 급사가 저보다 근력이 세게 생겼습죠?"

"나는 그 사람을 보지 못해서 모르겠소."

하니 그는 은근한 말소리로 히죽거리며,

"제가 거길 또 들어가 볼라굽쇼, 운동을 합죠."

한다.

"어떻게 운동을 하오?"

"그까짓 거 날마당 사무실로 갑죠. 다시 써 달라고 졸라 댑죠. 아, 그랬더니 새 급사란 녀석이 저보다 크기도 무척 큰뎁쇼, 이 녀석이 막 불근댑니다그려. 그래 한번 쌈을 해야 할 텐뎁쇼, 그 녀석이 근력이 얼마나 센지 알아야 뎀벼들 텐뎁쇼…… 허."

"그렇지, 멋모르고 대들었다 매만 맞지."

하니 그는 한 걸음 다가서며 또 은근한 말을 한다.

"그래섭쇼, 엊저녁엔 큰 돌멩이 하나를 굴려다 삼산 학교 대문에다 놨습죠. 그리구 오늘 아침에 가 보니깐 없어졌는뎁쇼. 이 녀석이 나처럼 억지루 굴려다 버렸는지, 뻔쩍 들어다 버렸는지 그만 못 봤거든입쇼, 제—길……."

하고 머리를 긁는다. 그러더니 갑자기 무얼 생각한 듯 손뼉을 탁 치더니,

"그런뎁쇼, 제가 온 건입쇼, 댁에선 우두牛痘 천연두를 예방하기 위하여 소에서 뽑은 면역 물질를 넣지 마시라구 왔습죠."

한다.

"우두를 왜 넣지 말란 말이오?"

한즉,

"요즘 마마媽媽 천연두가 다닌다구 모두 우두들을 넣는뎁쇼, 우두를 넣으면 사람이 근력이 없어지는 법인뎁쇼."

하고 자기 팔을 걷어 올려 우두 자리를 보이면서,

"이걸 봅쇼. 저두 우두를 이렇게 넣었기 때문에 근력이 줄었습죠."

한다.

"우두를 넣으면 근력이 준다고 누가 그럽디까?"

물으니 그는 싱글거리며,

"아, 제가 생각해 냈습죠."

한다.

"왜 그렇소?"

하고 캐니,

"뭘…… 저 아래 윤금보라고 있는데 기운이 장산뎁쇼. 아 삼산 학교 그 녀석두 우두만 넣었다면 그까짓 것 무서울 것 없는뎁쇼, 그걸 모르겠거든입쇼……."

한다. 나는,

"그렇게 용한 생각을 하고 일러 주러 왔으니 아주 고맙소."

하였다. 그는 좋아서 벙긋거리며 머리를 긁었다.

"그래 삼산 학교에 다시 들기만 기다리고 있소?"

물으니 그는,

"돈만 있으면 그까짓 거 누가 고즈카이잔심부름을 하는 남자 고용인을 이르는 일본말 노릇을 합쇼. 밑천만 있으면 삼산 학교 앞에 가서 빼젓이 장사를 할 텐뎁쇼."

한다.

"무슨 장사?"

"아, 방학될 때까지 차미참외 장사도 하굽쇼, 가을부턴 군밤 장사, 왜떡밀가루나 쌀가루를 반죽하여 얇게 늘여서 구운 과자 장사, 습자지習字紙 글씨 쓰기를 연습할 때 쓰는 얇은 종이, 도화지 장사 막 합죠. 삼산 학교 학생들이 저를 어떻게 좋아하겝쇼. 저를 선생들보다 낫게 치는뎁쇼."

한다.

나는 그날 그에게 돈 삼 원을 주었다. 그의 말대로 삼산 학교 앞에 가서 빼젓이 참외 장사라도 해 보라고. 그리고 돈은 남지 못하면 돌려 오지 않아도 좋다 하였다.

그는 삼 원 돈에 덩실덩실 춤을 추다시피 뛰어나갔다. 그리고 그 이튿날,

"선생님 잡수시라굽쇼."

하고 나 없는 때 참외 세 개를 갖다 두고 갔다.

그러고는 온 여름 동안 그는 우리 집에 얼른하지얼씬하지 않았다.

들으니 참외 장사를 해 보긴 했는데 이내 장마가 들어 밑천만 까먹었고, 또 그까짓 것보다 한 가지 놀라운 소식은 그의 아내가 달아났단 것이다. 저희끼리 금슬琴瑟 부부간의 사랑은 괜찮았건만 동서同壻 시아주버니나 시동생의 아내를 이르는 말가 못 견디게 굴어 달아난 것이라 한다. 남편만 남 같으면 따로 살림 나는 날이나 기다리고 살 것이나 평생 동서 밑에 살아야 할 신세를 생각하고 달아난 것이라 한다.

그런데 요 며칠 전이었다. 밤인데 달포한 달이 조금 넘는 기간 만에 수건이가 우리 집을 찾아왔다. 웬 포도를 큰 것으로 대여섯 송이를 종이에 싸지도 않고 맨손에 들고 들어왔다. 그는 벙긋거리며,

"선생님 잡수라고 사 왔습죠."

하는 때였다. 웬 사람 하나가 날쌔게 그의 뒤를 따라 들어오더니 다짜고짜로 수건이의 멱살을 움켜쥐고 끌고 나갔다. 수건이는 그 우둔한 얼굴이 새하얗게 질리며 꼼짝 못하고 끌려 나갔다.

나는 수건이가 포도원에서 포도를 훔쳐 온 것을 직각直覺 보거나 듣는 즉시 곧바로 깨달음하였다. 쫓아 나가 매를 말리고 포도 값을 물어 주었다. 포도 값을 물어 주고 보니 수건이는 어느 틈에 사라지고 보이지 않았다.

나는 그 다섯 송이의 포도를 탁자 위에 얹어 놓고 오래 바라보며 아껴 먹었다. 그의 은근한 순정의 열매를 먹듯 한 알을 가지고도 오래 입안에 굴려 보며 먹었다.

어제다. 문안에 들어갔다 늦어서 나오는데 불빛 없는 성북동 길 위에는 밝은 달빛이 깁명주실로 바탕을 조금 거칠게 짠 비단을 깐 듯하였다.

그런데 포도원께를 올라오노라니까 누가 맑지도 못한 목청으로,

"사…… 케…… 와 나…… 미다카 다메이…… 키…… 카……(술은 눈물인가 한숨인가)."

를 부르며 큰길이 좁다는 듯이 휘적거리며 내려왔다. 보니까 수건이 같았다. 나는,

"수건인가?"

하고 아는 체하려다 그가 나를 보면 무안해할 일이 있는 것을 생각하고 획 길 아래로 내려서 나무 그늘에 몸을 감추었다.

그는 길은 보지도 않고 달만 쳐다보며, 노래는 그 이상은 외우지도 못하는 듯 첫 줄 한 줄만 되풀이하면서 전에는 본 적이 없었는데 담배를 다 퍽퍽 빨면서 지나갔다.

달밤은 그에게도 유감한 듯하였다.

달밤

작가 소개

이태준(李泰俊, 1904~?)

강원도 철원에서 태어났다. 1925년 〈시대일보〉에 「오몽녀」를 발표하면서 등단했다. 초기에는 '구인회'를 조직하여 활동하며 예술 지향적 색채가 강한 작품을 주로 발표했다. 인간의 심리와 사건을 섬세하게 묘사함으로써 단편 소설의 서정성을 높였다는 평가를 받는다. 광복 이후에는 조선문학가동맹에 가담하면서 사회주의적 색채가 강한 작품을 주로 발표했다. 1946년경 월북하여 이후의 행적은 자세히 알려져 있지 않다. 대표 작품으로는 「까마귀」(1936), 「사상의 월야」(1946), 「해방 전후」(1946) 등이 있다.

작품 정리

- **갈래** 풍속 소설
- **성격** 애상적
- **배경** 시간 - 1930년대 / 공간 - 서울 성북동
- **시점** 1인칭 관찰자 시점
- **구성** '발단 - 전개 - 위기 - 절정 - 결말'의 5단계 구성
- **특징**
  - 몇 가지 에피소드를 중심으로 변해 가는 세태를 그림
  - 허무적 서정성이 지나치다는 비판을 받기도 함
- **주제** 각박한 현실에 부딪쳐 아픔을 겪는 못난이의 삶의 모습
- **출전** 〈중앙〉(1933)

구성과 줄거리

• 발단 **'나'와 황수건의 첫 만남**

성북동으로 이사 온 '나'는 시골의 정취를 느낀다. 그 이유는 시냇물 소리와 솔바람 소리 때문이 아니라 우둔하고 천진스러운 황수건이란 사람을 만났기 때문이다.

• 전개 **보조 신문 배달원 황수건은 정식 배달원이 되는 것이 소원임**

어느 날, '나'의 집을 찾아온 황수건은 사흘 동안이나 '나'의 집을 찾지 못해 신문을 배달하지 못했다며 말을 건넨다. 다음 날은 신문 배달을 하게 된 경위, 원 배달원이 아니라 보조 배달원이라는 사실, 가족 관계 등을 늘어놓는다. 그는 정식 배달원이 떼어 주는 20여 부의 신문을 배달하고 매월 3원 정도를 받는 보조 배달원으로 일한다. 그의 유일한 희망은 원 배달원이 되는 것이다.

• 위기 **황수건은 보조 배달원 자리에서도 쫓겨나 '나'의 도움으로 참외 장사를 시작함**

황수건은 아내와 함께 형님의 집에 얹혀살면서 학교 급사로 일하던 중 일 처리를 잘못하는 바람에 쫓겨나게 된다. '똑똑하지 못해서' 보조 배달원 자리에서 쫓겨난 황수건의 하소연을 들은 '나'는 그의 처지가 하도 딱해서 참외 장사라도 해 보라고 돈 3원을 준다.

• 절정 **황수건은 참외 장사에 실패하고 아내는 가출함**

황수건은 장마 때문에 참외 장사도 실패하고 그의 아내는 동서의 등쌀에 견디지 못해 달아난다. 그러던 어느 날 황수건은 훔친 포도를 들고 '나'를 찾아온다. '나'가 주인에게 포도 값을 물어 주고 보니 황수건은 사라지고 없다.

• 결말　**황수건이 달을 쳐다보며 우수에 잠긴 채 걸어감**

늦은 밤, 황수건은 달을 쳐다보면서 노래의 첫 줄만 계속 부르며 성북동 길을 걷는다. 전에는 보지 못한 담배까지 피우고 있다. '나'는 황수건을 부르려다 그가 무안해할까 봐 얼른 나무 그늘에 숨는다.

생각해 보세요

1 이 작품의 제목인 '달밤'에는 어떤 의미가 담겨 있는가?

이 작품에서 '달밤'은 서정적인 분위기를 고조시키는 장치로 사용된다. '밝은 달빛'이 연출하는 애상적 분위기 탓에 황수건의 모습이 더욱 서글퍼 보이기 때문이다. 한편, 이 작품의 시대적 배경이 1930년대라는 점에서 '달밤'의 의미를 당대의 사회상과 연관 지어 생각해 볼 수도 있다. 이에 대해 이태준이 1930년대 일제에 의해 주도된 근대화에 분명하게 반대했다는 점을 명시할 필요가 있다. 따라서 '달밤'은 문명이 지배하는 '낮'의 시간을 부정하고, 자연이 지배하는 '밤'의 시간을 긍정하는 것으로 볼 수 있다. 아울러 '밤'이 부정적인 사회 현실을 나타낸다면 은은한 '달빛'은 희망을 의미한다고 볼 수도 있다.

2 작가가 전근대적인 인물을 주인공으로 선택한 까닭은 무엇인가?

이태준의 소설에는 근대화에 적응하지 못하는 전근대적인 인물들이 주로 등장한다. 작가는 이를 통해 약삭빠른 사람보다 다소 어수룩하지만 순박한 사람이, 도시의 세련된 삶보다 시골의 순수한 삶이, 더 나아가 강요된 개화보다 전통을 고수하는 것이 더 가치 있는 일이라고 역설하고 있다. 이는 일제에 의해 주도된 개화를 풍자하기 위한 수단이자 순수함을 잃어버린 근대화된 도시에 대한 부정적인 평가로 볼 수도 있다.

인물관계도
정 칠 놈의 세상!
(꾐)
방 서방
김 씨
노파
정순
저(방 서방)는 가족과 함께 무작정 서울로 향했어요. 일본인 지주의 착취가 너무 심했거든요. 서울에서도 일자리를 구하기가 힘들었지요. 그런데 아내(김 씨)가 저와 어린 정순을 두고 도망가 버렸어요. 정순은 결국 숨을 거두었지요. 이듬해 봄날, 화려하게 핀 벚꽃을 보니 고향 생각이 났어요. 세상이 원망스럽고 아무 데나 주저앉아 울고 싶더군요.

꽃나무는 심어 놓고

"자꾸 돌아봔 뭘 해. 어서 바람을 졌을 때 휭하니 걸어야지……."
하면서 아내를 돌아보는 그도 말소리는 천연스러우나 눈에는 눈물이 다시 핑그르 돌았다. 이 고갯마루만 넘어서면 저 동리는 다시 보려야 안 보이려니 생각할 때 발도 천 근이나 무거워지는 것 같았다.

이 고개, 집에서 오 리밖에 안 되는 고개, 나무를 해 지고 이 고개턱을 넘어설 때마다 제일 먼저 눈에 띄곤 하던 저 우리 집, 집에서 연기가 떠오르는 것을 볼 때마다 허리띠를 조르고 다시 나뭇짐을 지고 일어서곤 하던 이 고개, 이 고개에선 넘어가는 햇볕에 우리 집 울타리에 빨아 넌 아내의 치마까지 빤히 보이곤 했다. 이젠 이 고개에서 저 집, 저 노랗게 갓 깐 병아리처럼 새로 이엉을 인 저 집을 바라보는 것도 마지막이로구나!

그는 고개 마루턱에 올라서더니 질빵짐을 질 수 있도록 어떤 물건에 연결한 줄을 치키며, 다시 한 번 돌아서서 동네를 바라보았다. 아무 델 가도 저런 동네는 없을 것이다. 읍엘 갔다 와도 성황당城隍堂 토지와 마을을 지켜 준다는 서낭신을 모신 집 턱만 내려서면 바람 한 점 없이 아늑하고, 빨래하기 좋고 먹어도 좋은 앞 개울물이며, 날이 추우면 뒷산에 올라 솔잎만 긁어도 며칠씩은 염려 없이 때더니……, 이젠 모두 남의 동네 이야기로구나!

"어서 갑시다."

하면서 이번에는 뒤에 떨어졌던 아내가 눈물, 콧물을 풀어 던지며 앞을 섰다.

그들은 고개를 넘어서선 보잘것없이 달아났다. 사내는 이불보, 옷 꾸러미, 솥부등갱이밥을 해 먹을 때 사용하는 도구, 바가지쪽 해서 한 짐 꾸역꾸역 걸머지고, 여편네는 어린애를 머리도 안 보이게 이불에 꿍쳐서조금 세게 동이거나 묶어서 업은 데다 무슨 기름병 같은 것을 들고 앞서거니 뒤서거니 하여 도랑이면 건너뛰고 굽은 길이면 논틀밭틀논두렁과 밭두렁 사이로 난 꼬불꼬불한 길로 질러가면서 귀에서 바람이 씽씽 나게 달아났다.

장날이 아니라 길에는 만나는 사람도 별로 없었다. 이따금 발밑에서 모초리'메추라기'의 방언가 포드득하고 날고 밭고랑에서 꿩이 놀라서 꺽꺽거리며 산으로 달아나는 것밖에 아무것도 없었다.

"길이나 잘못 들면 어째……."

"밤낮 나무 다니던 데를 모를까……."

조그만 갈래길을 지날 때 이런 말을 주고받은 것뿐. 다시는 입이 붙은 듯 묵묵히 걸어 그들은 점심때가 훨씬 지나서야 서울 가는 큰길에 들어섰다.

큰길에는 바람이 제법 세차게 불었다. 전봇줄전신, 통신을 위하여 만든 줄이 앵앵 울었다. 동지冬至 이십사절기의 하나로, 북반구에서는 일 년 중 낮이 가장 짧고 밤이 가장 긴 날가 내일인가 모렌가 하는 때라 얼음같이 날카로운 바람결에 그들의 옷깃은 다시금 떨리었다.

바람이 차서도 떨리었거니와 그보다도 길고 어마어마하게 넓은 길, 그리고 눈이 모자라게 아득하니 깔려 있는 긴 길, 그 길은 그들에게 눈에도 설거니와익숙하지 않거니와 발에도, 마음에도 선 길이었다. 논틀과 밭둑으로 올 때에는 그래도 그런 줄은 몰랐는데 척 신작로新作路 새로 만든 길이라는 뜻으로, 자동차가 다닐 수 있을 정도로 넓게 새로 낸 길을 이르는 말에 올라서니 그젠 정말 낯선 데로 가는 것 같고 허턱'뚜렷한 이유나 근거 없이 함부로'라는 뜻의 북한 말 살길을 찾아 떠나는 불안스러운 걱정이 와짝갑자기 확 치밀었던 것이다. 그래서 앵앵하는 전봇줄 소리도 멧새나 꿩의 소리보다는 엄청나게 무서웠다. 서로 말은 하지 않았어도 사내나 아내나 다 같이 그랬다.

그들은 그 길을 그저 십 리, 이십 리 걸어 나가는 수밖에 없었다. 자동차가 지날 때는 물론, 자전차만 때르릉 하고 와도 허둥거리고 한데 모여 길 아래로 내려서면서 서울을 향하고 타박타박 걸을 뿐이었다.

그들은 세 식구였다. 저희 내외內外 부부, 방 서방과 김 씨와 김 씨의 등에 업혀 가는 두 돌 되는 딸애 정순이었다. 며칠 전까지는 방 서방의 아버지 한 분까지 네 식구로서 그가 나서 서른두 해 동안 살아온, 이번에는 떠나는 그 동리에서 그리운 게 없이 살았었다. 남의 땅이나마 몇 대째 눌러 부쳐 오던 김 진사네 땅은 내 땅이나 다름없이 알고 마음 놓고 부쳐 먹었다. 김 진사 당내자신이 살아 있는 동안에는 온 동리가 텃세터를 빌려 쓰고 내는 세 한 푼도 물지 않고 지냈으며 김 진사가 돌아간 후에도 다른 지방에 대면 그리 심한 지주는 아니었다. 김 진사의 아들 김 의관도 돌아간 아버지의 덕성을 본받아 작인作人 소작인네가 혼상婚喪 혼인에 관한 일과 초상에 관한 일간에 큰 일을 치르는 해면 으레 타작에서 두 섬, 석 섬씩은 깎아 주었다. 이렇게 착한 김 의관이 무엇에 써 버리느라고 그 좋은 땅들을 잡혀 버렸는지, 작인들의 무딘 눈치로는 내용을 알 수가 없었다. 더러 읍엣 사람들이 지껄이는 소리에 무슨 일본 사람과 금광을 했느니, 회사를 했느니 하는 것을 들은 사람은 있고, 또 아닌 게 아니라 한동안 일본 사람과 양복쟁이 몇이 김 의관네 집을 드나들어 김 의관네 큰 개 두 마리가 늘 컹컹거리고 짖던 것은 지금도 어저께 같은 일이었다.

아무튼 김 의관네가 안성인가 어디로 떠나가고, 지주가 일본 사람의 회사로 갈린 다음부터는 제 땅마지기나 따로 가진 사람 전에는 배겨 나기가 어려웠다. 텃세가 몇 갑절이나 올라가고 논에는 금비金肥 화학 비료를 써라 하고, 그것을 대어 주고는 가을에 비싼 이자를 쳐서 벼는 헐값으로 따져 가고 무슨 세납 무슨 요금 하고 이름도 모르던 것을 다 물리어 나중에 따지고 보면 농사 진 품값은커녕 도리어 빚을 지게 되었다. 그들이 지는 빚은 달리 도리가 없었다. 소가 있으면 소를 팔고 집이 있으면 집을 팔아 갚는 것밖에. 그래서 한 집 떠나고 두 집 떠나고 하는 것이 삼 년 안에 오륙 호가 떠난 것이었다.

군청에서는 이것을 매우 걱정하였다. 전에는 모범촌으로 치던 동리가 폐동廢洞 폐하여 없앤 동리이 될 징조를 보이는 것은 군으로서 마땅히 대책을 세워야 될 일이었다.

그래서 지난봄에는 군으로부터 이 동리에 사쿠라'벚꽃'을 이르는 일본 말 나무 이백여 주가 나왔다. 집집마다 두 나무씩 나눠 주고 길에도 심고 언덕에도 심어 주었다. 그래서 그 사쿠라 나무들이 꽃이 구름처럼 피면 무지한 이 동리 사람들이라도 자기 동리를 사랑하는 마음이 깊어져서 함부로 타관他官 자기 고향이 아닌 고장으로 떠나가지 않으리라 생각했던 것이다.

사쿠라 나무들은 몇 나무 죽지 않고 모두 잘 살아났다. 방 서방네가 심은 것도 앞마당엣것 뒷동산엣것 모두 싱싱하게 잘 자랐다. 군에서 나와 보고 내년이면 모두 꽃이 피리라 했다.

그러나 떠날 사람은 자꾸 떠나고야 말았다.

방 서방네도 허턱 타관으로 떠나기는 처음부터 싫었다. 동리를 사랑하는 마음, 자연을 사랑하는 것이나 이웃을 사랑하는 것이나 모두 사쿠라

를 심어 주는 그네들보다는 몇 배 더 간절한 뼛속에서 우러나는 것이었다. 사쿠라 나무를 심었을 때도 혹시 죽는 나무나 있을까 하여 조석朝夕 아침저녁으로 들여다보면서 애를 쓴 사람들이요, 그것들이 가지에 윤이 나고 싹이 트는 것을 볼 때는 자연 속에 묻혀 사는 그들로서도 그때처럼 자연의 신비, 봄의 희열을 느껴 본 적은 일찍 없었던 것이다.

"내년이면 꽃이 핀다지?"

"글쎄, 꽃이 어떤지 몰라?"

"아무튼 이놈의 꽃이 볼 만은 하다는데."

"글쎄 그렇대……."

그러나 떠날 사람은 자꾸 떠나고야 말았다. 올겨울에 들어서도 방 서방네가 두 집째다.

그들은 사흘 만에야 부르튼 다리를 절룩거리며 희끗희끗 나부끼는 눈발 속으로 저녁연기에 싸인 서울을 바라보았다. 그들은 날이 아주 어두워서야 서울 문안사대문 안에 들어섰다.

서울에는 그들을 반가이 맞아 주는 사람이 없지도 않았다.

"어디서 오십니까? 어디로 가시는 길입니까? 우리 여관으로 가십시다."

그러나,

"돈이 있나요, 어디……."

하면 그 친절하던 사람들은 벌에 쏘인 것처럼 달아나곤 했다.

돈이 아주 없지는 않았다. 집을 팔아 빚을 갚고 남은 것이 몇 원은 되었다. 그러나 그 돈이 편안히 여관에 들어 밥을 사 먹을 돈은 아니었다.

고달픈 다리를 끌고 교통 순사들에게 핀잔을 맞으며 정처 없이 거리에서 거리로 헤매던 그들은 밤이 훨씬 늦어서야 한곳에 짐을 벗어 놓았다. 아무리 찾아다니어도 그들을 위해서 눈발을 가려 주는 데는 무슨 다리인지 이름은 몰라도 이 다리 밑밖에는 없었다.

"그년을 젖을 좀 물리구려."

"그까짓 빈 젖을 물려선 뭘 하오."

아이가 하몹시 우니까 지나던 사람들이 다리 아래를 기웃거려 보기 때문이었다.

그들은 어두움 속에서 짐을 끄르고 굳은 범벅곡식 가루를 풀처럼 쑨 음식과 삶은 달걀을 물도 없이 먹었다. 그리고 그 저리고 쑤시는 다리오금무릎 뒤의 오목한 부분을 한번 펴 볼 데도 없이 앉아서, 정 못 견디겠으면 일어서서 어정거리며 긴 밤을 밝히었다.

이튿날은 그래도 거기를 한데집 바깥보다는 낫답시고, 거적을 사다 두르고 냄비를 걸고 쌀을 사들이고 물을 길어 들이고 나무도 사들였다. 그리고 세 식구가 우선 하루를 푹 쉬었다.

눈발은 이날도 멎지 않았다. 밤이 되어서는 함박송이로 쏟아시기 시작했다. 방 서방은 쏟아지는 눈을 바라보고 이 눈이 그치고는 무서운 추위가 오려니 생각했다. 그리고 또 싸리비를 한 자루 가져왔다면 하고도 생각했다.

그는 새벽같이 일어났다. 발등이 묻히는 눈 위로 한참 찾아다녀서 다람쥐 꽁지만 한 싸리비 하나를 그것도 오 전이나 주고 사기는 했다. 그리고 큰 밑천이나 잡은 듯이 집집마다 다니며 아직 열지도 않은 대문을 두드렸다.

"댁에 눈 쳐 드릴까요?"

"우리 칠 사람 있소."

"댁에 눈 안 치시렵니까?"

"어련히 칠까 봐 걱정이오."

방 서방은 어이가 없어,

"허! 마당도 없는 녀석이 괜히 비만 샀군!"

하고 다리 밑으로 돌아오고 말았다.

그는 직업소개소도 가 보았다. 행랑行廊 대문간에 붙어 있는 방도 구해 보았다. 지게를 지고 삯짐도 져 보려고 싸다녀 보았으나 지게를 부르는 사람은 없었다. 한 학생이 고리짝을 지고 정거장까지 가자고 했지만, 막상 닥뜨리고 보니 나중에 저 혼자 다리 밑으로 찾아올 수가 있을까가 걱정되었다. 그래서,

"거기 갔다가 제가 여기까지 혼자 찾아올까요!"

하고 어름거렸더니우물쭈물했더니 그 학생은 무어라고 일본 말로 핀잔을 주며 가 버린 것이었다.

하루는 다리 밑으로 순사가 찾아왔다. 거기로 호구 조사戶口調査 호수(戶數)와 인구를 조사함를 온 것은 아니었다.

"다리 밑에서 불을 때면 어떻게 할 테야, 응. 날마다 이 밑에서 연기가 났어……. 다시 불을 때다가는 이 밑에서 자지도 못하게 할 터이니 그리 알어……."

정말 그날 저녁부터는 연기가 나지 않았다. 끓일 것만 있으면 다리 밖에 나가서라도 못 끓일 바 아니었지만 그날은 아침부터 양식이 떨어진 것이다.

"어떡하우?"

아내는 맥이 풀려 울 기운도 없었다. 어린것만이 빈 젖을 물고 두어 번 빨아 보다가 울곤 울곤 하였다. 방 서방은 아무런 대답도 없이 앉았다가 이따금,

"정 칠'경을 치다'의 방언. 무엇이 못마땅할 때 사용하는 말 놈의 세상!"

하고 입맛을 다실 뿐이었다.

이튿날 이른 아침, 어린것은 아범의 품에서 잘 때다. 초저녁엔 어멈이 품속에 넣고 자다가 오줌을 싸면 그다음엔 아범이 새 품을 헤치고 안고 자는 것이었다. 밤새도록 궁리에 묻혀 잠을 이루지 못하던 아범이 새벽녘에야 잠이 들어 어린것과 함께 쿨쿨 잘 때였다.

김 씨는 남편이 한없이 불쌍해 보였다. 술 한 잔 허투루 먹는 법 없고 담배도 일하는 날이나 일꾼들을 주려고만 살 줄 알던 남편이 어쩌다 저 지경이 되었나 생각할 때 세상이 원망스러울 뿐이었다. 그리고 굶고 앉았더라도 그 집만 팔지 말고 그냥 두었던들 하고, 고향에만 돌아가고 싶은 생각뿐이었다.

김 씨는 생각다 못해 바가지를 집어 든 것이다. 고향을 떠날 때 이웃집에서,

"서울 가면 이런 것도 산다는데."

하고 짐에 달아 주던, 잘 굳고 커다란 새 바가지였다.

그는 서울 와서 다리 밑을 처음 나선 것이다. 그리고 바가지를 들고 나서기는 생전 처음이었다. 다리가 후들후들하였다. 꼭 일주야一晝夜 만 하루. 24시간을 이름를 굶었고 어린것에게 시달린 그의 눈엔 다 밝은 하늘에서 뻔쩍뻔쩍하는 별이 보였다. 그러나 눈을 가다듬으면서 그는 부잣집을 찾았다. 보매 모두 부잣집 같았으나 모두 대문이 굳게 닫혀 있었다. 대문을 연 집, 그는 이것을 찾고 헤매기에 그만 뒤를 돌아다보지 못하고 이 골목 저 골목으로 앞으로만 나간 것이었다. 다행히 문을 연 집이 있었고, 그런 집 중에도 다 주는 것이 아니었지만 열 집에 한 집으로 식은 밥, 더운밥 해서 한 바가지를 얻었을 때는 돌아올 길을 잃어버리고 만 것이다. 이 길

로 나가 보아도 딴 거리, 저 길로 나가 보아도 딴 세상, 어디로 가야 그 개천 그 다리가 나올는지 알 재주가 없었다. 기가 막히었다. 물어볼 행인은 많았으나, 개천 이름이나 다리 이름을 모르고는 헛일이었다. 해가 높아갈수록 길에는 사람이 들끓었고 그럴수록 김 씨는 마음과 다리가 더욱 갈팡질팡하고 있을 때 한 노파가 친절한 손길로 김 씨의 등을 두드렸다.

"어딜 찾소?"

김 씨는 울음부터 왈칵 나왔다.

"염려할 것 없소. 내 서울 장안엔 모르는 데가 없소, 내 찾아 주지……."

그 친절한 노파는 김 씨를 데리고 곧 그 앞에 있는 제 집으로 들어가 뜨끈한 숭늉에 조반朝飯 아침밥까지 먹으라 했다.

"염려 말고 좀 자시우. 그새 내 부엌을 좀 치고 같이 나갑시다."

김 씨는 서울도 사람 사는 데라 인정이 있구나 하고, 그 노파만 하늘 같이 믿고 감격한 눈물을 밥상에 떨구며 사양하지 않고 밥술을 들었다. 그러나 굶은 남편과 어린것을 두고 제 목에만 밥이 넘어가지 않았다. 숭늉만 두어 모금 마시고 이내 술을 놓고 노파를 따라나섰다.

그러나 친절한 노파는 김 씨를 당치 않은 곳으로만 끌고 다녔다. 진고개로 백화점으로 개천이라도 당치 않은 개천으로만 한나절 끌고 다니고는,

"오늘은 다리가 아프니 내일 찾읍시다."

하였다. 김 씨는 가슴이 찢어지는 것 같았으나, 그 친절한 노파의 힘을 버리고 혼자 나설 자신은 없었다. 밤을 꼬박 앉아 새우고 은근히 재촉을 하여 이튿날 아침에도 또 일찌거니 나섰으나 노파는 그저 당치 않은 데로만 끌고 다녔다.

노파는 애초부터 계획이 있었던 것이다. 김 씨의 멀끔한 얼굴과 살의

젊음을 그는 삵살쾡이이 살찐 암탉을 본 격으로 보았던 것이다.

'어떻게 돈냥이나 만들어 써 볼 거리가 되면…….'

이것이 그 노파가 김 씨를 발견하자 세운 뜻이었다.

김 씨는 다시 다리 밑으로 돌아올 리가 없었다. 방 서방은 눈에서 불이 났다.

"죽일 년이다! 이 어린것을 생각해선들 달아나다니! 고약한 년! 찢어 죽일 년."

하고 이를 갈았다.

방 서방은 이틀이나 굶은 아이를 보다 못해 안고 나서서, 매운 것 짠 것 할 것 없이 얻는 대로 주워 먹였다. 날은 갑자기 추워졌다. 어린애는 감기가 들고 설사까지 났다.

밤새도록 어두움 속에서 오줌똥을 받은 이불과 아범의 저고리 섶, 바지 자락은 얼어서 왈가닥거리고작고 단단한 것들이 서로 부딪쳐 소리가 나고, 그 속에서도 어린애 몸은 들여다보는 눈이 뜨겁게 펄펄 달았다.

"어찌하나! 하느님, 이렇게 무심하십니까?"

하고 중얼거려도 보았으나 새벽 찬바람만 윙 하고 뺨을 갈길 뿐이었다.

날이 밝기를 기다려 아이를 꾸려 안고 병원을 물어서 찾아갔다.

"이 애 좀 살려 주십시오."

"선생님이 아직 안 나오셨소. 그런데 왜 이렇게 되도록 두었소. 진작 데리고 오지?"

"돈이 있어야죠니까……."

"지금은 있소?"

"없습니다. 그저 살려만 주시면 그거야 제 벌어서 갚지요. 그걸 안 갚겠습니까!"

"다른 큰 병원에 가 보시우……."

방 서방은 이렇게 병원 집 문간으로만 한나절을 돌아다니다가 그냥 다리 밑으로 돌아오고 말았다.

방 서방은 또 배가 고팠다. 그러나 앓는 것을 혼자 두고 단 한 걸음이 나가지지 않았다. 그래도 저녁때가 되어서는 그냥 밤을 새울 수는 없어, 보지 않으리라는 듯이 눈을 딱 감고 일어서 나왔던 것이다.

방 서방이 얼마 만에 찬밥 몇 술을 얻어먹고 부랴부랴 돌아왔을 때는 날이 아주 어두웠다. 다리 밑은 캄캄한데 한참 들여다보니 아이는 자리에서 나와 언 맨땅에 목을 늘어뜨리고 흐득흐득 느끼었다. 끌어안고 다리 밖으로 나가 보니 경련이 일어나 눈을 뒤집어쓰고 있는 것이었다.

"죽을 테면 진작 죽어라! 고약한 년! 네년이 이걸 버리고 가 얼마나 잘 되겠니……."

방 서방은 몇 번이나,

"어서 죽어라!"

하고 아이를 밀어 던지었다가도 얼른 다시 끌어당겨 들여다보곤 했다. 그럴 때마다 아이의 숨소리는 자꾸 가빠만 갔다.

그러나 야속한 것은 잠. 어느 때쯤 되었을까 깜박 잠이 들었다가 놀라 깨었을 제는 그동안이 잠시 같았으나 주위에는 큰 변화가 생기었다. 날이 환하게 새고 아이에게서는 그 가쁘게 일어나던 숨소리가 뚝 그쳐 있었다. 겨우 겨드랑 밑에만 미온이 남았을 뿐, 그 불덩어리 같던 얼굴과 손발은 어느 틈에 언 생선처럼 싸늘하였다.

봄이 왔다. 그렇게 방 서방을 춥게 굴던 겨울은 다 지나가고 그 대신 방 서방을 슬프게는 더 구는 봄이 왔다. 진달래와 개나리 꽃가지들은 전차마다 자동차마다 젊은 새악시들처럼 오락가락하고, 남산과 창경원엔 사쿠라 꽃이 구름처럼 핀 때였다. 무딘 힘줄로만 얼기설기한 방 서방의 가슴에도 그 고향, 그 딸, 그 아내를 생각하기에는 너무나 슬픈 시인이 되게 하는 때였다.

하루 아침, 그날따라 재수는 있어 식전바람아직 아침밥을 먹지 않은 이른 때에 일본 사람의 짐을 지고 남산정 막바지까지 가서 어렵지 않게 오십 전 한 닢이 들어왔다. 부리나케 술집을 찾아 내려오느라니 일본 집 뜰 안마다 가지가 휘어지게 열린 사쿠라 꽃송이. 그는 그림을 구경하듯 멍하니 서서 바라보았다. 불현듯 고향 생각이 난 것이었다.

'우리가 심은 사쿠라 나무도 저렇게 피었으려니…… 동네가 온통 꽃투성이려니…….'

그때 마침 일본 여자 하나가 꽃그늘에서 거닐다가 방 서방과 눈이 마주쳤다. 방 서방은 무슨 죄나 지은 듯이 움찔하고 돌아섰다. 꽃 곁같이 빛나는 그 젊은 여자의 얼굴! 방 서방은 찌르르하고 가슴을 진동시키는 무엇을 느끼며 내려왔다.

우선 단골집으로 가서 얼근한 술국에 곱빼기로 두어 잔 들이켰다. 그리고 늙수그레한 주모와 몇 마디 농담까지 주거니 받거니 하다 나서니, 세상은 슬프다면 온통 슬픈 것도 같고 즐겁다면 온통 즐거운 것 같기도 했다.

그리니 술만 깨면 역시 세상은 견딜 수 없이 슬픈 세상이었다.

"정 칠 놈의 세상 같으니!"

하고 아무 데나 주저앉아 다리를 뻗고 울고 싶었다.

꽃나무는 심어 놓고

작품 정리

- **작가** 이태준(25쪽 '작가 소개' 참조)
- **갈래** 농민 소설
- **성격** 반어적, 사실적
- **배경** 시간 – 1930년대 / 공간 – 시골과 서울
- **시점** 3인칭 전지적 작가 시점
- **구성** '발단 – 전개 – 위기 – 절정 – 결말'의 5단계 구성
- **특징**
  - 일제 강점기 농촌의 구조적인 모순을 고발함
  - 아름다운 제목을 통해 주인공의 비참한 삶을 반어적으로 드러냄
- **주제** 일제 강점기에 터전을 잃고 방황하는 농민의 비참한 삶
- **출전** 〈신동아〉(1933)

구성과 줄거리

- **발단** **방 서방이 서울로 떠남**

  방 서방은 새 일본인 지주의 착취를 견디지 못하고, 군청에서 나누어 준 벚꽃 나무를 심어 놓고 무작정 서울로 향한다.

- **전개** **방 서방 부부가 타향에서 고생함**

  서울에 도착한 방 서방 부부는 다리 밑에 임시 거처를 정하고, 일자리를 구하기 위해 노력하지만 뜻대로 되지 않는다.

• 위기　방 서방의 아내가 술집에 팔려 감

방 서방의 아내는 남편이 잠든 사이에 구걸을 나섰다가 길을 잃고 음흉한 노파의 꾐에 빠져 돌아오지 못한다.

• 절정　아이가 죽음

방 서방은 아내가 자신과 어린 딸을 버리고 도망간 것으로 오해한다. 굶주림과 추위를 견디지 못한 아이는 끝내 숨을 거둔다.

• 결말　방 서방이 괴로워하며 세상을 원망함

이듬해 봄날, 방 서방은 분노와 비애에 젖어 세상을 원망한다.

생각해 보세요

1 이 작품 속에서 고향은 어떤 곳인가?

소설 속의 고향은 단순한 공간적 배경이 아니다. 현실의 고통에서 벗어나 어린 시절로 돌아가고자 하는 도피의 공간이나 일상에서 벗어나 한가롭게 시간을 보낼 수 있는 휴식의 공간이다. 또한 토지를 둘러싸고 지주와 소작농이 첨예하게 대립하는 투쟁의 공간이기도 하다. 이 작품에서는 일본인 지주의 횡포에 의해 한 개인이, 고향이, 또 농촌 사회가 어떻게 파괴되는지 그 과정을 그리고 있다.

2 이 작품에서 나타나는 반어적 요소는 무엇인가?

군청에서는 꽃이 만발하면 마을 사람들이 고향을 떠나지 않을 거라는 속셈으로 벚꽃 나무를 주어 심게 한다. 하지만 고향을 떠난 방 서방 가족은 고향에 심어 놓은 벚꽃 나무가 만개해도 이를 즐길 수가 없었다. 이 작품은 이런 방 서방 가족의 상황을 통해 당시 조선인 농민의 슬픔과 고통을 반어적으로 표현했다.

물질 만능의 가치관

가치관이란 개인이 행동을 스스로 규율하는 일정한 삶의 기준입니다. 일정 규모 이상의 집단에서 나타나는 가치관의 총합을 문화라고 하는데, 이는 구성원의 행동을 규정합니다. 우리나라는 세계 15위의 경제 규모를 자랑하는 국가로 성장했지만 이로 인해 물질 만능의 가치관이 사회 깊숙이 뿌리를 내리게 되었습니다. 가난했던 사회에 물질적 기반이 충족되면서 나타나는 일시적인 현상일 수도 있지만 그 정도가 심각하다는 것이 문제입니다.

· 금 따는 콩밭 · 돌다리 · 목걸이

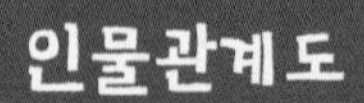

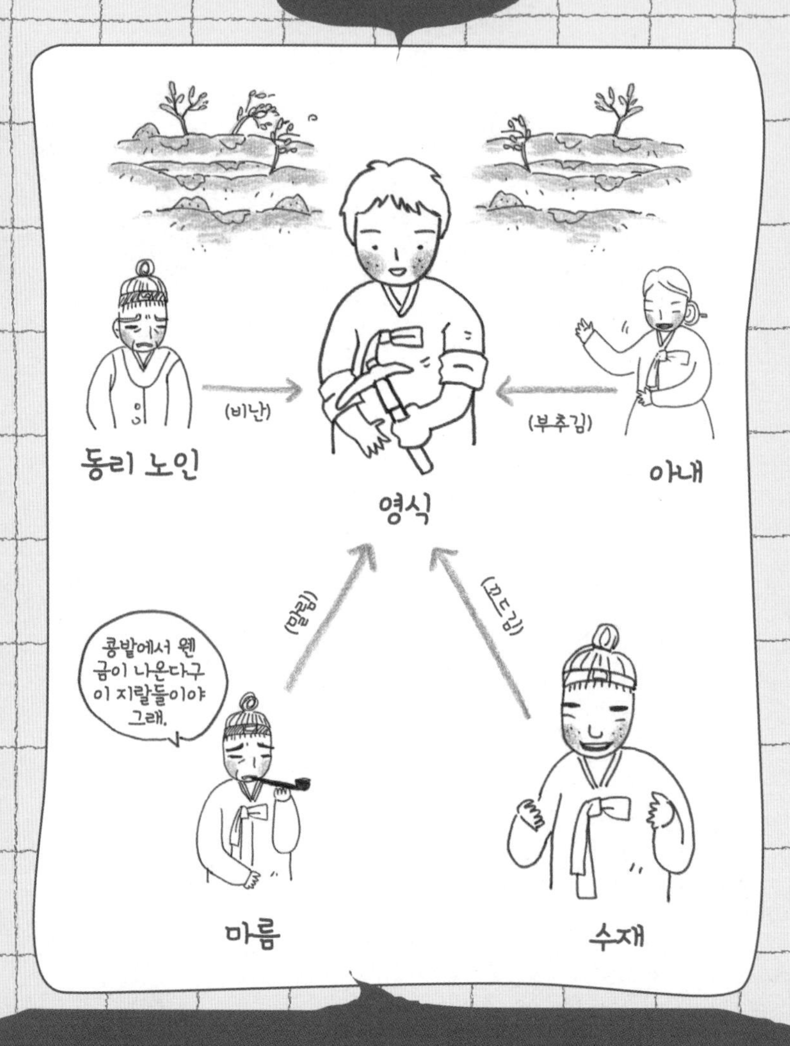

소작농인 저(영식)는 금맥을 찾기 위해 콩밭을 팠어요. 수재의 꼬드김과 아내의 부추김이 원인이었지요. 마름과 동리 노인은 허튼짓이라고 말렸지만 저는 열심히 파고 또 팠어요. 산제까지 지냈지만 금이 나오지 않네요. 그런데 수재가 황토를 내보이며 금줄을 발견했다고 외쳤어요. 드디어 저에게도 행운이 찾아온 것일까요?

금 따는 콩밭

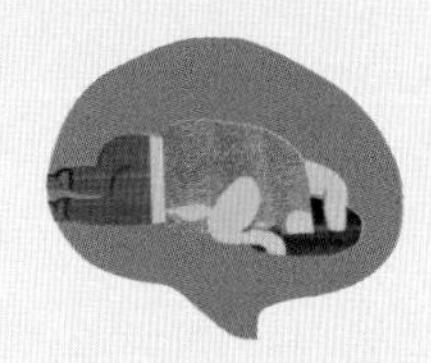

땅속 저 밑은 늘 음침하다.

고달픈 간드렛불광산에서 사용하는 등불. 맥없이 푸르께하다. 밤과 달라서 낮엔 되우아주 몹시 흐릿하였다.

거칠은 황토 장벽으로 앞뒤 좌우가 콕 막힌 좁직한 구뎅이. 흡사히 무덤 속같이 귀중중하다매우 더럽고 지저분하다. 싸늘한 침묵, 쿠더브레한쿰쿰한 흙내와 징그러운 냉기만이 그 속에 자욱하다.

곡괭이는 뻔질 흙을 이르집는다흙 따위를 파헤치다. 암팡스러이 내려 쪼며,

"퍽 퍽 퍽……."

이렇게 메떨어진모양이나 말, 행동 등이 세련되지 못하여 어울리지 않고 촌스러운 소리뿐. 그러나 간간 우수수 하고 벽이 헐린다.

영식이는 일손을 놓고 소맷자락을 끌어당기어 얼굴의 땀을 훑는다. 이놈의 줄이 언제나 잡힐는지 기가 찼다. 흙 한 줌을 집어 코밑에 바싹 들이대고 손가락으로 샅샅이 뒤져 본다. 완연히 버력광석이나 석탄을 캘 때 나오는 광물 성분이 섞이지 않은 잡돌은 좀 변한 듯싶다. 그러나 불통 버력이 아주 다 풀린 것도 아니었다. 말똥버력양파 모양으로 벗겨져 부스러지기 쉬운 버력이라야 금이 나온다는데 왜 이리 안 나오는지.

곡괭이를 다시 집어 든다. 땅에 무릎을 꿇고 궁뎅이를 번쩍 든 채 식식

거린다. 곡괭이를 무작정 내려찍는다.

바닥에서 물이 스미어 무르팍이 흥건히 젖었다. 굿구덩이 얹은 천판天板 채굴 현장의 천장에서 흙 방울은 내리며 목덜미로 굴러든다. 어떤 때에는 윗벽의 한쪽이 떨어지며 등을 탕 때리고 부서진다.

그러나 그는 눈도 하나 깜짝하지 않는다. 금을 캔다고 콩밭 하나를 다 잡쳤다. 약이 올라서 죽을 둥 살 둥, 눈이 뒤집힌 이 판이다. 손바닥에 침을 탁 뱉고 곡괭이 자루를 한번 꼬나 잡더니 쉴 줄 모른다.

등 뒤에서는 흙 긁는 소리가 드윽드윽 난다. 아직도 버력을 다 못 친 모양. 이 자식이 일을 하나, 시조를 하나. 남은 속이 바직바직 타는데 웬 뱃심이 이리도 좋아.

영식이는 살기殺氣 무시무시한 기운 띤 시선으로 고개를 돌렸다. 암말 없이 수재를 노려본다. 그제야 꾸물꾸물 바지게짐을 싣는 발채를 얹은 지게에 흙을 담고 등에 메고 사다리를 올라간다.

굿이 풀리는지 벽이 우찔하였다. 흙이 부서져 내린다. 전날이라면 이곳에서 아내 한 번 못 보고 생죽음이나 안 할까 털끝까지 쭈뼛할 게다. 그러나 인젠 그렇게 되고도 싶다. 수재란 놈하고 흙더미에 묻히어 한껍에한꺼번에 죽는다면 그게 오히려 날 게다.

이렇게까지 몹시 몹시 미웠다.

이놈 풍 치는허황하여 믿음성이 없는 말이나 행동을 하는 바람에 애꿎은 콩밭 하나만 결딴을 냈다. 뿐만 아니라 모두가 낭패다. 세 벌 논도 못 맸다. 논둑의 풀은 성큼 자란 채 어지러이 널려 있다. 이 기미를 알고 지주는 대로大怒 크게 화를 냄하였다. 내년부터는 농사 질 생각 말라고 발을 굴렀다. 땅은 암만을 파도 지수地水 땅속의 물가 없다. 이만 해도 다섯 길은 훨썩 넘었으리라. 좀 더 지펴야깊어야 옳을지 혹은 북으로 밀어야폭을 넓혀야 옳을지, 우두머니우두커니 망설거린다. 금점金店 금광 일에는 푸뚱풋내기이다. 입때껏여태껏 수재의 지휘를 받아 일을 하여 왔고, 앞으로도 역시 그러해야 금을 딸 것이다. 그러나 그런 칙칙한 짓은 안 한다.

"이리 와, 이것 좀 파게."

그는 어쓴엇서는. 양보하거나 수그리지 않고 맞서는 위풍을 보이며 이렇게 분부하였다. 그리고 저는 일어나 손을 털며 뒤로 물러선다.

수재는 군말 없이 고분하였다. 시키는 대로 땅에 무릎을 꿇고 벽채광산에서 사용하는 연장의 하나로 군버력을 긁어낸 다음 다시 파기 시작한다.

영식이는 치다 나머지 버력을 짊어진다. 커단 걸대傑大 사람의 몸집이나 체격를 뒤툭거리며 사다리로 기어오른다. 굿문을 나와 버력더미에 흙을 마악 내치려 할 제,

"왜 또 파. 이것들이 미쳤나그래!"

산에서 내려오는 마름지주를 대리하여 소작권을 관리하는 사람과 맞닥뜨렸다. 정신이 떠름하여 그대로 벙벙히 섰다. 오늘은 또 무슨 포악을 들으려는가.

"말라니까 왜 또 파는 게야."

하고 영식이의 바지게 뒤를 지팡이로 꽉 찌르더니,

"갈아먹으라는 밭이지, 흙 쓰고 들어가라는 거야? 이 미친 것들아. 콩밭에서 웬 금이 나온다구 이 지랄들이야그래."

하고 목에 핏대를 올린다. 밭을 버리면 간수 잘못한 자기 탓이다. 날마다 와서 그 북새야단스럽게 부산을 떨며 법석이는 일를 피우고 금하여도 다음 날 보면 또 여전히 파는 것이다.

"오늘로 이 구뎅이를 도로 묻어 놔야지, 낼로 당장 징역 갈 줄 알게."

너무 감정에 격하여 말도 잘 안 나오고 떠듬떠듬거린다. 주먹은 곧 날아들 듯이 허구리허리 양쪽 갈비뼈 아래의 잘쏙한 부분께서 불불 떤다.

"오늘만 좀 해 보고 그만두겠어유."

영식이는 낯이 붉어지며 가까스로 한마디 하였다. 그리고 무턱대고 빌었다.

마름은 들은 척도 안 하고 가 버린다.

그 뒷모양을 영식이는 멀거니 배웅하였다. 그러나 콩밭 낮짝을 들여다보니 무던히 애통 터진다. 멀쩡한 밭에 구멍이 사면 풍풍 뚫렸다.

예제없이여기나 저기나 구별이 없이 버력은 무더기무더기 쌓였다. 마치 사태 만난 공동묘지와도 같이 귀살쩍고일이나 물건이 마구 얼크러져 정신이 뒤숭숭하거나 산란하고 되우 을씨년스럽다. 그다지 잘되었던 콩 포기는 거반居半 거의 절반 가까이 버력더미에 다아 깔려 버리고 군데군데 어쩌다 남은 놈들만이 고개를 나풀거린다. 그 꼴을 보는 것은 자식 죽는 걸 보는 게 낫지 차마 못 할 경상景狀 경치이었다.

농토는 모조리 떨어질 것이다. 그러나 대관절 올 밭도지남의 밭을 빌려서 부치고 그 삯으로 해마다 주인에게 내는 현물 벼 두 섬 반은 뭘로 해내야 좋을지. 게다 밭을 망쳤으니 자칫하면 징역을 갈는지도 모른다.

영식이가 구뎅이 안으로 들어왔을 때 동무는 땅에 주저앉아 쉬고 있었다. 태연 무심히 담배만 빽빽 피우는 것이다.

"언제나 줄을 잡는 거야."

"인제 차차 나오겠지."

"인제 나온다?"

하고 코웃음을 치고 엇먹더니사리에 맞지 않는 언행으로 비꼬더니 조금 지나매,

"이 새끼."

흙덩이를 집어 들고 골통을 내려친다.

수재는 어쿠 하고 그대로 폭 엎드린다. 그러다 벌떡 일어선다. 눈에 띄

는 대로 곡괭이를 잡자 대뜸 달려들었다. 그러나 강약이 부동. 왁살스러운매우 무지하고 포악하며 드센 데가 있는 팔뚝에 퉁겨져 벽에 가서 쿵 하고 떨어졌다. 그 순간에 제가 빼앗긴 곡괭이가 정바기'정수리'의 방언를 겨누고 날아드는 걸 보았다. 고개를 홱 돌린다. 곡괭이는 흙벽을 퍽 찍고 다시 나간다.

수재 이름만 들어도 영식이는 이가 갈렸다. 분명히 홀딱 속은 것이다.

영식이는 본디 금점에 이력이 없었다. 그리고 흥미도 없었다. 다만 밭고랑에 웅크리고 앉아서 땀을 흘려 가며 꾸벅꾸벅 일만 하였다. 올엔 콩도 뜻밖에 잘 열리고 망이 좀 놓였다.

하루는 홀로 김을 매고 있노라니까,

"여보게, 덥지 않은가? 좀 쉬었다 하게."

고개를 들어 보니 수재다. 농사는 안 짓고 금점으로만 돌아다니더니 무슨 바람에 또 왔는지 싱글벙글한다. 좋은 수나 걸렸나 하고,

"돈 좀 많이 벌었나. 나 좀 쵀주게'꿔어주다'의 방언."

"벌구말구. 맘껏 먹고 맘껏 쓰고 했네."

술에 거나한 얼굴로 신껏흥에 겨워 한껏 주적거린다주책없이 잘난 체하며 자꾸 떠든다. 그리고 밭머리에 쭈그리고 앉아 한참 객설客說 쓸데없고 싱겁게 하는 말을 부리더니,

"자네, 돈벌이 좀 안 할려나. 이 밭에 금이 묻혔네, 금이."

"뭐?"

하니까, 바로 이 산 너머 큰 골에 광산이 있다, 광부를 삼백여 명이나 부리는 노다지판인데 매일 소출되는 금이 칠십 냥을 넘는다, 돈으로 치면 칠천 원, 그 줄맥이 큰 산허리를 뚫고 이 콩밭으로 뻗어 나왔다는 것이다. 둘이서 파면 불과 열흘 안에 줄을 잡을 게고, 적어도 하루 서 돈씩은

따리라. 우선 삼십 원만 해도 얼마냐. 소를 산대도 반 필이 아니냐고.

그러나 영식이는 귀담아듣지 않았다. 금점이란 칼 물고 뜀뛰기다. 잘되면이어니와 못되면 신세만 조판다망친다. 이렇게 전일부터 들은 소리가 있어서였다.

그담 날도 와서 꾀송거리다달콤하거나 교묘한 말로 자꾸 꾀다 갔다.

셋째 번에는 집으로 찾아왔는데 막걸리 한 병을 손에 떡 들고 영을 피운다. 몸이 달아서 또 온 것이었다. 봉당封堂 안방과 건넌방 사이의 마루를 놓을 자리에 마루를 놓지 않고 흙바닥 그대로 둔 곳에 걸터앉아서 저녁상을 물끄러미 바라보더니 조당수좁쌀을 물에 불린 다음 갈아서 묽게 쑨 음식는 몸을 훑인다는 둥 일꾼은 든든히 먹어야 한다는 둥 남들은 논을 사느니 밭을 사느니 떠드는데 요렇게 지내다 그만둘 테냐는 둥 일쩝게일거리가 되어 귀찮거나 불편하게 지절거린다.

"아주머니, 이것 좀 먹게 해 주시게유."

그리고 비로소 영식이 아내에게 술병을 내놓는다. 그들은 밥상을 끼고 앉아서 즐겁게 술을 마셨다. 몇 잔이 들어가고 보니 영식이의 생각도 적이꽤 돌아섰다. 딴은 일 년 고생하고 끽고작 콩 몇 섬 얻어먹느니보다는 금을 캐는 것이 슬기로운 짓이다. 하루에 잘만 캔다면 한 해 줄곧 공들인 그 수확보다 훨썩 이익이다. 올봄 보낼 제 비료 값, 품삯 빚해 빚진 칠 원 까닭에 나날이 졸리는 이 판이다. 이렇게 지지하게 살고 말 바에는 차라리 가로지나 세로지나 사내자식이 한번 해 볼 것이다.

"낼부터 우리 파 보세. 돈만 있으면이야, 그까진 콩은……."

수재가 안달스리 재우쳐빨리 몰아치거나 재촉하여 보채일 제 선뜻 응낙하였다.

"그래 보세, 빌어먹을 거 안 됨 고만이지."

그러나 꽁무니에서 죽을 마시고 있던 아내가 허구리를 쿡쿡 찔렀게 망정이지 그렇지 않았더면 좀 주저할 뻔도 하였다.

아내는 아내대로의 셈이 빨랐다.

시체時體 그 시대의 풍습이나 유행는 금점이 판을 잡았다. 섣부르게 농사만 짓고 있다간 결국 비렁뱅이밖에는 더 못 된다. 얼마 안 있으면 산이고 논이고 밭이고 할 것 없이 다 금쟁이 손에 구멍이 뚫리고 뒤집히고 뒤죽박죽이 될 것이다. 그때는 뭘 파먹고 사나. 자, 보아라. 머슴들은 짜기나 한 듯이 일하다 말고 훅닥 하면 금점으로들 내빼지 않는가. 일꾼이 없어서 올엔 농사를 질 수 없느니 마느니 하고 동리에서는 떠들썩하다. 그리고 번동 포농이조차 호미를 내어던지고 강변으로 개울로 사금을 캐러 달아난다. 그러다 며칠 뒤엔 다비신'양말'의 방언에다 옥당목玉唐木 옥양목보다 품질이 낮은 무명의 피륙을 떨치고 희짜뽑는가진 것이 없으면서 잠짓 분수에 넘치게 구는 것이 아닌가.

아내는 콩밭에서 금이 날 줄은 아주 꿈밖이었다. 놀라고도 또 기뻤다. 올에는 노상 침만 삼키던 그놈 코다리명태를 짜장과연 정말로 먹어 보겠구나만 하여도 속이 메질 듯이 짜릿하였다. 뒷집 양근댁은 금점 덕택에 남편이 사다 준 고무신을 신고 나릿나릿 걷는 것이 무척 부러웠다. 저도 얼른 금이나 펑펑 쏟아지면 흰 고무신도 신고 얼굴에 분도 바르고 하리라.

"그렇게 해 보지 뭐. 저 양반 하잔 대로만 하면 어련히 잘될라구."

얼뚤하여얼떨떨하여 앉았는 남편을 이렇게 추겼던 것이다.

동이 트기 무섭게 콩밭으로 모였다.

수재는 진언眞言 비밀스러운 어구이나 하는 듯이 이리 대고 중얼거리고 저리 대고 중얼거리고 하였다. 그리고 덤벙거리며 이리 왔다가 저리 왔다가 하였다. 제 딴은 땅속에 누운 줄맥광맥이 있을 법한 땅을 어림하여 보는 맥이었다.

한참을 밭을 헤매다가 산 쪽으로 붙은 한구석에 딱 서며 손가락을 펴 들고 설명한다. 큰 줄이란 본시 산운산을 끼고 도는 법이다. 이 줄이 노다지임에는 필시 이켠으로 버듬히 누웠으리라. 그러니 여기서부터 파 들어가자는 것이었다.

영식이는 그 말이 무슨 소린지 새기지는 못했다마는, 금점에는 난다는 수재이니 그 말대로 하기만 하면 영락없이 금퇴금이 들어 있는 광석야 나겠지 하고 그것만 꼭 믿었다. 군말 없이 지시해 받은 곳에다 삽을 푹 꽂고 파헤치기 시작하였다.

금도 금이면 애써 키워 온 콩도 콩이었다. 거진 다 자란 허울 멀쑥한 놈들이 삽 끝에 으스러지고 흙에 묻히고 하는 것이다. 그걸 보는 것은 썩 속이 아팠다. 애틋한 생각이 물밀 때 가끔 삽을 놓고 허리를 구부려서 콩잎의 흙을 털어 주기도 하였다.

"아, 이 사람아. 맥쩍게쑥스럽게 그건 봐 뭘 해, 금을 캐사니깐."

"아니야, 허리가 좀 아파서."

핀잔을 얻어먹고는 좀 열없었다약간 부끄럽고 겸연쩍었다. 하기는 금만 잘 터져 나오면 이까짓 콩밭쯤이야. 이 밭을 풀어 논도 만들 수 있을 것이다. 눈을 감아 버리고 삽의 흙을 아무렇게나 콩잎 위로 홱홱 내어던진다.

"구구루국으로, 제 주제에 맞게 땅이나 파먹지 이게 무슨 지랄들이야!"

동리 노인은 뻔질 찾아와서 귀 거친 소리를 하고 하였다.

밭에 구멍을 셋이나 뚫었다. 그리고 대고무리하게 자꾸 뚫는 길이었다. 금인가 난장亂杖 신체의 부위를 가리지 않고 마구 매로 치던 고문을 맞을 건가 그것 때문에 농군은 버렸다. 이게 필연코 세상이 망하려는 징조이리라. 그 소중한 밭에다 구멍을 뚫고 이 지랄이니 그놈이 온전할 겐가.

노인은 제 울화에 지팡이를 들어 삿대질을 아니할 수 없었다.

"벼락 맞느니 벼락 맞어!"

"염려 말아유. 누가 알래지유."

영식이는 그럴 적마다 데퉁스레거칠게 쏘았다. 골김에 흙을 되는대로 내꼰지고는 침을 탁 뱉고 구뎅이로 들어간다. 그러나 마음 한구석에는 언제나 끈하였다마음이 개운하지 않다. 줄을 찾는다고 콩밭을 통이 뒤집어 놓았다. 그리고 줄이 언제나 나올지 아직 까맣다. 논도 못 매고 물도 못 보고 벼가 어이 되었는지 그것조차 모른다. 밤에는 잠이 안 와 멀뚱하니 애를 태웠다.

수재는 낙담하는 기색도 없이 늘 하냥이었다. 땅에 웅숭그리고 시적시적 노량으로어정어정 놀면서 느릿느릿 땅만 판다.

"줄이 꼭 나오겠나."

하고 목이 말라서 물으면,

"이번에 안 나오거든 내 목을 베게."

서슴지 않고 장담을 하고는 꿋꿋하였다.

이걸 보면 영식이도 마음이 좀 놓이는 듯싶었다. 전들 금이 없다면 무슨 멋으로 이 고생을 하랴. 반드시 금은 나올 것이다. 그제서는 이왕 손해는 하릴없거니와어떻게 할 도리가 없거니와 그만두리라는 절망이 스스로 사라지고 다시금 주먹이 쥐어지는 것이었다.

캄캄하게 밤은 어두웠다. 어디선가 뭇 개가 요란히 짖어 댄다.

남편은 진흙투성이를 하고 내려왔다. 풀이 죽어서 몸을 잘 가누지도 못하고 아랫목에 축 늘어진다.

이 꼴을 보니 아내는 맥이 다시 풀린다. 오늘도 또 글렀구나. 금이 터지면 집을 한 채 사 간다고 자랑을 하고 왔더니 이내 헛일이었다. 인제 좌기挫氣 기세가 꺾임가 나서 낯을 들고 나아갈 염의念意 무엇을 하고자 하는 생각조차 없어졌다.

남편에게 저녁을 갖다 주고 딱하게 바라본다.

"인제 꿔 온 양식도 다 먹었는데……."

"새벽에 산제山祭 산신령에게 드리는 제사를 좀 지낼 텐데 한 번만 더 꿔 와."

남의 말에는 대답 없고 유하게 흘게 늦은 소리뿐. 그리고 드러누운 채 눈을 지그시 감아 버린다.

"죽거리두 없는데 산제는 무슨……."

"듣기 싫어, 요망 맞은 년 같으니."

이 호통에 아내는 그만 멈씰하였다. 요즘 와서는 무턱대고 공연스레 골만 내는 남편이 영 딱하였다. 환장을 하는지 밤잠도 아니 자고 소리만 빽빽 지르며 덤벼들려고 든다. 심지어 어린것이 좀 울어도 이 자식 삿다내꾼지라고 북새를 피우는 것이다.

저녁을 아니 먹으므로 그냥 치워 버렸다. 남편의 영을 거역키 어려워 양근댁한테로 또다시 안 갈 수 없다. 그간 양식은 줄곧 꾸어다 먹고 갚지도 못하였는데 또 무슨 면목으로 입을 벌릴지 난처한 노릇이었다.

그는 생각다 끝에 있는 염치를 보째 쏟아 던지고 다시 한 번 찾아가는 것이다마는, 딱 맞닥뜨리어 입을 열고,

"낼 산제를 지낸다는데 쌀이 있어야지유."

하자니 영 낯이 화끈하고 모닥불이 날아든다.

그러나 그들은 어지간히 착한 사람이었다.

"암 그렇지요. 산신이 벗나면 죽도 그릅니다."

하고 말을 받으며 그 남편은 빙그레 웃는다. 워낙이 금점에 장구長久 오랫

동안 닳아난 몸인 만치 이런 일에는 적잖이 속이 틔었다. 손수 쌀 닷 되를 떠다 주며,

"산제란 안 지냄 몰라두 이왕 지내려면 아주 정성껏 해야 됩니다. 산신이란 노하길 잘하니까유."

하고 그 비방까지 깨쳐 보낸다.

쌀을 받아 들고 나오며 영식이 처는 고마움보다 먼저 미안에 질리어 얼굴이 다시 빨갰다. 그리고 그들 부부 살아가는 살림이 참으로 참으로 몹시 부러웠다. 양근댁 남편은 날마다 금점으로 감돌며 버력더미를 뒤지고 토록광맥의 본래 줄기에서 떨어져 다른 잡석과 함께 광맥의 겉으로 드러나 있는 광석을 주워 온다. 그걸 온종일 장판돌에다 갈면 수가 좋으면 이삼 원, 옥아도밑져도 칠팔십 전 꼴은 매일 셈이 되는 것이었다. 그러면 쌀을 산다, 피륙아직 끊지 않은 천을 통틀어 이르는 말을 끊는다, 떡을 한다, 장리長利 돈이나 곡식을 꾸어 주고, 받을 때에는 한 해 이자로 본디 곡식의 절반 이상을 받는 변리(邊利)를 놓는다……. 그런데 우리는 왜 늘 요 꼴인지 생각만 하여도 가슴이 메는 듯 맥맥한 한숨이 연발을 하는 것이었다.

아내는 집에 돌아와 떡쌀을 담갔다. 낼은 뭘로 죽을 쑤어 먹을는지. 윗목에 웅크리고 앉아서 맞은쪽에 자빠져 있는 남편을 곁눈으로 살짝 할퀴어 본다. 남들은 돌아다니며 잘두 금을 줏어 오련만 저 망나니 제 밭 하나를 다 버려도 금 한 톨 못 줏어 오나. 에, 에, 변변치도 못한 사나이. 저도 모르게 얕은 한숨이 거푸 두 번을 터진다.

밤이 이슥하여 그들 양주兩主 바깥주인과 안주인이라는 뜻으로, '부부'를 이르는 말는 떡을 하러 나왔다. 남편은 절구에 쿵쿵 빻았다. 그러나 체가 없다. 동네로 돌아다니며 빌어 오느라고 아내는 다리에 불풍이 났다.

"왜 이리 앉었수, 불 좀 지피지."

떡을 찧다가 얼이 빠져서 멍하니 앉아 있는 남편이 밉살스럽다. 남은 이래저래 애를 죄는데 저건 무슨 생각을 하고 저리 있는 건지. 낫으로 삭정이말라 죽은 가지를를 탁탁 조겨서 던져 주며 아내는 은근히 훅닥이었다다그치며 들볶았다.

닭이 두 홰새벽에 닭이 올라앉은 나무 막대를 치면서 우는 차례를 세는 단위를 치고 나서야 떡은 되었다.

아내는 시루떡이나 쌀을 찌는 데 쓰는 둥근 질그릇를 이고 남편은 겨드랑에 자리때기를 꼈다. 그리고 캄캄한 산길을 올라간다.

비탈길을 얼마 올라가서야 콩밭은 놓였다. 전면이 우뚝한 검은 산에 둘리어 막힌 곳이었다. 가생이로 느티, 대추나무들은 머리를 풀었다.

밭머리 조금 못미처 남편은 걸음을 멈추자 뒤의 아내를 돌아본다.

"인 내, 그리고 여기 가만히 섰어."

시루를 받아 한 팔로 껴안고 그는 혼자서 콩밭으로 올라섰다. 앞에 쌓인 것이 모두가 흙더미, 그 흙더미를 마악 돌아서려 할 제 아마 돌을 찼나 보다. 몸이 쓰러지려고 우쩔끈하니, 아내가 기겁을 하여 뛰어오르며 그를 부축하였다.

"부정 타라구 왜 올라와, 요망 맞은 년."

남편은 몸을 고르잡자 소리를 뻑 지르며 아내 얼빰얼떨결에 치는 뺨을 붙인다. 가뜩이나 죽으라 죽으라 하는데 불길하게도 계집년이. 그는 마뜩지 않게마음에 들지 않게 두덜거리며 밭으로 들어간다.

밭 한가운데다 자리를 펴고 그 위에 시루를 놓았다. 그리고 시루 앞에다 공손하고 정성스레 재배를 커다랗게 한다.

"우리를 살려 줍시사. 산신께서 거들어 주지 않으면 저희는 죽을 수밖에 꼼짝 없습니다유."

그는 손을 모으고 이렇게 축원하였다.

아내는 이 꼴을 바라보며 독이 뾰록같이 올랐다. 금점을 합네 하고 금 한 톨 못 캐는 것이 버릇만 점점 글러 간다. 그전에는 없더니 요새로 건듯하면 탕탕 때리는 못된 버릇이 생긴 것이다. 금을 캐랬지 뺨을 치랬나. 제발 덕분에 그놈의 금 좀 나오지 말았으면. 그는 뺨 맞은 앙심으로 맘껏 방자남에게 재앙이 내리도록 비는 짓하였다.

하긴 아내의 말 그대로 되었다. 열흘이 썩 넘어도 산신은 깜깜무소식이었다. 남편은 밤낮으로 눈을 까뒤집고 구덩이에 묻혀 있었다. 어쩌다 집엘 내려오는 때이면 얼굴이 헐떡하고 어깨가 축 늘어지고 거반 병객이었다. 그러고서 잠자코 커다란 몸집을 방고래방의 구들장 밑으로 나 있는, 불길과 연기가 통하여 나가는 길에다 쿵 하고 내던지고 하는 것이다.

"제미몹시 못마땅할 때 욕으로 하는 말 붙을, 죽어나 버렸으면."

혹은 이렇게 탄식하기도 하였다.

아내는 바가지에 점심을 이고서 집을 나섰다. 젖먹이는 등을 두드리며 좋다고 끽끽거린다.

이젠 흰 고무신이고 코다리고 생각조차 물렸다. 그리고 금 하는 소리만 들어도 입에 신물이 날 만큼 되었다. 그건 고사하고 꿔다 먹은 양식에 졸리지나 말았으면 그만도 좋으리마는.

가을은 논으로 밭으로 누렇게 내리었다. 농군들은 기꺼운 낯을 하고 서로 만나면 흥겨운 농담. 그러나 남편은 애먼 밭만 망치고 논조차 건살 못하였으니 이 가을에는 뭘 거둬들이고 뭘 즐겨 할는지. 그는 동리 사람의 이목이 부끄러워 산길로 돌았다.

솔숲을 나서서 멀리 밖에를 바라보니 둘이 다 나와 있다. 오늘도 또 싸운 모양. 하나는 이쪽 흙더미에 앉았고 하나는 저쪽에 앉았고 서로들 외면하여 담배만 뻑뻑 피운다.

"점심들 잡숫게유."

남편 앞에 바가지를 내려놓으며 가만히 맥을 보았다.

남편은 적삼윗도리에 입는 홑옷이 찢어지고 얼굴에 생채기긁혀서 생긴 작은 상처를 내었다. 그리고 두 팔을 걷고 먼 산을 향하여 묵묵히 앉았다.

수재는 흙에 박혔다 나왔는지 얼굴은커녕 귓속들이 흙투성이다. 코밑에는 피딱지가 말라붙었고 아직도 조금씩 피가 흘러내린다. 영식이 처를 보더니 열없는 모양. 고개를 돌리어 모로 떨어치며 입맛만 쩍쩍 다신다.

금을 캐라니까 밤낮 피만 내다 말라는가. 빚에 졸리어 남은 속을 볶는데 무슨 호강에 이 지랄들인구. 아내는 못마땅하여 눈가에 살을 모았다.

"산제 지낸다구 꿔 온 것은 언제나 갚는다지유?"

뚱하고 있는 남편을 향하여 말끝을 꼬부린다. 그러나 남편은 눈썹 하나 까딱하지 않는다. 이번에는 어조를 좀 돋우며,

"갚지도 못할 걸 왜 꿔 오라 했지유!"

하고 얼추 호령이었다.

이 말은 남편의 채 가라앉지도 못한 분통을 다시 건드린다. 그는 벌떡 일어서며 황밤껍질과 보늬를 벗긴 빛이 누른 밤 주먹을 쥐어 창망할 만큼 아내의 골통을 후렸다.

"계집년이 방정맞게."

다른 것은 모르나 주먹에는 아찔이었다. 멋없이 덤비다간 골통이 부서진다. 암상남을 시기하고 샘을 잘 내는 마음이나 행동을 참고 바르르하다가 이윽고 아내는 등에 업은 어린애를 끌러 들었다. 남편에게로 그대로 밀어 던지니 아이는 까르륵하고 숨 모는 소리를 친다.

그리고 아내는 돌아서서 혼잣말로,

"콩밭에서 금을 딴다는 숙맥도 있담."

하고 빗대 놓고 비양거린다.

"이년아, 뭐!"

남편은 대뜸 달려들며 그 볼치에다 다시 올찬 황밤을 주었다. 적이나 하면 계집이니 위로도 하여 주련만 요건 분만 폭폭 질러 놓으려나. 예이, 빌어먹을 거 이판사판막다른 데 이르러 어찌할 수 없게 된 지경이다.

"너허구 안 산다. 오늘루 가거라."

아내를 와락 떠다밀어 논둑에 젖혀 놓고 그 허구리를 발길로 퍽 질렀다. 아내는 입을 헉 하고 벌린다.

"네가 허라구 옆구리를 쿡쿡 찌를 제는 언제냐, 요 집안 망할 년."

그리고 다시 퍽 질렀다. 연하여 또 퍽.

이 꼴들을 보니 수재는 조바심이 일었다. 저러다가 그 분풀이가 다시 제게로 슬그머니 옮아올 것을 지레 채었다. 인제 걸리면 죽는다. 그는 비슬비슬하다 어느 틈엔가 구뎅이 속으로 시나브로모르는 사이에 조금씩 없어져 버린다.

볕은 다사로운 가을 향취를 풍긴다. 주인을 잃고 콩은 무거운 열매를 둥글둥글 흙에 굴린다. 맞은쪽 산 밑에서 벼들을 베며 기뻐하는 농군의 노래.

"터졌네, 터져."

수재는 눈이 휘둥그렇게 굿문을 뛰어나오며 소리를 친다. 손에는 흙 한 줌이 잔뜩 쥐였다.

"뭐?"

하다가,

"금줄 잡았어, 금줄."

"응……."

하고 외마디를 뒤남기자 영식이는 수재 앞으로 살같이 달려들었다. 허겁지겁 그 흙을 받아 들고 샅샅이 헤쳐 보니 딴은 재래에 보지 못하던 불그죽죽한 황토이었다. 그는 눈에 눈물이 핑 돌며,

"이게 원 줄인가?"

"그럼, 이것이 곱색줄광맥의 하나. 산화한 황화 광물로 이루어진 붉은빛의 광맥이 길게 뻗치어 박인 줄이라네. 한 포에 댓 돈씩은 넉넉 잡히네."

영식이는 기쁨보다 먼저 기가 탁 막혔다. 웃어야 옳을지 울어야 옳을지. 다만 입을 반쯤 벌린 채 수재의 얼굴만 멍하니 바라본다.

"이리 와 봐. 이게 금이래."

이윽고 남편은 아내를 부른다. 그리고 내 뭐랬어, 그러게 해 보라고 그랬지 하고 설면설면 덤벼 오는 아내가 한결 어여뻤다. 그는 엄지가락으로 아내의 눈물을 지워 주고 그러고 나서 껑충거리며 구뎅이로 들어간다.

"그 흙 속에 금이 있지요?"

영식이 처가 너무 기뻐서 코다리에 고래등 같은 집까지 연상할 제, 수재는 시원스러이,

"네, 한 포대에 오십 원씩 나와유."

하고 대답하고 오늘 밤에는 꼭, 정녕코 꼭 달아나리라 생각하였다.

거짓말이란 오래 못 간다. 뽕이 나서거짓말이 들통이 나서 뼈다귀도 못 추리기 전에 훨훨 벗어나는 게 상책이겠다.

금 따는 콩밭

작가 소개

김유정(金裕貞, 1908~1937)

강원도 춘천에서 태어났다. 1935년 〈조선일보〉 신춘문예에 「소낙비」가 당선되면서 등단했다. 폐결핵으로 29세에 요절하기까지 2년 동안 30여 편에 가까운 작품을 남겼다. 김유정은 대부분 작품에서 빈곤에 시달리던 1930년대 식민지 현실을 묘사하고 있다. 주요 등장인물은 가난 속에서도 웃음을 잃지 않는 소작농, 노동자, 여급 등이다. 한국 현대 작가 가운데 김유정만큼 해학적이고 토속적인 문장을 구사한 작가는 드물다. 어두운 현실을 배경으로 펼쳐지는 김유정의 이야기에서 생기가 느껴지는 것은 그의 해학적인 문체 때문이다. 하지만 농촌의 문제점을 희화화했다는 지적을 받기도 한다. 주요 작품으로 「소낙비」(1935), 「만무방」(1935), 「금 따는 콩밭」(1935), 「봄봄」(1935), 「땡볕」(1937) 등이 있다.

작품 정리

- **갈래** 농촌 소설
- **성격** 사실주의적, 반어적, 해학적, 풍자적
- **배경** 시간 – 1930년대 / 공간 – 강원도 산골
- **시점** 3인칭 작가 관찰자 시점
- **구성** '발단 – 전개 – 위기 – 절정 – 결말'의 5단계 구성
- **특징**
  - 1930년대 농촌 사회의 열악한 구조적 모순을 폭로함
  - 아이러니가 주는 해학성을 사용함
- **주제** 절망적 현실에서 허황된 욕망을 추구하는 인간의 어리석음
- **출전** 〈개벽〉(1935)

구성과 줄거리

- **발단** **영식은 금줄을 잡기 위해 열심히 구덩이를 팜**

  남의 땅을 소작하는 영식은 곡괭이를 잡고 열심히 콩밭을 파지만 구덩이 속은 무덤처럼 음침하기만 하다.

- **전개** **수재의 꼬임과 아내의 부추김으로 결국 콩밭만 망침**

  수재의 꼬임에 빠진 영식은 금맥을 찾기 위해 농사일도 미루고 구덩이를 파지만 애꿎은 콩밭만 결딴이 난다. 마름은 파헤친 구덩이를 묻지 않으면 징역을 갈 줄 알라고 역정을 내지만, 금이 나올 기미를 보이지 않자 영식은 초조해진다.

- **위기** **산제까지 지내지만 금은 나오지 않음**

  영식은 산제라도 지내보자고 아내에게 말하지만 아내는 먹을 것도 없는데 무슨 산제냐고 투덜거린다. 영식은 기어이 산제를 지내지만 열흘이 지나도록 금이 발견되지 않는다. 아내가 콩밭에서 금을 따는 숙맥도 있냐고 비아냥거리자 영식은 홧김에 아내에게 발길질을 한다.

- **절정** **수재가 황토를 보이며 금줄을 잡았다고 소리침**

  불안해진 수재가 슬그머니 불그죽죽한 황토를 영식에게 내보이며 그 속에 금이 있다고 거짓말을 한다.

- **결말** **수재는 달아날 궁리를 함**

  수재는 거짓말이 오래가지 않을 것 같아 달아날 생각을 한다.

생각해 보세요

1 이 작품에서 '금'은 어떤 양면성을 지니는가?

'금'은 영식을 가난한 현실로부터 구원할 수 있는 수단이면서 동시에 파멸시킬 수도 있는 수단이다. 즉 '금'은 구원과 파멸의 양면성을 지니고 있다. 만약에 영식이 금의 유혹에 빠져들지 않았다면 콩을 수확하는 기쁨을 만끽할 수 있었을 것이다. 하지만 '금'이라는 허황된 꿈을 좇아 '콩'이라는 현실을 포기함으로써 영식은 절망에 빠질 수밖에 없었다. 이 작품은 일확천금을 좇는 한 사람의 이야기가 아니다. 일제 치하 농촌 전체의 암담한 현실이 담긴 이야기이다. 일제 치하 농민들이 가난에서 벗어날 수 있는 방법은 없었다. 그들이 할 수 있었던 최선의 노력은 일확천금을 꿈꾸는 몸부림뿐이었던 것이다.

2 작품에 반영된 시대상은 무엇인가?

이 작품에는 열강이 한반도 자원을 수탈하던 시대상이 반영되어 있다. 1896년 모스Morse라는 미국인이 대한 제국 황실로부터 운산 금광의 개발권을 얻었다. 그로부터 1939년까지 운산 금광에서는 약 900만 톤의 금광석이 채굴되었는데 이를 금액으로 환산하면 알래스카를 두 개 반이나 살 수 있는 금액이라고 한다. 운산 금광의 채굴권은 1939년 미국인의 손을 떠나 일본인의 손에 들어간다.

의사인 저(창섭)는 고향을 찾았어요. 의사의 오진으로 세상을 떠난 누이(창옥)의 묘를 보며 좋은 병원을 지어야겠다고 다짐했지요. 저는 아버지에게 서울로 모시고 가겠다며 땅을 팔아 달라고 설득했어요. 하지만 땅에 대한 아버지의 애착은 변함이 없었지요. 저는 아버지에 대한 존경심을 품고 돌다리를 건너 서울로 돌아왔답니다.

돌다리

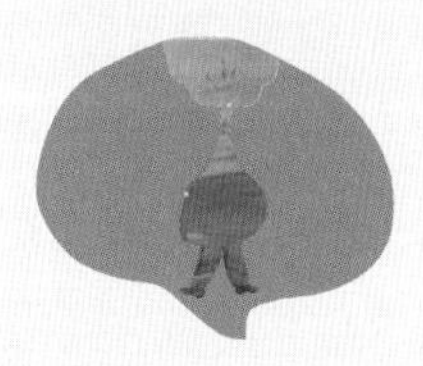

정거장에서 샘말 십 리 길을 내려오노라면 반이 될락 말락 한 데서부터 샘말 동네보다는 그 건너편 산기슭에 놓인 공동묘지가 먼저 눈에 뜨인다.

창섭은 잠깐 걸음을 멈추고까지 바라보았다.

봄에 올 때 보면, 진달래가 불붙듯 피어 올라가는 야산野山 들 가까이의 나지막한 산이다. 지금은 단풍철도 지나고 누르테테한 가닥나무'떡갈나무'의 방언들만 묘지를 둘러, 듣지 않아도 적막한 버스럭 소리만 울릴 것 같았다. 어느 것이라고 집어낼 수는 없어도, 창옥의 무덤이 어디쯤이라고는 짐작이 된다. 창섭은 마음으로 '창옥아' 불러 보며 묵례默禮 말없이 고개만 숙이는 인사를 보냈다.

다만 오뉘오누이뿐으로 나이가 훨씬 떨어진 누이였었다. 지금도 눈에 선—하다. 자기가 마침 방학으로 와 있던 여름이었다. 창옥은 저녁 먹다 말고 갑자기 복통으로 뒹굴었다. 읍으로 뛰어 들어가 의사를 청해 왔다. 의사는 주사를 놓고 들어갔다. 그러나 밤새도록 열은 내리지 않았고 새벽녘엔 아파하는 것도 더해 갔다. 다시 의사를 데리러 갔으나 의사는 바쁘다고 환자를 데려오라 하였다. 하라는 대로 환자를 데리고 들어갔으나 역시 오진誤診 병을 그릇되게 진단함을 했었다. 다시 하루를 지나 고름이 터지고 복막이 절망적으로 상해 버린 뒤에야 겨우 맹장염인 것을 알아낸 눈치였다.

그때 창섭은, 자기도 어른이기만 했으면 필시 의사의 멱살을 들었을 것이었다. 이런, 누이의 허무한 주검에서 창섭은 뜻을 세워, 아버지가 권하는 고농高農 '고등 농림 학교'를 줄여 이르는 말을 마다하고 의전醫專 '의학 전문학교'를 줄여 이르는 말으로 들어갔고, 오늘에 이르러는, 맹장 수술로는 서울서도 정평이 있는 한 권위가 된 것이다.

'창옥아, 기뻐해 다구. 이번에 내 병원이 좋은 건물을 만나 커지는 거다. 개인 병원으론 제일 완비한 수술실이 실현될 거다! 입원실 부족도 해결될 거다. 네 사진을 확대해 내 새 진찰실에 걸어 노마…….'

창섭은 바람도 쌀쌀할 뿐 아니라 오후 차로 돌아가야 할 길이라 걸음을 재우쳤다재촉했다.

길은 그전보다 넓어도 졌고 바닥도 평탄하였다. 비나 오면 진흙에 헤어날 수 없었는데 복판으로는 자갈이 깔리고 어떤 목은 좁아서 소바리등에 짐을 실은 소가 논으로 미끄러져 들어가기 십상이었는데 바위를 갈라내어서까지 일매지게모두 다 고르고 가지런하게 넓은 길로 닦아졌다. 창섭은, '이럴 줄 알았더면 정거장에서 자전거라도 빌려 타고 올걸' 하였다.

눈에 익은 정자나무집 근처나 길가에 있는 큰 나무 선 논이며 돌각 담돌로 쌓은 담을 두른 밭들도 나타났다. 자기 집 논과 밭들이었다. 논둑에 선 정자나무는 그전부터 있은 것이나 밭에 돌각 담들은 아버지께서 손수 쌓으신 것이다.

창섭의 아버지는 근검으로 근방에 소문난 영감이다. 그러나 자기 대에 와서는 밭 하루갈이도 늘쿠지는 못한 것으로도 소문난 영감이다. 곡식 값보다는 다른 물가들이 높아졌을 뿐 아니라 전대前代 앞의 대에는 모르던

아들의 유학이란 것이 큰 부담인데다가,

"할아버니와 아버니께서 나를 부자 소린 못 들어도 굶는단 소린 안 듣고 살도록 물려주시구 가셨다. 드럭드럭 탐내 모아선 뭘 허니, 할아버니께서 쇠똥을 맨손으로 움켜다 넣시던 논, 아버니께서 멍덜자갈밭을 손수 이룩허신 밭을 더 건기름진 논으로 더 기름진 밭이 되도록, 닦달만 해 가기에도 내겐 벅찬 일일 게다."

하고 절용節用 아껴 씀해 쓰고 남는 돈이 있으면 그 돈으로는 품을 몇씩 들여서까지 비뚠 논배미논두렁으로 둘러싸인 논의 하나하나의 구역를 바로잡기, 밭에 돌을 추려 바람맞이로 담을 두르기, 개울엔 둑막이하기, 그러다가 아들이 의사가 된 후로는, 아들 학비로 쓰던 몫까지 들여서 동네 길들은 물론, 읍 길과 정거장 길까지 닦아 놓았다. 남을 주면 땅을 버린다고 여간 근실한 자국이 아니면 소작을 주지 않았고, 소를 두 필이나 매고 일꾼을 세 명씩이나 두고 적지 않은 전답田畓 논밭을 전부 자농自農 자작농으로 버티어 왔다. 실속이 타작打作 거둔 곡물을 지주와 소작인이 일정한 비율에 따라 나누어 가지는 소작 제도만 못하다는 둥, 일꾼 셋이 저희 농사 해 가지고 나간다는 둥 이해만을 따져 비평하는 소리가 많았으나 창섭의 아버지는 땅을 위해서는 자기의 이해만으로 타산하려자신에게 도움이 되는지를 따져 헤아리려 하지 않았다. 이와 같은 임자를 가진 땅들이라 곡식은 거둔 뒤 그루만 남은 논과 밭이되, 그 바닥들의 고름, 그 언저리들의 바름, 흙의 부드러움이 마치 시루떡 모판이나 대하는 것처럼 누구의 눈에나 탐스럽게 흐뭇해 보였다.

이런 땅을 팔기에는, 아무리 수입은 몇 배 더 나은 병원을 늘쿠기 위해서나 아버지께 미안하지 않을 수 없었다. 그러나 잡히기나 해 가지고는 삼만 원 돈을 만들 수가 없었고, 서울서 큰 양관洋館 서양식의 집을 손에 넣기란 돈만 있다고도 아무 때나 될 일이 아니었다.

'아버지께선 내년이 환갑이시다! 어머니께선 겨울이면 해마다 기침이 도지신다. 진작부터 내가 모셔야 했을 거다. 그런데 내가 시골로 올 순 없고, 천생 부모님이 서울로 가시어야 한다. 한동네서도 땅을 당신만치 못 거둘 사람에겐 소작을 주지 않으셨다. 땅 전부를 소작을 내어 맡기고는 서울 가 편안히 계실 날이 하루도 없으실 게다. 아버님의 말년을 편안히 해 드리기 위해서도 땅은 전부 없애 버릴 필요가 있는 거다!'

창섭은 샘말에 들어서자 동구에서 이내 아버지를 뵐 수가 있었다. 아버지는, 가에는 살얼음이 잡힌 찬물에 무릎까지 걷고 들어서서 동네 사람들을 죽추겨부추기어 돌다리를 고치고 계시었다.

"어떻게 갑재기 오느냐?"

"네, 좀 급히 여쭤 봐야 할 일이 생겼습니다."

"그래? 먼저 들어가 있거라."

동네 사람 수십 명이 쇠고삐소의 굴레에 매단 줄 두 기장은 흘러 내려간 다릿돌개울이나 도랑을 건널 때 디디기 위하여 띄엄띄엄 놓은 돌을 동아줄에 얽어 끌어올리고 있었다. 개울은 동네 복판을 흐르고 있어 아래위로 징검다리는 서너 군데나 놓였으나 하룻밤 비에도 일쑤 넘치어 모두 이 큰 돌다리로 통행하던 것이었다. 창섭은 어려서 아버지께 이 큰 돌다리의 내력을 들은 것이 아직도 기억에 남아 있다.

"너희 증조부님 돌아가시어서다. 산소에 상돌무덤 앞에 제물을 차려 놓기 위하여 넓적한 돌로 만들어 놓은 상을 해 오시는데 징검다리로야 건네 올 수가 있니? 그래 너희 조부님께서 다리부터 이렇게 넓구 튼튼한 돌루 노신 거란다."

그 후 오륙십 년 동안 한 번도 무너진 적이 없었는데 몇 해 전 어느 장마엔 어찌 된 셈인지 가운데 제일 큰 장이 내려앉아 떠내려갔던 것이다. 두께가 한 자는 실하고 폭이 여섯 자, 길이는 열 자가 넘는 자연석 그대로라 여간 몇 사람의 힘으로는 손을 댈 염두부터 나지 못하였다. 더구나 불과 수십 보 이내에 면面 면사무소의 보조를 얻어 난간까지 달린 한다한한다하는. 수준이 상당하다고 인정받는 나무다리가 놓인 뒤에 일이라 이 돌다리는 동네 사람들에게 완전히 잊힌 채 던져져 있던 것이었다.

집에 들어가니, 어머니는 다리 고치는 사람들 점심을 짓느라고, 역시 여러 명의 동네 여편네들과 허둥거리고 계시었다.

"웬일인데 어째 혼자만 오느냐?"

어머니는 손자 아이들부터 보이지 않음을 물으신다.

"오늘루 가야겠어서 아무두 안 데리구 왔습니다."

"오늘루 갈 걸 뭘 허 오누?"

"인전 어머니서껀 서울로 모셔 갈 채빌 허러 왔다우."

"서울루! 제발 아이들허구 한데서 살아 봤음 원이 없겠다."

하고 어머니는 땅보다, 조상님들 산소나 사당보다 손자 아이들에게 더 마음이 끌리시는 눈치였다. 그러나 아버지만은 그처럼 단순히 들떠질 마음이 아니었다.

아버지는 아들의 뒤를 좇아 이내 개울에서 들어왔다. 아들은, 의사인 아들은, 마치 환자에게 치료 방법을 이르듯이, 냉정히 차근차근히 이야기를 시작하였다. 외아들인 자기가 부모님을 진작 모시지 못한 것이 잘못인 것, 한집에 모이려면 자기가 병원을 버리기보다는 부모님이 농토를 버리시고 서울로 오시는 것이 순리인 것, 병원은 나날이 환자가 늘어가나 입원실이 부족되어 오는 환자의 삼분지 일밖에 수용 못하는 것, 지금 시국에 큰 건물을 새로 짓기란 거의 불가능의 일인 것, 마침 교통 편한 자리에 삼 층 양옥이 하나 난 것, 인쇄소였던 집인데 전체가 콘크리트여서 방화 방공불을 막고 비가 새지 않는 것으로 가치가 충분한 것, 삼 층은 살림집과 직공들의 합숙실로 꾸미었던 것이라 입원실로 변장하기에 용이한 것, 각층에 수도 · 가스가 다 들어온 것, 그러면서도 가격은 염한값이 싼 것, 염하기는 하나 삼만 이천 원이라, 지금의 병원을 팔면 일만 오천 원쯤은 받겠지만 그것은 새집을 고치는 데와, 수술실의 기계를 완비하는 데 다 들어갈 것이니 집값 삼만 이천 원은 따로 있어야 할 것, 시골에 땅을 둔대야 일 년에 고작 삼천 원의 실리가 떨어질지 말지 하지만 땅을 팔아다 병원만 확장해 놓으면, 적어도 일 년에 만 원 하나씩은 이익을 뽑을 자신이 있는 것, 돈만 있으면 땅은 이담에라도, 서울 가까이라도 얼마든지 좋은 것으로 살 수 있는 것……. 아버지는 아들의 의견을 끝까지 잠잠히 들었다. 그리고,

"점심이나 먹어라. 나두 좀 생각해 봐야 대답허겠다."

하고는 다시 개울로 나갔고, 떨어졌던 다릿돌을 올려놓고야 들어와 그도 점심상을 받았다.

점심을 자시면서였다.

"원, 요즘 사람들은 힘두 줄었나 봐! 그 다리 첨 놀 제 내가 어려서 봤는데 불과 여남은열이 조금 넘는 수이서 거들던 돌인데 장정 수십 명이 한나잘을 씨름을 허다니!"

"나무다리가 있는데 건 왜 고치시나요?"

"너두 그런 소릴 허는구나. 나무가 돌만 허다든? 넌 그 다리서 고기 잡던 생각두 안 나니? 서울루 공부 갈 때 그 다리 건너서 떠나던 생각 안 나니? 시체時體 요즘 사람들은 모두 인정이란 게 사람헌테만 쓰는 건 줄 알드라! 내 할아버니 산소에 상돌을 그 다리루 건네다 모셨구, 내가 천잘천자문을 끼구 그 다리루 글 읽으러 댕겼다. 네 어미두 그 다리루 가말 타구 내 집에 왔어. 나 죽건 그 다리루 건네다 묻어라……. 난 서울 갈 생각 없다."

"네?"

"천금이 쏟아진대두 난 땅은 못 팔겠다. 내 아버님께서 손수 이룩허시는 걸 내 눈으루 본 밭이구, 내 할아버님께서 손수 피땀을 흘려 모신 돈으루 장만허신 논들이야. 돈 있다고 어디가 느르지 논 같은 게 있구, 독시장 밭 같은 걸 사? 느르지 논둑에 선 느티나문 할아버님께서 심으신 거구, 저 사랑 마당엣 은행나무는 아버님께서 심으신 거다. 그 나무 밑에를 설 때마다 난 그 어룬들 동상이나 다름없이 경건한 마음이 솟아 우러러보군 헌다. 땅이란 걸 어떻게 일시 이해를 따져 사구팔구 허느냐? 땅 없어 봐라, 집이 어딨으며 나라가 어딨는 줄 아니? 땅이란 천지 만물의 근거야. 돈 있다구 땅이 뭔지두 모르구 욕심만 내 문서 쪽으로 사 모기만 하는 사람들, 돈놀이처럼 변리邊利 남에게 돈을 빌려 쓴 대가로 치르는 일정한 비율의 돈만 생각허구 제 조상들과 그 땅과 어떤 인연이란 건 도시都是 도무지 생각지 않구 헌신짝 버리듯 하는 사람들, 나 내 눈엔 괴이한 사람들루밖엔 뵈지 않드라."

"……."

"네가 뉘 덕으루 오늘 의사가 됐니? 내 덕인 줄만 아느냐? 내가 땅 없이 뭘루? 밭에 가 절하구 논에 가 절해야 쓴다. 자고로 하눌 하눌 허나 하눌의 덕이 땅을 통허지 않군 사람헌테 미치는 줄 아니? 땅을 파는 건 그게 하눌을 파나 다름없는 거다."

"……."

"땅을 밟구 다니니까 땅을 우섭게들 여기지? 땅처럼 응과應果 결과가 분명헌 게 무어냐? 하눌은 차라리 못 믿을 때두 많다. 그러나 힘들이는 사람에겐 힘들이는 만큼 땅은 반드시 후헌 보답을 주시는 거다. 세상에 흔해 빠진 지주들, 땅은 작인作人 소작인들헌테나 맡겨 버리구, 떡 도회지에

가 앉어 소출所出 논밭에서 나는 곡식은 팔어다 모다 도회지에 낭비해 버리구, 땅 가꾸는 덴 단돈 일 원을 벌벌 떨구, 땅으루 살며 땅에 야박한 놈은 자식으로 치면 후레자식배운 데 없이 제풀로 막되게 자라 교양이나 버릇이 없는 사람을 낮잡아 이르는 말 셈이야. 땅이 말을 할 줄 알어 봐라? 배가 고프단 땅이 얼마나 많을 테냐? 해마다 걷어만 가구, 땅은 자갈밭이 되니 아나? 둑이 떠나가니 아나? 거름 한 번을 제대로 넣나? 정 급허게 돼 작인이 우는소리나 해야 요즘 너희 신의新醫 '양의'를 이르는 말들 주사침 놓듯, 애꿎인 금비金肥 화학 비료 만 갖다 털어 넣지. 그렇게 땅을 홀댈푸대접허군 인제 죽어서 땅이 무서서 어디루들 갈 텐구!"

창섭은 입이 얼어 버리었다. 손만 부비었다. 자기의 생각은 너무나 자기 본위였던 것을 대뜸 깨달았다. 땅에는 이해를 초월한 일종 종교적 신념을 가진 아버지에게 아들의 이단적異端的 전통이나 권위에 반항하는인 계획이 용납될 리 만무萬無 절대로 없음였다. 아버지는 상을 물리고도 말을 계속하였다.

"너루선 어떤 수단을 쓰든지 병원부터 확장허려는 게 과히 엉뚱헌 욕심은 아닐 줄두 안다. 그러나 욕심을 부련 못쓰는 거다. 의술은 예로부터 인술이라지 않니? 매살모든 일을 순탄허게 진실허게 해라."

"……."

"네가 가업을 이어 나가지 않는다군 탄허지나무라지 않겠다. 넌 너루서 발전헐 길을 열었구, 그게 또 모리지배謀利之輩 온갖 수단과 방법으로 남 생각은 않고 자신의 이익만을 꾀하는 무리의 악업이 아니라 활인活人 사람의 목숨을 살림허는 인술이구나! 내가 어떻게 불평을 말허니? 다만 삼사 대 집안에서 공들여 이룩해 논 전장田莊 논밭을 남의 손에 내맡기게 되는 게 저윽꽤 애석헌 심사가 없달 순 없구……."

"팔지 않으면 그만 아닙니까?"

"나 죽은 뒤에 누가 거두니? 너두 이제두 말했지만 너두 문서 쪽만 쥐구 서울 앉어 지주 노릇만 허게? 그따위 지주허구 작인 틈에서 땅들만 얼말 곯는지 아니? 안 된다. 팔 테다. 나 죽을 임시臨時 무렵엔 다 팔 테다. 돈에 팔 줄 아니? 사람헌테 팔 테다. 건너 용문이는 우리 느르지 논 같은 건 한 해만 부쳐 보구 죽어두 농군으로 태났던 걸 한허지 않겠다구 했다. 독시장 밭을 내논다구 해 봐라, 문보나 덕길이 같은 사람은 길바닥에 나앉드라두 집을 팔아 살려구 덤빌 게다. 그런 사람들이 땅 임자 안 되구 누가 돼야 옳으냐? 그러니 아주 말이 난 김에 내 유언이다. 그런 사람들 무슨 돈으로 땅값을 한몫 내겠니? 몇몇 해구 그 땅 소출을 팔아 연년이 갚어 나가게 헐 테니 너두 땅값을랑 그렇게 받어 갈 줄 미리 알구 있거라. 그리구 네 모母 어머니가 먼저 가면 내가 묻을 거구, 내가 먼저 가게 되면 네 모만은 네가 서울루 그때 데려가렴. 난 샘말서 이렇게 야인野人 시골에 사는 사람으로나 죄 없는 밥을 먹다 야인인 채 묻힐 걸 흡족히 여긴다."

"……."

"자식의 젊은 욕망을 들어 못 주는 게 애비 된 맘으루두 섭섭허다. 그러나 이 늙은이헌테두 그만 신념쯤 지켜 오는 게 있다는 걸 무시하지 말어 다구."

아버지는 다시 일어나 담배를 피우며 다리 고치는 데로 나갔다. 옆에 앉았던 어머니는 두 눈에 눈물을 쭈루루 흘리었다.

"너이 아버지가 여간 고집이시냐?"

"아뇨, 아버지가 어떤 어룬이신 건 오늘 제가 더 잘 알었습니다. 우리 아버진 훌륭헌 인물이십니다."

그러나 창섭도 코허리가 찌르르하였다. 자기가 계획하고 온 일이 실패

한 것쯤은 차라리 당연하게 생각되었고, 아버지와 자기와의 세계가 격리되는 일종의 결별의 심사를 체험하는 때문이었다.

아들은 아버지가 고쳐 놓은 돌다리를 건너 저녁차를 타러 가 버리었다. 동구 밖으로 사라지는 아들의 뒷모양을 지키고 섰을 때, 아버지의 마음도, 정말 임종에서 유언이나 하고 난 것처럼 외롭고 한편 불안스러운 심사조차 설레었다.

아버지는 종일 개울에서 허덕였으나 저녁에 잠도 달게 오지 않았다. 젊어서 서당에서 읽던 백낙천白樂天 중국 당나라의 시인 백거이의 시가 다 생각이 났다. 늙은 제비 한 쌍을 두고 지은 노래였다. 제 배 속이 고픈 것은 참아 가며 입에 얻어 문 것은 새끼들부터 먹여 길렀으나, 새끼들은 자라서 나래날개에 힘을 얻자 어디로인지 저희 좋을 대로 다 날아가 버리어, 야위고 늙은 어버이 제비 한 쌍만 가을바람 소슬한 추녀네모지고 끝이 번쩍 들린, 처마의 네 귀에 있는 큰 서까래 끝에 쭈그리고 앉아 있는 광경을 묘사하였고, 나중에는, 그 늙은 어버이 제비들을 가리켜, 새끼들만 원망하지 말고, 너희들이 새끼 적에 역시 그러했음도 깨달으라는 풍자의 시였다.

'흥!'

노인은 어두운 천장을 향해 쓴웃음을 짓고 날이 밝기를 기다려 누구보다도 먼저 어제 고쳐 놓은 돌다리를 보러 나왔다.

흙탕이라고는 어느 돌 틈에도 남아 있지 않았다. 첫 곬한쪽으로 트여 나가는 방향이나 길으로도, 가운뎃곬으로도 끝엣곬으로도 맑기만 한 소담한넉넉하여 부족함이 없는 물살이 우쭐우쭐 춤추며 빠져 내려갔다. 가운뎃장으로 가 쾅 굴러 보았다. 발바닥만 아플 뿐 끄떡이 있을 리 없다. 노인은 쭈루루 집으로 들어와 소금 접시와 낯 수건을 가지고 나왔다. 제일 낮은 받침돌에 내려앉아 양치를 하고 세수를 하였다. 나중에는 다시 이가 저린 물을 한입 물어 마시며 일어섰다. 속에 모든 게 씻기는 듯 시원하였다. 그리고 수염에 물을 닦으며 이렇게 생각하였다.

'비가 아무리 쏟아져도 어떤 한정을 넘는 법은 없다. 물이 분수없이 늘어 떠내려갔던 게 아니라 자갈이 밀려 내려와 물구멍이 좁아졌든지, 그렇지 않으면, 어느 받침돌의 밑이 물살에 궁글려 쓰러졌던 그런 까닭일 게다. 미리 바닥을 치고 미리 받침돌만 제대로 보살펴 준다면 만년을 간들 무너질 리 없을 게다. 그저 늘 보살펴야 허는 거다. 사람이란 하눌 밑에 사는 날까진 하루라도 천리天理 천지자연의 이치에 방심을 해선 안 되는 거다…….'

돌다리

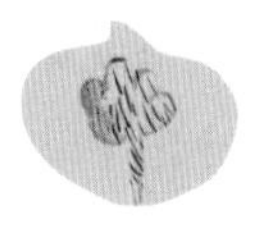

작품 정리

- **작가** 이태준(25쪽 '작가 소개' 참조)
- **갈래** 순수 소설
- **성격** 사실적, 교훈적, 비판적, 회고적
- **배경** 시간 – 1930년대 / 공간 – 농촌
- **시점** 3인칭 전지적 작가 시점
- **구성** '발단 – 전개 – 위기 – 절정 – 결말'의 5단계 구성
- **특징** 신세대와 구세대 간의 갈등 해소를 보여 주는 좋은 예를 제시함
- **주제** 땅의 가치에 대한 인식과 물질 만능 사회에 대한 비판
- **출전** 〈국민문학〉(1943)

구성과 줄거리

- **발단** **아버지의 뜻을 어기고 의사가 된 창섭이 고향을 찾아옴**

  농업 학교로 진학하라는 아버지의 뜻을 어기고 의사가 된 창섭은 맹장 수술 분야의 권위자가 된다. 창섭은 병원을 확장하기 위해 고향을 찾는다. 창섭은 의사의 오진으로 일찍 생을 마감한 누이 창옥의 묘를 보며 좋은 병원을 지을 기대에 부푼다.

- **전개** **창섭이 자금을 마련하기 위해 아버지를 설득함**

  창섭의 아버지는 근면하기로 소문난 인물이다. 마을에 들어선 창섭은 장마 때 내려앉은 돌다리를 보수하는 아버지를 발견한다. 창섭은 아버지에게 서울로 모시고 가겠다며 땅을 팔아 달라고 설득한다.

• **위기** **아버지는 땅을 지키며 살겠다는 의지를 밝힘**

아버지는 서울로 갈 생각이 없다고 말하며 천지 만물의 근원으로서 종교적 신념에 가까운, 땅에 대한 애착을 드러낸다.

• **절정** **아버지는 훗날 땅을 진심으로 소중히 여기는 사람에게 팔겠다고 함**

아버지는 땅을 돈으로 여기지 않고 진심으로 소중히 여기는 사람에게 팔겠다고 선언한다. 창섭은 아버지에 대한 존경심으로 코허리가 찌르르해진다.

• **결말** **아버지는 땅을 지키면서 사는 삶이 천리임을 되새김**

창섭은 아버지가 고쳐 놓은 돌다리를 건너 서울로 올라가고, 아버지는 그런 창섭의 뒷모습을 안타까운 마음으로 바라본다.

생각해 보세요

1 창섭과 아버지는 땅을 어떻게 바라보고 있는가?

농사꾼의 격언 중에 '하농下農은 곡물을 돌보고, 중농中農은 땅을 돌보고, 상농上農은 사람을 돌본다.'는 말이 있다. 인정과 의리를 소중히 여기는 창섭의 아버지는 상농 중의 상농이다. 하지만 창섭은 땅을 돈벌이의 수단으로 여긴다. 곡물을 내놓는 땅이 결과적으로 사람의 생명을 살린다는 점을 간과한 것이다.

2 '돌다리'의 상징적 의미는 무엇인가?

아버지에게 돌다리는 가족과 민족의 정체성을 상징한다. 아버지가 안간힘을 쓰면서 논밭을 일구고, 무너진 돌다리를 보수한 까닭은 전통을 계승하려는 의지가 있었기 때문이다. 다시 말해 우리가 점차 잃어버리고 있는 전통적인 삶의 가치를 회복하려고 노력한 것이다. 반면 근대적 사고방식을 가진 창섭에게 돌다리는 낡은 다리에 불과하다.

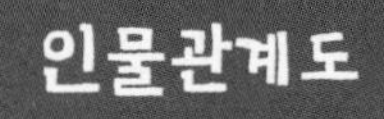

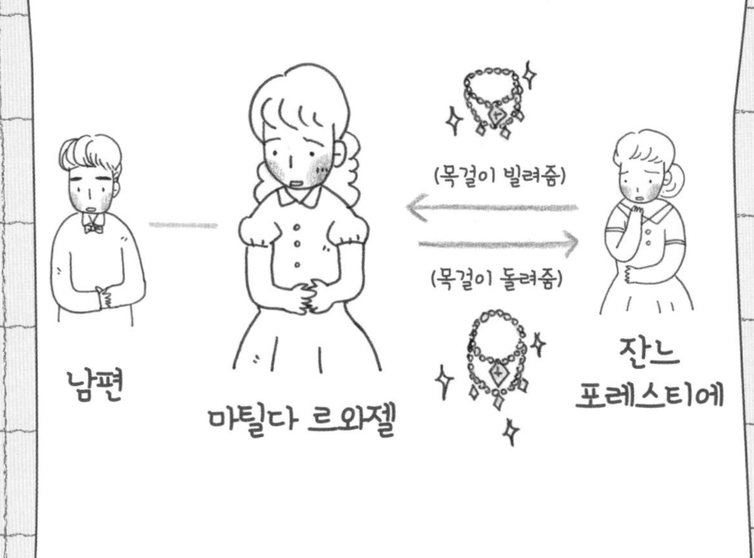

저(르와젤)의 남편이 무도회 초대장을 가져왔어요. 저는 포레스티에에게 목걸이를 빌려 무도회에 참석했지요. 전 모든 사람의 주목을 받았지만 그만 목걸이를 잃어버리고 말았어요. 저와 남편은 돈을 빌려 똑같은 목걸이를 산 후 포레스티에에게 돌려주었지요. 빚을 갚느라 10년 동안 고생했어요. 그런데 그때 빌렸던 목걸이가 가짜였다니요!

목걸이

그녀는 예쁘고 매력적인 아가씨였으나 운명의 장난으로 월급쟁이 집안에서 태어났다. 그녀에게는 지참금持參金 신부가 시집갈 때에 친정에서 가지고 가는 돈도 희망도 없었으며 돈 많은 남자의 눈에 띄어 사랑을 하고 결혼할 가능성도 없었다. 그래서 그녀는 교육청의 하급 공무원과 결혼할 수밖에 없었다.

그녀는 몸치장을 할 여유가 없었기 때문에 항상 검소한 차림을 했으나 신분에 맞지 않는 결혼을 한 여느 여인처럼 불행했다. 왜냐하면 여자에게는 계급이라든가 혈통, 가문보다 그녀들의 아름다움이라든가 우아함, 그리고 매력 같은 것이 더 도움이 되기 때문이다. 타고난 섬세함과 본능적인 우아함, 부드러운 재치가 있다면 서민의 딸이라도 고귀한 부인과 동등한 대우를 받을 수 있었다.

그녀는 자신이 세상의 모든 고상하고 호화스러운 것 속에서 살아야 할 운명을 타고났다고 생각했기 때문에 더러운 벽, 낡은 의자, 바랜 커튼을 볼 때마다 견딜 수가 없었다. 그녀와 같은 입장에 있는 다른 여자라면 별로 마음에 두지 않을 그런 모든 일이 그녀를 괴롭혔고 그녀의 비위를 건드렸다. 자기 집의 초라한 살림살이를 돌보는 브르타뉴프랑스 서부 브르타뉴 반도를 중심으로 하는 지방 출신의 어린 식모를 볼 때마다 그녀의 마음속에서는 절망적인 후회와 잃어버린 꿈이 되살아났다. 그녀는 동양적인 도배지를 바른 조용한 응접실과 그곳을 밝히는 높은 청동 촛대를 상상했고, 난로의 훈훈한 온기 때문에 큰 안락의자에서 잠이 든, 짧은 바지를 입은 덩치가 큰 하인들도 상상했다. 고풍스러운 비단을 드리운 커다란 응접실, 귀중한 골동품이 놓인 우아한 가구, 모든 여자가 부러워하고 동경하는 저명한 남성들과 오후 다섯 시에 대화를 나눌 수 있도록 마련된 향취 있고 아담한 방도 떠올려 보았다.

사흘 동안 식탁을 덮고 있는 식탁보 위에 차려 놓은 저녁 밥상을 보고 "아! 맛있는 수프로군! 이것보다 더 맛있는 것은 없어."라고 기쁘게 말하면서 수프 그릇의 뚜껑을 여는 남편과 마주 앉은 그녀는 고상한 만찬의 광경을 그려 보았다. 빛나는 은식기, 요정의 숲 속을 노니는 고대인과 진귀한 새가 수놓아진 벽화를 꿈꾸었다.

그녀는 옷이나 보석이 아무것도 없었다. 하지만 그녀는 옷과 보석을 좋아했다. 그녀는 그런 것들 때문에 자기가 이 세상에 태어났다고 믿고 있었다. 그만큼 그녀는 선망羨望 부러워하여 바람의 대상이 되어 다른 사람을 매혹시키고 그들로부터 총애를 받고 구애받기를 간절히 원했다.

그녀에게는 잘사는 친구가 하나 있었다. 수녀원에서 운영하는 학교에 다니던 시절의 친구인데 이제는 그 친구를 만나는 일이 꺼려지고 싫었다. 그 친구를 만나고 집으로 돌아오면 으레 며칠 동안 슬픔과 후회와 절망과 비애에 젖어 하루 종일 울곤 했다.

어느 날 저녁, 남편은 손에 커다란 봉투를 들고 의기양양意氣揚揚 뜻한 바를 이루어 만족한 마음이 얼굴에 나타난 모양하게 집으로 돌아와 말했다.

"이봐, 이거 당신 거야."

그녀는 재빨리 봉투를 찢어 카드를 꺼냈다.

교육청 장관 조르주 랑포노 부부는 1월 18일 월요일 저녁, 공관公館 정부의 고위 관리가 공적으로 쓰는 저택에서 열리는 파티에 르와젤 부부를 초대합니다.

그녀는 남편이 예상한 것과는 달리 기뻐하기는커녕 초대장을 테이블 위에 던지면서 중얼거렸다.

"이걸 어떻게 하란 말이에요?"

"아니 여보, 난 당신이 좋아할 줄 알았는데. 당신은 변변히 외출도 못하는데 좋은 기회가 아니겠소. 아주 좋은 기회지. 이걸 얻느라 얼마나 애를 썼는데. 초대 받기를 원하는 사람이 많아서 우리 같은 직원들에게는 얼마 배당配當 일정한 기준에 따라 나누어 줌되지도 않는 거라고. 고위층들은 전부 모일 거고 말이오."

그녀는 성난 눈초리로 그를 보고 있다가 참지 못하고 이렇게 외쳤다.

"거기에 뭘 입고 가란 말이에요?"

남편은 미처 그 생각은 못했다. 그는 말을 더듬거리며 이렇게 말했다.

"왜 극장에 입고 갔던 옷 있지 않소. 참 잘 어울리던데, 내 보기에는……."

그는 아내의 우는 모습을 보고 어이가 없고 당황해 입을 다물었다. 구슬 같은 눈물이 두 눈 끝에서 양쪽 입 언저리로 천천히 흘러내렸다. 그는 더듬거리며 말했다.

"뭐가 문제인 거요? 응, 뭐가 문제인데."

그녀는 괴로움을 누르고 젖은 두 볼을 닦으며 침착한 목소리로 대답했다.

"아무것도 아니에요. 다만 옷이 없어서 거기에 못 가요. 당신 친구 중에 부인이 나보다 좀 나은 옷을 걸칠 수 있는 사람한테나 초대장을 주세요."

그는 실망하며 말했다.

"여보, 마틸다. 다른 때에도 입을 수 있는 적당한 옷을 마련하려면 얼마나 들겠소? 아주 수수한 것으로 말이야."

그녀는 잠시 생각했다. 검소한 월급쟁이 남편이 놀라지 않을 만큼의 적당한 가격을 속으로 계산한 다음 거절하지 않고 들어줄 수 있는 금액과 드레스의 가격을 어림잡아 보았다.

마침내 그녀는 머뭇거리며 대답했다.

"정확히는 모르겠지만, 400프랑프랑스, 스위스, 벨기에의 화폐 단위 정도 있으면 어떻게 될 것 같아요."

남편의 안색이 변했다. 그는 오는 여름에 엽총을 산 뒤 친구들과 낭테르 벌판으로 사냥을 가려고, 꼭 그만큼의 돈을 저축해 두었기 때문이다.

그래도 그는 대답했다.

"좋아. 400프랑 주리다. 되도록 예쁜 것으로 장만해요."

무도회 날이 가까워졌다. 그런데 르와젤 부인은 불안하고 초조해 보였다. 드레스가 준비되었는데도 말이다.

어느 날 저녁, 남편이 그녀에게 물었다.

"왜 그러는 거지? 사흘 전부터 당신 참 이상해."

그녀가 대답했다.

"장신구가 없어서 걱정이에요. 몸에 지닐 것이라곤 하나도 없어요. 초라해 보일 거예요. 파티에 안 가는 편이 더 낫겠어요."

"생화生花 살아 있는 화초에서 꺾은 진짜 꽃를 달고 가는 건 어떨까. 요즘 같은 계절에 꽃을 꽂으면 보기 좋을 텐데. 10프랑이면 훌륭한 장미꽃을 두서너 개 살 수 있을 거야."

그녀는 전혀 말을 듣지 않았다.

"아녜요……. 돈 많은 여자들 틈에서 초라해 보이는 것처럼 창피한 일이 또 어디 있겠어요."

그러자 남편이 외쳤다.

"당신 참 바보군! 포레스티에라는 당신 친구를 찾아가서 보석을 좀 빌려 달라고 부탁하면 되지 않소. 그런 부탁을 할 수 있을 만큼 친한 사이 아닌가?"

그녀는 기뻐하며 소리를 질렀다.

"그러게요. 그 생각을 못했네요."

이튿날 그녀는 친구 집에 가서 자신의 걱정거리를 말했다.

포레스티에 부인은 거울이 달린 벽장으로 가서 큰 보석 상자를 꺼내 가지고 와서는 그것을 열고 르와젤 부인에게 말했다.

"골라 봐."

그녀는 먼저 반지를 보았다. 다음에는 진주 목걸이, 금과 보석으로 공을 들여 만든 베네치아제 십자가를 보았다. 그녀는 거울 앞에서 장신구들을 한 번씩 달아 보고 머뭇거렸지만 어떤 것을 할지 마음을 정하지 못했다. 그래서 친구에게 이렇게 물었다.

"또 다른 건 없니?"

"있고말고. 찾아봐. 어떤 게 네 맘에 들지 모르겠구나."

문득 그녀는 검은 공단貢緞 두껍고 무늬는 없지만 윤기가 도는 고급 비단으로 만든 상자 속에서 훌륭한 다이아몬드 목걸이를 발견했다. 그녀의 마음은 참을 수 없는 욕망으로 뛰기 시작했다. 그것을 쥐고 있는 손이 떨리기까지 했다. 그것을 목에 걸어 보았다. 그리고 거울 속에서 황홀경恍惚境 한 가지 사물에 마음이나 시선이 혹하여 달뜬 경지에 빠져 있는 자신의 모습을 보았다. 그녀는 주저하면서 불안한 목소리로 물었다.

"이걸 빌려 줄 수 있겠니, 다른 것들은 필요 없어."

"그럼, 물론이지."

그녀는 감격해서 친구의 목에 매달려 키스하고 그 목걸이를 가지고 도망치듯이 돌아왔다.

무도회 날이 다가왔다. 르와젤 부인은 큰 인기를 끌었다. 그녀는 누구보다도 아름답고 우아하고 상냥했다. 그녀는 미소를 머금은 채 기쁨에 도취陶醉 마음이 쏠려 취하다시피 됨되어 있었다. 모든 남자가 그녀의 이름을 물었고 소개 받고 싶어 했다. 비서관들은 모두 그녀와 왈츠를 추고 싶어 했다. 교육청 장관도 그녀를 주의 깊게 바라보았다.

그녀는 자신의 아름다움이 거둔 승리, 그 성공의 영광, 자신을 향한 사람들의 온갖 감탄과 찬사, 솟아오르는 욕망, 마음에 찾아든 상쾌하고도 달콤한 승리, 그 행복한 구름 속에서 아무 생각도 할 수가 없었다.

그녀는 새벽 네 시가 다 되어서야 집으로 갈 준비를 했다. 남편은 다른 세 남자와 함께 자정부터 작은 객실에서 반쯤 잠들어 있었고, 이들의 아내들은 유쾌하게 놀고 있었던 것이다.

남편은 돌아갈 때를 위해 가지고 왔던 옷을 아내의 어깨에 걸쳐 주었다. 검소한 평상복이었는데, 그 초라한 행색이 우아한 파티용 드레스와는 대조적이었다. 그녀는 초라함을 느끼고, 호화로운 털옷을 휘감은 다른 부인들에게 들키지 않으려고 서둘러 달아나려고 했다.

남편이 아내를 붙잡았다.

"이대로 밖에 나가면 감기 들겠소. 내가 마차를 불러 올 테니 기다려요."

그러나 그녀는 남편의 말을 듣지도 않고 재빨리 층계로 내려갔다. 그들이 거리에 나왔을 때 마차는 보이지 않았다. 그래서 멀리 지나가는 마차를 큰 소리로 부르면서 걷기 시작했다.

그들은 추위에 떨면서 센 강 쪽으로 내려갔다. 드디어 강가에서 낡은 마차를 잡았다. 그들이 탄 마차는 파리에서 낮에는 그 초라한 모습을 보이기가 부끄럽다는 듯이 밤에만 나오는 그런 마차였다.

마차는 그들을 마티르 가의 집 앞까지 데려다주었다. 그들은 서글픈 심정으로 계단을 올라갔다. 그녀에게는 모든 것이 끝나 버렸고, 남편은 열 시까지 다시 직장에 가야 했다.

그녀는 자신의 빛나는 모습을 마지막으로 보려고 어깨에 둘렀던 옷을 벗고 거울 앞에 섰다. 그녀는 갑자기 소리를 질렀다. 목걸이가 보이지 않았던 것이다.

옷을 반쯤 벗은 남편이 물었다.

"무슨 일이오?"

그녀는 남편을 휙 돌아다보았다.

"포레스티에의 목걸이…… 그 목걸이…… 그게 없어요."

그는 벌떡 일어났다.

"뭐라고? ……어떻게 그런 일이? 그럴 리가 있나."

그들은 드레스의 주름 속과 호주머니 속 등을 뒤졌으나 어디에도 목걸이는 없었다.

남편이 물었다.

"무도회에서 나올 때는 분명히 있었소?"

"그럼요, 공관 복도에서 만져 보기까지 했는걸요."

"거리에 떨어뜨렸다면 떨어지는 소리가 들렸을 텐데. 아마 마차 속에 있을 거야."

"네, 그런 거 같아요. 마차 번호를 봤어요?"

"아니, 당신은? 당신도 못 봤어?"

"못 봤어요."

그들은 기가 막혀 얼굴을 마주 쳐다보았다.

"혹 떨어졌을지도 모르니 우리가 온 길을 다시 되짚어 보도록 할게."

남편은 옷을 다시 입고 밖으로 나갔다. 그녀는 누울 기력도 없어 드레스를 입은 채 의자 위에 쓰러졌다. 그러고는 온기도 없는 방에서 아무 생각 없이 앉아 있었다.

남편은 일곱 시경에 돌아왔다. 그는 아무것도 찾지 못했다.

그는 경찰서와 신문사에 가서 현상금懸賞金 무엇을 찾는 일 따위에 내건 돈을 걸고 왔다. 소형 마차 조합에도 가 보았다. 희망이 있는 일이라면 무엇이든지 다 했다.

이 끔찍한 사태 속에서 그녀는 질겁한 채 막연히 기다렸다. 남편은 저녁때, 주름 잡히고 창백한 얼굴로 돌아왔다.

"당신 친구한테 편지를 써요. 목걸이의 고리가 망가져서 고치러 보냈다고 말이오. 그러면 숨 돌릴 시간이 좀 있을 테니."

그녀는 남편이 부르는 대로 편지를 썼다.

주말이 되자 그들은 모든 것을 포기했다. 5년은 더 늙어 버린 것 같은 남편이 말했다.

"보석을 대신할 방법을 생각해야겠어."

이튿날 그들은 목걸이가 들었던 상자를 들고, 그 안에 적힌 상호의 보석상으로 갔다. 보석상 주인은 장부를 조사했다.

"우리는 그 목걸이를 팔지 않았습니다. 아무래도 상자만 판 것 같습니다."

그래서 그들은 이 보석상에서 저 보석상으로 다니며 목걸이를 구하러

다녔다. 그들은 후회와 불안감 때문에 병이 날 지경이었다.

그들은 팔레 루아얄 가의 어떤 상점에서 찾고 있는 것과 꼭 같은 다이아몬드 목걸이를 찾았다. 4만 프랑짜리였으나 3만 6,000프랑이면 살 수 있었다.

그들은 보석상에게 3일만 남에게 팔지 말아 달라고 부탁했다. 그리고 만약 2월 말까지 잃어버린 물건을 찾으면 3만 4,000프랑으로 물러 준다는 조건을 붙였다.

남편은 자신의 아버지가 남겨 준 1만 8,000프랑을 가지고 있었다. 나머지는 다른 곳에서 빌렸다.

그는 한 사람에게서 1,000프랑, 다른 사람에게서 500프랑, 여기서 5루이프랑스 혁명 이전에 쓰이던 화폐 종류, 저기서 3루이 하는 식으로 돈을 꾸었다. 그는 차용증借用證 남의 돈이나 물건을 빌린 것을 증명하는 문서을 썼고 파멸할지도 모르는 계약을 맺었고, 고리대금업자남에게 돈을 빌려주고 부당하게 비싼 이자를 받는 사람를 비롯한 모든 돈놀이꾼남에게 돈을 빌려주고 이자를 받는 것을 직업으로 삼는 사람과 관계를 맺었다. 그는 모든 인생을 내던졌다. 갚을 수 있을지 없을지도 모르면서 서명했다. 미래에 대한 걱정, 자신에게 닥친 암울한 상황, 앞으로 겪어야 할 모든 물질적 궁핍과 정신적 고통에 대한 두려움에 시달리며 그는 새 목걸이를 가지러 가서 3만 6,000프랑을 보석상의 카운터에 늘어놓았다.

르와젤 부인이 포레스티에 부인에게 새로 산 목걸이를 가지고 갔을 때, 포레스티에 부인은 좀 냉정하게 말했다.

"좀 일찍 돌려주었어야지. 내가 필요했을지도 모르지 않니."

르와젤 부인은 보석 상자를 열까 봐 두려웠지만 친구는 상자를 열어 보지 않았다. 만약 바꿔치기했다는 것을 알면 어떻게 생각할까, 뭐라고 말을 할까, 자기를 도둑이라고 생각하지는 않을까?

르와젤 부인은 이제 가난이라는 것이 무엇인지 알게 되었다. 그녀는 대단한 결정을 내렸다. 자신들이 진 무서운 빚을 갚아야만 했고, 반드시 갚고 말리라 다짐했다. 식모를 내보내고 지붕 밑의 골방을 하나 빌려 집도 옮겼다.

그녀는 집안일과 끔찍히 싫어했던 부엌일을 배웠다. 기름 낀 그릇과 냄비 바닥 등을 닦느라 장미빛 손톱을 다쳐 가면서도 접시를 닦았다. 더러운 속옷과 셔츠, 행주를 빨고 빨랫줄에 널어 말렸다. 또 매일 아침 쓰레기를 들고 나가 버렸고 매 층마다 쉬어 가며 물을 길어 올렸다. 가난한 여인들과 다름없는 차림으로 팔에는 바구니를 걸치고 과일 가게, 반찬 가게, 푸줏간쇠고기나 돼지고기 등 고기를 끊어 팔던 가게 등에 가, 한 푼이라도 아끼려고 값을 깎아 가며 아귀다툼각자 자기의 욕심을 채우고자 서로 헐뜯고 기를 쓰며 다투는 일을 했다. 매달 어음의 일부를 갱신해서 기일을 연기 받고 몇몇 어음은 갚아 나갔다. 남편은 저녁에는 장사꾼의 장부를 정리했고, 밤에는 한 페이지에 5수우를 받고 가끔 필사筆寫 베끼어 씀를 했다.

이러한 생활이 10년 동안 계속되었다.

그들은 10년이 지나서야 모든 빚을 갚았다. 고리대금의 이자와 함께 쌓였던 이자를 전부 갚았다.

이제 르와젤 부인은 늙어 보였다. 그녀는 가난한 가정의 억세고 무뚝뚝하고 거친 마누라가 되어 버렸다. 머리도 제대로 안 빗었고 치마는 구겨졌으며 손은 발갛게 거칠어졌다. 큰 소리로 이야기했고 큰 양동이에 물을 담아 마룻바닥을 닦는 여자가 되었다. 그러나 남편이 사무실에 가고 없을 때면 그녀는 창문 앞에 앉아 옛날의 그 무도회, 자신이 그토록 아름답고 매력적이었던 그 무도회에 대해 생각했다.

그 목걸이만 잃어버리지 않았다면 어떻게 되었을까? 그걸 누가, 대체 누가 알 수가 있겠는가? 인생이란 그 얼마나 이상야릇하고 덧없는 일인가? 사소한 일로 파멸하기도 하고 되살아나기도 하니 말이다.

어느 일요일, 그녀는 한 주일 동안의 피로를 풀기 위해 샹젤리제 거리를 산책했다. 그때 르와젤 부인은 뜻밖에도 어린아이와 함께 걷는 한 여자를 보았다. 포레스티에 부인이었다. 그녀는 여전히 젊고 아름답고 매력적이었다. 르와젤 부인은 가슴이 두근거렸다. 그녀에게 말을 걸어 볼까? 물론이지. 빚을 다 갚고 난 지금, 그녀에게 모든 이야기를 하리라. 말해서 안 될 이유가 없지 않은가?

그녀는 포레스티에 부인에게 다가갔다.

"잘 있었니, 잔느?"

포레스티에 부인은 그녀를 전혀 알아보지 못했다. 행색이 초라한 여자가 자신을 그처럼 정답게 부르는 데에 깜짝 놀랐다. 그래서 말을 더듬거렸다.

"부인, 저는 당신을 모르겠어요. 아마 잘못 보신 게죠?"

"아니, 난 마틸다 르와젤이야."

친구는 소리를 질렀다.

"오……! 가엾게도 마틸다. 너 참 많이 변했구나……!"

"그래, 고생을 많이 했단다. 너하고 헤어지고 나서 말이야. 엄청난 불행이었어……. 이 모든 것은 다 너 때문이야!"

"나 때문이라니……. 그건 왜?"

"내가 무도회에 가려고 네 다이아몬드 목걸이를 빌렸던 일 기억하지?"

"그래. 그런데?"

"그런데 나는 그것을 잃어버렸지 뭐니."

"뭐? 너 나한테 돌려주었잖아?"

"똑같은 목걸이를 돌려준 거야. 그래서 우리는 그 빚을 갚느라 10년이 걸렸어. 너도 알겠지만 가진 게 없었던 우리는 빚을 갚는 일이 쉽지 않았어. 하지만 이제 다 갚아서 마음이 놓여."

포레스티에 부인은 걸음을 멈추고 물었다.

"마틸다, 내 목걸이를 돌려주려고 다이아몬드 목걸이를 샀다는 거지?"

"그래, 너는 몰랐겠지. 그렇지? 정말로 똑같은 것이었거든."

그녀는 자랑스러운 듯하며 순진한 미소를 지었다. 포레스티에 부인은 몹시 감동해서 그녀의 두 손을 꼭 쥐었다.

"오! 가엾은 마틸다! 내 것은 가짜였단다. 그건 기껏해야 500프랑밖에는 안 되는 거였는데!"

목걸이

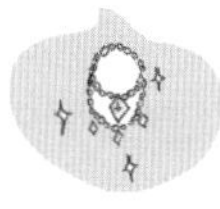

작가 소개

기 드 모파상(Guy de Maupassant, 1850~1893)

프랑스 노르망디에서 태어났다. 기 드 모파상은 대상에 대한 치밀하고 정확한 관찰을 바탕으로 현실적인 묘사가 두드러지는 소설을 창작했다. 인물의 심리에 대해 분석하거나 특정 세계에 대해 해석하는 등의 주관적인 요소를 배격하고 보이는 그대로를 생생하게 그려 낸 그는 단편 소설의 형식과 기교를 완성했다는 평가를 받는다. 주요 작품으로 「여자의 일생」, 「비곗덩어리」, 「피에르와 장」, 「벨아미」 등이 있다.

작품 정리

- **갈래** 자연주의 소설
- **성격** 교훈적, 비판적
- **배경** 시간 - 19세기 말 / 공간 - 프랑스 파리
- **시점** 3인칭 전지적 작가 시점
- **구성** '발단 - 전개 - 위기 - 절정 - 결말'의 5단계 구성
- **특징** 결말 부분에 극적 반전을 배치하여 주제를 부각하고 여운을 줌
- **주제** 인간의 맹목적이고 어리석은 욕망으로 인한 비극
- **출전** 『낮과 밤의 이야기』(1884)

구성과 줄거리

- **발단** **르와젤 부인은 자신의 생활에 만족하지 못함**

  마틸다 르와젤은 아름답고 매력적인 여자이다. 가난 때문에 하급 관

리와 결혼한 르와젤 부인은 허영심이 많아 자신의 생활에 만족하지 못한다.

• **전개** **르와젤 부인은 포레스트에 부인에게 목걸이를 빌려 파티에 참석함**
파티에 초대를 받은 르와젤 부인은 부유한 친구 포레스티에 부인에게 다이아몬드 목걸이를 빌려 파티에 참석했다가 목걸이를 잃어버린다.

• **위기** **르와젤 부부는 똑같은 목걸이를 사서 포레스티에 부인에게 돌려줌**
르와젤 부부는 엄청난 빚을 내이 똑같은 모양의 다이아몬드 목걸이를 사서 포레스티에 부인에게 돌려준다.

• **절정** **르와젤 부부는 빚에 허덕임**
온갖 궂은 일을 하며 10년만에 힘겹게 빚을 갚은 르와젤 부인은 과거를 회상하며 자신의 어리석은 욕망에 대해 후회한다.

• **결말** **포레스티에 부인이 르와젤 부인에게 목걸이가 가짜였음을 말해 줌**
르와젤 부인은 우연히 포레스티에 부인을 만나고, 자신에게 빌려주었던 목걸이가 가짜였음을 알게 된다.

생각해 보세요

1 이 작품에 드러난 극적 반전은 무엇이며, 그로 인해 부각된 주제는 무엇이라고 볼 수 있는가?

잃어버린 목걸이가 가짜였다는 사실은 엄청난 반전이다. 르와젤 부인은 그 목걸이 때문에 빚을 졌고 그것을 갚느라고 10년이나 고생을 했기 때문이다. 게다가 이 사실을 알게 된 르와젤 부인의 반응을 서술하지 않고 이야기를 마침으로써 여운을 더하고 있다. 작가는 이러한 극적 반전을 통해 덧없는 욕망에 집착하는 인간의 어리석은 본성을 날카롭게 폭로하며 풍자하고 있다.

2 이 작품에서 르와젤 부인이 지니고 있는 가치관을 설명해 보자.

교육청 하급 공무원의 아내인 르와젤 부인은 자신이 처한 물질적 환경에 만족하지 못한다. 호화스러운 생활을 하지 못하기 때문에 늘 불행을 느끼는 그녀는 물질 만능주의적 가치관을 가지고 있는 인물이다. 르와젤 부인이 몰락한 원인은 그녀가 목걸이를 잃어버렸고, 그 목걸이가 가짜였음을 몰랐기 때문이다. 하지만 보다 근본적으로는 르와젤 부인의 맹목적이고 어리석은 물질 만능주의적 가치관 때문이라고 할 수 있다.

일제 강점기의 한민족

민족 지도자 함석헌은 베트남과 우리나라를 '수난의 여왕'이라고 불렀습니다. 그만큼 상처가 많은 여인과 비슷하다는 뜻입니다. 그중에 가장 큰 상처는 아마도 1910년부터 1945년까지 일제에 의해 우리나라의 주권을 빼앗긴 사건일 것입니다. 지식인이든, 노동자이든, 남성이든, 여성이든 식민 치하의 수난은 누구도 피해 갈 수 없었습니다. 해방 후 지금까지도 일제의 잔재를 완전히 청산하지 못했을 정도로 그 상처는 깊고도 넓습니다.

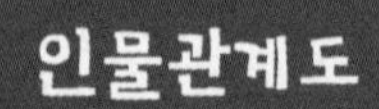

의사인 저(여)는 질병 조사차 만주의 한 마을에 갔어요. 조선인 소작농들이 모여 사는 그 마을에는 '삵' 이라 불리는 무법자 정익호가 있었어요. 어느 날, 중국인 지주에게 갔던 송 첨지가 두들겨 맞아서 죽고 말았어요. '삵' 이 지주에게 항의하러 갔다가 그 또한 초주검이 되어 돌아왔지요. 마을 사람들이 애국가를 부르는 가운데 '삵' 의 몸은 점점 식어 갔답니다.

붉은 산

그것은 여余 '나'를 뜻하는 1인칭 대명사가 만주를 여행할 때의 일이었다. 만주의 풍속도 좀 살필 겸 아직껏 문명의 세례를 받지 못한 그들의 새에사이에 퍼져 있는 병을 좀 조사할 겸 해서 일 년의 기한을 예산하여 가지고 만주를 시시콜콜히 다 돌아온 적이 있었다. 그때에 ××촌이라 하는 조그만 촌에서 본 일을 여기에 적고자 한다.

××촌은 조선 사람 소작인만 사는 한 이십여 호 되는 작은 촌이었다. 사면을 둘러보아도 한 개의 산도 볼 수가 없는 광막한 만주의 벌판 가운데 놓여 있는 이름도 없는 작은 촌이었다.

몽고 사람 종자從者 남에게 종속되어 따라다니는 사람를 하나 데리고 노새를 타고 만주의 촌촌을 돌아다니던 여가 그 ××촌에 이른 때는 가을도 다 가고 어느덧 광포狂暴 미치광이처럼 매우 거칠고 사나움한 북국의 겨울이 만주를 찾아온 때였다.

만주의 어느 곳이나 조선 사람이 없는 곳은 없지만 이러한 오지奧地 해안이나 도시에서 멀리 떨어진 대륙 내부의 땅에서 한 동리가 죄모두 조선 사람뿐으로 되어 있는 곳을 만나니 반가웠다. 더구나 그 동리는 비록 모두가 중국인의 소작인이라 하나 사람들이 비교적 온량하고 정직하며 장성한 이들은 그래도 모두 천자문 한 권쯤은 읽은 사람들이었다. 살풍경한메마르고 스산한 만주, 그 가운데서 살풍경한 살림을 하는 중국인이며 조선 사람의 동리를 근 일 년이나 돌아다니다가 비교적 평화스러운 이런 동리를 만나면 그것이 비록 외국인의 동리라 하여도 반갑겠거든 하물며 우리 같은 동족의 동리임에랴. 여는 그 동리에서 한 십여 일 이상을 일없이 매일 호별戶別 집집마다 방문을 하며 그들과 이야기로 날을 보내며 오래간만에 맛보는 평화적 기분을 향락하고 있었다.

'삵'이라는 별명을 가지고 있는 정익호라는 인물을 본 것이 여기서이다.

익호라는 인물의 고향이 어디인지는 ××촌에서 아무도 몰랐다. 사투리로 보아서 경기 사투리인 듯하지만 빠른 말로 죄죄거릴빠르게 지껄일 때에는 영남 사투리가 보일 때도 있고 싸움이라도 할 때에는 서북 사투리가 보일 때도 있었다. 그런지라 사투리로써 그의 고향을 짐작할 수가 없었다. 쉬운 일본 말도 알고 한문 글자도 좀 알고 중국 말은 물론 꽤 하고 쉬운 러시아 말도 할 줄 아는 점 등등 이곳저곳 숱하게 주워 먹은 것은 짐작이 가지만 그의 경력을 똑똑히 아는 사람은 없었다.

그는 여가 ××촌에 가기 일 년 전쯤 빈손으로 이웃이라도 오듯 후덕덕 ××촌에 나타났다 한다. 생김생김으로 보아서 얼굴이 쥐와 같고 날카로운 이빨이 있으며 눈에는 교활함과 독한 기운이 늘 나타나 있으며 바룩한밖으로 벌어져 있는 코에는 코털이 밖으로까지 보이도록 길게 났고 몸집은 작으나 민첩하게 되었고 나이는 스물다섯에서 사십까지 임의로 볼 수가 있으며 그 몸이나 얼굴 생김이 어디로 보든 남에게 미움을 사고 근접지 못할 놈이라는 느낌을 갖게 한다.

그의 장기는 투전이 일쑤며 싸움 잘하고 트집 잘 잡고 칼부림 잘하고 색시들에게 덤비어들기 잘하는 것이라 한다.

생김생김이 벌써 남에게 미움을 사게 되었고 게다가 하는 행동조차 변변치 못한 일만이라, ××촌에서도 아무도 그를 대척하는마주 응하거나 맞서는 사람이 없었다. 사람들은 모두 그를 피하였다. 집이 없는 그였으나 뉘 집에 잠이라도 자러 가면 그 집주인은 두말없이 다른 방으로 피하고 이부자리를 준비하여 주고 하였다. 그러면 그는 이튿날 해가 낮이 되도록 실컷 잔 뒤에 마치 제집에서 일어나듯 느직이 일어나서 조반朝飯 아침밥을 청하여 먹고는 한마디의 사례도 없이 나가 버린다.

그리고 만약 누구든 그의 이 청구에 응하지 않으면 그는 그것을 트집으로 싸움을 시작하고 싸움을 하면 반드시 칼부림을 하였다.

동리의 처녀들이며 젊은 색시들은 익호가 이 동리에 들어온 뒤로부터는 마음 놓고 나다니지를 못하였다. 철없이 나갔다가 봉변을 한 사람도 몇이 있었다.

'삵.'

이 별명은 누가 지었는지 모르지만 어느덧 ××촌에서는 익호를 익호라 부르지 않고 '삵'이라고 부르게 되었다.

"삵이 뉘 집에서 묵었나?"

"김 서방네 집에서."

"다른 봉변은 없었다나?"

"요행히뜻밖으로 운수가 좋게 없었다네."

그들은 아침에 깨면 서로 인사 대신으로 삵의 거취를 알아보고 하였다.

'삵'은 이 동리에는 커다란 암종癌腫 악성 종양이었다. '삵' 때문에 아무리 농사에 사람이 부족한 때라도 젊고 든든한 몇 사람은 동리의 젊은 부녀를 지키기 위하여 동리 안에 머물러 있지 않을 수가 없었다. '삵' 때문에 부녀와 아이들은 아무리 더운 여름 저녁이라도 길에 나서서 마음 놓고 바람을 쏘여 보지를 못하였다. '삵' 때문에 동리에서는 닭의 가리싸리나무로 엮어 둥글게 만든 닭장며 도야지 우리를 지키기 위하여 밤을 새우지 않을 수가 없었다.

동리의 노인이며 젊은이들은 몇 번을 모여서 삵을 이 동리에서 내쫓기를 의논하였다. 물론 합의는 되었다. 그러나 내쫓는 데 선착수先着手 남보다 먼저 손을 댐할 사람이 없었다.

"첨지가 선착수하면 뒤는 내 담당하마."

"뒤는 걱정 말고 형님 먼저 말해 보시오."

제각기 삵에게 먼저 달려들기를 피하였다.

이리하여 동리에서는 합의는 되었으나 삵은 그냥 태연히 이 동리에 묵어 있게 되었다.

"며늘 년들이 조반이나 지었나?"

"손주 놈들이 잠자리나 순비했나?"

마치 그 동리의 모두가 자기의 집안인 것같이 삵은 마음대로 이집 저집을 드나들었다.

××촌에서는 사람이라도 죽으면 반드시 조상弔喪 남의 상사에 대하여 조의를 표함 대신으로,

"삵이나 죽지 않고."

하는 한마디의 말을 잊지 않고 하였다.

누가 병이라도 나면,

"에잇, 이놈의 병 삵한테로 가거라."고 하였다.

암종. 누구든 삵을 동정하거나 사랑하는 사람이 없었다.

삵도 남의 동정이나 사랑은 벌써 단념한 사람이었다. 누가 자기에게 아무런 대접을 하든 탓하지 않았다. 보이는 데서 보이는 푸대접을 하면

그 트집으로 반드시 칼부림까지 하는 그였었지만 뒤에서 아무런 말을 할지라도, 그리고 그것이 삵의 귀에까지 갈지라도 탄하지 않았다.

"흥……."

이 한마디는 그의 가장 커다란 처세 철학이었다.

흔히 곁 동리 중국인들의 투전판에 가서 투전을 하였다. 때때로 두들겨 맞고 피투성이가 되어 돌아오는 일도 있었다. 그러나 그 하소연을 하는 일이 없었다. 한다 할지라도 들을 사람도 없거니와, 아무리 무섭게 두들겨 맞은 뒤라도 하루만 샘물에 상처를 씻고 절룩절룩한 뒤에는 또 그 이튿날은 천연히 나다녔다.

여가 ××촌을 떠나기 전날이었다.

송 첨지라는 노인이 그해 소출所出 논밭에서 나는 곡식을 나귀에 실어 가지고 중국인 지주가 있는 촌으로 갔다. 그러나 돌아올 때는 그는 송장이 되었다. 소출이 좋지 못하다고 두들겨 맞아서 부러져 꺾어진 송 첨지는 나귀 등에 몸이 결박되어서 겨우 ××촌으로 돌아왔다. 그리고 놀란 친척들이 나귀에서 몸을 내릴 때에 절명되었다.

××촌에서는 왁작하였다.

"원수를 갚자!"

명 아닌 목숨을 끊은 송 첨지를 위하여 동리의 젊은이며 늙은이는 모두 흥분되었다. 제각기 이제라도 들고 일어설 듯하였다.

그러나 그뿐이었다. 누구든 앞장을 서려는 사람이 없었다. 만약 이때에 누구든 앞장을 서는 사람만 있었다면 그들은 곧 그 지주에게로 달려갔을지 모른다. 그러나 제가 앞장을 서겠노라고 나서는 사람은 없었다. 제각기 곁사람을 돌아보았다.

발을 굴렀다. 부르짖었다. 학대받는 인종의 고통을 호소하며 울었다.

그러나 그뿐이었다. 남의 일로 지주에게 반항하여 제 밥자리까지 떼이기를 꺼림인지 어쩐지는 여로는 모를 배로되모르는 바이지만 용감히 앞서서 나가는 사람은 없었다.

의사라는 여의 직업상 송 첨지의 시체를 검분檢分 참관하여 검사함을 한 뒤에 돌아오는 길에 여는 삵을 만났다. 키가 작은 삵을 여는 내려다보았다. 삵은 여를 쳐다보았다.

'가련한 인생아. 인종의 거머리야. 가치 없는 생명아. 밥버러지야. 기생충아.'

여는 삵에게 말하였다.

"송 첨지가 죽은 줄 아우?"

여의 말에 아직껏 여를 쳐다보고 있던 삵의 눈이 아래로 떨어졌다. 그리고 여가 발을 떼려는 순간 얼핏 삵의 얼굴에 나타난 비창悲愴 마음이 몹시 상하고 슬픔한 표정을 여는 넘길 수가 없었다.

고향을 떠난 만 리 밖에서 학대받는 인종의 가엾음을 생각하고 그 밤은 여도 잠을 못 이루었다. 그 억분抑憤 억울하고 분한 마음함을 호소할 곳도 못 가진 우리의 처지를 생각하고 여도 눈물을 금치를 못하였다.

이튿날 아침이었다. 여를 깨우러 달려오는 사람의 소리에 여는 반사적으로 일어났다. 삵이 동구 밖에서 피투성이가 되어 죽어 있다는 것이었다.

여는 삵이라는 말에 눈살을 찌푸렸다. 그러나 의사라는 직업상 곧 가방을 수습하여 가지고 삵이 넘어진 데까지 달려갔다. 송 첨지의 장례 때문에 모였던 사람 몇은 여의 뒤로 따라왔다.

여는 보았다. 삵이 허리가 기역 자로 뒤로 부러져서 밭고랑 위에 넘어져 있는 것을. 여는 달려가 보았다. 아직 약간의 온기는 있었다.

"익호! 익호!"

그러나 그는 정신을 못 차렸다. 여는 응급수단을 하였다. 그의 사지는 무섭게 경련되었다.

이윽고 그가 눈을 번쩍 떴다.

"익호! 정신 드나?"

그는 여의 얼굴을 보았다. 끝이 없이 한참을 쳐다보았다.

그의 동자가 움직였다. 겨우 의의意義 말이나 글의 속뜻를 깨달은 모양이었다.

"선생님, 저는 갔었습니다."

"어디를?"

"그놈, 지주 놈의 집에."

무얼? 여는 눈물이 나오려는 눈을 힘 있게 닫았다. 그리고 덥석 그의 벌써 식어 가는 손을 잡았다. 잠시의 침묵이 계속되었다. 그의 사지에서는 무서운 경련이 끊임없이 일었다. 그것은 죽음의 경련이었다.

듣기 힘든 작은 그의 소리가 또 그의 입에서 나왔다.

"선생님."

"왜?"

"보구 싶어요. 전 보구 시……."

"뭐이?"

그는 입을 움직이었다. 그러나 말이 안 나왔다. 기운이 부족한 모양이었다. 잠시 뒤 그는 또다시 입을 움직이었다. 무슨 소리가 그의 입에서 나왔다.

"무얼?"

"보구 싶어요. 붉은 산'조국'을 상징하는 말이…… 그리구 흰옷'백의민족'을 상징하는 말이!"

아아, 죽음에 임하여 그는 고국과 동포가 생각난 것이었다. 여는 힘 있게 감았던 눈을 고즈넉이고요하고 아늑한 상태로 떴다. 그때에 삵의 눈도 번쩍 띄었다. 그는 손을 들려 하였다. 그러나 이미 부러진 그의 손은 들리지 않았다. 그는 머리를 돌이키려 하였다. 그러나 그 힘이 없었다.

그의 마지막 힘을 혀끝에 모아 가지고 그는 다시 입을 열었다.

"선생님!"

"왜?"

"저것…… 저것……."

"무얼?"

"저기 붉은 산이, 그리고 흰옷이…… 선생님 저게 뭐예요."

여는 돌아보았다. 그러나 거기는 황막한 만주의 벌판이 전개되어 있을 뿐이다.

"선생님, 창가 불러 주세요. 마지막 소원…… 창가를 해 주세요. 동해물과 백두산이 마르고 닳도록……."

여는 머리를 끄덕이고 눈을 감았다. 그리고 입을 열었다. 여의 입에서는 창가가 흘러나왔다. 여는 고즈넉이 불렀다.

"동해물과 백두산이……."

고즈넉이 부르는 여의 창가 소리에 뒤에 둘러섰던 다른 사람의 입에서도 숭엄한 코러스는 울리어 나왔다.

"……무궁화 삼천리 화려 강산……."

광막한 겨울의 만주 벌 한편 구석에서는 밥버러지 익호의 죽음을 조상하는 숭엄한 노래가 차차 크게 엄숙하게 울리었다. 그 가운데서 익호의 몸은 점점 식었다.

붉은 산

작가 소개

김동인(金東仁, 1900~1951)

평안남도 평양에서 태어났다. 1919년 최초의 문학 동인지 〈창조〉를 발간하고, 창간호에 최초의 자연주의 작품으로 알려진 「약한 자의 슬픔」을 발표했다. 김동인은 순수 문학 정신과 근대 사실주의에 근거하여 작품 활동을 전개했다. 근대적 문예 비평을 개척하는 등 한국 문학사에 큰 공적을 남겼다는 평가를 받는다. 주요 작품으로는 「감자」(1925), 「광염소나타」(1930), 「발가락이 닮았다」(1932), 「광화사」(1935) 등이 있다.

작품 정리

- **갈래** 민족주의 소설, 액자 소설
- **성격** 사실적
- **배경** 시간 - 일제 강점기 / 공간 - 만주
- **시점** 1인칭 관찰자 시점
- **구성** '발단 - 전개 - 위기 - 절정 - 결말'의 5단계 구성
- **특징**
  - 의사의 수기 형식을 취하고 있음
  - 1931년에 일어난 '만보산 사건'을 모티브로 삼고 있음
- **주제** 민족의 동질성과 조국에 대한 사랑
- **출전** 〈삼천리〉(1932)

구성과 줄거리

- **프롤로그** **질병 조사차 만주로 간 '여余'가 ××촌에서 겪은 일을 적음**
  '여'는 만주의 풍속을 살피고, 그들에게 퍼져 있는 병도 조사할 겸 만주를 돌아보았는데 그때 ××촌에서 겪은 일을 수기로 기록했다.

- **발단** **'삵'이란 별명을 가진 부랑자 정익호가 ××촌에 찾아옴**
  광막한 만주 벌판 ××촌에는 정직하고 글깨나 읽었다는 조선인 소작인들이 이십여 호 모여 산다. 어느 날 이 마을에 '삵'이라 불리는 정익호가 찾아든다. 그는 독하고 민첩하게 생긴 외모 때문에 사람들에게 미움을 산다. 실제로 그는 투전뿐만 아니라 트집을 잘 잡고 싸움도 잘한다.

- **전개** **마을 사람들이 '삵'을 내쫓고자 하나 속수무책임**
  동네의 암종이 된 '삵'이 아무리 행패를 부려도 마을 사람들은 그가 두려워서 함부로 대들지 못한다. 동네 사람들은 그를 쫓아내기 위해 여러 번 결의하기도 했지만, 정작 나설 사람이 없어 '삵'은 별 탈 없이 동네에 머무르게 된다.

- **위기** **지주에게 갔던 송 첨지가 죽지만 누구 하나 나서지 않음**
  '여'가 ××촌을 떠나기 전날의 일이다. 그해 소출을 나귀에 싣고 만주인 지주 집에 간 송 첨지가 소출이 좋지 못하다는 이유로 초주검이 되어 돌아와 끝내 죽는다. ××촌 젊은이들은 흥분하지만 누구 하나 앞장서려고 하지 않는다.

- **절정** **지주에게 항거하러 갔던 '삵'이 초주검이 되어 돌아옴**
  '여'는 송 첨지의 시체를 부검하고 돌아오는 길에 '삵'과 마주쳐 그에게 송 첨지의 죽음을 알린다. 이야기를 들은 '삵'의 얼굴에는 비장함이 감돈다. 이튿날 '여'는 지주에게 항거하다가 허리가 기역 자로 부러져 동구 밖에 버려져 있는 '삵'을 응급조치한다.

- **결말** **마을 사람들이 애국가를 부르는 가운데 '삵'이 죽어 감**

  '삵'은 붉은 산과 흰옷을 찾으며 애국가를 불러 달라고 간청한다. 밥 버러지 '삵'의 죽음을 애도하는 노래가 엄숙하게 울려 퍼지는 가운데 '삵'의 몸은 점점 식어 간다.

생각해 보세요

1 작가가 익호의 별명을 '삵'으로 정한 까닭은 무엇인가?

익호는 독하고 교활한 성격인 데다 몸놀림도 민첩하다. 작가는 '쥐 같은 얼굴, 날카로운 이빨, 바룩한 코에 긴 코털' 등 외양 묘사를 통해 익호의 성격을 암시하는 간접적 묘사의 방법을 쓰고 있다. 따라서 살쾡이를 의미하는 '삵'이란 별명은 익호의 겉모습뿐만 아니라 성격까지 드러내고 있다.

2 이 작품이 감상적 측면이 강하다는 평가를 받는 이유는 무엇인가?

소설의 전반부에서 익호는 싸움 잘하고 트집 잘 잡고 칼부림 잘하고 색시에게 덤벼들기를 잘하는 '암종'으로 묘사되고 있다. 그런데 후반부에서는 송 첨지의 죽음을 계기로 익호에게 극적인 성격 변화가 일어난다. 이는 조국과 민족에 대한 애정이라는 주제 의식을 부각시키기 위한 장치로 볼 수 있다. 하지만 성격의 변화를 가져온 실마리나 개연성이 제시되지 않아 감상적이고 작위적으로 느껴진다는 지적을 받기도 한다.

인물관계도

저(응칠)는 성실한 농사꾼이었지만 빚을 못 갚아 객지를 떠돌다 감옥까지 다녀왔어요. 지금은 동생(응오)과 한동네에 머물고 있지요. 응오네가 벼를 도둑맞았다는 소식을 듣자 성팔이 의심되더군요. 저는 노름을 한 뒤 응오네 논 근처에 잠복해 도둑을 기다렸어요. 도둑이 나타나 잡았는데 놀랍게도 응오더군요!

만무방

산골에, 가을은 무르녹았다.

아름드리 노송은 빽빽히 늘어박혔다. 무거운 송낙송라를 우산 모양으로 엮어 만든 모자을 머리에 쓰고 건들건들. 새새이 끼인 도토리, 벚버찌, 돌배, 갈잎들은 울긋불긋. 잔디를 적시며 맑은 샘이 쫄쫄거린다. 산토끼 두 놈은 한가로이 마주 앉아 그 물을 할짝거리고, 이따금 정신이 나는 듯 가랑잎은 부수수 하고 떨린다. 산산한 산들바람. 귀여운 들국화는 그 품에 새뜩새뜩바람에 이리저리 흔들리는 모양 넘논다. 흙내와 함께 향긋한 땅김땅에서 올라오는 수증기이 코를 찌른다. 요놈은 싸리버섯, 요놈은 잎 썩은 내, 또 요놈은 송이 — 아니, 아니, 가시넝쿨 속에 숨은 박하풀 냄새로군.

응칠이는 뒷짐을 딱 지고 어정어정 노닌다. 유유히 다리를 옮겨 놓으며 이 나무 저 나무 사이로 호아든다이리저리 돌아서 오다. 코는 공중에서 벌렸다 오므렸다 연신잇따라 자꾸 이러며 훅, 훅. 구붓한조금 굽은 듯한 한 송목 밑에 이르자 그는 발을 멈춘다. 이번에는 지면에 코를 바짝 갖다 대고 한 바퀴 비잉, 나물 끼고 돌았다.

'아하, 요놈이로군!'

썩은 솔잎에 덮이어 흙이 봉곳이 돋아 올랐다.

그는 손가락을 꾸짖으며 정성스레 살살 헤쳐 본다. 과연 귀여운 송이.

망할 녀석, 조금만 더 나오지, 그걸 뚝 따 들고 뒷짐을 지고 다시 어실렁 어실렁. 가끔 선하품은 터진다. 그럴 적마다 두 팔을 떡 벌리곤 먼 하늘을 바라보고 늘어지게도 기지개를 늘인다.

때는 한창 바쁠 추수 때이다. 농군치고 송이 파적破寂 심심풀이로 송이를 따 먹는 일 나올 놈은 생겨나도 않았으리라. 하나 그는 꼭 해야만 할 일이 없었다. 싫으면 하고 말면 말고 그저 그뿐. 그러함에는 먹을 것이 더러 있느냐면 있기는커녕 부쳐 먹을 농토조차 없는, 계집도 없고 집도 없고 자식도 없고. 방은 있다고 해야 남의 곁방이요, 잠은 새우잠이다. 하지만 오늘 아침만 해도 한 친구가 찾아와서 벼를 털 텐데 일 좀 와 해 달라는 걸 마다하였다. 몇 푼 바람에 그까짓 걸 누가 하느냐보다는 송이가 좋았다. 왜냐면 이 땅 삼천리강산에 늘어놓인 곡식이 말짱 뉘 것이람. 먼저 먹는 놈이 임자 아니냐. 먹다 걸릴문맥상 '체하다'를 뜻함 만치 그토록 양식을 쌓아 두고 일이 다 무슨 난장亂杖 신체의 부위를 가리지 않고 마구 매로 치던 고문 맞을 일이람. 걸리지 않도록 먹을 궁리나 할 게지. 하기는 그도 한 세 번이나 걸려서 구메밥옥에 갇힌 죄수에게 구멍으로 몰래 들여보내던 밥으로 사관四關 체했을 때에 침을 놓는 네 곳의 혈을 틀었다마는 결국 제 밥상 위에 올라앉은 제 몫도 자칫하면 먹다 걸리긴 매일반…….

올라갈수록 덤불은 욱었다무성했다. 머루며 다래, 칡, 게다 이름 모를 잡초. 이것들이 위아래로 이리저리 서리어 좀체 길을 내지 않는다. 그는 잔디 길로만 돌았다. 넓적다리가 벌쭉이는 찢어진 고의남자의 여름 홑바지 자락을 아끼며 조심조심 사려 딛는다. 손에는 칡으로 엮어 든 일곱 개 송이. 늙은 소나무마다 가선 두리번거린다. 사냥개 모양으로 코로 쿡, 쿡, 내를 한다. 이것도 송이 같고 저것도 송이 같고. 어떤 게 알짜 송이인지 분간을 모른다. 토끼 똥이 소보록한 데 갈잎이 한 잎 뚝 떨어졌다. 그 잎을 살며시 들어 보니 송이 대구리가 불쑥 올라왔다. 매우 큰 송이인 듯. 그는 반색하여매우 반가워 그 앞에 무릎을 털썩 꿇었다. 그리고 그 위에 두 손을 내들며 열 손가락을 다 펴 들었다. 가만가만히 살살 흙을 헤쳐 본다. 주먹만 한 송이가 나타난다. 얘, 이놈 크구나. 손바닥 위에 따 올려놓고는 한참 들여다보며 싱글벙글한다.

우중충한 구석으로 바위는 벽같이 깎아질렀다. 그 중턱을 얽어 나간 칡 잎에서는 물이 쪼록쪼록 흘러내린다. 인삼이 썩어 내리는 약수라 한다. 그는 돌 위에 걸터앉으며 또 한 번 하품을 하였다. 간밤 쓸데없는 노름에 밤을 팬한숨도 자지 않고 새운 것이 몹시 나른하였다.

따사로운 햇발이 숲을 새어 든다. 다람쥐가 솔방울을 떨어치며, 어여쁜 할미새는 앞에서 알씬거리고. 동리에서는 타작을 하느라고 와글거린다. 흥겨워 외치는 목성, 그걸 억누르고 공중에 웅, 웅, 진동하는 벼 터는 기계 소리. 맞은쪽 산속에서 어린 목동들의 노래는 처량히 울려온다. 산속에 묻힌 마을의 전경을 멀리 바라보다가 그는 눈을 찌긋하며 다시 한 번 하품을 뽑는다. 이 웬 놈의 하품일까. 생각해 보니 어제저녁부터 여태껏 창자가 곯렸던 것이다. 불현듯 송이 꾸러미에서 그중 크고 먹음직한 놈을 하나 뽑아 들었다.

응칠이는 그 송이를 물에 써억써억 비벼서는 떡 벌어진 대구리뿌리나 줄기의 윗부분부터 걸쌍스레탐스럽게 덥석 물어 떼었다. 그리고 넓죽한 입이 움질움질 씹는다. 혀가 녹을 듯이 만질만질하고 향기로운 그 맛. 이렇게 훌륭한 놈을 입맛만 다시고 못 먹다니. 문득 옛 추억이 혀끝에 뱅뱅 돈다. 이놈을 맛보는 것도 참 근자近者 요 얼마 되는 동안의 일이다. 감불생심敢不生心 감히 엄두도 내지 못함이지 어디 냄새나 똑똑히 맡아 보리. 산속으로 쏘다니다 백판白板 전혀 못 따기도 하려니와 더러 딴다는 놈은 행여 상할까 봐 손도 못 대게 하고 집에 내려다 묻고 묻고 하는 것이다. 그러나 요행히뜻밖으로 운수가 좋게 한 꾸러미 차면 금시로 장에 가져다 판다. 이틀 사흘씩 공들인 거로되 잘하면 사십 전, 못 받으면 이십오 전. 저녁거리를 기다리는 아내를 생각하며 좁쌀 서너 되를 손에 사 들고 어두운 고개를 터덜터덜 올라오는 건 좋으나 이 신세를 뭐에 쓰나 하고 보면 을프냥궂기우울하고 언짢기가 짝이 없겠고…… 이까짓 걸 못 먹어, 그래 홧김에 또 한 놈을 뽑아 들고 이번엔 물에 흙도 씻을 새 없이 그대로 텁석거린다. 그러나 다른 놈들도 별수 없으렷다. 이 산골이 송이의 본고향이로되 아마 일 년에 한 개조차 먹는 놈이 드물리라.

'흠, 썩어진 두상들!'

그는 폭넓은 얼굴을 일그리며 남이나 들으란 듯이 이렇게 비웃는다. 썩었다 함은 데생겼다생김새나 됨됨이가 못나게 생겼다 모멸하는 그의 언투였다. 먹다 나머지 송이 꽁댕이를 바로 자랑스러이 입에다 치뜨리곤 트림을 섞어 가며 우물거린다.

송이 두 개가 들어가니 이제는 더 먹을 재미가 없다. 뭔가 좀 든든한 걸 먹었으면 좋겠는데. 떡, 국수, 말고기, 개고기, 돼지고기 그렇지 않으면 쇠고기냐. 아따 궁한 판이니 아무 거나 있으면 속종으로연달아 여러 가질 먹으며 시름없이 앉았다. 그는 눈꼴이 슬그러미 돌아간다. 웬 놈의 닭인지 암탉 한 마리가 조 아래 무덤 앞에서 뺑뺑 맨다. 골골거리며 감도는 걸 보매 아마 알자리어미가 알을 낳거나 품는 자리를 보는 맥이라. 그는 돌에서 궁뎅이를 들었다. 낮은 하늘로 외면하여 못 본 척하고 닭을 향하여 저편으로 널찍이 돌아내린다. 그러나 무덤까지 왔을 때 몸을 돌리며,

"후, 후, 후, 이 자식이 어딜 가 후."

두 팔을 벌리고 쫓아간다. 산꼭대기로 치모니 닭은 허둥지둥 갈 길을

모른다. 요리 매낀 조리 매낀, 꼬꼬댁거리며 속만 태울 뿐. 그러나 바위 틈에 끼어 왁살스러운매우 무지하고 포악하며 드센 데가 있는 그 주먹에 모가지가 둘로 나기에는 불과 몇 분 못 걸렸다.

그는 으슥한 숲 속으로 찾아들었다. 닭의 껍질을 홀랑 까고서 두 다리를 들고 찢으니 배창'배창자'의 북한 말이 옆구리로 꿰진다. 그놈은 긁어 뽑아서 껍질과 한데 뭉치어 흙에 묻어 버린다.

고기가 생기고 보니 연하여 나느니 막걸리 생각. 이걸 부글부글 끓여 놓고 한 사발 떡 켰으면물이나 술 따위를 단숨에 들이마셨으면 똑 좋을 텐데 제기. 응칠이의 고기는 어디 떨어졌는지 술집까지 못 가는 고기였다. 아무려나 고기 먹고 술 먹고 거꾸론 못 먹느냐. 그는 닭의 가슴패기를 입에 들여대고 쭉 찢어 가며 먹기 시작한다. 쫄깃쫄깃한 놈이 제법 맛이 들었다. 가슴을 먹고 넓적다리, 볼기짝을 먹고 거반居半 거의 절반 가까이 반쯤을 다 해내고 나니 어쩐지 맛이 좀 적었다. 결국 음식이란 양념을 해야 하는군. 수풀 속으로 그냥 내던지고 그는 설렁설렁 내려온다. 솔숲을 빠져 화전께로 내리려 할 때 별안간 등 뒤에서,

"여보게, 저 응칠이 아닌가."

고개를 돌려 보니 대장간 하는 성팔이가 작달막한 체수몸의 크기에 들갑작거리며몸을 몹시 흔들면서 까불거리며 고개를 넘어온다. 그런데 무슨 긴한 일이나 있는지 부리나케 달려들더니,

"자네 응고개 논의 벼 없어진 거 아나?"

응칠이는 그만 가슴이 덜컥 내려앉았다. 이 바쁜 때 농군의 몸으로 응고개까지 애를 써 갈 놈도 없으려니와 또한 하필 절 보고 벼의 없어짐을 말하는 것이 여간 심상치 않은 일이었다.

잡담 제하고 응칠이는,

"자넨 어째서 응고개까지 갔던가?"
하고 대담스레 그 눈을 쏘아보았다. 그러나 성팔이는 조금도 겁먹은 기색 없이,
"아, 어쩌다 지났지 뭘 그래."
하며 도리어 얼레발'엉너리'의 방언. 남의 환심을 사기 위하여 어벌쩡하게 서두르는 짓을 치고 덤비는 수작이다. 고얀 놈, 응칠이는 입때여태 다녀야 동무를 팔아 배를 채우는 그런 비열한 짓은 안 한다. 낯을 붉히자 눈에 불이 보이며,
"어쩌다 지냈다?"
응칠이가 이 동리에 들어온 것은 어느덧 달이 넘었다. 인제는 물릴싫증이 날 때도 되었고, 좀 떠 보고자 생각은 간절하나 아우의 일로 말미암아 망설거리는 중이었다. 그는 오라는 데는 없어도 갈 데는 많았다. 산으로 들로 해변으로 발부리 놓이는 곳이 즉 가는 곳이다. 그러나 저물면은 그대로 쓰러진다. 남의 방앗간이고 헛간이고 혹은 강가, 시새장모래톱, 물론 수가 좋으면 괴때기타작을 할 때에 생기는 벼 낟알이 섞인 짚북데기 위에서 밤을 편히 잘 적도 있었다. 이렇게 하여 강원도 어수룩한 산골로 이리 넘고 저리 넘고 못 간 데 별로 없이 유람 겸 편답遍踏 이곳저곳을 돌아다님하였다. 그는 한구석에 머물러 있음은 가슴이 답답할 만치 되우아주 몹시 괴로웠다.
그렇다고 응칠이가 본시 역마驛馬 한곳에 머물지 못하고 돌아다니는 기질 직성이냐 하면 그런 것도 아니다. 그도 오 년 전에는 사랑하는 아내가 있었고 아들이 있었고 집도 있었고, 그때야 어딜 하루라도 집을 떨어져 보았으랴. 밤마다 아내와 마주 앉으면 어찌하면 이 살림이 좀 늘어 볼까 불어 볼까, 애간장을 태우며 갖은 궁리를 되하고되풀이하고 되하였다마는, 별 뾰족한 수는 없었다. 농사는 열심히 하는 것 같은데 알고 보면 남는 건 겨우 남의 빚뿐. 이러다가는 결말엔 봉변을 면치 못할 것이다. 하루는 밤이

깊어서 코를 골며 자는 아내를 깨웠다. 밖에 나아가 우리의 세간이 몇 개나 되는지 세어 보라 하였다. 그리고 저는 벼루에 먹을 갈아 붓에 찍어 들었다. 벽에 바른 신문지는 누렇게 끄을렀다. 그 위에다 아내가 불러 주는 물목物目 물건의 목록대로 일일이 내려 적었다. 독이 세 개, 호미가 둘, 낫이 하나로부터 밥사발, 젓가락, 짚이 석 단까지 그다음에는 제가 빚을 얻어 온 데, 그 사람들의 이름을 쪽 적어 놓았다. 금액은 제각기 그 아래다 달아 놓고, 그 옆으론 조금 사이를 떼어 역시 조선문으로 나의 소유는 이것밖에 없노라. 나는 오십사 원을 갚을 길이 없으매 죄진 몸이라 도망하니 그대들은 아예 싸울 게 아니겠고 서로 의논하여 억울치 않도록 분배하여 가기 바라노라 하는 의미의 성명서를 벽에 남기자 안으로 문들을 걸어 닫고 울타리 밑구멍으로 세 식구가 빠져나왔다.

이것이 응칠이가 팔자를 고치던 첫날이었다.

그들 부부는 돌아다니며 밥을 빌었다. 아내가 빌어다 남편에게, 남편이 빌어다 아내에게. 그러자 어느 날 밤 아내의 얼굴이 썩 슬픈 빛이었다. 눈보라는 살을 엔다. 다 쓰러져 가는 물방앗간 한구석에서 섬곡식 따위를 담기 위하여 짚으로 엮어 만든 가마니을 두르고 어린애에게 젖을 먹이며 떨고 있더니 여보게유 하고 고개를 돌린다. 왜 하니까 그 말이, 이러다간 우리도 고생일 뿐더러 첫째 어린애를 잡겠수, 그러니 서로 갈립시다, 하는 것이다. 하긴 그럴 법한 말이다. 쥐뿔도 없는 것들이 붙어 다닌댔자 별수는 없다. 그보다는 서로 갈리어 제 맘대로 빌어먹는 것이 오히려 가뜬하리라. 그는 선뜻 응낙하였다. 아내의 말대로 개가改嫁 다른 남자에게 시집을 다시 가는 일를 해 가서 젖먹이나 잘 키우고 몸 성히 있으면 혹 연분이 닿아 다시 만날지도 모르니깐, 마지막으로 아내와 같이 땅바닥에서 나란히 누워 하룻밤을 새고 나서 날이 훤해지자 그는 툭툭 털고 일어섰다.

매팔자빈들빈들 놀면서도 먹고사는 걱정이 없는 경우란 응칠이의 팔자이겠다.

그는 버젓이 게트림거만스럽게 거드름을 피우며 하는 트림으로 길을 걸어야 걸릴 것은 하나도 없다. 논맬 걱정도, 호포戶布 봄과 가을 두 철에 집집마다 물던 세금 바칠 걱정도, 빚 갚을 걱정, 아내 걱정, 또는 굶을 걱정도. 호동그란히거칠 것 없이 털고 나서니 팔자 중에는 아주 상팔자다. 먹고만 싶으면 도야지구, 닭이구, 개구, 언제나 옆을 떠날 새 없겠지. 그리고 돈, 돈도.

그러나 주재소駐在所 일제 강점기에 순사가 머무르면서 사무를 맡아보던 경찰의 말단 기관는 그를 노려보았다. 툭하면 오라, 가라, 하는데 학질짜증날 만큼 귀찮고 피곤함이었다. 어느 동리고 가 있다가 불행히 일만 나면 누구보다도 그부터 붙들려 간다. 왜냐면 그는 전과 사범이었다. 처음에는 도박으로, 다음엔 절도로, 또 고담에는 절도로, 절도로.

그러나 이번 멀리 아우를 방문함은 생활이 궁하여 근대러몹시 성가시게 하러 왔다거나 혹은 일을 해 보러 온 것은 결코 아니었다. 혈족이라곤 단 하나의 동생이요, 또한 오래 못 본지라 때 없이 그리웠다. 그래 모처럼 찾아온 것이 뜻밖에 덜컥 일을 만났다.

지금까지 논의 벼가 서 있다면 그것은 성한 사람의 짓이라 안 할 것이다.

응오는 응고개 논의 벼를 여태 베지 않았다. 물론 응오가 베어야 할 것이나, 누가 듣던지 그 형 응칠이를 먼저 의심하리라. 그럼 여기에 따르는 모든 책임을 응칠이가 혼자 지지 않으면 안 될 것이다.

응오는 진실한 농군이었다. 나이 서른하나로 무던히 철났다 하고 동리에서 쳐주는 모범 청년이었다. 그런데 벼를 베지 않는다. 남은 다들 거둬들였고 털기까지 하련만 그는 벨 생각조차 않는 것이다.

지주라든 혹은 그에게 장리長利 돈이나 곡식을 꾸어 주고, 받을 때에는 한 해 이자로 본디 곡식의 절반 이상을 받는 변리(邊利)를 놓은 김 참판이든 뻔질나게 찾아와 벼를 베라 독촉하였다.

"얼른 털어서 낼 건 내야지."

하면 그 대답은,

"계집이 죽게 됐는데 벼는 다 뭐지유."

하고 한결같이 내뱉는 소리뿐이었다.

응오의 아내가 지금 기지사경幾至死境 거의 죽을 지경에 이름이매 틈은 없었다 하더라도 돈이 놀아서수중에 돈이 없어서 약을 못 쓰는 이 판이니 진시趁時 진작 벼라도 털어야 할 것이다.

그러면 왜 안 털었던가.

그것은 작년 응오와 같이 지주 문전에서 타작을 하던 친구라면 묻지는 않으리라. 한 해 동안 애를 졸이며 홑자식하나밖에 없는 자식 모양으로 알뜰히 가꾸던 그 벼를 거둬들임은 기쁨에 들림없었다. 꼭두새벽부터 엣, 엣, 하며 괴로움을 모른다. 그러나 캄캄하도록 털고 나서 지주에게 도지賭地 남의 논밭을 빌려서 부치고 논밭을 빌린 대가로 해마다 내는 벼를 제하고, 장리쌀을 제하고, 색초관아에 바치는 세금를 제하고 보니 남은 것은 등줄기를 흐르는 식은땀이 있을 따름. 그것은 슬프다 하기보다 끝없이 부끄러웠다. 같이 털어 주던 동무들이 뻔히 보고 섰는데 빈 지게로 덜렁거리며 집으로 돌아오는 건 진정 열적기겸연쩍고 부끄럽기 짝이 없는 노릇이었다. 참다 참다못해 응오는 눈에 눈물이 흘렀던 것이다.

가뜩한데 엎치고 덮치더라고 올해는 고나마 흉작이었다. 샛바람과 비에 벼는 깨깨몹시 여위어 비틀렸다. 이놈을 가을수확하다간 먹을 게 남지 않음은 물론이요 빚도 다 못 가릴 모양. 에라, 빌어먹을 거 너들끼리 캐다 먹든 말든 멋대로 하여라, 하고 내던져 두지 않을 수 없다. 벼를 거뒀다고 말만 나면 빚쟁이들은 우 몰려들 거니깐.

응칠이의 죄목은 여기에서도 또렷이 드러난다. 국으로제 주제에 맞게 가만히만 있었더라면 좋은 걸 이 사품어떤 동작이나 일이 진행되는 바람이나 겨를에 뛰어들어 지주의 뺨을 제법 갈긴 것이 응칠이었다.

처음에야 그럴 작정이 아니었다. 그는 여러 곳 물을 마신 이만치 어지간히 속이 틘 건달이었다. 지주를 만나 까놓고 썩 좋은 소리로 의논하였다. 올 농사는 반실半失 절반쯤 잃거나 손해를 봄이니 도지도 좀 감해 주는 게 어떠냐고. 그러나 지주는 암말 없이 고개를 모로옆쪽으로 흔들었다. 정 이러면 하여튼 일 년 품은 빼야 할 테니 나는 그 논에다 불을 지르겠수, 하여도 잠자코 응치 않는다. 지주로 보면 자기로도 그 벼는 넉넉히 거둬들일 수는 있다마는, 한번 버릇을 잘못 해 놓으면 어느 작인作人 소작인까지 행실을 버릴까 염려하여 겉으로 독촉만 하고 있는 터이었다. 실상이야 고까짓 벼쯤 있어도 고만 없어도 고만, 그 심보를 눈치채고 응칠이는 화를 벌컥 낸 것만은 좋으나 저도 모르게 대뜸 주먹뺨이 들어갔던 것이다.

이렇게 문제 중에 있는 벼인데 귀신의 놀음 같은 변괴가 생겼다. 다시 말하면 벼가 없어졌다. 그것도 병들어 쓰러진 쭉정이는 제쳐 놓고 무엇으로 그랬는지 알장 이삭만 따 갔다. 그 면적으로 어림하면 아마 못 돼도 한 댓 말가량은 될는지!

응칠이가 아침 일찍이 그 논께로 노닐자 이걸 발견하고 기가 막혔다. 누굴 성가시게 굴려고 그러는지. 산속에 파묻힌 논이라 아직은 본 사람이 없는 모양 같다. 하나 동리에 이 소문이 퍼지기만 하면 저는 어느 모로든 혐의를 받아 폐弊 남에게 끼치는 신세나 괴로움는 좋이충분히 입어야 될 것이다.

응칠이는 송이도 송이려니와 실상은 궁리에 바빴다. 속종마음속에 품은 소견으로 지목 갈 만한 놈을 여럿 들어 보았으나 이렇다 찍을 만한 증거가 없다. 어쩌면 재성이나 성팔이 이 둘 중의 짓이리라, 하고 결국 이렇게 생각던 것도 응칠이가 아니면 안 될 것이다.

원수는 외나무다리에서 만났다.

응칠이는 저의 짐작이 들어맞음을 알고 당장에 일을 낼 듯이 성팔이의 눈을 들이 노렸다.

성팔이는 신이 나서 떠들다가 그 눈총에 어이가 질려서 고만 벙벙하였다. 그리고 얼굴이 핼쑥하여 마주 대고 쳐다보더니,

"그래, 자네 왜 그케 노하나. 지내다 보니깐 그렇길래 일테면 자네보고 얘기지 뭐."

하고 뒷갈망뒷감당을 못하여 우물쭈물한다.

"노하긴 누가 노해!"

응칠이는 빼딩겼던 몸에 좀 더 힘을 올리며,

"응고개를 어째 갔더냐 말이지?"

"놀러 갔다 오는 길인데 우연히……."

"놀러 갔다, 거기가 노는 덴가?"

"글쎄, 그렇게까지 물을 게 뭔가. 난 응고개 아니라 서울은 못 갈 사람인가."

하다가 성팔이는 속이 타는지 코로 후응 하고 날숨을 길게 뽑는다.

이렇게 나오는 데는 더 물을 필요가 없었다. 성팔이란 놈도 여간내기가 아니요, 구장네 솔인가 뭔가 떼다 먹고 한 번 다녀온 놈이었다. 많이 사귀지는 못했으나 동리 평판이 그놈과 같이 다니다가는 엉뚱한 일만 난다 한다. 이번에 응칠이 저 역시 그 섭수'수단'의 방언에 걸렸음을 알고,

"그야 응고개라고 못 갈 리 없을 테……."

하고 한번 엇먹다사리에 맞지 않는 말과 행동으로 비꼬다, 그러나 자네두 알다시피 거 어디야, 거기 바로 길이 있다든지 사람 사는 동리라면 혹 모른다 하지마는 성한 사람이야 웅고개에 뭘 먹으러 가나, 그렇지 자네야 심심하니까, 하고 앞을 꽉 눌러 등을 떠본다.

여기에는 대답 없고 성팔이는 덤덤히 쳐다만 본다. 무엇을 생각했는가 한참 있더니 호주머니에서 단풍 갑을 꺼낸다. 우선 제가 한 개를 물고 또 하나를 뽑아내 대며,

"궐련얇은 종이로 가늘고 길게 말아 놓은 담배 하나 피우게."

매우 듬직한 낯을 해 보인다.

이놈이 이에 밝기가 몹시 밝은 성팔이다. 턱없이 궐련 하나라도 선심을 쓸 궐자厥者 '그'를 낮잡아 이르는 말가 아니리라, 생각은 하였으나 그렇다고 예까지 부르대는거친 말로 야단스럽게 떠드는 건 도리어 저의 처지가 불리하다.

그것은 짜장과연 정말로 그 손에 넘는 짓이니,

"아, 웬 궐련은 이래."

하고 슬쩍 눙치며좋은 말로 마음을 풀어 누그러지게 하며,

"성냥 있겠나?"

일부러 불까지 거 대게 하였다.

응칠이에게 액을 떠넘기어 이용하려는 고 야심을 생각하면 곧 달려들어 다리를 꺾어 놔야 옳을 것이다. 그러나 이 마당에 떠들어 대고 보면 저는 드러누워 침 뱉기. 결국 도적은 뒤로 잡지 앞에서 어르는 법이 아니다. 동리에 소문이 퍼질 것만 두려워하며,

"여보게, 자네가 했건 내가 했건 간."

하고 과연 정다이 그 등을 툭 치고 나서,

"우리 둘만 알고 동리에 말을 내지 말게."

하다가 성팔이가 이 말에 되우 놀라며 눈을 말똥말똥 뜨니,
"그까진 벼쯤 먹으면 어떤가!"
하고 껄껄 웃어 버린다.
성팔이는 한 굽 접히어 말문이 메였는지 얼떨하여 입맛만 다신다.
"아예 말은 내지 말게, 응 알지?"
하고 다시 다질 때에야 겨우 주저주저 입을 열어,
"내야 무슨 말을 내겠나."
하고 조금 사이를 떼어 또,
"내야 무슨 말을…… 그건 염려 말게."
하더니 비실비실 몸을 돌리어 저 갈 길을 내건는다. 그러나 저 앞 고개까지 가는 동안에 두 번이나 돌아다보며 이쪽을 살피고 살피고 한 것만은 사실이었다.
응칠이는 그 꼴을 이윽히 바라보고 입 안으로 숙일 놈, 하였다. 아무리 도적이라도 같은 동료에게 제 죄를 넘겨씌우려 함은 도저히 의리가 아니다.
그건 그렇다 치고 응오가 더 딱하지 않은가. 기껏 힘들여 지어 놓았다 남 좋은 일 한 것을 안다면 눈이 뒤집힐 일이겠다.
이래서야 어디 이웃을 믿어 보겠는가.
확적히 증거만 있어 이놈을 잡으면 대번에 요절을 내리라 결심하고 응칠이는 침을 탁 뱉어 던지고 산을 내려온다.
그런데 그놈의 행티행짜를 부리는 버릇로 가늠해 보면 응칠이 저만치는 때가 못 벗은 도적이다. 어느 미친놈이 논두렁에까지 가새'가위'의 방언를 들고 오는가. 격식도 모르는 풋둥이풋내기가 그러려면 바로 조 낟가리나 수수 낟가리 말이지 그 속에 들어앉아 가위로 속닥거려야 들킬 리도 없고

일도 편하고 두 포대고 세 포대고 마음껏 딸 수도 있다. 그러다 틈 보고 집으로 나르면 그만이지만 누가 논의 벼를 다……. 그렇게도 벼에 걸신이 들었다면 바로 남의 집 머슴으로 들어가 한 달포한 달이 조금 넘는 기간 동안 주인 앞에 얼렁거리며남의 비위를 맞추거나 환심을 사려고 더럽게 자꾸 아첨을 떨며 신용을 얻어 오다가 주는 옷이나 얻어 입고 다들 잠들거든 볏섬이나 두둑이 짊어 메고 덜렁거리면 그뿐이다. 이건 맥도 모르는 게 남도 못살게 굴려고 에이 망할 자식두……. 그는 분노에 살이 다 부들부들 떨리는 듯싶었다. 그러나 이런 좀도적이란 봉이 나기들통이 나기 전에는 바짝 물고 덤비는 법이었다. 오늘 밤에는 요놈을 지켰다 꼭 붙들어 가지고 정강이를 분질러 노리라. 밥을 먹고는 태연히 막걸리 한 사발을 껄떡껄떡 들이켜자,

"커! 가을이 되니깐 맛이 행결'한결'의 방언 낫군!"

그는 주먹으로 입가를 쓱쓱 훔친 다음 송이 꾸러미에서 세 개를 뽑는다. 그리고 그걸 갈퀴같이 마른 주막 할머니 손에 내어 주며,

"옜수, 송이나 잡숫게유."

하고 술값을 치렀으나,

"아이, 송이두 고놈 참."

간사奸詐 교활하게 거짓으로 남의 비위를 맞춤를 피우는 것이 겉으로는 반기는 척하면서도 좀 시뻐마음에 차지 아니하여 시들한 모양이다. 제 딴은 한 개에 삼 전씩 치더라도 구 전밖에 안 되니깐.

응칠이는 슬며시 화가 나서 그 얼굴을 유심히 들여다보았다. 움푹 들어간 볼때기에 저건 또 왜 저리 멋없이 불거졌는지 툭 나온 광대뼈하고 치마 아래로 남실거리는 발가락은 자칫 잘못 보면 황새 발목이니 이건 언제 잡아가려고 남겨 두는 거야. 보면 볼수록 하나 이쁜 데가 없다. 한

두 번 먹은 것도 아니요, 언젠가 울타리께 풀을 베어 주고 술 사발이나 얻어먹은 적도 있었다. 고렇게 야멸치게 따질 건 뭔가. 그는 눈살을 흘깃 맞히고는 하나를 더 꺼내어,

"옜수, 또 하나 잡숫게유!"

내던져 주곤 댓돌집의 앞뒤에 오르내릴 수 있게 놓은 돌층계에 가래침을 탁 뱉었다.

그제야 식성이 좀 풀리는지 그 가축으로몸가짐을 알뜰히 매만져서 웃으며,

"아이구, 이거 자꾸 주면 어떻게 해."

"어떡하긴, 자꾸 살찌게유."

하고 한마디 툭 쏘고 일어서다가 무엇을 생각함인지 다시 툇마루에 주저앉는다.

"그런데 참 요즘 성팔이 보셨수?"

"아니, 당최 볼 수가 없더구먼."

"술도 안 먹으러 와유?"

"안 와!"

하고는 입 속으로 뭐라고 중얼거리며 의아한 낯을 들더니,

"왜, 또 뭐 일이……?"

"아니유, 본 지가 하 오래니깐!"

응칠이는 말끝을 얼버무리고 고개를 돌리어 한데를 바라본다. 벌써 점심때가 되었는지 닭들이 요란히 울어 댄다. 논둑의 미루나무는 부 하고 또 부 하고 잎이 날리며 팔랑팔랑 하늘로 올라간다.

"성팔이가 이 마을에서 얼마나 살았지요?"

"글쎄, 재작년 가을이지 아마."

하고 장죽長竹 긴 담뱃대을 빽빽 빨더니,

"근데 또 떠난다든가, 홍천인가 어디 즈 성님한테로 간대."

하고 그게 옳지, 여기서 뭘 하느냐, 대장간이라구 일이나 많으면 모르거니와 밤낮 파리만 날리는데 그보다는 형이 크게 농사를 짓는다니 그 뒤나 거들어 주고 국으로 얻어먹는 게 신상에 편하겠지. 그래 불일간不日間 며칠 걸리지 않는 동안 처자식을 데리고 아마 떠나리라고 하고,

"농군은 그저 농사를 지야 돼."

"낼 술 먹으러 또 오지유."

간단히 인사만 하고 응칠이는 다시 일어났다.

주막을 나서니 옷깃을 스치는 개운한 바람이다. 밭둔덕밭머리와 밭 둘레의 두둑하게 높은 곳의 대추는 척척 늘어진다. 머지않아 겨울은 또 오렷다. 그는 응오의 집을 바라보며 그간 죽었는지 궁금하였다.

응오는 봉당封堂 안방과 건넌방 사이의 마루를 놓을 자리에 마루를 놓지 않고 흙바닥 그대로 둔 곳에 걸터앉았다. 그 앞 화로에는 약이 바글바글 끓는다. 그는 정신없이 들여다보고 앉았다.

우중충한 방에서는 아내의 가쁜 숨소리가 들린다. 색, 색 하다가 아이구, 하고는 까무러지게 콜록거린다. 가래가 치밀어 몹시 괴로운 모양. 뽑아 줄 사이가 없이 풀들은 뜰에 엉켰다. 흙이 드러난 지붕에서 망초가 휘어청휘어청, 바람은 가끔 찾아와 싸리문을 흔든다. 그럴 적마다 문은 을씨년스럽게 삐꺽삐꺽. 이웃의 발발이는 부엌에서 한창 바쁘게 달그락거린다. 마는, 아침에 아내에게 먹이고 남은 조죽좁쌀로 쑨 죽밖에야. 아니 그것도 참 남편이 마저 긁었으니 사발에 붙은 찌꺼기뿐이리라.

"거, 다 졸았나 부다."

응칠이는 약이란 다 졸면 못 쓰니 고만 짜 먹여라 하였다. 약이라야 어제저녁 울울타리 뒤에서 옭아 들인 구렁이지만.

그러나 응오는 듣고도 흘렸는지 혹은 못 들었는지 고개도 안 든다.

"옜다, 송이 맛이나 봐라."
하고 형이 손을 내밀 제야 겨우 시선을 들었으나 술이 거나한 그 얼굴을 거북살스레 훑어본다. 그리고 송이를 고맙지 않게 받아 방에 치뜨리고는,
"이거나 먹어."
하다가,
"뭐?"
소리를 크게 질렀다. 그래도 잘 들리지 않으므로,
"뭐야 뭐야, 좀 똑똑히 하라니깐?"
하고 골피눈살를 찌푸린다. 그러나 아내는 손짓만으로 무슨 소린지 알 수가 없다. 음성으로 치느니보다 종이 비비는 소리랄지, 그걸 듣기에는 지척도 멀었다.
가만히 보다 응칠이는 제가 다 불안하여,
"뒤보겠다는 게 아니냐?"
"그럼 그렇다 말이 있어야지."
남편은 이내 짜증을 내며 몸을 일으킨다. 병약한 아내의 음성이 날로 변하여 감을 시방 안 것도 아니련만…….
그는 방바닥에 늘어져 꼬치꼬치 마른 반송장을 조심히 일으키어 등에 업었다.
울 밖 밭머리에 잿간거름으로 쓸 재를 모아 두는 헛간은 놓였다. 머리가 눌릴 만치 납작한 굴속이다. 게다 거미줄은 예제없이여기나 저기나 구별이 없이 엉키었다. 부춘돌발로 디디고 앉아서 뒤를 볼 수 있게 화장실에 놓은 돌 위에 내려놓으니 아내는 벽을 의지하여 웅크리고 앉는다. 그리고 남편은 눈을 멀뚱멀뚱 뜨고 지키고 서 있는 것이다.

이 꼴들을 멀거니 바라보다 응칠이는 마뜩지 않게마음에 들지 않게 코를 횡 풀며 입맛을 다시었다. 응오의 짓이 어리석고 울화가 터져서이다. 요즘 응오가 형에게 말도 잘 않고 왜 어딱비딱행동이 바르거나 단정하지 못한 모양하는지 그 속은 응칠이도 모르는 바 아닐 것이다.

응오가 이 아내를 찾아올 때 꼭 삼 년간을 머슴을 살았다. 그처럼 먹고 싶던 술 한 잔 못 먹었고, 그처럼 침을 삼키던 그 개고기 한 매 물론 못 샀다. 그리고 사경私耕 주인이 머슴에게 한 해 동안 일한 대가로 주는 돈이나 물건을 받는 대로 꼭꼭 장리를 놓았으니 후일 선채先綵 혼례를 치르기 전에 신랑 집에서 신부 집으로 보내는 푸른색과 붉은색의 비단로 썼던 것이다. 이렇게까지 근사勤仕 자기가 맡은 일에 부지런히 힘씀를 모아 얻은 계집이련만 단 두 해가 못 가서 이 꼴이 되고 말았다.

그러나 이 병이 무슨 병인지 도시都是 도무지 모른다. 의원에게 한 번이라도 변변히 뵈 본 적이 없다. 혹 안다는 사람의 말인즉 노점癆漸 폐결핵이니 어렵다 하였다. 돈만 있으면야 노점이고 염병이고 알 바가 못 될 거로되 사날사나흘 전 거리로 쫓아 나오며,

"성님!"

하고 팔을 챌 적에는 응오도 어지간히 급한 모양이었다.

"왜?"

응칠이가 몸을 돌리니 허둥지둥 그 말이 이제는 별도리가 없다. 있다면 꼭 한 가지가 남았으니 그것은 엊그저께 산신을 부리는 노인이 이 마을에 오지 않았는가. 그 노인이 응오를 특히 동정하여 십오 원만 들이어 산치성을 올리면 씻은 듯이 낫게 해 주리라는데.

"성님은 언제나 돈 만들 수 있지유?"

"거, 안 된다. 치성 드려 날 병이 안 낫겠니."

하여 여전히 딱 떼고 그러게 내 뭐래든, 애전애초에 계집 다 내버리고 날 따라나서랬지, 하고,

"그래 농군의 살림이란 제 목매기라지!"

그러나 아우가 암말 없이 몸을 홱 돌리어 집으로 들어갈 제 응칠이는 속으로 또 괜한 소리를 했구나, 하였다.

응오는 도로 아내를 업어다 방에 뉘었다. 약은 다 졸았다. 불이 삭기 전 짜야 할 것이다. 식기를 기다려 약사발을 입에 대어 주니 아내는 군말 없이 그 구렁이 물을 껄덕껄덕 들이마신다.

응칠이는 마당에 우두커니 앉았다. 사람의 목숨이란 과연 중하군, 하였다. 그러나 계집이라는 저 물건이 저렇게 떼기 어렵도록 중할까, 하니 암만해도 알 수 없고.

"너 참 요 건너 성팔이 알지?"

"……."

"너하고 친하냐?"

"……."

"성이 뭐래는데 거 대답 좀 하렴."

하고 소리를 빽 질러도 아우는 대답은 말고 고개도 안 든다. 그러나 응칠이는 하늘을 쳐다보고 트림만 끄윽 하고 말았다. 술기가 코를 꽉꽉 찔러야 할 터인데 이건 풋김치 냄새만 코밑에서 뱅뱅 돈다. 공짜 김치만 퍼먹을 게 아니라 한 잔 더 했더라면 좋았을걸. 그는 일어서서 대를 허리에 꽂고 궁둥이의 흙을 털었다. 벼 도둑맞은 이야기를 할까, 하다가 아서라 가뜩이나 울상이 속이 쓰릴 것이다. 그보다는 이놈을 잡아 놓고 낭중'나중에'의 방언 희짜거들먹거림를 뽑는 것이 점잖겠지.

그는 문밖으로 나와 버렸다.

답답한 아우의 살림을 보니 역亦 또한 답답하던 제 살림이 연상되고 가슴이 두루 답답하였다. 이런 때에는 무가 십상이다. 사실 하느님이 무를 마련해 낸 것은 참으로 은혜로운 일이다. 맥맥할 때 한 개를 씹고 보면 꿀꺽하고, 쿡 치는 그 맛이 좋고, 남의 무 밭에 들어가 하나를 쑥 뽑으니 가랑무제대로 굵게 자라지 못하고 밑동이 두세 가랑이로 갈라진 무. 이키, 이거 오늘 운수 대통이로군. 내던지고 그다음 놈을 뽑아 들고 개울로 내려온다. 물에 쓱 쓰윽 닦아서는 꽁지는 이로 베어 던지고 어썩 깨물어 붙인다.

개울 둔덕언덕에 포플러는 호젓하게도 매초롬히젊고 건강하여 아름다운 태가 있게 컸다. 자갈돌은 그 밑에 옹기종기 모였다. 가생이'가장자리'의 방언로 잔디가 소보록하다. 응칠이는 나가자빠져 마을을 건너다보며 눈을 멀뚱멀뚱 굴리고 누웠다. 산이 빽빽 둘리어 숨이 콕 막힐 듯한 그 마을.

아리랑 아리랑 아라리요
아리랑 띄어라 노다 가세
증기차는 가자고 왼 고동 트는데
정든 님 품 안고 낙누낙누
아리랑 아리랑 아라리요
아리랑 띄어라 노다 가세
낼 갈지 모래 갈지 내 모르는데
옥씨기'옥수수'의 방언 강냉이'옥수수'의 방언는 심어 뭐하리
아리랑 아리랑 아라리요
아리랑 띄어라……

그는 콧노래로 이렇게 흥얼거리다 갑작스레 강릉이 그리웠다. 펄펄 뛰

는 생선이 좋고, 아침 햇살이 비끼어 힘차게 출렁거리는 그 물결이 좋고. 이까짓 둠못이나 늪 구석에서 쪼들리는 데 대다니비교하다니. 그래도 제 딴은 무어 농사 좀 지었답시고 악을 복복 쓰며 잘도 떠들어 댄다. 하지만 그런 중에도 어디인가 형언치 못할 쓸쓸함이 떠돌지 않는 것도 아니다. 삼십여 년 전 술을 빚어 놓고 쇠를 울리고 흥에 질리어 어깨춤을 덩실거리고 이러던 가을과는 저 딴 쪽이다. 가을이 오면 기쁨에 넘쳐야 될 시골이 점점 살기殺氣 무시무시한 기운만 띠어 옴은 웬일인고. 이렇게 보면 재작년 가을 어느 밤 산중에서 낫으로 사람을 찍어 죽인 강도가 문득 머리에 떠오른다. 장을 보고 오는 농군을 농군이 죽였다. 그것도 많이나 되었으면 모르되 빼앗은 것이 한껏 동전 네 닢에 수수 일곱 되. 게다 흔적이 탄로 날까 하여 낫으로 그 얼굴의 껍질을 벗기고 조깃대강이조기 대가리 이기듯 끔찍하게 남기고 조긴 망나니다. 흉악한 자식. 그 알량한 돈 사 전에, 나 같으면 가여워 덧돈웃돈을 주고라도 왔으리라. 이번 놈은 그따위 각다귀남의 것을 뜯어먹고 사는 사람을 비유적으로 이르는 말나 아닐는지 할 때 찬김식어서 차가운 김과 아울러 치미는 소름에 머리끝이 다 쭈뼛하였다. 그간 아우의 농사를 대신 돌봐 주기에 이럭저럭 날이 늦었다. 오늘 밤에는 이놈을 다리를 꺾어 놓고 내일쯤은 봐서 설렁설렁 뜨는 것이 옳은 일이겠다. 이 산을 넘을까 저 산을 넘을까 주저거리며 속으로 점을 치다가 슬그머니 코를 골아 올린다.

밤이 내리니 만물은 고요히 잠이 든다. 검푸른 하늘에 산봉우리는 울퉁불퉁 물결을 치고 흐릿한 눈으로 별은 떴다. 그러다 구름 떼가 몰려 닥치면 깜깜한 절벽이 된다. 또한 마을 한복판에는 거친 바람이 오락가락 쓸쓸히 궁굴고'뒹굴다'의 방언 이따금 코를 찌르는 후련한 산사 내음. 북쪽 산 밑 미루나무에 싸여 주막이 있는데 유달리 불이 반짝인다. 노세, 노세, 젊어서 놀아. 노랫소리는 나직나직 한산히 흘러온다. 아마 벼를 뒷심 대고 외상이리라.

응칠이는 잠자코 벌떡 일어나 바깥으로 나섰다. 그리고 다 나와서야 그 집 친구에게 눈치를 안 채이도록,

"내 잠깐 다녀옴세!"

"어딜 가나?"

친구는 웬 영문을 몰라서 뻔히 쳐다보다 밤이 이렇게 늦었으니 나갈 생각 말고 어여 이리 들어와 자라 하였다. 기껏 둘이 앉아서 개코쥐코쓸데없는 이야기로 이러쿵저러쿵하는 모양 떠들다가 급자기 일어서니까 꽤 이상한 모양이었다.

"건넛마을 가 담배 한 봉 사 올라구."

"담배 여깄는데 또 사 뭐하나?"

친구는 호주머니에서 굳이 희연봉을 꺼내어 손에 들어 보이더니,

"이리 들어와 섬이나 좀 쳐주게."

"아 참, 깜빡……."

하고 응칠이는 미안스러운 낯으로 뒤통수를 긁적긁적한다. 하기는 섬을 좀 쳐달라고 며칠째 당부하는 걸 노름에 몸이 팔려 그만 잊고 잊고 했던 것이다. 먹고 자고 이렇게 신세를 지면서 이건 썩 안됐다, 생각은 했지만,

"내 곧 다녀올걸 뭐."

어정쩡하게 한마디 남기곤 그 집을 뒤에 남긴다.

그러나 이 친구는,

"그럼, 곧 다녀오게!"

하고 때를 재치는 법은 없었다. 언제나 여일같이한결같이,

"그럼 잘 다녀오게!"

이렇게 그 신상만 편하기를 비는 것이다.

응칠이는 모든 사람이 저에게 그 어떤 경의를 갖고 대하는 것을 가끔 느끼고 어깨가 으쓱거린다. 백판 모르는 사람도 데리고 앉아서 몇 번 말만 좀 하면 대뜸 구부러진다. 그렇게 장한 것인지 그 일을 하다가, 그 일이라야 도적질이지만, 들어가 욕보던 이야기를 하면 그들은 눈을 커다랗게 뜨고,

"아이구, 그걸 어떻게 당하셨수!"

하고 적이 놀라면서도,

"그래 그 돈은 어떡했수?"

"또 그럴 생각이 납디까요?"

"참, 우리 같은 농군에 대면 호강살이유!"

하고들 한편 썩 부러운 모양이었다. 저들도 그와 같이 진탕 먹고살고는 싶으나 주변 없어 못하는 그 울분에서 그런 이야기만 들어도 다소 위안이 되는 것이다. 응칠이는 이걸 잘 알고 그 누구를 논에다 거꾸로 박아 놓고 달아나다가 붙들리어 경치던혹독하게 벌을 받던 이야기를 부지런히 하며,

"자네들은 안적'아직'의 방언 멀었네, 멀었어."

하고 흰소리허풍를 치면 그들은, 옳다는 뜻이겠지, 묵묵히 고개만 꺼떡꺼떡하며 속없이 술을 사 주고 담배를 사 주고 하는 것이다.

그런데 이번 벼를 훔쳐 간 놈은 응칠이를 마구 넘보는 모양 같다.

이렇게 생각하면 응칠이는 더욱 괘씸하였다. 그는 물푸레 몽둥이를 벗삼아 논둑길을 질러서 산으로 올라간다.

이슥한 그믐칠야.

길은 어둡고 흐릿한 언저리만 눈앞에 아물거린다.

그 논까지 칠 마장거리의 단위. 오 리나 십 리가 못 되는 거리은 느긋하리라. 이 마을을 벗어나는 어귀에 고개 하나를 넘는다. 또 하나를 넘는다. 그러면 그 다음 고개와 고개 사이에 수목이 울창한 산 중턱을 비겨대고 몇 마지기의 논이 놓였다. 응오의 논은 그중의 하나이었다. 길에서 썩 들어앉은 곳이라 잘 뵈도 않는다. 동리에 그런 소문이 안 났을 때에는 천행으로 본 놈이 없을 것이나 반드시 성팔이의 성행性行 성품과 행실임에는…….

응칠이는 공동묘지의 첫 고개를 넘었다. 그리고 다음 고개의 마루턱을 올라섰을 때 다리가 주춤하였다. 저 윈편 높은 산 고랑에서 불이 반짝하다 꺼진다. 짐승 불로는 너무 흐리고…… 아하, 이놈들이 또 왔군. 그는 가던 길을 옆으로 새었다. 더듬더듬 나뭇가지를 짚으며 큰 산으로 올라간다. 바위는 미끄러져 내리며 발등을 찧는다. 딸기 가시에 종아리는 따갑고 엉금엉금 기어서 바위를 끼고 감돈다.

산, 거반 꼭대기에 바위와 바위가 어깨를 겯고 움쑥 들어간 굴이 있다. 풀들은 뻗치어 굴문을 막는다.

그 속에 돌라앉아서 다섯 놈이 머리를 맞대고 수군거린다. 불빛이 샐까 염려다. 남폿불남포등에 켜 놓은 불. '남포'는 '램프'에서 유래한 말을 얕이 달아 놓고 몸들을 바싹바싹 여미어 가리운다.

"어서 후딱후딱 쳐, 갑갑해서 원."

"이번엔 누가 빠지나?"

"이 사람이지 뭘 그래."

"다시 섞어, 어서 이따위 수작이야."

하고 한 놈이 골을 내고 화투를 빼앗아 제 손으로 섞다가 깜짝 놀란다. 그리고 버썩갑자기 다가오는 모양 대드는 응칠이를 벙벙히 쳐다보며 얼뚤한다얼떨떨한다.

그들은 응칠이가 오는 것을 완고척이융통성이 없이 고집스럽게 싫어하는 눈치였다. 이런 애송이 노름판인데 응칠이를 들였다가는 맥을 못 쓸 것이다. 속으로는 되우 꺼렸지마는 그렇다고 응칠이의 비위를 건드림은 더욱 좋지 못하므로,

"아, 응칠인가, 어서 들어오게."

하고 선웃음을 치는 놈에,

"난 올 듯하기에, 자넬 기다렸지."

하며 어수대는으스대는 놈,

"하여튼 한 케노름하는 횟수를 세는 단위인 '켜'의 방언 떠 보세."

이놈들은 손을 잡아들이며 썩들 환영이었다.

응칠이는 그 속으로 들어서며 무서운 눈으로 좌중을 한번 훑어보았다.

그런데 재성이도 그 틈에 끼여 있는 것이 아닌가. 사날 전만 해도 응칠이더러 먹을 양식이 없으니 돈 좀 취하라던 놈이. 의심이 부썩 일었다. 도둑이란 흔히 이런 노름판에서 씨가 퍼진다. 그 옆으로 기호도 앉았다. 이놈은 며칠 전 제 계집을 팔았다. 그 돈으로 영동 가서 장사를 하겠다던 놈이 노름을 왔다. 제깐 주제에 딸 듯싶은가. 하나는 용구. 농사엔 힘 안 쓰고 노름에 몸이 달았다. 시키는 부역도 안 나온다고 동리에서 손도損徒 도덕적으로 잘못한 사람을 그 지역에서 내쫓음를 맞은 놈이다. 그리고 남의 집 머슴 녀석. 뽐을 내고 멋없이 점잔을 피우는 중늙은이 상투쟁이, 이 물건은 어서 날아왔는지 보지도 못하던 놈이다. 체 이것들이 뭘 한다고!

응칠이는 기호의 등을 꾹 찔러 가지고 밖으로 나왔다. 외딴곳으로 데리고 와서,

"자네 돈 좀 없겠나?"

하고 돌아서다가,

"웬걸 돈이 어디……."

눈치만 남고 어름어름하니우물쭈물하니,

"아내와 갈렸다지, 그 돈 다 뭐했나?"

"아, 이 사람아, 빚 갚았지!"

기호는 눈을 내리깔며 매우 거북한 모양이다.

오른편 엄지로 한 코를 막고 흥 하고 내뽑더니 이번 빚에 졸리어 죽을 뻔했네 하고 묻지 않는 발뺌까지 얹어서 설대담배통과 물부리 사이에 끼워 맞추는 가느다란 대로 등어리를 긁죽긁죽한다.

그러나 응칠이는 속으로 이놈, 하였다.

응칠이는 실눈을 뜨고 기호를 유심히 쏘아 주었더니,

"꼭 사 원 남았네."

하고 선뜻 알리고,

"빚 갚고 뭣하고 흐지부지 녹았어."

어색하게도 혼잣말로 우물쭈물 웃어 버린다.

응칠이는 퉁명스러이,

"나 이 원만 최게빌려 주게."

하고 손을 내대다 그래도 잘 듣지 않으매,

"따서 둘이 노눌 테야, 누가 떼먹나."

하고 소리가 한번 빽 아니 나올 수 없다.

이 말에야 기호도 비로소 안심한 듯, 저고리 섶을 쳐들고 훔척거리다더듬어 뒤지다가 쭈삣쭈삣 꺼내 놓는다. 딴은 응칠이의 솜씨면 낙자는 없을영락없을 것이다. 설혹 재간이 모자라 잃는다면 우격억지로 우김이라도 도로 몰아갈 테니깐.

"나두 한 케 떠 보세."

응칠이는 우자스레보기에 어리석은 데가 있게 굴로 기어든다. 그 콧등에는 자신 있는 그리고 흡족한 미소가 떠오른다. 사실이지 노름만큼 그를 행복하게 하는 건 다시없었다. 슬프다가도 화투나 투전장을 손에 들면 공연스레 어깨가 으쓱거리고 아무리 일이 바빠도 노름판은 옆에 못 두고 지난다. 그는 이놈 저놈의 눈치를 슬쩍 한번 훑고,

"두 패루 너누지?"

응칠이는 재성이와 용구를 데리고 한옆으로 비켜 앉았다. 그리고 신바람이 나서 화투를 섞다가 손을 따악 짚으며,

"튀전이래지 이깐 화투는 하튼 뭘 할 텐가, 녹삐킨가 켤 텐가?"

"약단이나 그저 보지!"

사방은 매섭게 조용하였다. 바위 위에서 혹 바람에 모래 구르는 소리뿐이다. 어쩌다,

"옜다 봐라."

하고 화투짝이 쩔꺽, 한다. 그리곤 다시 쥐 죽은 듯 잠잠하다.

그들은 이욕利慾 사사로운 이익을 탐내는 욕심에 몸이 달아서 이야기고 뭐고 할 여지가 없다. 행여 속지나 않는가 하여 눈들이 빨개서 서로 독을 올린다. 어떤 놈이 뜯는 놈이고 어떤 놈이 뜯기는 놈인지 영문 모른다.

응칠이가 한 장을 내던지고 명월 공산을 보기 좋게 떡 젖혀 놓으니,

"이거 왜 수짜질수작질이야!"

용구는 골을 벌컥 내며 쳐다본다.

"뭐가?"

"뭐라니, 아, 이 공산 자네 밑에서 빼내지 않았나?"

"봤으면 고만이지 그렇게 노할 건 또 뭔가!"

응칠이는 어설피 입맛을 쩍쩍 다시다,

"그럼 이번엔 파투破鬪 무효지?"
하고 손의 화투를 땅에 내던지며 껄껄 웃어 버린다.

이때 한옆에서 별안간,

"이 자식, 죽인다!"

악을 쓰는 것이니 모두들 놀라며 시선을 몬다. 머슴이 마주 앉은 상투의 빰을 갈겼다. 말인즉 매조 다섯 끗을 엎어쳤다고.

하나 정말은 돈을 잃은 것이 분한 것이다. 이 돈이 무슨 돈이냐 하면 일 년 품을 판 피 묻은 사경이다. 이런 돈을 송두리 먹히다니.

"이 자식, 너는 야마시사기꾼이지. 돈 내라."

멱살을 훔켜잡고 다시 두 번을 때린다.

"허, 이놈이 왜 이러누, 어른을 몰라보고."

상투는 책상다리를 잡숫고 허리를 쓰윽 펴더니 점잖이 호령한다. 자식뻘 되는 놈에게 빰을 맞는 건 말이 좀 덜된다. 약이 올라서 곧 일을 칠 듯이 엉덩이를 번쩍 들었으나 그러나 그대로 주저앉고 말았다. 악에 바짝 받친 놈을 건드렸다가는 결국 이쪽이 손해다. 더럽단 듯이 허, 허 웃고,

"버릇없는 놈 다 봤고!"
하고 꾸짖은 것은 잘됐으나 기어이 어이쿠, 하고 그 자리에 푹 엎어진다. 이마가 터져서 피가 흘렀다. 어느 틈엔가 돌멩이가 날아와 이마의 가죽을 터친 것이다.

웅칠이는 싱글거리며 굴을 나섰다. 공연스레 쑥스럽게 일이나 벌어지면 성가신 노릇이다. 그리고 돈 백이나 될 줄 알았더니 다 봐야 한 사십 원 될까 말까. 그걸 바라고 어느 놈이 앉았는가.

그가 딴 것은 본밑본밑천을 알라아울러 구 원하고 팔십 전이다. 기호에게 오 원을 내주고,

"자, 반이 넘네. 자네 계집 잃고 돈 잃고 호강이겠네."

농담으로 비웃어 던지고는 숲 속으로 설렁설렁 내려온다.

"여보게, 자네에게 청이 있네."

재성이 목이 말라서 바득바득 따라온다. 그 청이란 묻지 않아도 알 수 있었었다. 저에게 돈을 다 빼앗기곤 구문이겠지. 시치미를 딱 떼고 나 갈 길만 걷는다.

"여보게 응칠이, 아, 내 말 좀 들어!"

그제는 팔을 잡아낚으며 살려 달라 한다. 돈을 좀 늘릴까 하고 벼 열 말을 팔아 해 보았더니 다 잃었다고. 당장 먹을 게 없어 죽을 지경이니 노름 밑천이나 하게 몇 푼 달라는 것이다. 그러나 벼를 털었으면 그저 먹을 것이지 어쭙잖게 노름은…….

"그런 걸 왜 너보고 하랬어?"
하고 돌아서며 소리를 빽 지르다가 가만히 보니 눈에 눈물이 글썽하다. 잠자코 돈 이 원을 꺼내 주었다.

응칠이는 돌에 앉아서 팔짱을 끼고 덜덜 떨고 있다.

사방은 빽 돌리어 나무에 둘러싸였다. 거무튀튀한 그 형상이 헐없이 무슨 도깨비 같다. 바람이 불 적마다 쏴 하고 쏴 하고 음충맞게 건들거린다. 어느 때에는 짹, 짹 하고 목을 따는지 비명도 울린다.

그는 가끔 뒤를 돌아보았다. 별일은 없을 줄 아나 혹 뭐가 덤벼들지도 모른다. 서낭당토지와 마을을 지켜 준다는 서낭신을 모신 집은 바로 등 뒤다. 족제빈지 뭔지, 요동搖動 흔들리어 움직임 통에 돌이 무너지며 바스락바스락한다. 그 소리가 묘하게도 등줄기를 쪼옥 긁는다. 어두운 꿈속이다. 하늘에서 이슬은 내리어 옷깃을 축인다. 공포도 공포려니와 냉기로 하여 좀체 견딜 수가 없었다.

산골은 산신까지도 주렸으렷다. 아들 낳아 달라고 떡 갖다 바칠 이 없을 테니까. 이놈의 영감님 홧김에 덥석 달려들면. 앞뒤를 다시 한 번 휘돌아본 다음 설대를 뽑는다. 그리고 오금팽이무릎 뒤의 오목한 부분로 불을 가리고는 한 대 뻑뻑 피워 물었다. 논은 여남은열이 조금 넘는 수 칸 떨어져 그 아래 누웠다. 일심정기一心正氣 한결같은 마음과 바른 기운을 이르는 말를 다하여 나무 틈으로 뚫어지게 보고 앉았다. 그러나 땅에 대를 털려니까 풀숲이 이상스러이 흔들린다. 뱀, 뱀이 아닌가. 구시월 뱀이라니 물리면 고만이다. 자리를 옮겨 앉으며 손으로 입을 막고 하품을 터친다.

아마 두어 시간은 더 넘었으리라. 이놈이 필연코 올 텐데 안 오니 또 무슨 조활까. 이 짓이란 소문이 나기 전에 한 번 더 와 보는 것이 원칙이다. 잠을 못 자서 눈이 뻑뻑한 것이 제물에 슬금슬금 감긴다. 이를 악물고 눈을 뒵쓰면 이번에는 허리가 노글거린다. 속은 쓰리고 골치는 때리고. 불꽃같은 노기가 불끈 일어서 몸을 옥죄인다. 이놈의 다리를 못 꺾어 놔도 애비 없는 후레자식이겠다.

닭들이 세 홰새벽에 닭이 올라앉은 나무 막대를 치면서 우는 차례를 세는 단위를 운다. 멀리 산을 넘어오는 그 음향이 퍽은 서글프다. 큰비를 몰아드는지 검은 구름이 잔뜩 낀다. 하긴 지금도 빗방울이 뚝, 뚝, 떨어진다.

그때 논둑에서 희끄무레한 허깨비 같은 것이 얼씬거린다. 정신을 바짝 차렸다. 영락없이 성팔이, 재성이 그들 중의 한 놈이리라. 이 고생을 시키는 그놈! 이가 북북 갈리고 어깨가 다 식식거린다. 몽둥이를 잔뜩 후려잡았다. 그리고 벌떡 일어나서 나무줄기를 끼고 조심조심 돌아내린다. 하나 도랑쯤 내려오다가 그는 멈칫하여 몸을 뒤로 물렀다. 늑대 두 놈이 짝을 짓고 이편 산에서 저편 산으로 설렁설렁 건너가는 길이었다. 빌어먹을 늑대, 이것까지 말썽이람. 이마의 식은땀을 씻으며 도로 제자리로 돌아온다. 어쩌면 이번 이놈도 재작년 강도 짝이나 안 될는지. 급시로 불길한 예감이 뒤통수를 탁 치고 지나간다.

그는 옷깃을 여미어 한 대를 더 붙였다. 돌연히 풍세風勢 바람의 기세는 심하여진다. 산골짜기로 몰아드는 억센 놈이 가끔 발광이다. 다시금 더르르 몸을 떨었다. 가을은 왜 이 지경인지. 여기에서 밤을 새울 생각을 하니 기가 찼다.

얼마나 되었는지 몸을 좀 녹이고자 일어나서 서성서성할 때이었다. 논으로 다가오는 희미한 그림자를 분명히 두 눈으로 보았다. 그러고 보니 피로고, 한고寒苦 심한 추위로 인한 괴로움이고 다 딴소리다. 고개를 내대고 딱 버티고 서서 눈에 쌍심지를 올린다.

흰 그림자는 어느 틈엔가 어둠 속에 사라져 보이지 않는다. 그리고 다시 나올 줄을 모른다. 바람 소리만 왱, 왱, 칠 뿐이다. 다시 암흑 속이 된다. 확실히 벼를 훔치러 논 속으로 들어갔을 것이다. 여깽이'여우'의 방언 같은 놈이 궂은 날새'날씨'의 방언를 기회 삼아 맘껏 하겠지. 의리 없는 썩은 자식, 격장隔牆 담을 사이에 두고 서로 이웃함에서 같이 굶는 터에……. 오냐 대거리맞대응만 있거라. 이를 한번 부드득 갈아붙이고 차츰차츰 논께로 내려온다.

응칠이는 논께로 바특이조금 가깝게 내려서서 소나무에 몸을 착 붙였다. 섣불리 서둘다간 남의 횡액을 입을지도 모른다. 다 훔쳐 가지고 나올 때만 기다린다. 몸뚱이는 잔뜩 힘을 올린다.

한 식경食頃 밥을 먹을 동안이라는 뜻으로, 잠깐 동안을 이르는 말쯤 지났을까, 도적은 다시 나타난다. 논둑에 머리만 내놓고 사면을 두리번거리더니 그제야 기어 나온다. 얼굴에는 눈만 내놓고 수건인지 뭔지 헝겊이 가리었다. 봇짐을 등에 짊어 메고는 허리를 구붓이 빽손빽소니을 놓는다.

그러자 응칠이가 날쌔게 달려들며,

"이 자식, 남의 벼를 훔쳐 가니!"

하고 대포처럼 고함을 지르니 논둑으로 고대로 데굴데굴 굴러서 떨어진다. 얼결에 호되게 놀란 모양이다.

응칠이는 덤벼들어 우선 허리께를 내려조겼다냅다 때렸다. 어이쿠쿠, 쿠 하고 처참한 비명이다. 이 소리에 귀가 번쩍 띄어서 그 고개를 들고 팔부터 벗겨 보았다. 그러나 너무나 어이가 없었음인지 시선을 치걷으며 그 자리에 우두망찰한다정신이 얼떨떨하여 어찌할 바를 모른다.

그것은 무서운 침묵이었다. 살뚱맞은거친 바람만 공중에서 북새야단스럽게 부산을 떨며 법석이는 일를 논다.

한참을 신음하다 도적은 일어나더니,

"성님까지 이렇게 못살게 굴기유?"

제법 눈을 부라리며 몸을 홱 돌린다. 그리고 느끼며 울음이 복받친다. 볏짐도 내버린 채,

"내 것 내가 먹는데 누가 뭐래?"

하고 데퉁스러이거칠게 내뱉고는 비틀비틀 논 저쪽으로 없어진다.

형은 너무 꿈속 같아서 멍하니 섰을 뿐이다.

그러다 얼마 지나서 한 손으로 그 볏짐을 들어 본다. 가뿐하니 끽 말가웃한 말 반 정도이나 될는지. 이까짓 걸 요렇게까지 해 가려는 그 심정은 실로 알 수 없다. 벼를 논에다 도로 털어 버렸다. 그리고 아내의 치마이겠지, 검은 보자기를 척척 개서 들었다. 내 걸 내가 먹는다 ― 그야 이를 말이랴. 하나 내 걸 내가 훔쳐야 할 그 운명도 얄궂거니와 형을 배반하고 이 짓을 벌인 아우도 아우렷다. 에이 고얀 놈 할 제, 볼을 적시는 것은 눈물이다. 그는 주먹으로 눈물을 쓱 비비고 머리에 번쩍 떠오르는 것이 있

으니 두레두레한 황소의 눈깔. 시오 리를 남쪽 산으로 들어가면 어느 집 바깥뜰에 밤마다 늘 매여 있는 투실투실한 그 황소. 아무렇게 따지든 칠십 원은 갈 데 없으리라. 그는 부리나케 아우의 뒤를 밟았다.

공동묘지까지 거반 왔을 때에야 가까스로 만났다. 아우의 등을 탁 치며,

"얘, 좋은 수 있다. 네 원대로 돈을 해 줄게 나하고 잠깐 다녀오자."

씩씩한 어조로 기쁘도록 달랬다. 그러나 아우는 입 하나 열려 하지 않고 그대로 실쭉하였다. 뿐만 아니라 어깨 위에 올려놓은 형의 손을 부질없단 듯이 몸으로 털어 버린다. 그리고 삐익 달아난다. 이걸 보니 하 엄청나고 기가 콱 막히었다.

"이눔아!"

하고 악에 받치어,

"명색이 성이라며?"

대뜸 몽둥이는 들어가 그 볼기짝을 후려갈겼다. 아우는 모로옆쪽으로 몸을 꺾더니 시나브로 찌그러진다. 뒤미처그 뒤에 곧 잇따라 앞정강이를 때리고 등을 팼다. 일어나지 못할 만치 매는 내리었다. 체면을 불구하고 땅에 엎드리어 엉엉 울도록 매는 내리었다.

홧김에 하긴 했으되 그 꼴을 보니 또한 마음이 편할 수 없다. 침을 퇴, 뱉어 던지곤 팔자 드신 놈이 그저 그렇지 별수 있나, 쓰러진 아우를 일으키어 등에 업고 일어섰다. 언제나 철이 날는지 딱한 일이었다. 속 썩는 한숨을 후 하고 내뿜는다. 그리고 어청어청키가 큰 사람이 이리저리 천천히 걷는 모양 고개를 묵묵히 내려온다.

만무방

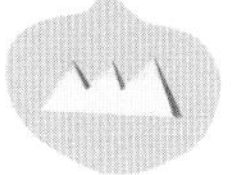

작품 정리

- **작가** 김유정(64쪽 '작가 소개' 참조)
- **갈래** 농촌 소설
- **성격** 반어적, 토속적, 해학적, 풍자적
- **배경** 시간 – 1930년대 가을 / 공간 – 강원도 산골 마을
- **시점** 3인칭 작가 관찰자 시점
- **구성** '발단 – 전개 – 위기 – 절정 – 결말'의 5단계 구성
- **특징**
  - 토속적인 어휘를 구사하여 농촌의 현실을 생생하게 묘사함
  - 소작농의 궁핍상을 반어적으로 묘사함
- **주제** 식민지 농촌 사회의 궁핍한 상황으로 인한 왜곡된 삶
- **출전** 〈조선일보〉(1935)

구성과 줄거리

- **발단** **한창 바쁜 추수철에 응칠은 한가롭게 송이 파적을 함**

  응칠은 한가롭게 송이 파적을 나와 송이를 마음껏 캐어 먹는다. 추수 때라 제대로 된 농사꾼이라면 송이 파적을 나올 겨를이 없겠지만 가진 것도 없고 할 일도 없는 응칠은 송이 파적으로도 모자라 남의 집 닭까지 잡아먹는다.

- **전개** **응오네가 벼를 도둑맞았다는 소식을 들음**

  응칠은 성팔로부터 응오가 벼를 도둑맞았다는 소식을 듣고 성팔을 의심한다. 한때 성실한 농사꾼이었던 응칠은 빚을 갚을 길이 없어 객지를 떠돌다가 아내와 헤어진 후 감옥까지 갔다 온다. 그 후 동생 응오를 찾아와 한동네에 잠깐 머물고 있었는데 전과자인 자신이 누명을 쓸까 두려워 도둑을 잡고 동네를 뜨기로 결심한다.

- **위기 바위 굴에서 노름을 한 뒤 도둑을 잡기 위해 잠복함**

  그믐칠야에 응칠은 도둑을 잡으러 산 고랑 길을 오른다. 바위 굴 속에서 노름판이 벌어지자 응칠도 돈을 꾸어서 잠시 끼어든다. 돈을 딴 뒤 바위 굴에서 나온 응칠은 응오네 논 근처에 잠복해 도둑이 나타나기를 기다린다.

- **절정 도둑이 동생임을 알고는 망연자실함**

  닭이 세 번 홰를 치자 흰 그림자가 어른거린다. 복면을 한 도둑이 나타나자 응칠은 몽둥이로 허리를 내리친 뒤 도둑의 복면을 벗긴다. 응칠은 논의 주인인 응오가 도둑인 것을 안 순간 깜짝 놀란다.

- **결말 황소를 훔치자는 제안을 거절한 동생을 몽둥이질하여 업고 내려옴**

  응칠은 황소를 훔치자고 응오를 달래지만, 응오는 형의 손을 뿌리치고 달아난다. 화가 난 응칠은 동생에게 대뜸 몽둥이질을 한다. 응칠은 땅에 쓰러진 동생을 업고 한숨을 쉬며 고개를 내려온다.

생각해 보세요

1 이 작품의 제목인 '만무방'에는 어떤 의미가 담겨 있는가?

'만무방'이란 '염치가 없이 막된 사람'을 가리키는 순우리말이다. 이 작품에서 만무방은 교도소에서 출소한 응칠이라는 한 인물에 국한되지 않는다. 본래 응칠도 성실한 농사꾼이었다. 하지만 빚쟁이가 되자 만무방이 되지 않을 수 없었다. 자기가 농사지은 벼를 도둑질한 응오 또한 지주의 착취를 견디지 못하고 만무방이 된 인물이라고 할 수 있다. 그렇다면 일제 치하에 만무방이 아닌 농사꾼이 있었을까? 결과적으로 이 작품은 모순된 사회가 선량한 농사꾼들을 모두 만무방으로 만든 세태를 풍자하고 있다.

2 이 작품에서 가장 아이러니한 상황은 무엇인가?

성실한 농사꾼인 응오가 열심히 농사를 지어 수확을 해도 빚이 더 늘어난다는 것은 아이러니이다. 아픈 아내의 약값을 마련하기 위해 수확을 해야 하지만, 수확을 하지 않는다는 것도 아이러니이다. 또 동생을 위해 형이 벼 도둑을 잡았는데 그가 동생이었다는 사실도 아이러니이다. 그러나 무엇보다 가장 큰 아이러니는 응오가 제 논에서 벼를 훔쳤다는 것이다. 다른 해에 비해 작황이 좋지 않아서 수확을 한다고 해도 모두 소작료로 내야 할 형편이었기 때문이다.

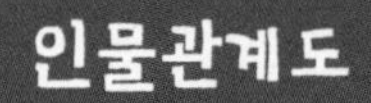

새벽 1시가 넘었는데 남편은 왜 오지 않을까요? 새벽 2시도 넘어서야 남편이 만취가 되어서 돌아왔어요. 저(아내)는 남편에게 술을 권하는 사람들을 원망했지요. 남편은 자신에게 술을 권하는 것은 현재의 부조리한 조선 사회라고 말했어요. 제가 말을 이해하지 못하자 남편은 답답해하며 집을 나가더군요. 저는 몹쓸 사회가 왜 술을 권하느냐며 중얼거렸지요.

술 권하는 사회

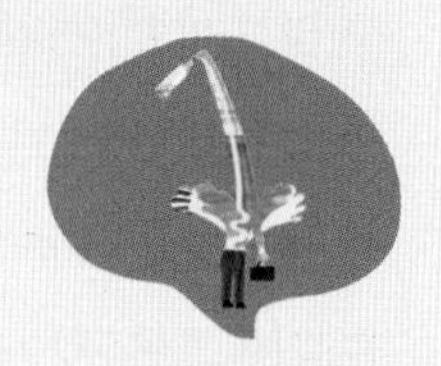

"아이그, 아야."

홀로 바느질을 하고 있던 아내는 얼굴을 살짝 찌푸리고 가늘고 날카로운 소리로 부르짖었다. 바늘 끝이 왼손 엄지손가락 손톱 밑을 찔렀음이다. 그 손가락은 가늘게 떨고 하얀 손톱 밑으로 앵두 빛 같은 피가 비친다. 그것을 볼 사이도 없이 아내는 얼른 바늘을 빼고 다른 손 엄지손가락으로 그 상처를 누르고 있다. 그러면서 하던 일가지를 팔꿈치로 고이고이 밀어 내려놓았다. 이윽고 눌렀던 손을 떼어 보았다. 그 언저리는 인제 다시 피가 아니 나려는 것처럼 혈색이 없다. 하더니, 그 희던 꺼풀 밑에 다시금 꽃물이 차츰차츰 밀려온다. 보일 듯 말 듯한 그 상처로부터 좁쌀낟 같은 핏방울이 송송 솟는다. 또 아니 누를 수 없다. 이만하면 그 구멍이 아물었으려니 하고 손을 떼면 또 얼마 아니 되어 피가 비치어 나온다.

인제 헝겊 오락지'오라기'의 방언. 새끼나 종이 따위의 좁고 긴 조각로 처매는 수밖에 없다. 그 상처를 누른 채 그는 바느질고리에 눈을 주었다. 거기 쓸 만한 오락지는 실패 밑에 있다. 그 실패를 밀어내고 그 오락지를 두 새끼손가락 사이에 집어 올리려고 한동안 애를 썼다. 그 오락지는 마치 풀로 붙여 둔 것 같이 고리 밑에 착 달라붙어 세상 집혀지지 않는다. 그 두 손가락은 헛되이 그 오락지 위를 긁적거리고 있을 뿐이다.

"왜 집혀지지를 않아!"

그는 마침내 울듯이 부르짖었다. 그리고 그것을 집어 줄 사람이 없나 하는 듯이 방 안을 둘러보았다. 방 안은 텅 비어 있다. 어느 뉘 하나 없다. 호젓한 허영虛影 빈 그림자만 그를 휩싸고 있다. 바깥도 죽은 듯이 고요하다. 시시로 퐁퐁하고 떨어지는 수도의 물방울 소리가 쓸쓸하게 들릴 뿐, 문득 전등불이 광채를 더하는 듯하였다. 벽상에 걸린 괘종掛鐘 시간마다 종이 울리는 시계의 거울이 번들하며, 새로 한 점셈이나 계산의 단위. 여기서는 시간을 나타냄을 가리키려는 시침이 위협하는 듯이 그의 눈을 쏜다. 그의 남편은 그때껏 돌아오지 않았었다.

아내가 되고 남편이 된 지는 벌써 오랜 일이다. 어느덧 7, 8년이 지났으리라. 하건만 같이 있어 본 날을 헤아리면 단 일 년이 될락 말락 한다. 막 그의 남편이 서울서 중학을 마쳤을 제 그와 결혼하였고, 그러자마자 고만 동경東京 '도쿄'를 우리 한자음으로 읽은 이름에 부급負笈 유학한 까닭이다. 거기서 대학까지 졸업을 하였다. 이 길고 긴 세월에 아내는 얼마나 괴로웠으며 외로웠으랴! 봄이면 봄, 겨울이면 겨울, 웃는 꽃을 한숨으로 맞았고 얼음 같은 베개를 뜨거운 눈물로 덥히었다. 몸이 아플 때, 마음이 쓸쓸할 제, 얼마나 그가 그리웠으랴! 하건만 아내는 이 모든 고생을 이를 악물고 참았었다. 참을 뿐이 아니라 달게 받았었다. 그것은 남편이 돌아오기만 하면! 하는 생각이 그에게 위로를 주고 용기를 준 까닭이었다. 남편이 동경에서 무엇을 하고 있나? 공부를 하고 있다. 공부가 무엇인가? 자세히 모른다. 또 알려고 애쓸 필요도 없다. 어찌하였든지 이 세상에서 제일 좋고 제일 귀한 무엇이라 한다. 마치 옛날이야기에 있는 도깨비의 부자 방망이 같은 것이려니 한다. 옷 나오라면 옷 나오고, 밥 나오라면 밥 나오고, 돈 나오라면 돈 나오고……, 저 하고 싶은 무엇이든지 청해서 아니 되는 것이 없는 무엇을, 동경에서 얻어 가지고 나오려니 하였었다. 가끔 놀러 오는 친척들이 비단옷 입은 것과 금지환金指環 금가락지 낀 것을 볼 때에 그 당장엔 마음 그윽이 부러워도 하였지만 나중엔 '남편만 돌아오면……' 하고 그것에 경멸하는 시선을 던지었다.

남편이 돌아왔다. 한 달이 지나가고 두 달이 지나간다. 남편의 하는 행동이 자기의 기대하던 바와 조금 배치背馳 반대쪽으로 향하여 어긋남되는 듯하였다. 공부 아니한 사람보다 조금도 다른 것이 없었다. 아니다, 다르다면 다른 점도 있다. 남은 돈벌이를 하는데 그의 남편은 도리어 집안 돈을 쓴다. 그러면서도 어디인지 분주히 돌아다닌다. 집에 들면 정신없이 무슨 책을 보기도 하고, 또는 밤새도록 무엇을 쓰기도 하였다.

"저러는 것이 참말 부자 방망이를 맨드는 것인가 보다."

아내는 스스로 이렇게 해석한다.

또 두어 달 지나갔다. 남편의 하는 일은 늘 한모양이었다. 한 가지 더한 것은 때때로 깊은 한숨을 쉬는 것뿐이었다. 그리고 무슨 근심이 있는 듯이 얼굴을 펴지 않았다. 몸은 나날이 축이 나 간다.

"무슨 걱정이 있는고?"

아내는 따라서 근심을 하게 되었다. 하고는 그 여윈 것을 보충하려고 갖가지로 애를 썼다. 곧 될 수 있는 대로 그의 밥상에 맛난 반찬가지를 붙게 하며 또 고음膏飮 고기나 생선을 진한 국물이 나오도록 푹 삶은 국 같은 것도 만들었다. 그런 보람도 없이 남편은 입맛이 없다 하며 그것을 잘 먹지도 않았다.

또 몇 달이 지나갔다. 인제 출입을 뚝 끊고 늘 집에 붙어 있다. 걸핏하면 성을 낸다. 입버릇 모양으로 화난다, 화난다 하였다.

어느 날 새벽, 아내가 어렴풋이 잠을 깨어, 남편의 누웠던 자리를 더듬어 보았다. 쥐이는 것은 이불자락뿐이다. 잠결에도 조금 실망을 아니 느낄 수 없었다. 잃은 것을 찾으려는 것처럼, 눈을 부시시 떴다. 책상 위에 머리를 쓰러뜨리고 두 손으로 그것을 움켜쥐고 있는 남편을 보았다. 흐릿한 의식이 돌아옴에 따라, 남편의 어깨가 덜석덜석 움직임도 깨달았다. 흑, 흑 느끼는 소리가 귀를 울린다. 아내는 정신을 바짝 차리었다. 불현듯이 몸을 일으켰다. 이윽고 아내의 손은 가볍게 남편의 등을 흔들며 목에 걸리고 나오지 않은 소리로,

"왜 이러고 계셔요."

라고 물어 보았다.

"……."

남편은 아무 대답이 없다. 아내는 손으로 남편의 얼굴을 괴어 들려고 할 즈음에, 그것이 뜨뜻하게 눈물에 젖는 것을 깨달았다.

또 한 두어 달 지나갔다. 처음처럼 다시 출입이 잦아졌다. 구역이 날 듯한 술 냄새가 밤늦게 돌아오는 남편의 입에서 나게 되었다. 그것은 요사이 일이다. 오늘 밤에도 지금까지 돌아오지 않았다. 초저녁부터 아내는 별별 생각을 다 하면서 남편을 고대고대하고 있었다. 지루한 시간을 속히 보내려고 치웠던 일가지를 또 꺼내었다. 그것조차 뜻같이 아니 되었다. 때때로 바늘이 헛되이 움직이었다. 마침내 그것에 찔리고 말았다.

"어데를 가서 이때껏 오시지 않아!"

아내는 이제 아픈 것도 잊어버리고 짜증을 내었다. 잠깐 그를 떠났던 공상과 환영幻影 눈앞에 없는 것이 있는 것처럼 보이는 것이 다시금 그의 머리에 떠돌기 시작하였다. 이상한 꽃을 수놓은, 흰 보 위에 맛난 요리를 담은 접시가 번쩍인다. 여러 친구와 술을 권커니 잡거니 하는 광경이 보인다. 그의 남편은 미친 듯이 껄껄 웃는다. 나중에는 검은 휘장揮帳 천을 여러 폭으로 이어

서 빙 둘러치는 장막이 스르르 하는 듯이 그 모든 것이 사라져 버리더니 낭자한여기저기 흩어져 어지러운 요리상만이 보이기도 하고, 술병만 희게 빛나기도 하고, 아까 그 기생이 한 팔로 땅을 짚고 진저리를 쳐 가며 웃는 꼴이 보이기도 하였다. 또한 남편이 길바닥에 쓰러져 우는 것도 보이었다.

"문 열어라!"

문득 대문이 덜컥하고 혀가 꼬부라진 소리로 부르는 듯하였다.

"네."

저도 모르게 대답을 하고 급히 마루로 나왔다. 잘못 신은, 발에 아니 맞는 신을 질질 끌면서 대문으로 달렸다. 중문은 아직 잠그지도 않았고 행랑방行廊房 대문 안에 죽 벌여서 지어 주로 하인이 거처하던 방에 사람이 없지 않지마는 으레 깊은 잠에 떨어졌을 줄 알고 자기가 뛰어나감이었다. 가느름한 손이 어둠 속에서 희게 빗장을 잡고 한참 실랑이를 한다. 대문은 열렸다.

밤바람이 선득하게 얼굴에 안친다. 문밖에는 아무도 없다! 온 골목에 사람의 그림자도 볼 수 없다. 검푸른 밤빛이 허연 길 위에 그믈그믈 깃들었을 뿐이었다.

아내는 무엇에 놀란 사람 모양으로 한참 멀거니 서 있었다. 문득 급거히몹시 서둘러 급작스러운 모양 대문을 닫친다. 마치 그 열린 사이로 악마나 들어올 것처럼…….

"그러면 바람 소리였구먼."

하고 싸늘한 뺨을 쓰다듬으며 해쭉 웃고 발길을 돌리었다.

"아니 내가 분명히 들었는데…… 혹 내가 잘못 보지를 않았나? ……길바닥에나 쓰러져 있었으면 보이지도 않을 터야……."

중간 문까지 다다르자 별안간 이런 생각이 그의 걸음을 멈추게 하였다.

"대문을 또 좀 열어 볼까? ……아니야, 내가 헛들었지. 그래도 혹……

아니야, 내가 헛들었지."

망설거리면서도 꿈꾸는 사람 모양으로 저도 모를 사이에 마루까지 올라왔다. 매우 기묘한 생각이 번개같이 그의 머리에 번쩍인다.

"내가 대문을 열었을 제 나 몰래 들어오지나 않았나?"

과연 방 안에 무슨 소리가 나는 것 같았다. 확실히 사람의 기척이 있다. 어른에게 꾸중 모시러 가는 어린애처럼 조심조심 방문 앞에 왔다. 그리고 문간 아래로 손을 대며 하염없이 웃는다. 그것은 제 잘못을 용서해 줍시사 하는 어린애 같은 웃음이었다. 조심조심 방문을 열었다. 이불이 어째 움직움직하는 듯하였다.

"나를 속이려고 이불을 쓰고 누웠구먼."

하고 마음속으로 소곤거렸다. 가만히 내려앉는다. 그 모양이 이것을 건드려서는 큰일이 나지요 하는 듯하였다. 이불을 펄쩍 쳐들었다. 빈 요가 하얗게 드러난다. 그제야 확실히 아니 온 줄 안 것처럼,

"아니 왔구먼, 안 왔어!"

라고 울듯이 부르짖었다.

남편이 돌아오기는 새로 두 점이 훨씬 지난 뒤였다. 무엇이 털썩하는 소리가 들리고 잇달아,

"아씨, 아씨!"

라고 부르는 소리가 귀를 때릴 때에야 아내는 비로소 아직도 앉았을 자기가 이불 위에 쓰러져 있음을 깨달았다. 기실사실, 잠귀 어두운 할멈이 대문을 열었으리만큼 아내는 깜박 잠이 깊이 들었었다. 하건만 그는 몽경夢境 꿈속에서 방황하는 정신을 당장에 수습하였다. 두어 번 얼굴을 쓰다듬자마자 불현듯 밖으로 나왔다.

남편은 한 다리를 마루 끝에 걸치고 한 팔을 베고 옆으로 누워 있다. 숨

소리가 씨근씨근한다. 막 구두를 벗기고 일어나 할멈은 검붉은 상을 찡그려 붙이며,

"어서 일어나 방으로 들어가세요."

라고 한다.

"응, 일어나지."

나리는 혀를 억지로 돌리어 코와 입으로 대답을 하였다. 그래도 몸은 꿈쩍도 않는다. 도리어 그 개개풀린눈에 정기가 흐려진 눈을 자려는 것처럼 스르르 감는다. 아내는 눈만 비비고 서 있다.

"어서 일어나셔요. 방으로 들어가시라니까."

이번에는 대답조차 아니한다. 그 대신 무엇을 잡으려는 것처럼 손을 내어 젓더니,

"물, 물, 냉수를 좀 주어."

라고 중얼거렸다.

할멈은 얼른 물을 떠다 이취자泥醉者 술에 몹시 취한 사람의 코밑에 놓았건만, 그사이에 벌써 아까 청을 잊은 것같이 취한 이는 물을 먹으려고도 않는다.

"왜 물을 아니 잡수셔요."

곁에서 할멈이 깨우쳤다.

"응, 먹지, 먹어."

하고, 그제야 주인은 한 팔을 짚고 고개를 든다. 한꺼번에 물 한 대접을 다 들이켜 버렸다. 그러고는 또 쓰러진다.

"에그, 또 눕네."

하고, 할멈은 우물로 기어드는 어린애를 안으려는 모양으로 두 손을 내어 민다.

"할멈은 고만 가 자게."

주인은 귀찮다는 듯이 말을 한다.

이를 어찌해 하는 듯이 멀거니 서 있는 아내도, 할멈이 고만 갔으면 하였다. 남편을 붙들어 일으킬 생각이야 간절하였지마는, 할멈이 보는데 어찌 그럴 수 없는 것 같았다. 혼인한 지가 7, 8년이 되었으니 그런 파수破羞 부끄러움이 없어지는 것야 되었으련만 같이 있어 본 날을 꼽아 보면 그는 아직 갓 시집온 색시였다.

"할멈은 가 자게."

란 말이 목까지 올라왔지만 입술에서 사라지고 말았다. 마음 그윽히 할멈이 돌아가기만 기다릴 뿐이었다.

"좀 일으켜 드려야지."

가기는커녕 이런 말을 하고 할멈은 선웃음을 치면서 마루로 부득부득 올라온다. 그 모양은 마치 '주인 나리가 약주가 취하시거든, 방에까지 모셔다 드려야 제 도리에 옳지요' 하는 듯하였다.

"자아, 자아."

할멈은 아씨를 보고 히히 웃어 가며, 나리의 등 밑으로 손을 넣는다.

"왜 이래, 왜 이래. 내가 일어날 테야."

하고, 몸을 움직이더니, 정말 주인이 부스스 일어난다. 마루를 쾅쾅 눌러 디디며, 비틀비틀, 곧 쓰러질 듯한 보조步調 걸음걸이의 속도나 모양의 상태로 방문을 향하여 걸어간다. 와지끈하며 문을 열어젖히고는 방 안으로 들어간다. 아내도 뒤따라 들어왔다. 할멈은 중간 턱을 넘어설 제, 몇 번 혀를 차고는, 저 갈 데로 가 버렸다.

벽에 엇비슷하게 기대어 있는 남편은 무엇을 생각하는 듯이 고개를 숙이고 있다. 그의 말라붙은 관자놀이귀와 눈 사이의 맥박이 뛰는 곳에 펄떡거리는 푸른 맥을 아내는 걱정스럽게 바라보면서 남편 곁으로 다가온다. 아내의 한 손은 양복 깃을, 또 한 손은 그 소매를 잡으며 화한부드러운 목성으로,

"자아, 벗으셔요."

하였다.

남편은 문득 미끄러지는 듯이 벽을 타고 내려앉는다. 그의 쭉 뻗친 발끝에 이불자락이 저리로 밀려간다.

"에그, 왜 이리 하셔요. 벗자는 옷은 아니 벗으시고."

그 서슬날카로운 기세에 넘어질 뻔한 아내는 애달프게 부르짖었다. 그러면서도 같이 따라 앉는다. 그의 손은 또 옷을 잡았다.

"옷이 구겨집니다. 제발 좀 벗으셔요."라고 아내는 애원을 하며 옷을 벗기려고 애를 쓴다. 하나, 취한 이의 등이 천 근같이 벽에 척 들러붙었으니 벗겨질 리가 없다. 애를 쓰다 쓰다 옷을 놓고 물러앉으며,

"원 참, 누가 술을 이처럼 권하였노."

라고 짜증을 낸다.

"누가 권하였노? 누가 권하였노? 흥, 흥."

남편은 그 말이 몹시 귀에 거슬리는 것처럼 곱씹는다.

"그래, 누가 권했는지 마누라가 좀 알아내겠소?"

하고 껄껄 웃는다. 그것은 절망의 가락을 띤, 쓸쓸한 웃음이었다. 아내도 따라 방긋 웃고는 또 옷을 잡으며,

"자아, 옷이나 먼저 벗으셔요. 이야기는 나중에 하지요. 오늘 밤에 잘 주무시면 내일 아침에 알려 드리지요."

"무슨 말이야, 무슨 말이야. 왜 오늘 일을 내일로 미루어. 할 말이 있거든 지금 해!"

"지금은 약주가 취하셨으니, 내일 약주가 깨시거든 하지요."

"무엇? 약주가 취해서?"

하고 고개를 찔레찔레 흔들며,

"천만에, 누가 술에 취했단 말이오. 내가 공연히 이러지, 정신은 말똥말똥하오. 꼭 이야기하기 좋을 만해. 무슨 말이든지……, 자아."

"글쎄, 왜 못 잡수시는 약주를 잡수셔요. 그러면 몸에 축이 나지 않아요."

하고 아내는 남편의 이마에 흐르는 진땀을 씻는다.

이취자는 머리를 흔들며,

"아니야, 아니야. 그런 말을 듣자는 것이 아니야."

하고 아까 일을 추상抽象 미루어 생각함하는 것처럼, 말을 끊었다가 다시금 말을 이어,

"옳지, 누가 나에게 술을 권했단 말이오? 내가 술이 먹고 싶어서 먹었단 말이오?"

"자시고 싶어 잡수신 건 아니지요. 누가 당신께 약주를 권하는지 내가 알아낼까요? 저…… 첫째는 화증火症 걸핏하면 화를 왈칵 내는 증세이 술을 권하고, 둘째는 하이칼라서양식 유행을 따르던 사람을 이르던 말가 약주를 권하지요."

아내는 살짝 웃는다. 내가 어지간히 알아맞혔지요 하는 모양이었다.

남편은 고소한다어이가 없어 웃음을 짓는다.

"틀렸소, 잘못 알았소. 화증이 술을 권하는 것도 아니고, 하이칼라가 술을 권하는 것도 아니오. 나에게 술을 권하는 것은 따로 있어. 마누라가, 내가 어떤 하이칼라한테나 홀려 다니거니, 그 하이칼라가 늘 내게 술을 권하거니 하고 근심을 했으면 그것은 헛걱정이지. 나에게 하이칼라는 아무 소용도 없소. 나의 소용은 술뿐이오. 술이 창자를 휘돌아, 이것저것을 잊게 맨드는 것을 나는 취할 뿐이오."

하더니, 홀연 어조를 고쳐 감개무량하게,

"아아, 유위유망有爲有望 일을 할 만한 능력이 있고 앞으로 잘될 싹수나 희망이 있음한 머리를 알코올로 마비 아니 시킬 수 없게 하는 그것이 무엇이란 말이오."

하고, 긴 한숨을 내어쉰다. 물큰물큰한 술 냄새가 방 안에 흩어진다.

아내에게는 그 말이 너무 어려웠다. 고만 묵묵히 입을 다물었다. 눈에 보이지 않는 무슨 벽이 자기와 남편 사이에 깔리는 듯하였다. 남편의 말이 길어질 때마다 아내는 이런 쓰디쓴 경험을 맛보았다. 이런 일은 한두 번이 아니었다. 이윽고 남편은 기막힌 듯이 웃는다.

"흥, 또 못 알아듣는군. 묻는 내가 그르지, 마누라야 그런 말을 알 수 있겠소. 내가 설명해 드리지. 자세히 들어요. 내게 술을 권하는 것은 화증도 아니고 하이칼라도 아니요, 이 사회란 것이 내게 술을 권한다오. 이 조선 사회란 것이 내게 술을 권한다오. 알았소? 팔자가 좋아서 조선에 태어났지, 딴 나라에 났더면 술이나 얻어먹을 수 있나……."

사회란 무엇인가? 아내는 또 알 수가 없었다. 어찌하였든 딴 나라에는 없고 조선에만 있는 요릿집 이름이려니 한다.

"조선에 있어도 아니 다니면 그만이지요."

남편은 또 아까 웃음을 재우친다'어떤 행동이 잇따라 진행되다'는 뜻의 북한 말. 술이 정말 아니 취한 것같이 또렷또렷한 어조로,

"허허, 기막혀. 그 한 분자分子 어떤 특성을 가진 인간 개체 된 이상에야 다니고 아니 다니는 게 무슨 상관이야. 집에 있으면 아니 권하고, 밖에 나가야 권하는 줄 아는가 보아. 그런 게 아니야. 무슨 사회란 사람이 있어서 밖에만 나가면 나를 꼭 붙들고 술을 권하는 게 아니야…… 무어라 할까…… 저 우리 조선 사람으로 성립된 이 사회란 것이, 내게 술을 아니 못 먹게 한단 말이오. ……어째 그렇소? ……또 내가 설명을 해 드리지. 여기 회會 모임를 하나 꾸민다 합시다. 거기 모이는 사람 놈치고 처음은 민족

을 위하느니, 사회를 위하느니 그러는데, 제 목숨을 바쳐도 아깝지 않느니 아니 하는 놈이 하나도 없어. 하다가 단 이틀이 못 되어 단 이틀이 못 되어……."

한층 소리를 높이며 손가락을 하나씩 둘씩 꼽으며,

"되지 못한 명예 싸움, 쓸데없는 지위 다툼질, 내가 옳으니 네가 그르니, 내 권리가 많으니 네 권리 적으니…… 밤낮으로 서로 찢고 뜯고 하지, 그러니 무슨 일이 되겠소. 회뿐이 아니라, 회사이고 조합이고…… 우리 조선 놈들이 조직한 사회는 다 그 조각이지. 이런 사회에서 무슨 일을 한단 말이오. 하려는 놈이 어리석은 놈이야. 적이꽤 정신이 바로 박힌 놈은 피를 토하고 죽을 수밖에 없지. 그렇지 않으면 술밖에 먹을 게 도무지 없지. 나도 전자에는 무엇을 좀 해 보겠다고 애도 써 보았어. 그것이 모두 수포야. 내가 어리석은 놈이었지. 내가 술을 먹고 싶어 먹는 게 아니야. 요사이는 좀 낫지마는 처음 배울 때에는 마누라도 알다시피 죽을 애를 썼지. 그 먹고 난 뒤에 괴로운 것이야 겪어 본 사람이 아니면 알 수 없지. 머리가 지끈지끈 아프고 먹은 것이 다 돌아 올라오고…… 그래도 아니 먹은 것보담 나았어. 몸은 괴로워도 마음은 괴롭지 않았으니까. 그저 이 사회에서 할 것은 주정꾼 노릇밖에 없어……."

"공연히 그런 말 말아요. 무슨 노릇을 못해서 주정꾼 노릇을 해요! 남이라서……."

아내는 부지불식간不知不識間 생각하지도 못하고 알지도 못하는 사이에 흥분이 되어 열기 있는 눈으로 남편을 바라보고 불쑥 이런 말을 하였다. 그는 제 남편이 이 세상에서 가장 거룩한 사람이려니 한다. 따라서 어느 뉘보다 제일 잘될 줄 믿는다. 몽롱하나마 그의 목적이 원대하고 고상한 것도 알았다. 얌전하던 그가 술을 먹게 된 것은 무슨 일이 맘대로 아니 되어 화풀이로 그러는 줄도 어렴풋이 깨달았다. 그러나 술은 노상 먹을 것이 아니다. 그러면 패가망신하고 만다. 그러므로 하루바삐 그 화가 풀리었으면, 또다시 얌전하게 되었으면 하는 생각이 그의 머리를 떠날 때가 없었다. 그리고 그날이 꼭 올 줄 믿었다. 오늘부터는, 내일부터는…… 하건만, 남편은 어제도 술이 취하였다. 오늘도 한모양이다. 자기의 기대는 나날이 틀려 간다. 좇아서 기대에 대한 자신도 엷어 간다. 애달프고 원통한 생각이 가끔 그의 가슴을 누른다. 더구나 수척해 가는 남편의 얼굴을 볼 때에 그런 감정을 걷잡을 수 없었다. 지금 저도 모르게 흥분한 것이 또한 무리가 아니었다.

"그래도 못 알아듣네그려. 참, 사람 기막혀. 본정신 가지고는 피를 토하고 죽든지, 물에 빠져 죽든지 하지, 하루라도 살 수가 없단 말이야. 흉장胸腸 가슴이 막혀서 못 산단 말이야. 에엣, 가슴 답답해."

라고 남편은 소리를 지르고 괴로워서 못 견디는 것처럼 얼굴을 찌푸리며 미친 듯이 제 가슴을 쥐어뜯는다.

"술 아니 먹는다고 흉장이 막혀요?"

남편의 하는 짓은 본체만체하고 아내는 얼굴을 더욱 붉히며 부르짖었다.

그 말에 몹시 놀란 것처럼 남편은 어이없이 아내의 얼굴을 바라보더니 그다음 순간에는 말할 수 없는 고뇌의 그림자가 그의 눈을 거쳐 간다.

"그르지, 내가 그르지. 너 같은 숙맥菽麥 세상 물정을 잘 모르는 사람더러 그런 말을 하는 내가 그르지. 너한테 조금이라도 위로를 얻으려는 내가 그르지. 후후."

스스로 탄식한다.

"아아, 답답해!"

문득 기막힌 듯이 외마디 소리를 치고는 벌떡 몸을 일으킨다. 방문을 열고 나가려 한다. 왜 내가 그런 말을 하였던고? 아내는 불시에 후회하였다. 남편의 저고리 뒷자락을 잡으며 안타까운 소리로,

"왜 어디로 가셔요? 이 밤중에 어디를 나가셔요? 내가 잘못하였습니다. 인제는 다시 그런 말을 아니하겠습니다. ……그러게 내일 아침에 말을 하자니까……."

"듣기 싫어. 놓아, 놓아요."

하고 남편은 아내를 떠다 밀치고 밖으로 나간다. 비틀비틀 마루 끝까지 가서는 털썩 주저앉아 구두를 신기 시작한다.

"에그, 왜 이리 하셔요. 인제 다시 그런 말을 아니한대도……."

아내는 뒤에서 구두 신으려는 남편의 팔을 잡으며 말을 하였다. 그의 손은 떨고 있었다. 그의 눈에는 단박에 눈물이 쏟아질 듯하였다.

"이건 왜 이래, 저리로 가!"

뱉는 듯이 말을 하고 휙 뿌리친다. 남편의 발길이 뚜벅뚜벅 중문에 다다랐다. 어느덧 그 밖으로 사라졌다. 대문 빗장 소리가 덜컥하고 난다. 마루 끝에 떨어진 아내는 헛되어 몇 번,

"할멈! 할멈!"

하고 불렀다. 고요한 밤공기를 울리는 구두 소리는 점점 멀어 간다. 발자취는 어느덧 골목 끝으로 사라져 버렸다. 다시금 밤은 적적히 깊어 간다.

"가 버렸구먼, 가 버렸어!"

그 구두 소리를 영구히 아니 잃으려는 것처럼 귀를 기울이고 있는 아내는 모든 것을 잃었다 하는 듯이 부르짖었다. 그 소리가 사라짐과 함께 자기의 마음도 사라지고, 정신도 사라진 듯하였다. 심신心身 마음과 몸이 텅 비어진 듯하였다. 그의 눈은 하염없이 검은 밤안개를 물끄러미 바라보

고 있다. 그 사회란 독한 꼴을 그려 보는 것같이…….

쓸쓸한 새벽바람이 싸늘하게 가슴에 부딪친다. 그 부딪치는 서슬에 잠 못 자고 피곤한 몸이 부서질 듯이 지긋하였다.

죽은 사람에게서나 볼 수 있는 해쓱한 얼굴이 경련적으로 떨며 절망한 어조로 소곤거렸다.

"그 몹쓸 사회가, 왜 술을 권하는고!"

술 권하는 사회

작가 소개

현진건(玄鎭健, 1900~1943)

경상북도 대구에서 태어났다. 1920년 〈개벽〉에 「희생화」를 발표하면서 등단했다. 김동인과 함께 근대 단편 소설의 선구자로 손꼽히고 있으며, 염상섭과 함께 사실주의를 개척한 작가로 평가받는다. 현진건의 소설에는 식민 치하에서 핍박받은 우리 민족의 참상과 일제에 대한 저항 의식이 드러난다. 또한 사실주의 작가로서 정확하고 섬세한 묘사가 두드러진다. 긴밀한 극적 구성과 탁월한 반전 기법 등을 사용해 단편 소설의 기틀을 마련했다는 평가를 받는다. 주요 작품으로는 「빈처」(1921), 「운수 좋은 날」(1924), 「B사감과 러브레터」(1925), 「무영탑」(1938~1939) 등이 있다.

작품 정리

- **갈래** 사실주의 소설
- **성격** 사실적, 비판적
- **배경** 시간 - 1920년대 / 공간 - 서울
- **시점** 3인칭 작가 관찰자 시점
- **구성** '발단 - 전개 - 위기 - 절정 - 결말'의 5단계 구성
- **특징**
  - 자전적 소설임
  - 아내의 시선을 통해 간접적으로 주인공의 고뇌를 묘사함
- **주제** 일제 강점기의 부조리한 사회에서 살아가는 지식인의 고뇌
- **출전** 〈개벽〉(1921)

구성과 줄거리

• **발단 아내가 바느질을 하며 남편을 기다림**

바느질하던 아내는 바늘에 찔려 손가락에서 피가 나오자 화가 치밀어 오른다. 새벽 1시가 넘었는데도 남편은 돌아오지 않는다.

• **전개 아내는 결혼 후 남편과 함께한 시간이 거의 없었다고 회상함**

7, 8년 전 남편은 결혼하자마자 동경으로 유학을 갔다. 남편은 대학을 졸업하고 돌아왔지만 아내와 같이 있는 시간은 거의 없다. 남편은 돈 벌이는커녕 오히려 돈을 쓰며 돌아다니기만 한다. 집에 있을 때는 책을 읽거나 밤새 글을 쓴다.

• **위기 남편이 만취해 돌아옴**

새벽 2시께 행랑 할멈이 부르는 소리에 나가 보니 남편은 만취가 된 상태로 돌아와 있다. 남편은 행랑 할멈의 도움을 거절하며 간신히 방에 들어와 벽에 기대어 쓰러진다.

• **절정 남편은 부조리한 사회가 술을 권한다고 한탄함**

아내는 남편에게 술을 권하는 사람들을 원망한다. 남편은 사회가 자신의 머리를 마비시키지 않으면 안 되게 하므로 술을 마신다고 말한다. 자신에게 술을 권하는 것은 현재의 부조리한 조선 사회라는 것이다. 그러나 아내는 남편의 말을 이해하지 못한다.

• **결말 남편은 아내가 말 상대가 되지 않는다며 집을 나감**

남편은 아내가 말 상대가 되지 않는다고 답답해하며 아내의 만류에도 불구하고 집을 나간다. 아내는 절망스럽게 몹쓸 사회가 왜 술을 권하느냐며 중얼거린다.

생각해 보세요

1 이 작품에서 남편과 아내는 어떤 인물인가?

남편은 일본 유학을 다녀왔지만 일제 강점기 조국의 현실 앞에서는 무기력하기만 하다. 사회에 적응을 못하는 것인지, 아니면 적응하고 싶지 않은 것인지는 분명하지 않다. 남편은 경제적인 능력이 없는 데다 하루하루 술에 취해 살아가는 술주정꾼이다. 반면에 아내는 교육을 받지 못했기 때문에 남편과 의사소통이 어렵고, 남편이 무엇 때문에 괴로워하는지 이해하지 못한다. 이는 근대적인 사고방식과 전통적인 사고방식의 충돌을 의미한다. 하지만 두 사람은 모두 그들 앞에 놓여 있는 사회를 몹쓸 사회로 인식하고 있다.

2 이 작품에 등장하는 남편이 무능력한 인물로 그려지는 이유는 무엇인가?

이 작품에 등장하는 남편은 일본에서 교육을 받은 지성인이다. 그런 그가 교육을 받지 못한 사람들의 눈에 무능력하게 보이는 까닭은 무엇일까? 그것은 개인의 한계 때문이 아니라 일제 식민 치하의 구조적인 모순 때문이라고 할 수 있다. 지성인인 남편은 적극적으로 부조리한 현실에 맞설 수도 없고, 그렇다고 구경만 하고 있을 수도 없는 상황에 놓여 있다. 이렇듯 일제 식민 치하에서는 실제로 아무것도 할 수 없었기 때문에 남편이 무능력한 인물로 비춰질 수밖에 없는 것이다.

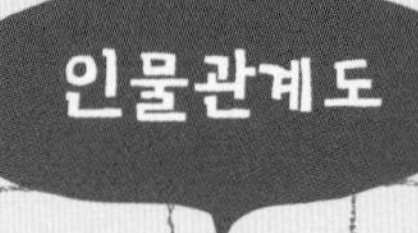

인력거꾼인 저(김 첨지)는 아침부터 손님을 둘이나 태웠어요. 아픈 아내가 먹고 싶어 한 설렁탕을 드디어 사 줄 수 있겠구나 싶었지요. 그런데 행운이 계속되자 불안해진 저는 선술집에 들러 친구 치삼과 술을 마셨어요. 설렁탕을 사 들고 집에 들어갔는데 어린 개똥이의 힘없는 울음소리만 들리더군요. 그제야 저는 아내가 죽었다는 걸 알게 되었어요.

운수 좋은 날

새침하게 흐린 품이 눈이 올 듯하더니 눈은 아니 오고 얼다가 만 비가 추적추적 내리는 날이었다. 이날이야말로 동소문 안에서 인력거꾼사람을 태우는, 바퀴가 두 개 달린 수레를 끄는 일을 직업으로 하는 사람 노릇을 하는 김 첨지에게는 오래간만에도 닥친 운수 좋은 날이었다.

문안사대문 안에(거기도 문밖은 아니지만) 들어간답시는 앞집 마나님을 전찻길까지 모셔다 드린 것을 비롯하여 행여나 손님이 있을까 하고 정류장에서 어정어정하며 내리는 사람 하나하나에게 거의 비는 듯한 눈길을 보내고 있다가 마침내 교원인 듯한 양복쟁이를 동광학교까지 태워다 주기로 되었다.

첫 번에 삼십 전, 둘째 번에 오십 전 — 아침 댓바람아주 이른 시간에 그리 흉치 않은 일이었다. 그야말로 재수가 옴 붙어서 근 열흘 동안 돈 구경도 못한 김 첨지는 십 전짜리 백동화白銅貨 구리, 아연, 니켈의 합금으로 만든 돈 서 푼, 또는 다섯 푼이 찰깍 하고 손바닥에 떨어질 제 거의 눈물을 흘릴 만큼 기뻤었다. 더구나 이날 이때에 이 팔십 전이라는 돈이 그에게 얼마나 유용한지 몰랐다. 컬컬한 목에 모주 한 잔도 적실 수 있거니와 그보다도 앓는 아내에게 설렁탕 한 그릇도 사다 줄 수 있음이다.

그의 아내가 기침으로 쿨룩거리기는 벌써 달포한 달이 조금 넘는 기간가 넘었다. 조밥도 굶기를 먹다시피 하는 형편이니 물론 약 한 첩 써본 일이 없다. 구태여 쓰려면 못 쓸 바도 아니로되 그는 병이란 놈에게 약을 주어 보내면 재미를 붙여서 자꾸 온다는 자기의 신조에 어디까지 충실하였다. 따라서 의사에게 보인 적이 없으니 무슨 병인지는 알 수 없으나, 반듯이 누워 가지고 일어나기는커녕 모로옆쪽으로도 못 눕는 걸 보면 중증은 중증인 듯. 병이 이대도록 심해지기는 열흘 전에 조밥을 먹고 체한 때문이다. 그때도 김 첨지가 오래간만에 돈을 얻어서 좁쌀 한 되와 십 전짜리 나무 한 단을 사다 주었더니 김 첨지의 말에 의지하면 그 오라질 년이 천방지축天方地軸 못난 사람이 종작없이 덤벙대는 일으로 냄비에 대고 끓였다. 마음은 급하고 불길은 달지 않아 채 익지도 않은 것을 그 오라질 년이 숟가락은 고만두고 손으로 움켜서 두 뺨에 주먹덩이 같은 혹이 불거지도록 누가 빼앗을 듯이 처박질하더니만 그날 저녁부터 가슴이 당긴다, 배가 켕긴다 하고 눈을 홉뜨고위로 치뜨고 지랄병을 하였다. 그때 김 첨지는 열화와 같이 성을 내며,

"에이, 오라질 년, 조랑복짧게 타고난 복력은 할 수가 없어, 못 먹어 병, 먹어서 병! 어쩌란 말이야! 왜 눈을 바루 뜨지 못해!"

하고 앓는 이의 뺨을 한 번 후려갈겼다. 홉뜬 눈은 조금 바루어졌건만 이슬이 맺히었다. 김 첨지의 눈시울도 뜨끈뜨끈하였다.

이 환자가 그러고도 먹는 데는 물리지 않았다. 사흘 전부터 설렁탕 국물이 마시고 싶다고 남편을 졸랐다.

"이런 오라질 년! 조밥도 못 먹는 년이 설렁탕은. 또 처먹고 지랄병을 하게."

라고 야단을 쳐보았건만, 못 사 주는 마음이 시원치는 않았다.

인제 설렁탕을 사 줄 수도 있다. 앓는 어미 곁에서 배고파 보채는 개똥

이(세살먹이)에게 죽을 사줄 수도 있다. — 팔십 전을 손에 쥔 김 첨지의 마음은 푼푼하였다모자람이 없이 넉넉했다.

그러나 그의 행운은 그걸로 그치지 않았다. 땀과 빗물이 섞여 흐르는 목덜미를 기름주머니가 다 된 왜목倭木 무명실로 서양목처럼 너비가 넓게 짠 베 수건으로 닦으며, 그 학교 문을 돌아 나올 때였다. 뒤에서 "인력거!" 하고 부르는 소리가 난다. 자기를 불러 멈춘 사람이 그 학교 학생인 줄 김 첨지는 한 번 보고 짐작할 수 있었다. 그 학생은 다짜고짜로,

"남대문 정거장까지 얼마요."

라고 물었다. 아마도 그 학교 기숙사에 있는 이로 동기冬期 겨울 방학을 이용하여 귀향하려 함이리라. 오늘 가기로 작정은 하였건만 비는 오고, 짐은 있고 해서 어찌할 줄 모르다가 마침 김 첨지를 보고 뛰어나왔음이리라. 그렇지 않으면 왜 구두를 채 신지 못해서 질질 끌고, 비록 '고구라일본 기타큐슈의 고쿠라 지방에서 생산되는 무명 옷감' 양복일망정 노박이로줄곧 계속하여 비를 맞으며 김 첨지를 뒤쫓아 나왔으랴.

"남대문 정거장까지 말씀입니까."

하고 김 첨지는 잠깐 주저하였다. 그는 이 우중에 우장雨裝 비를 맞지 않기 위해 차려 입는 복장도 없이 그 먼 곳을 철벅거리고 가기가 싫었음일까? 처음 것, 둘째 것으로 고만 만족하였음일까? 아니다, 결코 아니다. 이상하게도 꼬리를 맞물고 덤비는 이 행운 앞에 조금 겁이 났음이다. 그리고 집을 나올 제 아내의 부탁이 마음에 켕기었다. 앞집 마나님한테서 부르러 왔을 제 병인은 그 뼈만 남은 얼굴에 유월의 생물 같은 유달리 크고 움푹한 눈에 애걸하는 빛을 띠며,

"오늘은 나가지 말아요. 제발 덕분에 집에 붙어 있어요. 내가 이렇게 아픈데……."

라고, 모기 소리같이 중얼거리고 숨을 걸그렁걸그렁하였다. 그때에 김 첨지는 대수롭지 않은 듯이,

"아따, 젠장맞을 년, 별 빌어먹을 소리를 다 하네. 맞붙들고 앉았으면 누가 먹여 살릴 줄 알아."

하고 훌쩍 뛰어나오려니까 환자는 붙잡을 듯이 팔을 내저으며,

"나가지 말라도 그래, 그러면 일찍이 들어와요."

하고, 목메인 소리가 뒤를 따랐다.

정거장까지 가잔 말을 들은 순간에 경련적으로 떠는 손, 유달리 큼직한 눈, 울 듯한 아내의 얼굴이 김 첨지의 눈앞에 어른어른하였다.

"그래 남대문 정거장까지 얼마란 말이오?"

하고 학생은 조한몹시 급한 듯이 인력거꾼의 얼굴을 바라보며 혼잣말같이,

"인천 차가 열한 점시(時)에 있고 그다음에는 새로 두 점이던가."

라고 중얼거린다.

"일 원 오십 전만 줍시오."

이 말이 저도 모를 사이에 불쑥 김 첨지의 입에서 떨어졌다. 제 입으로 부르고도 스스로 그 엄청난 돈 액수에 놀랐다. 한꺼번에 이런 금액을 불러라도 본 지가 그 얼마 만인가! 그러자 그 돈 벌 용기가 병자에 대한 염려를 사르고 말았다. 설마 오늘 내로 어떠랴 싶었다. 무슨 일이 있더라도 제일 제이의 행운을 곱친 것보다도 오히려 갑절이 많은 이 행운을 놓칠 수 없다 하였다.

"일 원 오십 전은 너무 과한데."

이런 말을 하며 학생은 고개를 기웃하였다.

"아니올시다. 잇수이수(里數). 거리를 '리(里)'의 단위로 나타낸 수로 치면 여기서 거기가 시오 리가 넘는답니다. 또 이런 진 날은 좀 더 주셔야지요."

하고 빙글빙글 웃는 차부車夫 마차나 우차 따위를 부리는 사람의 얼굴에는 숨길 수 없는 기쁨이 넘쳐흘렀다.

"그러면 달라는 대로 줄 터이니 빨리 가요."

관대한 어린 손님은 이런 말을 남기고 총총히 옷도 입고 짐도 챙기러 갈 데로 갔다.

그 학생을 태우고 나선 김 첨지의 다리는 이상하게 거뿐하였다. 달음질을 한다느니보다 거의 나는 듯하였다. 바퀴도 어떻게 속히 도는지 구른다느니보다 마치 얼음을 지쳐 나가는 스케이트 모양으로 미끄러져 가는 듯하였다. 언 땅에 비가 내려 미끄럽기도 하였지만.

이윽고 끄는 이의 다리는 무거워졌다. 자기 집 가까이 다다른 까닭이다. 새삼스러운 염려가 그의 가슴을 눌렀다.

'오늘은 나가지 말아요. 내가 이렇게 아픈데…….'

이런 말이 잉잉 그의 귀에 울렸다. 그리고 병자의 움쑥 들어간 눈이 원망하는 듯이 자기를 노리는 듯하였다. 그러자 엉엉하고 우는 개똥이의 곡성을 들은 듯싶다. 딸국딸국하고 숨 모으는 소리도 나는 듯싶다.

"왜 이러우, 기차 놓치겠구먼."

하고 탄 이의 초조한 부르짖음이 간신히 그의 귀에 들어왔다. 언뜻 깨달으니 김 첨지는 인력거를 쥔 채 길 한복판에 엉거주춤 멈춰 있지 않은가.

"예, 예."

하고, 김 첨지는 또다시 달음질하였다. 집이 차차 멀어갈수록 김 첨지의 걸음에는 다시금 신이 나기 시작하였다. 다리를 재게재빠르게 놀려야만 쉴 새 없이 자기의 머리에 떠오르는 모든 근심과 걱정을 잊을 듯이.

정거장까지 끌어다 주고 그 깜짝 놀란 일 원 오 십 전을 정말 제 손에 쥠에, 제 말마따나 십 리나 되는 길을 비를 맞아 가며 질퍽거리고 온 생각은 아니하고 거저나 얻은 듯이 고마웠다. 졸부나 된 듯이 기뻤다. 제 자식뻘밖에 안 되는 어린 손님에게 몇 번 허리를 굽히며,

"안녕히 다녀옵시오."

라고 깍듯이 재우쳤다.

그러나 빈 인력거를 털털거리며 이 우중에 돌아갈 일이 꿈밖이었다. 노동으로 하여 흐른 땀이 식어지자 굶주린 창자에서, 물 흐르는 옷에서 어슬어슬 한기가 솟아나기 비롯하매 일 원 오십 전이란 돈이 얼마나 괜찮고 괴로운 것인 줄 절절히 느끼었다. 정거장을 떠나는 그의 발길은 힘 하나 없었다. 온몸이 옹송그려지며 당장 그 자리에 엎어져 못 일어날 것 같았다.

"젠장맞을 것, 이 비를 맞으며 빈 인력거를 털털거리고 돌아를 간담. 이런 빌어먹을, 제 할미를 붙을 비가 왜 남의 상판을 딱딱 때려!"

그는 몹시 화증火症 걸핏하면 화를 왈칵 내는 증세을 내며 누구에게 반항이나 하는 듯이 게걸거렸다. 그럴 즈음에 그의 머리엔 또 새로운 광명이 비쳤나니, 그것은 '이러구 갈 게 아니라 이 근처를 빙빙 돌며 차 오기를 기다리면 또 손님을 태우게 될는지도 몰라'란 생각이었다. 오늘 운수가 괴상하게도 좋으니까 그런 요행僥倖 뜻밖에 얻는 행운이 또 한 번 없으리라고 누가 보증하랴. 꼬리를 굴리는 행운이 꼭 자기를 기다리고 있다고 내기를 해도 좋을 만한 믿음을 얻게 되었다. 그렇다고 정거장 인력거꾼의 등쌀이 무서우니 정거장 앞에 섰을 수는 없었다. 그래 그는 이전에도 여러 번 해본 일이라 바로 정거장 앞 전차 정류장에서 조금 떨어지게 사람 다니는 길과 전찻길 틈에 인력거를 세워 놓고 자기는 그 근처를 빙빙 돌며 형세를 관망하기로한발 물러나서 형편을 바라보기로 하였다. 얼마 만에 기차는 왔고 수십 명이나 되는 손이 정류장으로 쏟아져 나왔다. 그중에서 손님을 물색하

는 김 첨지의 눈엔 양머리에 뒤축 높은 구두를 신고 망토까지 두른 기생 퇴물인 듯, 난봉허랑방탕한 짓을 일삼는 사람 여학생인 듯한 여편네의 모양이 눈에 띄었다. 그는 슬근슬근 그 여자의 곁으로 다가들었다.

"아씨, 인력거 아니 타시랍시오?"

그 여학생인지 뭔지가 한참은 매우 태깔거만한 태도을 빼며 입술을 꼭 다문 채 김 첨지를 거들떠보지도 않았다. 김 첨지는 구걸하는 거지나 무엇같이 연해연방끊임없이 잇따라 자꾸 그의 기색을 살피며,

"아씨, 정거장 애들보담 아주 싸게 모셔다 드리겠습니다. 댁이 어디신가요?"

하고 추근추근하게도 그 여자가 들고 있는 일본식 버들고리짝에 제 손을 대었다.

"왜 이래, 남 귀찮게."

소리를 벽력같이 지르고는 돌아선다. 김 첨지는 어랍시오 하고 물러섰다.

전차는 왔다. 김 첨지는 원망스럽게 전차 타는 이를 노리고 있었다. 그러나 그의 예감은 틀리지 않았다. 전차가 빽빽하게 사람을 싣고 움직이기 시작하였을 제 타고 남은 손 하나가 있었다. 굉장하게 큰 가방을 들고 있는 걸 보면 아마 붐비는 차 안에 짐이 크다 하여 차장에게 밀려 내려온 눈치였다. 김 첨지는 대어 섰다.

"인력거를 타실랍시오?"

한동안 값으로 승강이서로 자기주장을 고집하며 옥신각신하는 일를 하다가 육십 전에 인사동까지 태워다 주기로 하였다. 인력거가 무거워지매 그의 몸은 이상하게도 가벼워졌고 그리고 또 인력거가 가벼워지니 몸은 다시금 무거워졌건만 이번에는 마음조차 초조해 온다. 집의 광경이 자꾸 눈앞에 어른거리어 인제 요행을 바랄 여유도 없었다. 나무등걸이나 무엇

같고 제 것 같지도 않은 다리를 연해 꾸짖으며 갈팡질팡 뛰는 수밖에 없었다. 저놈의 인력거꾼이 저렇게 술이 취해 가지고 이 진땅에 어찌 가노, 라고 길 가는 사람이 걱정을 하리만큼 그의 걸음은 황급하였다. 흐리고 비 오는 하늘은 어둠침침하게 벌써 황혼黃昏 해가 지고 조금 어둑한 때에 가까운 듯하다. 창경원 앞까지 다다라서야 그는 턱에 닿은 숨을 돌리고 걸음도 늦추잡았다. 한 걸음 두 걸음 집이 가까워 올수록 그의 마음조차 괴상하게 누그러졌다. 그런데 이 누그러움은 안심에서 오는 게 아니요 자기를 덮친 무서운 불행을 빈틈없이 알게 될 때가 박두한가까이 닥쳐온 것을 두려워하는 마음에서 오는 것이다.

그는 불행에 다닥치기일이나 사건 따위가 가까이 이르기 전 시간을 얼마쯤이라도 늘리려고 버르적거렸다. 기적에 가까운 벌이를 하였다는 기쁨을 할 수 있으면 오래 지니고 싶었다. 그는 두리번두리번 사면을 살피었다. 그 모양은 마치 자기 집, 곧 불행을 향하고 달려가는 제 다리를 제 힘으로는 도저히 어찌할 수 없으니 누구든지 나를 좀 잡아다고, 구해다고 하는 듯하였다.

그럴 즈음에 마침 길가 선술집에서 그의 친구 치삼이가 나온다. 그의 우글우글 살찐 얼굴에 주홍이 덧는 듯, 온 턱과 뺨에 시커멓게 구렛나룻이 덥였거늘 노르탱탱한 얼굴이 바짝 말라서 여기저기 고랑이 패이고 수염도 있대야 턱밑에만 마치 솔잎 송이를 거꾸로 붙여 놓은 듯한 김 첨지의 풍채하고는 기이한 대상을 짓고 있었다.

"여보게 김 첨지, 자네 문안 들어갔다 오는 모양일세그려. 돈 많이 벌었을 테니 한잔 빨리게."

뚱뚱보는 말라깽이를 보던 맡그 길로 바로에 부르짖었다. 그 목소리는 몸집과 딴판으로 연하고 싹싹하였다. 김 첨지는 이 친구를 만난 게 어떻게 반가운지 몰랐다. 자기를 살려 준 은인이나 무엇같이 고맙기도 하였다.

"자네는 벌써 한 잔 한 모양일세그려. 자네도 오늘 재미가 좋아 보이."
하고 김 첨지는 얼굴을 펴서 웃었다.

"아따, 재미 안 좋다고 술 못 먹을 낸가. 그런데 여보게, 자네 왼몸이 어째 물독에 빠진 새앙쥐 같은가. 어서 이리 들어와 말리게."

선술집은 훈훈하고 뜨뜻하였다. 추어탕을 끓이는 솥뚜껑을 열 적마다 뭉게뭉게 떠오르는 흰 김, 석쇠에서 뻐지짓뻐지짓 구워지는 너비아니구이며 제육이며 간이며 콩팥이며 북어며 빈대떡……. 이 너저분하게 늘어놓인 안주 탁자에 김 첨지는 갑자기 속이 쓰려서 견딜 수 없었다. 마음대로 할 양이면 거기 있는 모든 먹음먹이먹음직한 음식들를 모조리 깡그리 집어삼켜도 시원치 않았다 하되 배고픈 이는 위선爲先 우선 분량 많은 빈대떡 두 개를 쪼이기로 하고 추어탕을 한 그릇 청하였다. 주린 창자는 음식 맛을 보더니 더욱더욱 비어지며 자꾸자꾸 들이라 들이라 하였나. 순식간에 두부와 미꾸리 든 국 한 그릇을 그냥 물같이 들이키고 말았다. 셋째 그릇을 받아 들었을 제 데우던 막걸리 곱빼기 두 잔이 더웠다. 치삼이와 같이 마시자 원원이처음부터 비었던 속이라 찌르르 하고 창자에 퍼지며 얼굴이 화끈하였다. 눌러 곱배기 한 잔을 또 마셨다.

김 첨지의 눈은 벌써 개개풀리기눈에 정기가 흐려지기 시작하였다. 석쇠에 얹힌 떡 두 개를 숭덩숭덩 썰어서 볼을 불룩거리며 또 곱배기 두 잔을 부어라 하였다.

치삼은 의아한 듯이 김 첨지를 보며,

"여보게 또 붓다니, 벌써 우리가 넉 잔씩 먹었네, 돈이 사십 전일세."
라고 주의시켰다.

"아따 이놈아, 사십 전이 그리 끔찍하냐. 오늘 내가 돈을 막 벌었어. 참 오늘 운수가 좋았느니."

"그래 얼마를 벌었단 말인가."

"삼십 원을 벌었어, 삼십 원을! 이런 젠장맞을 술을 왜 안 부어……. 괜찮다, 괜찮아. 막 먹어도 상관이 없어. 오늘 돈 산더미같이 벌었는데."

"어, 이 사람 취했군, 그만두세."

"이놈아, 그걸 먹고 취할 내냐, 어서 더 먹어."

하고는 치삼의 귀를 잡아 치며 취한 이는 부르짖었다. 그리고 술을 붓는 열다섯 살 됨직한 중대가리중처럼 머리를 빡빡 깎은 사람을 놀림조로 이르는 말에게로 달려들며,

"이놈, 오라질 놈, 왜 술을 붓지 않어."

라고 야단을 쳤다. 중대가리는 희희 웃고 치삼을 보며 문의하는 듯이 눈짓을 하였다. 주정꾼이 이 눈치를 알아보고 화를 버럭 내며,

"에미를 붙을 이 오라질 놈들 같으니, 이놈 내가 돈이 없을 줄 알고."

하자마자 허리춤을 훔칫훔칫하더니 일 원짜리 한 장을 꺼내어 중대가리 앞에 펄쩍 집어던졌다. 그 사품어떤 동작이나 일이 진행되는 바람이나 겨를에 몇 푼 은전이 잘그랑하며 떨어진다.

"여보게 돈 떨어졌네, 왜 돈을 막 끼얹나."

이런 말을 하며 일변一邊 한편 돈을 줍는다. 김 첨지는 취한 중에도 돈의 거처를 살피는 듯이 눈을 크게 떠서 땅을 내려다보다가 불시에 제 하는 짓이 너무 더럽다는 듯이 고개를 소스라치자 더욱 성을 내며,

"봐라 봐! 이 더러운 놈들아, 내가 돈이 없나, 다리 뼉다구를 꺾어 놓을 놈들 같으니."

하고 치삼이 주워 주는 돈을 받아,

"이 원수엣 돈! 이 육시戮屍 이미 죽은 사람의 시체에 다시 목을 베는 형벌를 할 돈!"

하면서 풀매질을 친다. 벽에 맞아 떨어진 돈은 다시 술 끓이는 양푼에 떨어지며 정당한 매를 맞는다는 듯이 쨍하고 울었다.

곱배기 두 잔은 또 부어질 겨를도 없이 말려 가고 말았다. 김 첨지는 입술과 수염에 붙은 술을 빨아들이고 나서 매우 만족한 듯이 그 솔잎 송이 수염을 쓰다듬으며,

"또 부어, 또 부어."

라고 외쳤다.

또 한 잔 먹고 나서 김 첨지는 치삼의 어깨를 치며 문득 껄껄 웃는다. 그 웃음소리가 어떻게 컸던지 술집에 있는 이의 눈은 모두 김 첨지에게로 몰리었다. 웃는 이는 더욱 웃으며,

"여보게 치삼이, 내 우스운 이야기 하나 할까. 오늘 손을 태우고 정거장에 가지 않았겠나."

"그래서."

"갔다가 그저 오기가 안됐데그려. 그래 전차 정류장에서 어름어름하며우물쭈물하며 손님 하나를 태울 궁리를 하지 않았나. 거기 마침 마나님이신지 여학생이신지(요새야 어디 논다니웃음과 몸을 파는 여자를 속되게 이르는 말와 아가씨를 구별할 수가 있던가) 망토를 잡수시고 비를 맞고 서 있겠지. 슬근슬근 가까이 가서 인력거 타시랍시오 하고 손가방을 받으랴니까 내 손을 탁 뿌리치고 홱 돌아서더니만 '왜 남을 이렇게 귀찮게 굴어!' 그 소리야말로 꾀꼬리 소리지, 허허!"

김 첨지는 교묘하게도 정말 꾀꼬리 같은 소리를 내었다. 모든 사람은 일시에 웃었다.

"빌어먹을 깍쟁이 같은 년, 누가 저를 어쩌나, '왜 남을 귀찮게 굴어!' 어이구 소리가 처신處身 세상을 살아가는 데 가져야 할 몸가짐이나 행동도 없지, 허허."

웃음소리들은 높아졌다. 그러나 그 웃음소리들이 사라지기도 전에 김 첨지는 훌쩍훌쩍 울기 시작하였다.

치삼은 어이없이 주정뱅이를 바라보며,

"금방 웃고 지랄을 하더니 우는 건 또 무슨 일인가."

김 첨지는 연해 코를 들이마시며,

"우리 마누라가 죽었다네."

"뭐, 마누라가 죽다니, 언제?"

"이놈아 언제는, 오늘이지."

"예끼 미친놈, 거짓말 말아."

"거짓말은 왜, 참말로 죽었어, 참말로…… 마누라 시체를 집에 뻐들쳐 놓고 내가 술을 먹다니, 내가 죽일 놈이야, 죽일 놈이야."

하고 김 첨지는 엉엉 소리를 내어 운다.

치삼은 흥이 조금 깨어지는 얼굴로,

"원 이 사람이, 참말을 하나 거짓말을 하나. 그러면 집으로 가세, 가."

하고 우는 이의 팔을 잡아당기었다.

치삼이 끄는 손을 뿌리치더니 김 첨지는 눈물이 글썽글썽한 눈으로 싱그레 웃는다.

"죽기는 누가 죽어."

하고 득의가 양양.

"죽기는 왜 죽어, 생떼억지로 쓰는 떼같이 살아만 있단다. 그 오라질 년이 밥을 죽이지. 인제 나한테 속았다."

하고 어린애 모양으로 손뼉을 치며 웃는다.

"이 사람이 정말 미쳤단 말인가. 나도 아주먼네가 앓는단 말은 들었는데."

하고 치삼이도 어느 불안을 느끼는 듯이 김 첨지에게 또 돌아가라고 권하였다.

"안 죽었어, 안 죽었대도그래."

김 첨지는 화증을 내며 확신 있게 소리를 질렀으되 그 소리엔 안 죽은 것을 믿으려고 애쓰는 가락이 있었다. 기어이 일 원어치를 채워서 곱배기 한 잔씩 더 먹고 나왔다. 궂은 비는 의연히 추적추적 내린다.

김 첨지는 취중에도 설렁탕을 사 가지고 집에 다다랐다. 집이라 해도 물론 셋집이요 또 집 전체를 세든 게 아니라 안과 뚝 떨어진 행랑방行廊房 대문간에 붙어 있는 방 한 칸을 빌려 든 것인데 물을 길어 대고 한 달에 일 원씩 내는 터이다. 만일 김 첨지가 주기를 띠지 않았던들 한 발을 대문에 들여놓았을 제 그곳을 지배하는 무시무시한 정적 — 폭풍우가 지나간 뒤의 바다 같은 정적에 다리가 떨렸으리라. 쿨룩거리는 기침 소리도 들을 수 없다. 그르렁거리는 숨소리조차 들을 수 없다. 다만 이 부덤 같은 침묵을 깨뜨리는 — 깨뜨린다느니보다 한층 더 침묵을 깊게 하고 불길하게 하는, 빡빡하는 그윽한 소리, 어린애의 젖 빠는 소리가 날 뿐이다. 만일 청각이 예민한 이 같으면 그 빡빡 소리는 빨 따름이요, 꿀떡꿀떡하고 젖 넘어가는 소리가 없으니 빈 젖을 빤다는 것도 짐작할는지 모르리라.

혹은 김 첨지도 이 불길한 침묵을 짐작했는지도 모른다. 그렇지 않으면 대문에 들어서자마자 전에 없이,

"이 난장亂杖 신체의 부위를 가리지 않고 마구 매로 치던 고문 맞을 년, 남편이 들어오는데 나와 보지도 않아, 이 오라질 년."

이라고 고함을 친 게 수상하다. 이 고함이야말로 제 몸을 엄습해 오는 무시무시한 증을 쫓아버리려는 허장성세虛張聲勢 실속은 없으면서 큰소리치거나 허세를 부림인 까닭이다.

하여간 김 첨지는 방문을 왈칵 열었다. 구역을 나게 하는 추기송장이 썩어서 흐르는 물 — 떨어진 삿자리갈대를 엮어서 만든 자리 밑에서 나온 먼지내, 빨지 않은 기저귀에서 나는 똥내와 오줌내, 가지각색 때가 켜켜이 앉은 옷 내, 병인의 땀 썩은 내가 섞인 추기가 무딘 김 첨지의 코를 찔렀다.

방 안에 들어서며 설렁탕을 한구석에 놓을 사이도 없이 주정꾼은 목청을 있는 대로 다 내어 호통을 쳤다.

"이런 오라질 년, 주야장천晝夜長川 밤낮으로 쉬지 않고 연달아 누워만 있으면 제일이야! 남편이 와도 일어나지를 못해."
라는 소리와 함께 발길로 누운 이의 다리를 몹시 찼다. 그러나 발길에 채이는 건 사람의 살이 아니고 나무등걸과 같은 느낌이 있었다. 이때에 빽빽 소리가 응아 소리로 변하였다. 개똥이가 물었던 젖을 빼어 놓고 운다. 운대도 온 얼굴을 찡그려 붙여서 운다는 표정을 할 뿐이다. 응아 소리도 입에서 나는 게 아니고 마치 배 속에서 나는 듯하였다. 울다가 울다가 목도 잠겼고 또 울 기운조차 시진한기운이 쑥 빠져 없어진 것 같다.

발로 차도 그 보람이 없는 걸 보자 남편은 아내의 머리맡으로 달려들어 그야말로 까치집 같은 환자의 머리를 꺼들어 흔들며,

"이년아, 말을 해, 말을! 입이 붙었어, 이 오라질 년!"

"……."

"으응, 이것 봐, 아무 말이 없네."

"……."

"이년아, 죽었단 말이냐, 왜 말이 없어."

"……."

"으응, 또 대답이 없네. 정말 죽었나 버이."

이러다가 누운 이의 흰 창을 덮은 위로 치뜬 눈을 알아보자마자,

"이 눈깔! 이 눈깔! 왜 나를 바라보지 못하고 천장만 보느냐, 응."

하는 말끝엔 목이 메었다. 그러자 산 사람의 눈에서 떨어진 닭의 똥 같은 눈물이 죽은 이의 뻣뻣한 얼굴을 어룽어룽 적시었다. 문득 김 첨지는 미친 듯이 제 얼굴을 죽은 이의 얼굴에 한데 비벼대며 중얼거렸다.

"설렁탕을 사다 놓았는데 왜 먹지를 못하니, 왜 먹지를 못하니…… 괴상하게도 오늘은 운수가, 좋더니만……."

운수 좋은 날

작품 정리

- **작가** 현진건(171쪽 '작가 소개' 참조)
- **갈래** 사실주의 소설
- **성격** 사실적, 반어적
- **배경** 시간 – 일제 강점기 어느 비 오는 겨울날 / 공간 – 서울 빈민가
- **시점** 3인칭 전지적 작가 시점(부분적으로 3인칭 관찰자 시점)
- **구성** '발단 – 전개 – 위기 – 절정 – 결말'의 5단계 구성
- **특징** 다가올 비극적 결말을 암시하는 복선이 깔려 있음
- **주제** 일제 강점기 하층민의 비참한 생활상
- **출전** 〈개벽〉(1924)

구성과 줄거리

- **발단** **인력거꾼 김 첨지는 돈을 많이 벌게 되자 매우 기뻐함**

  비가 추적추적 오는 어느 날 김 첨지에게 행운이 잇달아 찾아온다. 아침부터 손님을 둘이나 태운 것이다. 김 첨지는 아픈 아내에게 설렁탕 국물을 사 줄 수 있다는 생각에 기뻐한다.

- **전개** **잇단 행운에 불안해진 김 첨지는 귀가를 서두름**

  집으로 돌아가는 길에 김 첨지는 많은 돈을 받고 학생 손님까지 태운다. 엄청난 행운에 신나게 인력거를 끌면서도 아픈 아내 생각에 사로잡힌다. 그런 와중에 손님 한 명을 더 태우게 된다.

• 위기　김 첨지는 술자리에서도 불안감을 감추지 못함

잇단 행운에 불안해진 김 첨지는 선술집에 들른다. 취기가 오른 김 첨지는 불길한 생각을 떨쳐 버리려고 미친 듯이 울고 웃는다.

• 절정　설렁탕을 사 들고 왔지만 아내는 아무런 반응이 없음

김 첨지는 설렁탕을 사 들고 집에 왔지만 집에는 정적만이 감돈다. 김 첨지는 문을 왈칵 연다. 그는 마냥 누워만 있을 거냐며 아내를 발로 걷어차지만 반응이 없다. 불길한 침묵에 맞서 아내의 머리를 흔들며 "이 년아 말을 해라."라고 고함을 지른다.

• 결말　아내의 죽음을 확인하고 눈물을 흘림

김 첨지는 아내가 죽었다는 것을 확인한 후 닭똥 같은 눈물을 흘린다. "설렁탕을 사다 놓았는데 왜 먹지를 못하니, 왜 먹지를 못하니…… 괴상하게도 오늘은 운수가 좋더니만."

생각해 보세요

1 '운수 좋은 날'의 속뜻은 무엇인가?

표면적으로는 여느 날과 달리 돈을 많이 번 날을 의미하지만 심층적으로는 병든 아내가 세상을 떠난 날을 의미한다. '운수 좋은 날'이란 제목은 병든 아내가 죽은 슬픈 날에 대한 반어적 표현이다.

2 설렁탕이 지니는 상징적 의미는 무엇인가?

설렁탕은 하층민의 가난한 현실을 극적으로 보여 주는 상징물이다. 아픈 아내는 설렁탕이 먹고 싶다고 했지만 김 첨지는 돈이 없어서 설렁탕을 사 주지 못했다. 김 첨지가 설렁탕을 사 올 수 있게 되자 이제는 아내가 이 세상에 없다.

3 이 소설에서 죽음과 돈은 어떤 관계를 지니고 있는가?

돈은 죽음의 원인이라고 할 수 있는 가난을 극복하게 해 준다. 하지만 김 첨지는 정작 돈을 많이 벌게 되자 오히려 아내의 죽음을 예감한다.

4 김 첨지가 집으로 빨리 돌아가지 않고 선술집에 들러 돈을 쓴 이유는 무엇인가?

김 첨지는 아내의 죽음에 대한 불안감을 떨치기 위해 오히려 술을 마시는 데 돈을 쓴다. 아무리 떨쳐 버리려고 해도 아내의 죽음에 대한 예감은 김 첨지를 불안하게 만든다.

난세를 살아가는 방법

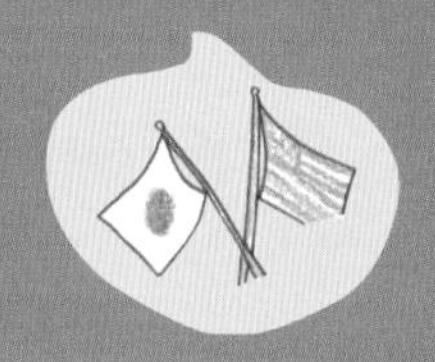

『성공하는 사람의 습관』, 『직장에서 살아남는 비법』 등 어떻게 살아야 하는가를 가르쳐 주는 책들이 많습니다. 처세, 즉 세상을 살아가는 방법이나 수단을 익히지 않으면 안 될 정도로 세상살이가 어렵다는 방증일 것입니다. 특히 세상이 어지러울수록 처세의 방법은 교묘해지고 어려워집니다.

• 이상한 선생님 • 치숙

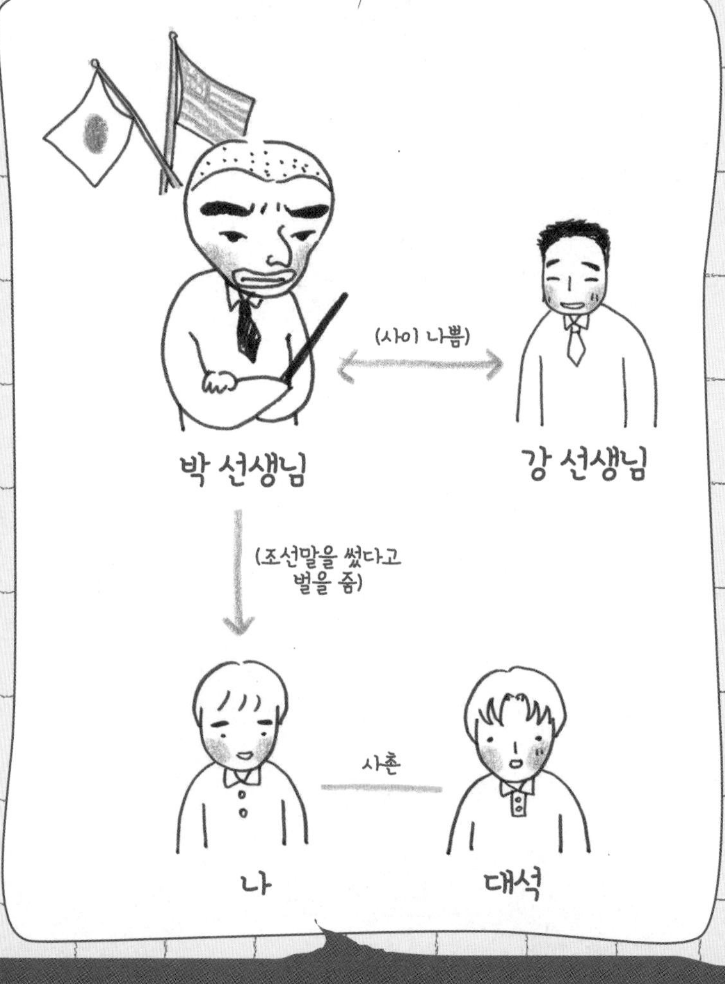

박 선생님은 우리가 조선말을 쓰면 일본 말을 쓰라고 혼냈지만 강 선생님은 정반대였어요. 두 분은 사이가 좋지 않았지요. 해방이 되자 저(나)의 사촌인 대석은 일본 천황을 욕했어요. 하지만 선생님들은 예전과 달리 별 꾸중을 하지 않았지요. 이제 박 선생님은 미국에 순종해야 한다며 미국 말을 열심히 공부하신답니다. 정말 이상한 선생님이지요?

이상한 선생님

1

우리 박 선생님은 참 이상한 선생님이었다.

박 선생님은 생긴 것부터가 무척 이상하게 생긴 선생님이었다. 키가 한 뼘밖에 안 되어서 뼘생 또는 뼘박이라는 별명이 있는 것처럼, 박 선생님의 키는 작은 사람 가운데서도 유난히 작은 키였다. 일본 성치 때에, 혈서로 지원병에 지원했다 체격 검사에 키가 제 척수尺數 치수에 차지 못해 낙방이 되었다면, 그래서 땅을 치고 울었다면, 얼마나 작은 키인지 알 일이다.

그런 작은 키에 몸집은 그저 한 줌만 하고. 이 한 줌만 한 몸집, 한 뼘만 한 키 위에 깜짝 놀랄 만큼 큰 머리통이 위태위태하게 올라앉아 있다. 그래서 박 선생님 또 하나의 별명은 대갈 장군이라고도 했다.

머리통이 그렇게 큰 박 선생님 얼굴은 어떻게 생겼느냐 하면, 또한 여느 사람과는 많이 달랐다.

뒤통수와 앞이마가 툭 내솟고, 내솟은 좁은 이마 밑으로 눈썹이 시꺼멓고, 왕방울 같은 두 눈은 부리부리하니 정기가 있고도 사납고, 코는 매부리코요, 입은 메기입으로 귀 밑까지 넓죽 째지고, 목소리는 쇠꼬챙이로 찌르는 것처럼 쨍쨍하고.

이런 대갈 장군인 뼘생 박 선생님과 아주 정반대로 생긴 이가 강 선생님이었다.

강 선생님은 키가 크고, 몸집도 크고, 얼굴이 너부룻하고, 얼굴이 검기는 해도 순하여 사나움이 든 데가 없고, 눈은 더 순하고, 허허 웃기를 잘하고, 별로 성을 내는 일이 없고, 아무하고나 장난을 잘 하고……. 강 선생님은 이런 선생님이었다.

뼘박 박 선생님과 강 선생님은 만나면 싸움이었다.

하학下學 학교에서 그날의 수업을 마침을 하고 나서, 우리가 청소를 한 교실을 둘러보다가 또는 운동장에서(그러니까 우리들이 여럿이는 보지 않는 곳에서 말이다) 두 선생님이 만날라치면, 강 선생님은 괜히 장난이 하고 싶어 박 선생님을 먼저 건드리곤 했다.

"뼘박아, 담배 한 대 붙여 올려라."

강 선생님이 그 생긴 것처럼 느릿느릿한 말로 이렇게 장난을 청하고, 그런다치면 박 선생님은 벌써 성이 발끈 나 가지고

"까불지 말아, 죽여 놀 테니."

"얘야, 까불다니, 이 덕집엔 좀 억울하구나……. 아무튼 담배나 한 개 빌리자꾸나."

"나두 뻐젓한 돈 주구 담배 샀어."

"아따 이 사람, 누가 자네더러 담배 도둑질했대나?"

"너두 돈 내구 담배 사 피우란 말야."

"에구 요 재리매우 인색한 사람을 낮잡아 이르는 말야! 몸이 요렇게 용잔하게못생기고 연약하게 생겼거들랑 속이나 좀 너그럽게 써요."

"몸 크구서 속 못 차리는 건, 볼 수 없더라."

하나는 커다란 몸집을 해 가지고 싱글싱글 웃으면서, 하나는 한 뼘만

한 키에 그 무섭게 큰 머리통을 한 얼굴을 바싹 대들고는 사나움이 졸졸 흐르면서, 그렇게 마주 서서 싸우는 모양은 마치 큰 수캐와 조그만 고양이가 마주 만난 형국이었다.

2

다른 학교에서도 다 그랬을 테지만 우리 학교에서도 그때 말로 '국어'라던 일본 말, 그 일본 말로만 말을 하게 하고 엄마 아빠 할 적부터 배운 조선말은 아주 한 마디도 쓰지 못하게 했다.

그러나 주재소駐在所 일제 강점기에 순사가 머무르면서 사무를 맡아보던 경찰의 말단 기관의 순사, 면의 면 서기, 도 평의원을 한 송 주사, 또 군이나 도에서 연설하러 온 사람, 이런 사람들이나 조선 사람끼리 만나도 척척 일본 말로 인사를 하고 이야기를 했지, 다른 사람들이야 일본 사람과 만났을 때 말고는 다들 조선말로 말을 하고, 그래서 학교 문밖에만 나가면 만판다른 것은 없이 온통 한가지로 조선말로 말을 하는 사람들이요, 더구나 집에 돌아가면 어머니, 아버지, 언니, 누나, 아기 모두들 조선말을 했다. 그러니까 우리도 교실에서 공부를 하고 나와 운동장에서 우리끼리 놀고 할 때에는 암만 해도 일본 말보다 조선말이 더 많이, 더 잘 나왔다.

학교에서고 학교 밖에서고 조선말로 말을 하다 선생님한테 들키는 날이면 경을 치는 판이었다. 선생님들 중에서도 제일 심하게 밝히는 선생님이 뼘박 박 선생님이었다. 교장 선생님이나 다른 일본 선생님은 나무라기만 하고 마는 수가 있어도, 뼘박 박 선생님만은 절대로 용서가 없었다.

나도 여러 번 혼이 나 보았다.

한번은 상준이 녀석과 어떡하다 쌈이 붙었는데 둘이 서로 부둥켜안고 구르면서 이 자식아, 저 자식아, 죽어 봐, 때려 봐, 하면서 한참 때리고 제기고팔꿈치나 발꿈치로 지르고 하는 참이었다.

그런데, 느닷없이

"고랏! 조셍고데 겡까 스루야쓰가 이루까(이놈아! 조선말로 쌈하는 녀석이 어딨어)."

하면서 구둣발길로 넓적다리를 걷어차는 건, 정신 없는 중에도 뼘박 박 선생님이었다.

우리 둘이는 그 자리에서 빰이 붓도록 따귀를 맞았고, 공부 시간에 들어가지도 못하고 그 시간 동안 변소 청소를 했고, 그리고 조행操行 태도와 행실을 아울러 이르는 말 점수를 듬뿍 깎였다.

이렇게 뼘박 박 선생님한테 제일 중한 벌을 받는 때가 언제냐 하면, 조선말로 지껄이다 들키는 때였다.

강 선생님은 그와 반대로 아무 시비가 없었다.

교실에서 공부를 할 때 빼고는 그리고 다른 선생님, 그중에서도 교장 이하 일본 선생님과 뼘박 박 선생님이 보지 않는 데서는, 강 선생님은 우리한테 일본 말로 말을 하지 않았다. 우리가 일본 말을 해도 강 선생님은 조선말을 하곤 했다.

우리가 어쩌다

"선생님은 왜 '국어'로 안 하세요?"

하고 물으면 강 선생님은 웃으면서

"나는 '국어'가 서툴러서 그런다."

하고 대답했다.

그렇지만 우리가 보기에도 강 선생님은 일본 말이 서투른 선생님이 아니었다.

3

해방이 되던 바로 그 이튿날이었다.

여름 방학으로 놀던 때라, 나는 궁금해서 학교엘 가 보았다. 다른 아이들도 한 오십 명이나 와 있었다.

우리는 해방이라는 말은 아직 몰랐고, 일본에 전쟁이 지고 항복을 한 것만 알았다.

선생님들이, 그중에서도 뼘박 박 선생님이 그렇게도 일본(우리 대일본 제국)은 결단코 전쟁에 지지 않는다고, 기어코 전쟁에 이기고 천하에 못된 미국, 영국을 거꾸러뜨려 천황 폐하의 위엄威嚴 존경할 만한 위세가 있어 점잖고 엄숙함을 이 전 세계에 드날릴 날이 머지않았다고, 하루에도 몇 번씩 그런 말을 해 쌓던 그 일본이 도리어 지고 항복을 하다니, 도무지 모를 일이었다.

직원실에는 교장 선생님과 두 일본 선생님 그리고 뼘박 박 선생님, 이렇게 네 분이 모여 앉아서 초상난 집처럼 모두 코가 쑥욱 빠져 가지고 있었다.

우리는 운동장 구석으로 혹은 직원실 앞뒤로 끼리끼리 모여 서서 제가끔 아는 대로 일본이 항복한 이야기를 하고 있었다.

그때 6학년에 다니던 우리 사촌 언니같은 부모에게서 태어난 사이이거나 일가친척 가운데 항렬이 같은 동성의 손위 형제를 부르는 말. 여기서는 '형'을 뜻함 대석이가 뒤늦게야 몇몇 동무와 함께 떨떨거리고 달려들었다. 대석 언니는 똘똘하고 기운 세고 싸움 잘 하고, 그러느라고 선생님들한테 꾸지람과 매는 도맡아 맞고, 반에서 성적은 제일 꼴찌인 천하 말썽꾼이었다. 대석 언니네 집은 읍에서 십 리나 되는 곳이었고, 그래서 오늘 아침에야 소문을 들었노라고 했다.

대석 언니는 직원실을 넌지시 넘겨다보더니 싱끗 웃으면서 처억 직원실 안으로 들어섰다.

직원실 안에 있던 교장 선생님이랑 다른 두 일본 선생님이랑은 못 본 체하고 고개를 숙이고 있는데, 뺌박 박 선생님이 눈을 흘기면서 영락없이 일본 말로

"난다(왜 그래)?"

하고 책망을 했다.

대석 언니는 그러나 무서워하지 않고 한다는 소리가

"선생님, 덴노헤이까가 고오상(천황 폐하가 항복)했대죠?"

하고 묻는 것이다.

뺌박 박 선생님은 성을 버럭 내어 그 큰 눈방울을 부라리면서 여전히 일본 말로

"잠자쿠 있어. 잘 알지두 못하면서…… 건방지게시리."

하고 쫓아와서 곧 한 대 갈길 듯이 을러댔다.

대석 언니는 되돌아 나오면서 커다랗게 소리쳤다.

"덴노헤이까 바가(천황 폐하 망할 자식)!"

"……."

만일 다른 때 누구든지 그런 소리를 했다간 당장 큰일이 날 판이었다. 그러나 교장 선생님이랑 두 일본 선생님은 그대로 못 들은 척 코만 빠뜨리고 앉았고, 뺌박 박 선생님도 잔뜩 눈만 흘기고 있을 뿐이지 아무렇지도 않았다. 그런 걸 보면 정녕 일본이 지고, 덴노헤이까가 항복을 했고, 그래서 인제는 기승을 떨지 못하는 모양인 것 같았다.

마침 강 선생님이 땀을 뻘뻘 흘리면서 헐떡거리고 뛰어왔다. 강 선생님은 본집이 이웃 고을이었다.

"오오, 느이들두 왔구나. 잘들 왔다. 느이들두 다들 알았지? 조선이, 우리 조선이 해방이 된 줄 알았지? 얘들아, 우리 조선이 독립이 됐단다, 독립이! 일본은 쫓겨 가구…… 그 지지리 우리 조선 사람을 못 살게 굴구 하시하구남을 얕잡아 낮추고 피를 빨아먹구 하던 일본이, 그 왜놈들이 죄다 쫓겨 가구, 우리 조선은 독립이 돼서 우리끼리 잘 살게 됐어, 잘 살게."

의젓하고 점잖던 강 선생님이 그렇게도 들이 날뛰고 덤비고 하는 것은 처음 보았다.

"자아, 만세 불러야지 만세. 독립 만세, 독립 만세 불러야지. 태극기 없니? 태극기, 아무두 안 가졌구나! 느인 참 태극기가 어떻게 생겼는지 구경도 못 했을 게다. 가만있자, 내 태극기 만들어 가지구 나올게."

그러면서 강 선생님은 직원실로 들어갔다.

강 선생님이 직원실로 들어서는 것을 보고 교장 선생님이랑 두 일본 선생님은 인사를 하려고 풀기 없이 일어섰다.

강 선생님은 교장 선생님더러 말을 했다.

"당신들은 인제는 일없어. 어서 집으로 가 있다가 당신네 나라로 돌아갈 도리나 허우."

"……."

아무도 대꾸를 못 하는데, 뼘박 박 선생님이 주저주저하다가

"아니, 자상히찬찬하고 자세히 알아보기나 하구서……."

하니까 강 선생님이 버럭 큰소리로 말한다.

"무엇이 어째? 자넨 그래 무어가 미련이 남은 게 있어 왜놈들하고 대가리 맞대구 앉아서 수군덕거리나? 혈서로 지원병 지원 한번 더 해 보고파 그러나? 아따, 그다지 애닯거들랑 왜놈들 쫓겨 가는 꽁무니 따라 일본으로 가서 살지 그러나. 자네 같은 충신이면 일본서두 괄시는 안 하리."

"……."

뼘박 박 선생님은 그만 두말도 못 하고 얼굴이 벌게서 어쩔 줄을 몰라 했다. 뼘박 박 선생님이 남한테 이렇게 꼼짝 못하는 것을 보기는 처음이었다.

강 선생님은 반지半紙 얇고 흰 일본 종이를 여러 장 꺼내 놓고 붉은 잉크와 푸른 잉크로 태극기를 몇 장이고 그렸다. 그려 내놓고는 또 그리고, 그려 내놓고 또 그리고, 얼마를 그리면서, 그러다 아주 부드럽고 조용한 목소리로

"여보게 박 선생?"

하고 불렀다. 그러고는 잠자코 담배만 피우고 앉아 있는 뼘박 박 선생을 한 번 돌려다보고 나서 타이르듯 말했다.

"내가 좀 흥분해서 말이 너무 박절했나인정이 없고 쌀쌀했나 보이. 어찌 생각하지 말게……. 그리고 인제는 자네나 나나, 그동안 지은 죄를 우리 조선 동포 앞에 속죄해야 할 때가 아닌가? 물론 이담에, 민족이 우리를 심판하고 죄에 따라 벌을 줄 날이 오겠지. 그러나 장차에 받을 민족의 심판과 벌은 장차에 받을 심판과 벌이고, 시방 당장 조선 민족의 한 사람으로 할 일이 조옴 많은가? 우리 같이 손목 잡구 건국에 도움 될 일을 하세. 자아, 이리 와서 태극기 그리게. 독립 만세부터 한바탕 부르세."

"……."

뼘박 박 선생님은 아무 소리도 않고 강 선생님 옆으로 와서 태극기를 그리기 시작했다.

그 뒤로 강 선생님과 뼘박 박 선생님은 사이가 매우 좋아졌다.

뼘박 박 선생님은 학과 시간마다 우리에게 여러 가지 좋은 이야기를 많이 해 주었다. 일본이 우리 조선을 뺏어 저의 나라에 속국屬國 법적으로는

독립국이지만, 실제로는 정치나 경제, 군사 면에서 다른 나라에 지배되고 있는 나라으로 삼던 이야기도 해 주었다.

왜놈들은 천하의 불측한생각이나 행동 따위가 괘씸하고 엉큼한 인종이어서 남의 나라와 전쟁하기를 좋아하는 백성이라고 했다. 그래서 임진왜란 때에도 우리 조선에 쳐들어왔고, 그랬다가 이순신 장군이랑 권율 도원수한테 아주 혼이 나서 쫓겨 간 이야기도 해 주었다.

우리 조선은 역사가 사천 년이나 오래되고 그리고 세계의 어떤 나라 못지않게 훌륭한 문화가 발달된 나라라는 이야기도 해 주었다.

뺌박 박 선생님은 한편으로 열심히 미국 말을 공부했다. 그러면서 우리더러 졸업을 하고 중학교에 가거들랑 미국 말을 무엇보다도 많이 공부하라고, 시방은 미국 말을 모르고는 훌륭한 사람이 되지 못한다고 했다.

뺌박 박 선생님은 한 일 년 그렇게 미국 말 공부를 하더니, 그다음부터는 미국 병정이 오든지 하면 일쑤 통역을 하고 했다. 중학교에 다닐 때에 조금 배운 것이 있어서 그렇게 쉽게 체득했다고 했다.

미국 병정은 벼 공출供出 국민이 국가의 수요에 따라 농업 생산물이나 기물을 의무적으로 정부에 내어놓음을 감독하러 와서 우리 뺌박 박 선생님을 꼬마 자동차에 태워 가지고 동네동네 돌아다녔다. 뺌박 박 선생님은 미국 양복을 얻어 입고, 미국 담배를 얻어 피우고, 미국 통조림이랑 과자를 얻어먹고 했다.

해방 뒤에 새로 온 김 교장 선생님이 갈려 가고 강 선생님이 교장이 되었다. 강 선생님이 교장이 된 다음부터는, 뺌박 박 선생님은 강 선생님과 도로 사이가 나빠졌다.

우리는 한 번 뺌박 박 선생님이 미국 담배를 피우고 있는 것을, 교장 선생님이

"자넨 그걸 무어라구, 주접스럽게 얻어 피우곤 하나?"
하고 핀잔하는 것을 보았다.

강 선생님은 교장이 된 지 일 년이 못 되어서 파면罷免 잘못을 저지른 사람에게 직무나 직업을 그만두게 함을 당했다.

어른들 말이, 강 선생님은 빨갱이라고 했다. 그래서 파면을 당했노라고 했다. 또 누구는, 뺌박 박 선생님이 강 선생님을 그렇게 꼬아 댄 것이지, 강 선생님은 하나도 빨갱이가 아니라고도 했다.

강 선생님이 파면을 당한 뒤를 물려받아 뺌박 박 선생님이 교장 선생님이 되었다. 교장이 된 뺌박 박 선생님은 그 작은 키가 으쓱했다.

뺌박 박 선생님은 미국을 침이 마르도록 칭찬했다. 이 세상에 미국같이 훌륭한 나라가 없고, 미국 사람같이 훌륭한 백성이 없다고 했다. 우리 조선은 미국 덕분에 해방이 되었으니까 미국을 누구보다도 고맙게 여기고, 미국이 시키는 대로 순종해야 하느니라고 했다.

우리가 혹시 말 끝에 "미국 놈……."이라고 하면, 뺌박 박 선생님은 단박 붙잡아다 벌을 세우곤 했다. 전에 "덴노헤이까 바가"라고 한 것만큼이나 엄한 벌을 주었다.

"이놈아 아무리 미련한 소견所見 어떤 일이나 사물을 살펴보고 가지게 되는 생각이나 의견이기로, 자아 보아라. 우리 조선을 독립시켜 주느라구 자기 나라 백성을 많이 죽여 가면서 전쟁을 했지. 그래서 그 덕에 우리 조선이 왜놈의 압제에서 벗어나서 독립이 되질 아니했어? 그뿐인감? 독립을 시켜 주구 나서두 우리 조선 사람들 배 아니 고프구 편안히 잘 살라고 양식이야, 옷감이야, 기계야, 자동차야, 석유야, 설탕이야, 구두야, 무어 죄다 골고루 가져다 주지 않어? 그런데 그런 고마운 사람들더러, 미국 놈이 무어야?"

벌을 세우면서 뺌박 박 선생님은 이렇게 꾸짖곤 했다.

우리는 뺌박 박 선생님더러 미국에도 덴노헤이까가 있느냐고 물었다. 미국에 덴노헤이까가 있지 않고서야 그렇게 일본의 덴노헤이까처럼 우리 조선 사람을 친아들과 같이 사랑하고, 우리 조선 사람들이 잘 살도록 근심을 하며, 온갖 물건을 가져다 주고 할 이치가 없기 때문이었다(해방 전에 뺌박 박 선생님은, 덴노헤이까는 우리 조선 사람들을 일본 사람들과 같이 사랑하고, 우리 조선 사람들이 잘 살기를 근심하신다고 늘 가르쳐 주곤 했다).

뺌박 박 선생님은 미국에는 덴노헤이까는 없고, 덴노헤이까보다 훌륭한 '돌멩이'라는 양반이 있다고 대답했다.

우리는 그럼 이번에는 그 '돌멩이'라는 훌륭한 어른을 위하여 미국 신민노세이시미국 신민서사를 부르고, 기미가요일본의 국가 대신 돌멩이 가요를 부르고 해야 하나 보다고 생각했다.

아무튼 뺌박 박 선생님은 참 이상한 선생님이었다.

이상한 선생님

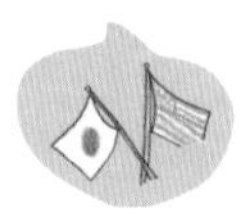

작가 소개

채만식(蔡萬植, 1902~1950)

전라북도 옥구(현 군산시)에서 태어났다. 1924년 〈조선문단〉에 단편 소설 「세 길로」를 발표하면서 등단했다. 채만식은 농민이나 도시 빈민의 몰락한 생활상, 고등 교육을 받기는 했으나 실제로는 사회에서 생산적인 일을 하지 못하고 있는 지식인의 괴로움 등을 사실적 수법으로 보여 주면서, 그 이면의 사회적 · 역사적 상황을 신랄하게 드러내고 비판했다. 채만식은 일제의 검열이 심화되자 작품 속에서 반일 감정을 직접적으로 표현하는 방법을 피하고 관찰자적인 화자를 등장시켜 이야기를 전개시켰다. 특히 풍자적 기법을 사용하여 당시의 부조리한 시대상을 폭로하고 고발했다. 대표 작품으로는 「레디메이드 인생」(1934), 「탁류」(1937~1938), 「태평천하」(1938), 「치숙」(1938) 등이 있다.

작품 정리

- **갈래** 현대 소설
- **성격** 비판적, 풍자적
- **배경** 시간 – 일제 강점기에서 해방 직후 / 공간 – 학교
- **시점** 1인칭 관찰자 시점
- **구성** '발단 – 전개 – 위기 – 절정 – 결말'의 5단계 구성
- **특징** 부정적인 인물을 희화화하여 보여줌
- **주제** 기회주의적이고 순응적인 인물의 부조리한 삶의 모습
- **출전** 〈어린이 나라〉(1949)

구성과 줄거리

- **발단 박 선생님은 강 선생님과 만나기만 하면 싸움**

  뼘박이라는 별명을 가진 박 선생님은 유난히 작은 키에 큰 머리를 가진 이상한 선생님이다. 키가 크고 별로 화를 내지 않는 강 선생님과는 만나기만 하면 싸운다.

- **전개 박 선생님은 조선말을 하는 학생들을 무섭게 혼냄**

  박 선생님은 조선말을 사용하는 학생들을 발견하면 일본 말을 사용하지 않는다고 무섭게 혼을 내고 벌을 준다. 그러나 강 선생님은 우리가 조선말을 사용해도 혼을 내지 않고, 우리가 일본 말을 해도 다른 선생님이 없을 때에는 조선말을 한다.

- **위기 해방 다음 날 박 선생님의 태도가 달라짐**

  일본 천황이 항복을 선언하고, 교장 이하 일본 선생님, 친일파인 박 선생님은 기를 펴지 못한다. 강 선생님은 기뻐하며 만세를 부르고, 박 선생님에게 면박을 주다가 함께 만세를 부르자고 한다. 그 뒤로 박 선생님은 일본을 비판하는 발언을 한다.

- **절정 박 선생님은 미국 말을 열심히 공부함**

  강 선생님이 교장이 된 후 박 선생님과의 사이가 안 좋아진다. 강 선생님이 파면된 뒤 박 선생님이 교장이 된다. 박 선생님은 우리나라를 도와준 미국에 대해 알기 위해 미국 말을 열심히 공부한다.

- **결말 우리는 박 선생님을 이상하게 생각함**

  박 선생님은 고마운 나라 미국에 순종해야 한다고 말하고, 우리는 그런 박 선생님을 이상하게 여긴다.

생각해 보세요

1 이 작품의 배경이 되는 해방 직후에서 6 · 25 전쟁 직전까지, 한국 문학의 경향에 대해 조사해 보자.

해방 직후 우리 문학계는 민족 문학의 건설이라는 공동 목표를 설정하고서도 좌우익의 이데올로기 대립에 묶여 갈등을 지속했다. 이 시기에는 일제 강점기를 반성하고 해방의 참된 의미를 모색하고자 한 채만식의 「논 이야기」, 「민족의 죄인」, 김동인의 「반역자」, 이태준의 「해방 전후」와 같은 작품들 외에도 남과 북에 진주한 미국과 소련의 군정 문제와 분단 문제를 다룬 염상섭의 「삼팔선」, 「이합」 등의 작품 등이 있다.

2 이 작품에서 강 선생님은 해방을 맞아 "그동안 지은 죄를 우리 조선 동포 앞에 속죄해야 할 때"라고 말한다. 이 '죄'의 의미가 무엇인지를 채만식의 「민족의 죄인」과 연관 지어 설명해 보자.

「민족의 죄인」은 해방 직후 친일 행위자들에 대한 청산 문제가 대두되었을 때 나온 자전적 소설이다. 이 작품에서 지은이는 자신의 친일 행위를 반성하는 동시에 그것이 생계를 위한 불가피한 일이었다고 변명하고 있다. 그러나 자기 합리화에 그치는 것이 아니라 도덕성을 버리고 생존의 문제를 택한 것에 죄의식을 느끼고 있음을 고백하고 있다. 「이상한 선생님」에서 강 선생님은 올바른 역사의식과 민족의식을 지니고 있으면서도 적극적으로 이를 실현하지 못하는 인물이다. 학생들이 조선말을 쓰는 것을 꾸짖지 않고, 자신도 일본인 교장과 다른 선생님들의 눈을 피해서 조선말을 사용한다는 점에서 한계를 드러내고 있는 것이다. 「민족의 죄인」의 '나'와 마찬가지로 도덕성과 생존 중에 생존을 택했다는 점에서 민족 앞에 죄를 지었으며, 이에 대한 반성이 필요함을 주장하고 있는 것이다.

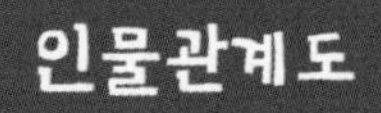

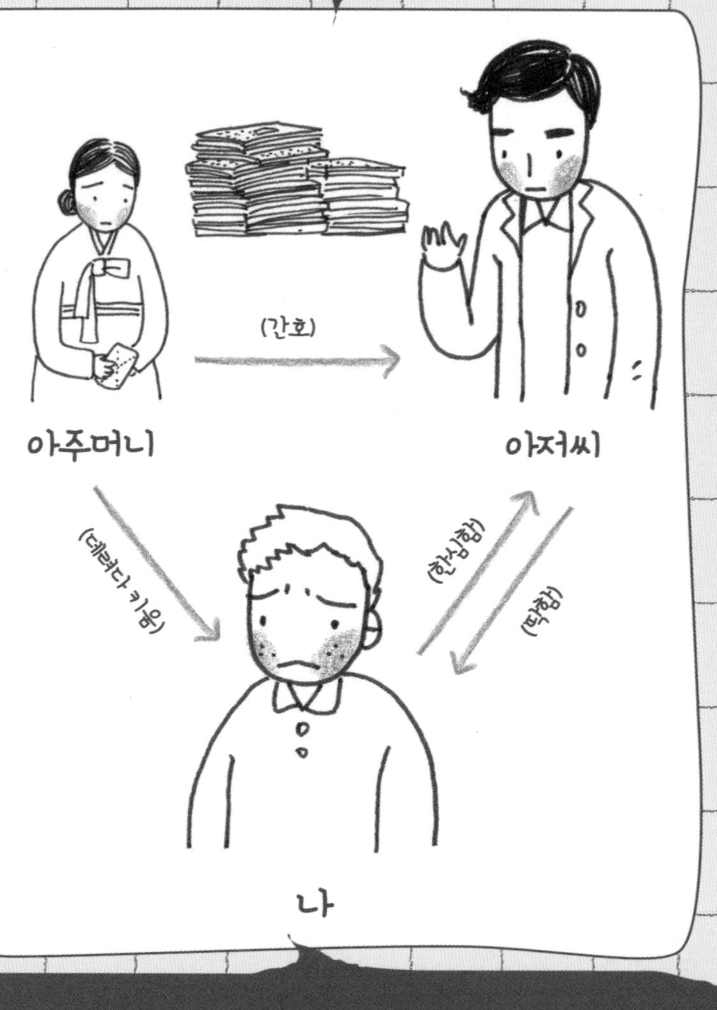

아저씨는 사회주의 운동을 하다가 옥살이를 했고 지금은 폐병을 앓고 있어요. 아주머니는 일찍 부모를 잃은 저(나)를 키워 주셨고, 아저씨 병간호를 하고 있지요. 저는 아저씨가 쓴 글을 보고 비판했어요. 하지만 아저씨는 오히려 제가 세상 물정을 모른다며 딱하게 보네요. 아저씨 같은 사람은 빨리 없어져야 하는데 계속 살아 있으니 걱정입니다.

치숙 痴叔

우리 아저씨 말이지요? 아따 저 거시키, 한참 당년에 무엇이냐 그놈의 것, 사회주의라더냐 막걸리라더냐, 그걸 하다 징역 살고 나와서 폐병으로 시방 앓고 누웠는 우리 오촌 고모부 그 양반…….

뭐, 말두 마시오. 대체 사람이 어쩌면 글쎄……. 내 원!

신세 간데없지요.

자, 십 년 적공積功 많은 힘을 들여 애를 씀, 대학교까지 공부한 것 풀어먹지도 못했지요. 좋은 청춘 어영부영 다 보냈지요, 신분에는 전과자라는 붉은 도장 찍혔지요. 몸에는 몹쓸 병까지 들었지요. 이 신세를 해 가지골랑은 굴속 같은 오두막집 단칸 셋방 구석에서 사시장철사계절 중 어느 때나 늘 밤이나 낮이나 눈 따악 감고 드러누웠군요.

재산이 어디 집 터전인들 있을 턱이 있나요. 서 발 막대 내저어야 짚검불 하나 걸리는 것 없는 철빈鐵貧 더할 수 없이 가난함인데.

우리 아주머니가, 그래도 그 아주머니가, 어질고 얌전해서 그 알량한 남편 양반 받드느라 삯바느질이야 남의 집 품빨래야 화장품 장사야, 그 칙살스런하는 짓이나 말이 잘고 더러운 데가 있는 벌이를 해다가 겨우겨우 목구멍에 풀칠을 하지요.

어디루 대나 그 양반은 죽는 게 두루 좋은 일인데 죽지도 아니해요.

우리 아주머니가 불쌍해요. 아, 진작 한 나이라도 젊어서 팔자를 고치는 게 아니라, 무슨 놈의 수난 후분後分 늙은 뒤의 운수나 처지을 바라고 있다가 끝끝내 고생을 하는지.

근 이십 년 소박疏薄 처나 첩을 박대함을 당했지요.

이십 년을 설운 청춘 한숨으로 보내고서 다 늦게야 송장 여대치게 생긴 그 양반을 그래도 남편이라고 모셔다가는 병 수발 들랴, 먹고살랴, 애가 진하고몹시 수고하고 다니는 걸 보면 참말 가엾어요.

그게 무슨 죄다짐죄에 대한 갚음이람? 팔자, 팔자 하지만 왜 팔자를 고치지를 못하고서 그래요. 우리 죄선조선 구식 부인네들은 다아 문명을 못하고 깨지를 못해서 그러지.

그 양반이 한시바삐 죽기나 했으면 우리 아주머니는 차라리 신세 편하리다.

심덕 좋겠다, 솜씨 얌전하겠다 하니, 어디 가선들 자기 일신 몸 가누고 편안히 못 지내요?

가만 있자, 열여섯 살에 아저씨네 집으로 시집을 갔다니깐, 그게 내가 세 살 적이니 꼬박 열여덟 해로군. 열여덟 해면 이십 년 아니오.

그때 우리 아저씨 양반은 나이 어리기도 했지만, 공부를 한답시고 서울로 동경東京 '도쿄'를 우리 한자음으로 읽은 이름으로 십여 년이나 돌아다녔고, 조금 자라서 색시 재미를 알 만하니까는 누가 이쁘달까 봐 이혼하자고 아주머니를 친정으로 쫓고는 통히도무지 불고不顧 돌아보지 않음를 하고…….

공부를 다 마치고 오더니만, 그담에는 그놈의 짓에 들입다 발광해 다니면서 명색 학생 출신이라는 딴 여편네를 얻어 살았지요. 그 여편네는 나도 몇 번 보았지만 상판대기라고 별반 출내놓을 수도 없이 생겼습디다. 그 인물로 남의 첩이야? 일색 소박은 있어도 박색 소박은 없다더니, 사실 소박맞은 우리 아주머니가 그 여편네게다 대면 월등 이뻤다우.

그래 그 뒤에, 그 양반은 필경 붙들려 가서 오 년이나 전중이징역살이하는 사람을 속되게 이르는 말를 살았지요. 그동안에 아주머니는 시집이고 친정이고 모두 폭 망해서 의지가지없이의지할 만한 대상이 없게 됐지요.

그러니 어떻게 해요? 자칫하면 굶어 죽을 판인데.

할 수 없이 얻어먹고 살기도 해야 하려니와, 또 아저씨 나오는 것도 기다려야 한다고 나를 반연攀緣 무엇에 이르기 위한 연줄로 삼음 삼아 서울로 올라왔더군요. 그게 그러니까 아저씨가 나오던 그 전해로군.

그때 내가 나이는 어려도 두루 납뛴날뛴 보람이 있어서 이내 구라다상네 식모로 들어갔지요.

그 무렵에 참 내가 아주머니더러 여러 번 권면勸勉 알아듣도록 권하고 격려하여 힘쓰게 함을 했지요. 그러지 말고 개가改嫁 다른 남자에게 시집을 다시 가는 일를 가라고. 글쎄 어린 소견에도 보기에 퍽 딱하고 민망합디다.

계제階梯 어떤 일을 할 수 있게 된 형편이나 기회에 마침 또 좋은 자리가 있었고요. 미네상이라고 미쓰꼬시 앞에서 바나나 다다끼우리물건을 싼 값에 막 파는 일를 하는 인데 사람이 퍽 좋아요.

우리 집 다이쇼주인도 잘 알고 하는데, 그이가 늘 나더러 죄선 오깜상하고 살았으면 좋겠다고, 중매 서 달라고 그래쌌어요.

돈은 모아 둔 게 없어도 다 벌어먹고 살 만하니까 그런 사람 만나서 살면 아주머니도 신세 편할 게 아니냐구요.

그런 걸 글쎄, 몇 번 말해도 흉한 소리 말라고 듣질 않는 걸 어떡허나요.

아무튼 그런 것 말고라도 참, 휜말흰소리. 터무니없이 자랑으로 떠벌리거나 거드럭거리며 허풍을 떠는 말이 아니라 이날 이때까지 내가 그 아주머니 뒤도 많이 보아 주었다우. 또 나도 그럴 만한 은공이 없잖아 있구요.

내가 일곱 살에 부모를 잃었지요. 그러고 나서 의탁할 곳이 없이 됐는데 그때 마침 소박을 맞고 친정살이를 하는 그 아주머니가 나를 데려다가 길러 주었지요.

그때만 해도 그 집이 그다지 군색하게 지내진 않았으니깐요. 아주머니도 아주머니지만 종조할머니할아버지의 남자 형제인 종조할아버지의 아내며 할아버지도 슬하에 딴 자손이 없어서 나를 퍽 귀애하겠지요.

열두 살까지 그 집에서 자랐군요.

사 년이나마 보통학교도 다녔고.

아마 모르면 몰라도 그 집안에 그렇게 치패致敗 살림이 결딴남하지만 않았으면 나도 그냥 붙어 있어서 시방쯤은 전문학교까지는 다녔으리다.

이런 은공이 있으니까 나도 그걸 저버리지 않고 그래서 내 깜냥일을 해내는 얼마간의 힘에는 갚을 만치 갚노라고 갚은 셈이지요.

허기야 요새도 간혹 아주머니가 찾아와서 양식 없다는 사정을 더러 하곤 하는데 실토정實吐情 사정이나 심정을 솔직하게 말함 말이지 좀 성가시기는 해요.

그러는 족족 그 수응을 하자면 내 일을 못 하겠는걸. 그래 대개 잘라 떼기는 하지요.

그렇지만 그 밖에, 가령 양명절 때면 고깃근이라도 사 보낸다든지, 또 오며가며 들러 이야기 낱이라도 한다든지, 그런 건 결단코 범연히차근차근한 맛이 없이 데면데면히 하진 않으니까요.

아무튼 그래서, 아주머니는 꼬박 일 년 동안 구라다상네 집 오마니로 있으면서 월급 오 원씩 받는 걸 그대로 고스란히 저금을 하고, 또 틈틈이 삯바느질을 맡아다가 조금씩 벌어 보태고, 또 나올 무렵에 구라다상네 양주兩主 바깥주인과 안주인이라는 뜻으로, '부부'를 이르는 말가 퍽 기특하다고 돈 칠 원을 상급으로 주고, 그런 게 이럭저럭 돈 백 원이나 존존히 됐지요.

그 돈으로 방 한 칸 얻고 살림 나부랭이도 조금 장만하고 그래 놓고서 마침 그 알량꼴량한 서방님이 놓여나오니까 그리로 모셔 들였지요.

놓여나오는 날 나도 가서 보았지만, 가막소'감옥'의 방언 문 앞에 막 나서자 아주머니가 기다리고 있으니까 그래도 눈물이 핑— 돌던데요.

전에 그렇게도 죽을 동 살 동 모르고 좋아하던 첩년은 꼴도 안 뵈구요. 남의 첩년이란 건 다 그런 거지요, 뭐.

우리 아저씨 양반은 혹시 그 여편네가 오지 않았나 하고 사방을 휘휘 둘러보던데요. 속이 그렇게 없다니까. 여편네는커녕 아주머니하고 나하고 그 외는 어리친 개새끼 한 마리 없더라.

그래 막, 자동차에 올라타려다가 피를 토했지요. 나중에 들었지만 가막소 안에서 달포한 달이 조금 넘는 기간 전부터 토혈을 했다나 봐요.

그래 다 죽어 가는 반송장을 업어 오다시피 해다가 뉘어 놓고, 그날부터 아주머니는 불철주야不撤晝夜 어떤 일에 몰두하여 밤낮을 가리지 아니함로, 할 짓 못할 짓 다 해 가면서 부스대고 날뛴 덕에 병도 차차로 차도가 있고, 그러더니 인제는 완구히 살아는 났지요. 뭐 참 시방은 용 꼴인걸요, 용 꼴.

부인네 정성이 무서운 겝디다.

꼬박 삼 년이군. 나 같으면 돌아가신 부모가 살아오신대도 그 짓 못 해요.

자, 그러니 말이지요. 우리 아저씨라는 양반이 작히나 양심이 있고 다 그럴 양이면, 어허, 내가 어서 바삐 몸이 충실해져서, 어서 바삐 돈을 벌어다가 저 아내를 편안히 거느리고, 이 은공과 전날의 죄를 갚아야 하겠구나…… 이런 맘을 먹어야 할 게 아니냐구요?

아주머니의 은공을 갚자면 발에 흙이 묻을세라 업고 다녀도 참 못다 갚지요.

그러고저러고 간에 자기도 이제는 속 차려야지요. 하기야 속을 차려서 무얼 하재도 전과자니까 관리나 또 회사 같은 데는 들어가지 못하겠지만, 그야 자기가 저지른 일인 걸 누구를 원망할 일도 아니고, 그러니 막 벗어부치고 노동이라도 해야지요.

대학교 출신이 막벌이 노동이란 게 꼴 가관이지만 그래도 할 수 없지, 뭐.

그런 걸 보고 가만히 나를 생각하면, 만약 우리 증조할아버지네 집안이 그렇게 치패를 안 해서 나도 전문학교를 졸업을 했으면, 혹시 우리 아저씨 모양이 됐을지도 모를 테니 차라리 공부 많이 않고서 이 길로 들어선 게 다행이다…… 이런 생각이 들어요.

사실 우리 아저씨 양반은 대학교까지 졸업하고도 이제는 기껏 해먹을 거란 막벌이 노동밖에 없는데, 보통학교 사 년 겨우 다니고서도 시방 앞길이 환히 트인 내게다 대면 고츠카이소사(小使). 관청이나 회사, 학교, 가게에서 잔심부름을 시키기 위하여 고용한 사람만도 못하지요.

아, 그런데 글쎄 막벌이 노동을 하고 어쩌고 하기는커녕 조금 바시시 살아날 만하니까 이 주책꾸러기 양반이 무슨 맘보를 먹는고 하니, 내 참 기가 막혀!

아니, 그놈의 것하고는 무슨 대천지원수가 졌단 말인지, 어쨌다고 그걸 끝끝내 하지 못해서 그 발광인고?

그러나마 그게 밥이 생기는 노릇이란 말인지? 명예를 얻는 노릇이란 말인지. 필경은, 붙잡혀 가서 징역 사는 놀음?

아마 그놈의 것이 아편하고 꼭 같은가 봐요. 그렇길래 한 번 맛을 들이면 끊지를 못하지요?

그렇지만 실상 알고 보면 그게 그다지 재미가 난다거나 맛이 있다거나 그런 것도 아니더군 그래요. 부랑당불한당(不汗黨). 떼를 지어 돌아다니며 재물을 마구 빼앗는 사람들의 무리패던데요. 하릴없이조금도 틀림이 없이 부랑당팹디다.

저— 서양 어디선가, 일하기 싫어하는 게으름뱅이 몇 놈이 양지쪽볕이 잘 드는 쪽에 모여 앉아서 놀고먹을 궁리를 했더라나요. 우리 집 다이쇼가 다 자상하게 이야기를 해 줍디다.

게, 그 녀석들이 서로 구론口論 마주 대하여 논쟁함을 하기를, 자, 이 세상에는 부자가 있고 가난한 사람이 있고 하니 그건 도무지 공평한 일이 아니다. 사람이란 건 이목구비하며 사지육신을 꼭 같이 타고났는데, 누구는 부자로 잘살고 누구는 가난하다니 그게 될 말이냐. 그러니 부자가 가진 것을 우리 가난한 사람들하고 다 같이 고르게 나눠 먹어야 경우가 옳다.

야— 그거 옳은 말이다. 야— 그 말 좋다. 자— 나눠 먹자.

아, 이렇게 설도를 해 가지고 우 하니 들고 일어났다는군요.

아—니, 그러니 그게 생 날 부랑당 놈의 짓이 아니고 무어요?

사람이란 것은 제가끔저마다 각기 분지복分之福 각자 타고난 복이 있어서 기수를 잘 타고나든지 부지런하면 부자가 되는 법이요, 복록福祿 복되고 영화로운 삶을 못 타고나든지 게으른 놈은 가난하게 사는 법이요, 다 이렇게 마련인데, 그거야말로 공평한 천리天理 천지자연의 이치인 것을, 딥다들입다. 막 무리하게 힘을 들여 불공평하다께 될 말이오? 그러고서 억지로 남의 것을 뺏어 먹자고 들다니 그놈들이 부랑당이지 무어요.

짓이 부랑당 짓일 뿐 아니라, 또 만약에 그러기로 들면 게으른 놈은 점점 더 게으름만 부리고 쫓아다니면서 부자 사람네가 가진 것만 뺏어 먹을 테니 이 세상은 통으로 도적놈의 판이 될 게 아니오? 그나마, 부자 사람네가 모아 둔 걸 다 뺏기고 더는 못 먹여 내는 날이면 그때는 이 세상 망하는 날이 아니오?

저마다 남이 농사지어 놓으면 그걸 뺏어 먹으려고 일 않고 번둥번둥 놀 것이고, 남이 옷감 짜 놓으면 그걸 뺏어다가 입으려고 번둥번둥 놀 것이고 그럴 테니 대체 곡식이며 옷감이며 그런 것이 다 어디서 나올 데가 있어야지요. 세상 망할밖에!

글쎄 그놈의 짓이 그렇게 세상 망쳐 놀 장본인 줄은 모르고서 가난한 놈들, 그중에도 일하기 싫은 게으름뱅이들이 위선爲先 우선 당장 부자 사람네 것을 뺏어 먹는다니까 거기 혹해 가지골랑 너도나도 와 하니 참섭參涉 어떤 일에 끼어들어 간섭함을 했다는구려.

바로 저 아라사한자를 가지고 '러시아'의 음을 나타낸 말가 그랬대요.

그래서 아니나 다를까 농군들이 곡식을 안 만들기 때문에 사람이 수만 명씩 굶어 죽는다는구려. 빠안한 이치지 뭐.

위선 먹기는 곶감이 달다고 그 지랄들을 했다가 잘코사니미운 사람의 불행을 고소하게 여길 때 하는 말야!

아 그런데, 그 못된 놈의 풍습이 삽시간에 동서양 각국 안 간 데 없이 퍼져 가지골랑 한동안 내지內地 외국이나 식민지에서 본국을 이르는 말로, 여기서는 일본 본토를 말함에도 마구 굉장히 드세게 돌아다녔고, 내지가 그러니까 멋도 모르는 죄선 영감상들도 덩달아서 그 흉내를 냈다나요.

그렇지만 시방은 그새 나라에서 엄하게 밝히고 금하고 한 덕에 많이 너끔해졌고 그런 마음먹는 사람은 별반 없다나 봐요.

그럴 게지, 글쎄. 아, 해서 좋을 양이면야 나라에선들 왜 금하며 무슨 원수가 졌다고 붙잡아다가 징역을 살리나요.

좋고 유익한 것이면 나라에서 도리어 장려하고, 잘할라치면 상급도 주고 그러잖아요.

활동사진'영화'의 옛 용어이며 스모며 만자이만담며 또 왓쇼왓쇼일본 전통 축제의 하나랄지 세이레이 나가시일본 전통 행사의 하나랄지 라디오 체조랄지 그런

건 다 유익한 일이니까 나라에서 설도도 하고 그러잖아요.

나라라는 게 무언데? 그런 걸 다 잘 분간해서 이럴 건 이러고 저럴 건 저러라고 지시하고, 그 덕에 백성들은 제각기 제 분수대로 편안히 살도록 애써 주는 게 나라 아니오?

그놈의 것 사회주의만 하더라도 나라에서 금하질 않고 저희가 하는 대로 두어 두었어 보아? 시방쯤 세상이 무엇이 됐을지…….

다른 사람들도 낭패 본 사람이 많았겠지만, 위선 나만 하더라도 글쎄 어쩔 뻔했어! 아무 일도 다 틀리고 뒤죽박죽이지.

내 이상과 계획은 이렇거든요.

우리 집 다이쇼가 나를 자별히 귀애하고 신용을 하니까 인제 한 십 년만 더 있으면 한밑천 들여서 따로 장사를 시켜 줄 그런 눈치거든요.

그러거들랑 그것을 언덕 삼아 가지고 나는 삼십 년 동안 예순 살 환갑까지만 장사를 해서 꼭 십만 원을 모을 작정이지요. 십만 원이면 죄선 부자로 쳐도 천석꾼이니, 뭐 떵떵거리고 살 게 아니냐구요.

그리고 우리 다이쇼도 한 말이 있고 하니까, 나는 내지인 규수閨秀 남의 집 처녀를 정중하게 이르는 말한테로 장가를 들래요. 다이쇼가 다 알아서 얌전한 자리를 골라 중매까지 서 준다고 그랬어요. 내지 여자가 참 좋지요.

나는 죄선 여자는 거저 주어도 싫어요.

구식 여자는 얌전은 해도 무식해서 내지인하고 교제하는 데 안 됐고, 신식 여자는 식자나 들었다는 게 건방져서 못쓰고, 도무지 그래서 죄선 여자는 신식이고 구식이고 다 제에발이야요.

내지 여자가 참 좋지 뭐. 인물이 개개 일자로 이쁘것다, 얌전하것다, 상냥하것다, 지식이 있어도 건방지지 않것다, 좀이나 좋아!

그리고 내지 여자한테 장가만 드는 게 아니라 성명도 내지인 성명으로 갈고, 집도 내지인 집에서 살고, 옷도 내지 옷을 입고, 밥도 내지식으로 먹고, 아이들도 내지인 이름을 지어서 내지인 학교에 보내고…….

내지인 학교라야지 죄선 학교는 너절해서 아이들 버려 놓기나 꼭 알맞지요.

그리고 나도 죄선말은 싹 걷어치우고 국어(일본 말)만 쓰고요.

이렇게 다 생활 법식부텀도 내지인처럼 해야만 돈도 내지인처럼 잘 모으게 되거든요.

내 이상이며 계획은 이래서 그 십만 원짜리 큰 부자가 바로 내다뵈고, 그리로 난 길이 환하게 트이고 해서 나는 시방 열심으로 길을 가고 있는데, 글쎄 그 미쳐 살기殺氣 무시무시한 기운 든 놈들이 세상 망쳐 버릴 사회주의를 하려 드니, 내가 소름이 끼칠 게 아니냐구요? 말만 들어도 끔찍하지!

세상이 망해서 뒤집히면 그래 나는 어쩌란 말인고? 아무것도 다 허사虛事 헛일가 될 테니 그런 억울할 데가 있더람?

뭐 참, 우리 집 다이쇼 말이 일일이 지당해요이치에 맞고 지극히 당연해요.

여느 절도나 강도나 사기나 그런 죄는 도적이면 도적을 해가는 그 당장, 그 돈만 축을 내니까 오히려 죄가 가볍지만, 그놈의 것 사회주의인지 지랄인지는 온 세상을 뒤죽박죽을 만들어 놓고 나라를 통째로 소란하게 하니까 도저히 용서할 수가 없대요.

용서라니! 나 같으면 그런 놈들은 모조리 쓸어다가 마구 그저 그냥…….

그런 일을 생각하면, 털어놓고 말이지 우리 아저씬가 그 양반도 여간 불측스러워 뵈질 않아요. 사실 아주머니만 아니면 내가 무슨 천주학이라고 나쁜 병까지 앓는 그 양반을 찾아다니나요. 죽는대도 코도 안 풀어 붙일걸.

그러나마 전자의 죄상을 다 회개를 하고 못된 마음을 씻어 버렸을세 말이지, 뭐 흰 개꼬리 삼 년이라더냐, 종시 그 모양일걸요.

그러니깐 그게 밉살머리스러워서, 더러 들렀다가 혹시 마주앉아도 위정'일부러'의 방언 뼈끝 저린 소리나 내쏘아 주고 말을 다잡아 가지골랑 꼼짝 못하게시리 몰아세워 주곤 하지요.

저번에도 한번 혼을 단단히 내주었지요. 아, 그랬더니 아주머니더러 한다는 소리가, 그 녀석 사람 버렸더라고, 아무짝에도 못 쓰게 길이 들었더라고 그러더라나요.

내 원, 그 소리를 듣고 하도 어처구니가 없어서!

대체 사람도 유만부동類萬不同 분수에 맞지 아니함이지, 그 아저씨가 나더러 사람 버렸느니 아무짝에도 못 쓰게 길이 들었느니 하더라니, 원 입이 몇 개나 되면 그런 소리가 나오는 구멍도 있누? 죄선 벙어리가 다 말을 해도 나 같으면 할 말 없겠더구먼서도, 하면 다 말인 줄 아나 봐?

이를테면 그게 명색 훈계 비슷한 거렷다? 내게다가 맞대 놓고 그런 소리를 하다가는 되잡혀서 혼이 날 테니까 슬며시 아주머니더러 이르란 요량이던 게지?

기가 막혀서…… 하느님이 사람의 콧구멍을 두 개로 마련하기 참 다행이야.

글쎄 아무려면 내가 자기처럼 다아 공부는 못 하고 남의 집 고조가게 일을 보아 주는 점원 노릇으로, 반또番頭 지금의 '수위' 노릇으로 이렇게 굴러먹을 값에 이래 보여도 표창을 두 번이나 받은 모범 점원이요, 남들이 똑똑하고 재주 있고 얌전하다고 칭찬이 놀랍고, 앞길이 환히 트인 유망한 청년인데, 그래 자기 눈에는 내가 버린 놈이고 아무짝에도 못 쓰게 길이 든 놈으로 보였단 말이지?

하하, 오옳지! 거 참 그렇겠군. 자기는 자기 하는 짓이 옳으니까 남이 하는 짓은 다 글렀단 말이렷다? 그러니까 나도 자기처럼 그놈의 것 사회주의인지 급살急煞 갑자기 닥쳐오는 재액 맞을 것인지나 하다가 징역이나 살고 전과자나 되고 폐병이나 앓고, 다 그랬더라면 사람 버리지도 않고 아무짝에도 못 쓰게 길든 놈도 아니고 그럴 뻔했군그래!

흥! 참……. 제 밑 구린 줄 모르고서 남더러 어쩌구저쩌구 한다는 게, 꼭 우리 아저씨 그 양반을 두고 이른 말인가 봐.

그날도 실상 이랬더라우. 혼을 내주었더니, 아주머니더러 그런 소리를 하더란 그날 말이오.

그날이 마침 내가 쉬는 날이길래 아주머니더러 할 이야기도 있고 해서 아침결에 좀 들렀더니, 아주머니는 남의 혼인집으로 바느질을 해 주러 갔다고 없고, 아저씨 양반만 여전히 아랫목에 가서 드러누웠어요.

그런데 보니깐 어디서 모두 뒤져냈는지, 머리맡에다가 헌 언문諺文 '상말을 적는 문자'라는 뜻. '한글'을 속되게 이르던 말 잡지를 수북이 쌓아 놓고는 그걸 뒤져요. 그래 나도 심심 삼아 한 권 집어 들고 떠들어 보았더니, 뭐 읽을 맛이 나야지요. 대체 죄선 사람들은 잡지 하나를 해도 어찌 모두 그 꼬락서니로 해 놓는지.

사진도 없지요, 망가만화도 없지요. 그러고는 맨판 까달스런 한문 글자로다가 처박아 놓으니 그걸 누구더러 보란 말인고?

더구나 우리 같은 놈은 언문도 그런대로 뜯어보기는 보아도 읽기에 여간 괴롭지가 않아요.

그러니 어려운 언문하고 까다로운 한문하고를 섞어서 쓴 글은 뜻을 몰라 못 보지요. 언문으로만 쓴 것은 소설 나부랭인데, 읽기가 힘이 들 뿐 아니라 또 죄선 사람이 쓴 소설이란 건 재미가 있어야죠. 나는 죄선 신문이나 죄선 잡지하구는 담쌓고 남 된 지 오랜걸요.

잡지야 뭐 〈킹구〉나 〈쇼넹구라부〉 덮어 먹을 잡지가 있나요. 참 좋아요. 한문 글자마다 가나일본 고유의 글자를 달아 놓았으니 어떤 대문大文 글의 특정한 부분을 척 펴들어도 술술 내리읽고 뜻을 횅하니 알 수가 있지요.

그리고 어떤 대문을 읽어도 유익한 교훈이나 재미나는 소설이지요.

소설 참 재미있어요. 그중에도 기쿠지 캉[菊池寬] 소설……. 어쩌면 그렇게도 아기자기하고도 달콤하고도 재미가 있는지. 그리고 요시가와 에이지[吉川英治], 그의 소설은 진찐바라바라칼싸움 하는 지다이모노역사물인데 마구 어깻바람이 나구요.

소설이 모두 그렇게 재미가 있지요, 망가가 많지요, 사진이 많지요, 그러고도 값은 좀 헐하나요. 십오 전이면 바로 고 전달치를 사 볼 수 있고, 보고 나서는 오 전에 도루 파는데요.

잡지도 기왕 하려거든 그렇게나 해야지, 죄선 사람들은 제엔장 큰소리는 곧잘 하더구먼서도 잡지 하나 반반한 거 못 만들어내니!

그날도 글쎄 잡지가 그 꼴이라, 아예 글은 볼 멋도 없고 해서 혹시 망가나 사진이라도 있을까 하고 책장을 후르르 넘기노라니깐 마침 아저씨 이름이 있겠나요! 하도 신통해서 쓰윽 펴들고 보았더니 제목이 첫 줄은 경제, 사회…… 무엇 어쩌구 잔주큰 주석 아래에 더 자세히 단 주석를 달아 놨겠지요.

그것만 보아도 벌써 그럴듯해요. 경제는 아저씨가 대학교에서 경제를 배웠다니까 경제 속은 잘 알 것이고, 또 사회는 그것 역시 사회주의를 했으니까 그 속도 잘 알 것이고, 그러니까 경제하고 사회주의하고 어떻게 서로 관계가 되는 것이며 어느 편이 옳다는 것이며 그런 소리를 썼을 게 분명해요.

뭐, 보나 안 보나 속이야 빠안하지요. 대학교까지 가설랑 경제를 배우고도 돈 모을 생각은 않고서 사회주의만 하고 다닌 양반이라 경제가 그르고 사회주의가 옳다고 우겨댔을 거니까요.

아무렇든 아저씨가 쓴 글이라는 게 신기해서 좀 보아 볼 양으로 쓰윽 훑어봤지요. 그러나 웬걸 읽어 먹을 재주가 있나요. 글자는 아주 어려운 자만 아니면 대강 알기는 알겠는데, 붙여 보아야 대체 무슨 뜻인지를 알 수가 있어야지요.

속이 상하길래 읽어 보자던 건 작파作破 어떤 계획이나 일을 중도에서 그만두어 버림 하고서 아저씨를 좀 따잡고 몰아세울 양으로 그 대목을 차악 펴놨지요.

"아저씨?"

"왜 그러니?"

"아저씨가 여기다가 경제 무어라구 쓰구, 또 사회 무어라구 썼는데, 그러면 그게 경제를 하란 뜻이오? 사회주의를 하란 뜻이오?"

"뭐?"

못 알아듣고 뚜렛뚜렛해요어리둥절하여 눈을 이리저리 굴려요. 자기가 쓰고도 오래 돼서 다 잊어버렸거나, 혹시 내가 말을 너무 까다롭게 내기 때문에 섬뻑 대답이 안 나왔거나 그랬겠지요. 그래 다시 조곤조곤 따졌지요.

"아저씨…… 경제란 것은 돈 모아서 부자되라는 것 아니오? 그런데, 사회주의란 것은 모아 둔 부자 사람의 돈을 뺏어 쓰는 것 아니오?"

"이 애가 시방!"

"아—니, 들어 보세요."

"너, 그런 경제학, 그런 사회주의 어디서 배웠니?"

"배우나마나, 경제란 건 돈 많이 벌어서 아껴 쓰구 나머지 모아 두는 게 경제 아니오?"

"그건 보통, 경제한다는 뜻으루 쓰는 경제고, 경제학이니 경제적이니 하는 건 또 다르다."

"다를 게 무어요? 경제는 돈 모으는 것이고, 그러니까 경제학이면 돈 모으는 학문이지요."

"아니란다. 혹시 이재학理財學이라면 돈 모으는 학문이라고 해도 근리할지이치에 거의 맞을지 모르지만 경제학은 그런 게 아니란다."

"아—니, 그렇다면 아저씨 대학교 잘못 다녔소. 경제 못하는 경제학 공부를 오 년이나 했으니 그게 무어란 말이오? 아저씨가 대학교까지 다니면서 경제 공부를 하구두 왜 돈을 못 모으나 했더니, 인제 보니깐 공부를 잘못해서 그랬군요!"

"공부를 잘못했다? 허허, 그랬을는지도 모르겠다. 옳다, 네 말이 옳아!"

이거 봐요 글쎄. 단박 꼼짝 못하잖나. 암만 대학교를 다니고, 속에는 육조를 배포했어도 그렇다니깐 글쎄…….

"아저씨?"

"왜 그러니?"

"그러면 아저씨는 대학교를 다니면서 돈 모아 부자되는 경제 공부를 한 게 아니라 모아 둔 부자 사람네 돈 뺏어 쓰는 사회주의 공부를 했으니 말이지요……."

"너는 사회주의가 무얼루 알구서 그러냐?"

"내가 그까짓 걸 몰라요?"

한바탕 주욱 설명을 했지요.

내 얼굴만 물끄러미 올려다보고 누웠더니 피식 한 번 웃어요. 그러고는 그 양반이 하는 소리겠다요.

"그게 사회주의냐? 부랑당이지."

"아—니, 그럼 아저씨두 사회주의가 부랑당인 줄은 아시는구려?"

"내가 언제 사회주의가 부랑당이랬니?"

"방금 그리잖았어요?"

"글쎄, 그건 사회주의가 아니라 부랑당이란 그 말이다."

"거 보시우! 사회주의란 것은 그렇게 날부랑당이어요. 아저씨두 그렇다구 하면서 아니래시오?"

"이 애가 시방 입심 겨룸을 하재나!"

이거 봐요. 또 꼼짝 못하지요? 다아 이래요, 글쎄…….

"아저씨?"

"왜 그러니?"

"아저씨두 맘 달리 잡수시오."

"건 어떻게 하는 말이냐?"

"걱정 안 되시우?"

"나 같은 사람이 걱정이 무슨 걱정이냐? 나는 네가 걱정이더라."

"나는 뭐 버젓하게 요량이 있는걸요."

"어떻게?"

"이만저만한가요!"

또 한바탕 주욱 설명을 했지요. 이야기를 다 듣더니 그 양반 한다는 소리 좀 보아요.

"너두 딱한 사람이다!"

"왜요?"

"……."

"아—니, 어째서 딱하다구 그러시우?"

"……."

"네? 아저씨?"

"……."

"아저씨?"

"왜 그래?"

"내가 딱하다구 그러셨지요?"

"아니다, 나 혼자 한 말이다."

"그래두……."

"이 애?"

"네?"

"사람이란 것은 누구를 물론허구 말이다, 아첨하는 것 같이 더러운 게 없느니라."

"아첨이오?"

"저— 위로는 제왕, 밑으로는 걸인, 그 모든 사람이 위선 시방 이 세도의 이 세상에서 말이다, 제가끔 제 분수대루 살어가는 데 있어서 말이다, 제 개성을 속여 가면서꺼정 생활에다가 아첨하는 것 같이 더러운 것이 없고, 그런 사람같이 가련한 사람은 없느니라. 사람이란 건 밥 두 그릇이 하필 밥 한 그릇보다 더 배가 부른 건 아니니까."

"그건 무슨 뜻인데요?"

"네가 일본인 여자와 결혼을 해서 성명까지 갈고 모든 생활 법도를 일본화히겠다는 것이 말이다."

"네, 그게 좋잖아요?"

"그것이 말이다, 진실로 깊은 교양이나 어진 지혜의 판단에서 우러나온 것이라면 그도 모를 노릇이겠지. 그렇지만 나는 보매, 네가 그런다는 것은 다른 뜻으로 그러는 것 같다."

"다른 뜻이라니요?"

"네 주인의 비위를 맞추고, 이웃의 비위를 맞추고 하자고……."

"그야 물론이지요! 다이쇼의 신용을 받아야 하고, 이웃 내지인들 하구도 좋게 지내야지요. 그래야 할 게 아니겠어요?"

"……."

"아저씨는 아직두 세상 물정을 모르시오. 나이는 나보담 많구 대학교 공부까지 했어도 일찌감치 고생살이를 한 나만큼 세상 물정은 모릅니다. 시방이 어느 세상인데 그러시우?"

"이 애?"

"네?"

"네가 방금 세상 물정이랬지?"

"네."

"앞길이 환하니 트였다구 그랬지?"

"네."

"환갑까지 십만 원 모은다구 그랬지?"

"네."

"네가 말하는 세상 물정하구 내가 말하려는 세상 물정하구 내용이 다르기도 하지만, 세상 물정이란 건 그야말로 그리 만만한 게 아니다."

"네?"

"사람이란 건 제아무리 날구 뛰어도 이 세상에 형적形跡 사물의 형상과 자취를 아울러 이르는 말 없이 그러나 세차게 주욱 흘러가는 힘, 그게 말하자면 세상 물정이겠는데, 결국 그것의 지배하에서 그것을 따라가지 별수가 없는 거다."

"네?"

"쉽게 말하면 계획이나 기회를 아무리 억지루 만들어 놓아도 결과가 뜻대루는 안 된단 말이다."

"젠장, 아저씨두…… 요전 〈킹구〉라는 잡지에두 보니까, 나폴레옹이라는 서양 영웅이 그랬답디다. 기회는 제가 만든다구. 그리고 불가능이란 말은 바보의 사전에서나 찾을 글자라구요. 아 자꾸자꾸 계획하구 기회를 만들구 해서 분투 노력해 나가면 이 세상 일 안 되는 일이 어디 있나요? 한 번 실패하거든 갑절 용기를 내 가지구 다시 일어서지요. 칠전팔기七顚八起 일곱 번 넘어지고 여덟 번 일어난다는 뜻으로, 여러 번 실패해도 굴하지 않고 꾸준히 노력함을 이르는 말 모르시오?"

"나폴레옹도 세상 물정에 순응할 때는 성공했어도, 그것에 거슬리다가 실패를 했더란다. 너는 칠전팔기해서 성공한 몇 사람만 보았지, 여덟 번 일어섰다가 아홉 번째 가서 영영 쓰러지구는 다시 일어나지 못한 숱한 사람이 있는 건 모르는구나?"

"그래두 두구 보시우. 나는 천하 없어두 성공하구 말 테니……. 아저씨는 그래서 더구나 못써요. 일해 보기두 전에 안 될 줄로 낙심 먼저 하구……."

"하늘은 꼭 올라가 보구래야만 높은 줄 아니?"

원 마지막 가서는 할 소리가 없으니깐 동에도 닿지 않는 비유를 가져다 둘러대는 걸 보아요. 그게 어디 당한 말인고? 안 올라가 보면 뭐 하늘 높은 줄 모를 친히 멍텅구리두 있을까? 그만해 두려다가 심심하기에 또 말을 시켰지요.

"아저씨?"

"왜 그래?"

"아저씨는 인제 몸 다아 충실해지면 어떡허실려우?"

"무얼?"

"장차……."

"장차?"

"어떡허실 작정이세요?"

"작정이 새삼스럽게 무슨 작정이냐?"

"그럼 아저씨는 아무 작정 없이 살어가시우?"

"없기는?"

"있어요?"

"있잖구?"

"무언데요?"

"그새 지내 오던 대루……."

"그러면 저 거시키 무엇이냐 도루 또 그걸……?"

"그렇겠지."

"아저씨?"

"……."

"아저씨?"

"왜 그래?"

"인젠 그만두시우."

"그만두라구?"

"네."

"누가 심심소일심심풀이로 하는 일루 그러는 줄 아느냐?"

"그렇잖구요?"

"……."

"아저씨?"

"……."

"아저씨?"

"왜 그래?"

"아저씨 올해 몇이지요?"

"서른셋."

"그러니 인제는 그만큼 해 두고 맘 잡어서 집안일 할 나이두 아니오?"

"집안일은 해서 무얼 하나?"

"그렇기루 들면 그 짓은 해서 또 무얼 하나요?"

"무얼 하려구 하는 게 아니란다."

"그럼, 아무 희망이나 목적이 없으면서 그래요?"

"목적? 희망?"

"네."

"개인의 목적이나 희망은 문제가 다르니까…… 문제가 안 되니까……."

"원, 그런 법도 있나요?"

"법?"

"그럼요!"

"법이라……!"

"아저씨?"

"……."

"아저씨?"

"왜 그래?"

"아주머니가 고맙잖습디까?"

"고맙지."

"불쌍하지요?"

"불쌍? 그렇지, 불쌍하다면 불쌍한 사람이지!"

"그런 줄은 아시느만?"

"알지."

"알면서 그러시우."

"고생을 낙으로, 그 쓰라린 맛을 씹고 씹고 하면서 그것에서 단맛을 알어내는 사람도 있느니라. 사람도 있는 게 아니라, 사람마다 무슨 일에고 진정과 정신을 꼬박 거기다가만 쓰면 그렇게 되는 법이니라. 그러니까 그쯤 되면 그때는 고생이 낙이지. 너의 아주머니만 두고 보더라도 고생이 고생이면서 고생이 아니고 고생하는 게 낙이란다."

"그렇다고 아저씨는 그걸 다행히만 여기시우?"

"아—니."

"그러거들랑 아저씨두 아주머니한테 그 은공을 더러는 갚어야 옳을 게 아니오?"

"글쎄, 은공을 모르는 건 아니지만……."

"그러니 인제 병이나 확실히 다아 나으신 뒤엘라컨……."

"바빠서 원……."

글쎄 이 한다는 소리 좀 보지요? 시치미 뚜욱 떼고 누워서 바쁘다는 군요!

사람 속 차릴 여망餘望 앞으로의 희망 없어요. 그저 어디로 대나 손톱만큼도 쓸모는 없고 남한테 사폐만 끼치고, 세상에 해독만 끼칠 사람이니, 뭐 하루바삐 죽어야 해요. 죽어야 하고, 또 죽어서 마땅해요. 그런데 글쎄 죽지를 않고 꼼지락꼼지락 도로 살아나니 성화成火 일이 뜻대로 되지 않아 답답하고 애가 탐라구는, 내…….

치숙

작품 정리

- **작가** 채만식(210쪽 '작가 소개' 참조)
- **갈래** 풍자 소설
- **성격** 풍자적, 비판적
- **배경** 시간 – 일제 강점기 / 공간 – 서울
- **시점** 1인칭 관찰자 시점
- **구성** '발단 – 전개 – 위기 – 절정 – 결말'의 5단계 구성
- **특징**
  - 독백체를 사용하여 반어와 풍자의 효과를 높임
  - 회상의 기법을 사용함
- **주제** 일제에 순응하는 '나'와 사회주의 사상을 가진 아저씨와의 갈등
- **출전** 〈동아일보〉(1938)

구성과 줄거리

- **발단** **사회주의 운동으로 옥살이를 한 아저씨는 출옥 후 폐병을 앓음**

  사회주의 운동을 한 혐의로 징역살이를 한 아저씨는 출옥한 후 폐병으로 앓아 누워 있다. 나이가 서른셋이나 되는 아저씨는 일본에서 대학교도 다녔지만 아직도 철이 들지 않은 실업자다.

- **전개** **'나'는 아저씨와 고생하는 아주머니를 모두 답답하게 생각함**

  아저씨는 착한 아주머니를 버리고 신여성과 딴살림을 차렸다. 소박을 맞은 아주머니는 일곱 살에 부모를 잃은 '나'를 데려다 키워 준 분이다. 아주머니 덕에 나는 보통학교를 4년간 다녔다. 아주머니는 식모로 일한 돈을 모아 집을 장만하고 5년 만에 감옥에서 풀려난 아저씨를 맞이해 다시 살림을 한다. 아주머니는 이미 폐병 환자가 된 아저씨의 병 수발을 하지만 정작 아저씨는 자리에서 일어나면 또 사회주의 운동을 하겠다고 말한다.

• 위기 '나'는 철저히 일본인으로 동화되어 살아가겠다고 다짐함

대학교까지 나왔지만 막벌이 노동밖에 할 수 없는 아저씨는, 보통학교 4년밖에 다니지 않았지만 앞길이 훤히 트인 '나'보다 나은 것이 없다. 일한 만큼 대가를 받는 것이 아니라 부자의 것을 빼앗을 궁리만 하는 사회주의자들은 틀림없이 불한당이라고 '나'는 생각한다. '나'는 일본인 상점에서 일하고 있지만 열심히 일해서 일본 여자와 결혼하고 이름도 일본식으로 바꾸고 아이를 낳으면 일본인 학교에 보낼 꿈을 가지고 있다.

• 절정 '나'는 아저씨의 한심한 행태에 대해 비판함

'나'는 아저씨가 쓴 '경제'란 글을 보고 사회주의에 대해 반박하고 나선다. 돈을 모아서 부자 되는 것이 경제가 아니냐는 '나'의 주장에 아저씨는 그것은 이재학이지 경제학이 아니라고 반박한다. '나'는 부자의 돈을 빼앗아 쓰는 사회주의를 공부한 아저씨가 대학교를 잘못 다녔다고 공박한다. 아저씨는 일본인 주인의 눈에 들어 일본 여자에게 장가들어 잘 살아 보겠다는 '나'를 도리어 딱하다고 한다.

• 결말 아저씨 같은 사람은 빨리 없어져야 한다고 생각함

'나'는 손톱만큼도 쓸모없고 세상에 해독만 끼치는 아저씨 같은 사람은 사라져야 한다고 생각한다.

생각해 보세요

1 '치숙'은 무엇을 의미하는가?

치숙痴叔은 '어리석은 아재비'를 뜻한다. 이 소설의 화자인 '나'는 아저씨를 어리석고 우둔하다고 생각한다. 그러나 소설 전체의 맥락으로 보면 이는 반어적인 표현임을 알 수 있다. 독자는 이 소설을 읽으면서 화자에 대해 비판적인 시각을 갖게 되기 때문이다.

2 이 소설에서 작가가 풍자하려고 하는 대상은 누구인가?

풍자 대상은 '나(화자)'와 아저씨 모두이지만 주된 대상은 화자다. 아직 소년인 화자는 전도된 가치를 신봉하고 있으면서도 자신의 문제점을 전혀 모르고 있다. 그런 화자가 아저씨를 신랄하게 비판하는 데서 아이러니가 발생한다. 작가는 화자가 비판하는 아저씨에 대해서도 어느 정도 비판적인 태도를 보이고 있다. 아저씨는 화자의 말처럼 무능하고 현실 착오적인 삶을 사는 이상론자이기 때문이다.

3 작가는 사회주의에 대해 어떤 시각을 가지고 있는가?

수준이 낮은 조카의 눈을 통해 사회주의를 비판함으로써 사회주의에 대한 긍정적인 측면을 부각시키는 한편, 이상론에 대해서는 비판적인 입장도 취하고 있다.

4 이 소설의 서술 방식의 특징은 무엇인가?

「치숙」은 주인공이 독자에게 일러바치듯이 직접 말하는 방식을 취하고 있다. 이야기가 생동감 있게 진행되기 때문에 조롱의 강도는 훨씬 커진다.

6 · 25 전쟁이 남긴 상처

제35대 미국 대통령 존 F. 케네디Kennedy는 "인류가 전쟁을 없애지 않는다면 전쟁이 인류를 없앨 것이다."라고 말했습니다. 영국 총리 네빌 체임벌린Neville Chamberlain도 "전쟁에서 어느 쪽이 스스로를 승리자라고 부를지라도 진정한 승리자는 없다. 모두 패배자일 뿐이다."라는 명언을 남겼습니다. 1950년 6월 25일부터 1953년 7월 27일까지 치러진 6 · 25 전쟁은 남북한 양측이 패배한 부끄러운 전쟁이며, 그날의 체험은 우리에게 커다란 상처를 남겼습니다.

· 수난이대 · 학

저(만도)는 일제의 강제 징용에 끌려가 팔 한쪽을 잃었어요. 6·25 전쟁터에 나간 아들(진수)이 돌아온다는 소식을 듣고 서둘러 역으로 나갔지요. 진수가 기차에서 내렸는데, 한쪽 다리가 없이 지팡이를 짚고 있더군요. 어찌나 마음이 아프던지요. 외나무다리에 이르자 진수가 머뭇거렸어요. 저는 진수를 등에 업고 외나무다리를 건넜답니다.

수난이대 受難二代

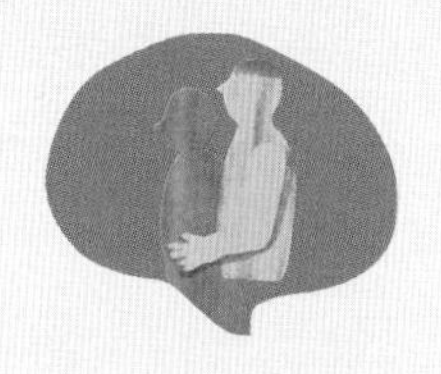

진수가 돌아온다. 진수가 살아서 돌아온다. 아무개는 전사했다는 통지가 왔고, 아무개는 죽었는지 살았는지 통 소식이 없는데, 우리 진수는 살아서 오늘 돌아오는 것이다. 생각할수록 어깻바람이 날 일이다. 그래 그런지 몰라도 박만도는 여느 때 같으면 아무래도 한두 군데 앉아 쉬어야 넘어설 수 있는 용머리재를 단숨에 올라채고 만 것이다. 가슴이 펄럭거리고 허벅지가 뻐근했다. 그러나 그는 고갯마루에서도 쉴 생각을 하지 않았다. 들 건너 멀리 바라보이는 정거장에서 연기가 물씬물씬 피어오르며 삐익 기적 소리가 들려왔기 때문이다. 아들이 타고 내려올 기차는 점심때가 가까워 도착한다는 것을 모르는 바 아니다. 해가 이제 겨우 산등성이 위로 한 뼘가량 떠올랐으니, 오정이 되려면 아직 차례 멀은 것이다. 그러나 그는 공연히 마음이 바빴다. 까짓것, 잠시 앉아 쉬면 뭐할끼고.

만도는 손가락으로 한쪽 콧구멍을 누르면서 '팽!' 마른 코를 풀어 던졌다. 그리고 휘청휘청 고갯길을 내려가는 것이다.

내리막은 오르막에 비하면 아무것도 아니었다. 대구'대고'의 북한 말. 계속하여 자꾸 팔을 흔들라치면 절로 굴러 내려가는 것이다. 만도는 오른쪽 팔만을 앞뒤로 흔들고 있었다. 왼쪽 팔은 조끼 주머니에 아무렇게나 쑤셔 넣고 있는 것이다. 삼대독자가 죽다니 말이 되나, 살아서 돌아와야 일이 옳고말고. 그런데 병원에서 나온다 하니 어디를 좀 다치기는 다친 모양이지만, 설마 나같이 이렇게사 되지 않았겠지. 만도는 왼쪽 조끼 주머니에 꽂힌 소맷자락을 내려다보았다. 그 소맷자락 속에는 아무것도 든 것이 없었다. 그저 소맷자락만이 어깨 밑으로 덜렁 처져 있는 것이다. 그래서 노상 그쪽은 조끼 주머니 속에 꽂혀 있는 것이다. 볼기짝이나 장딴지 같은 데를 총알이 약간 스쳐 갔을 따름이겠지. 나처럼 팔뚝 하나가 몽땅 달아날 지경이었다면 그 엄살스런 놈이 견뎌 냈을 턱이 없고말고. 슬며시 걱정이 되기도 하는 듯, 그는 속으로 이런 소리를 주워섬겼다.

내리막길은 빨랐다. 벌써 고갯마루가 저만큼 높이 쳐다보이는 것이다. 산모퉁이를 돌아서면 이제 들판이다. 내리막길을 쏘아 내려온 기운 그대로, 만도는 들길을 잰걸음 쳐 나가다가 개천 둑에 이르러서야 걸음을 멈추었다. 외나무다리가 놓여 있는 조그마한 시냇물이었다. 한여름 장마철에 들어설라치면 배꼽이 묻히는 수도 있었지마는, 요즈막엔 무릎이 잠길 듯 말 듯한 물인 것이다. 가을이 깊어지면서부터 물은 밑바닥이 환히 들여다보일 만큼 맑아져 갔다. 소리도 없이 미끄러져 내려가는 물을 가만히 내려다보고 있으면 절로 이촉잇몸 속에 들어 있는 이의 뿌리이 시려온다.

만도는 물기슭에 내려가서 쭈그리고 앉아 한 손으로 고의춤고의나 바지의 허리를 접어서 여민 사이을 풀어헤쳤다. 오줌을 찌익 갈기는 것이다. 거울 면처럼 맑은 물 위에 오줌이 가서 부글부글 끓어오르며 뿌우연 거품을 이루니 여기저기서 물고기 떼가 모여든다. 제법 엄지손가락만씩 한 피리'피라미'의 방언도 여러 마리다. 한 바가지 잡아서 회 쳐 놓고 한잔 쭈욱 들이켰으면……. 군침이 목구멍에서 꿀꺽했다. 고기 떼를 향해서 마른 코를 팽팽 풀어 던지고, 그는 외나무다리를 조심히 디뎠다.

길이가 얼마 되지 않는 다리였으나 아래로 몸을 내려다보면 제법 아찔했다. 그는 이 외나무다리를 퍽 조심한다.

언젠가 한번, 읍에서 술이 꽤 되어 가지고 흥청거리며 돌아오다가, 물에 굴러떨어진 일이 있었던 것이다. 지나치는 사람이 없었기에 망정이지, 누가 보았더라면 큰 웃음거리가 될 뻔했었다. 발목 하나를 약간 접쳤을 뿐, 크게 다친 데는 없었다. 이른 가을철이었기 때문에 옷을 벗어 둑에 널어놓고 말릴 수는 있었으나 여간 창피스러운 것이 아니었다. 옷이 말짱 젖었다거나 옷이 마를 때까지 발가벗고 기다려야 한다거나 해서가 아니었다. 팔뚝 하나가 몽땅 잘라져 나간 흉측한 몸뚱이를 하늘 앞에 드러내 놓고 있어야 했기 때문이었다. 지나치는 사람이 있을라치면, 하는 수 없이 물속으로 뛰어 들어가서 얼굴만 내놓고 앉아 있었다. 물이 선뜩해서 아래턱이 덜덜거렸으나, 오그라 붙는 사타구니를 한 손으로 꽉 움켜쥐고 버티는 수밖에 없었다.

"흐흐흐……."

그때 일을 생각하면 지금도 곧 웃음이 터져 나오는 것이다. 하늘로 쳐들린 콧구멍이 연방 벌름거렸다.

개천을 건너서 논두렁길을 한참 부지런히 걸어가노라면 읍으로 들어가는 한길사람이나 차가 많이 다니는 넓은 길이 나선다. 도로변에 먼지를 부옇게 덮어쓰고 도사리고 앉아 있는 초가집은 주막이다. 만도가 읍네 나올 때마다 한 번씩 들르곤 하는 단골집인 것이다. 이 집 눈썹이 짙은 여편네와는 예사例事 보통 있는 일로 농을 주고받는 사이다.

술 방 문턱을 들어서며 만도가,

"서방님 들어가신다."

하면, 여편네는,

"아이 문둥아, 어서 오느라."

하는 것이 인사처럼 되어 있었다. 만도는 여간 언짢은 일이 있어도 이 여편네의 궁둥이 곁에 가서 앉으면 속이 절로 쑥 내려가는 것이었다.

주막 앞을 지나치면서 만도는 술방 문을 열어 볼까 했으나, 방문 앞에 신이 여러 켤레 널려 있고, 방 안에서 웃음소리가 요란하기 때문에 돌아오는 길에 들르기로 하였다.

신작로新作路 새로 만든 길이라는 뜻으로, 자동차가 다닐 수 있을 정도로 넓게 새로 낸 길을 이르는 말에 나서면 금시 읍이었다. 만도는 읍 들머리들어가는 맨 첫머리에서 잠시 망설이다가, 정거장 쪽과는 반대되는 방향으로 걸음을 옮겼다. 장거리를 찾아가는 것이었다. 진수가 돌아오는데 고등어나 한 손 사 가지고 가야 될 거 아닌가, 싶어서였다. 장날은 아니었으나, 고깃전에는 없는 고기가 없었다. 이것을 살까 하면 저것이 좋아 보이고 그것을 사러 가면 또 그 옆의 것이 먹음직해 보였다. 한참 이리저리 서성거리다가 결국은 고등어 한 손이었다. 그것을 달랑달랑 들고 정거장을 향해 가는데, 겨드랑 밑이 간질간질해 왔다. 그러나 한쪽밖에 없는 손에 고등어를 들었으니 참 딱했다. 어깻죽지를 연방 위아래로 움직거리는 수밖에 없었다.

정거장 대합실에 들어선 만도는 먼저 벽에 걸린 시계부터 바라보았다. 두 시 이십 분이었다. 벌써 두 시 이십 분이니 내가 잘못 보았나? 아무리 두 눈을 씻고 보아도 시계는 틀림없는 두 시 이십 분이었다. 한쪽 걸상에 가서 궁둥이를 붙이면서도 곧장 미심쩍어 했다. 두 시 이십 분이라니, 그럼 벌써 점심때가 겨웠단지났단 말인가? 말도 아닌 것이다. 자세히 보니 시계는 유리가 깨어졌고 먼지가 꺼멓게 앉아 있었다. 그러면 그렇지, 엉터리였다. 벌써 그렇게 되었을 리가 없는 것이다.

"여보이소, 지금 몇 싱교?"

맞은편에 앉은 양복쟁이한테 물어보았다.

"열 시 사십 분이오."

"예, 그렁교."

만도는 고개를 굽실하고는 두 눈을 연방 껌벅거렸다. 열 시 사십 분이라, 보자 그럼 아직도 한 시간이나 넘어 남았구나. 그는 안심이 되는 듯 후유, 숨을 내쉬었다. 궐련얇은 종이로 가늘고 길게 말아 놓은 담배을 한 개 빼 물고 불을 댕겼다.

정거장 대합실에 와서 이렇게 도사리고 앉아 있노라면, 만도는 곧잘 생각나는 일이 한 가지 있었다. 그 일이 머리에 떠오르면 등골을 찬 기운이 작 스쳐 내려가는 것이었다. 손가락이 시퍼렇게 굳어진 이끼 낀 나무토막 같은 팔뚝이 지금도 저만큼 눈앞에 보이는 듯했다.

바로 이 정거장 마당에 백 명 남짓한 사람들이 모여 웅성거리고 있었다. 그중에는 만도도 섞여 있었다. 기차를 기다리고 있는 것이었으나, 그들은 모두 자기네들이 어디로 가는 것인지 알지를 못했다. 그저 차를 타라면 탈 사람들이었다. 징용에 끌려 나가는 사람들이었다. 그러니까 지금으로부터 십이삼 년 옛날의 이야기인 것이다.

북해도 탄광으로 갈 것이라는 사람도 있었고 틀림없이 남양군도로 간다는 사람도 있었다. 더러는 만주로 가면 좋겠다고 하기도 했다. 만도는 북해도가 아니면 남양군도일 것이고, 거기도 아니면 만주겠지, 설마 저희들이 하늘 밖으로야 끌고 가겠느냐고 아무렇지도 않은 듯이 그 들창코로 담배 연기를 푹푹 내뿜고 있었다. 그러나 마음이 좀 덜 좋은 것은 마누라가 저쪽 변소 모퉁이 벚나무 밑에 우두커니 서서 한눈도 안 팔고 이쪽만을 바라보고 있는 때문이었다. 그래서 그는 주머니 속에 성냥을 두고도 옆 사람에게 불을 빌리자고 하며 슬며시 돌아서 버리곤 했다.

플랫폼으로 나가면서 뒤를 돌아보니 마누라는 울울타리 밖에 서서 수건으로 코를 눌러 대고 있는 것이었다. 만도는 코허리가 찡했다. 기차가 꽥꽥 소리를 지르면서 '덜커덩' 하고 움직이기 시작했을 때는 정말 덜 좋았다. 눈앞이 뿌우옇게 흐려지는 것을 어쩌지 못했다. 그러나 정거장이 까맣게 멀어져 가고 차창 밖으로 새로운 풍경이 휙휙 날아들자, 그제야 아무렇지도 않아지는 것이었다. 오히려 기분이 유쾌해지는 것 같기도 했다.

바다를 본 것도 처음이었고, 그처럼 큰 배에 몸을 실어 본 것은 더구나 처음이었다. 배 밑창에 엎드려서 꽥꽥 게워 내는 사람들이 많았으나, 만도는 그저 골이 좀 띵했을 뿐 아무렇지도 않았다. 더러는 하루에 두 개씩 주는 뭉치 밥을 남기기도 했으나, 그는 한꺼번에 하루 것을 뚝딱해도 시원찮았다.

모두들 내릴 준비를 하라는 명령이 떨어진 것은 사흘째 되는 날 황혼黃昏 해가 지고 조금 어둑한 때 때였다. 제가끔저마다 각기 봇짐을 챙기기에 바빴다. 만도도 호박 덩이만 한 보따리를 옆구리에 덜렁 찼다. 갑판 위에 올라가 보니 하늘은 활활 타오르고 있고, 바닷물은 불에 녹은 쇠처럼 벌겋게 출렁거리고 있었다. 지금 막 태양이 물 위로 뚝딱 떨어져 가는 것이었다. 햇덩어리가 어쩌면 그렇게 크고 붉은지 정말 처음이었다. 그리고 바다 위에 주황빛으로 번쩍거리는 커다란 산이 둥둥 떠 있는 것이었다. 무시무시하도록 황홀한 광경에 모두들 딱 벌어진 입을 다물 줄 몰랐다. 만도는 어깨마루를 버쩍 들어 올리면서, 히야 고함을 질러 댔다. 그러나 섬에서 그들을 기다리고 있는 것은 숨 막히는 더위와 강제 노동과 그리고, 잠자리만씩이나 한 모기떼……. 그런 것뿐이었다.

섬에다가 비행장을 닦는 것이었다. 모기에게 물려 혹이 된 자리를 벅벅 긁으며, 비 오듯 쏟아지는 땀을 무릅쓰고, 아침부터 해가 떨어질 때까지 산을 허물어 내고, 흙을 나르고 하기란, 고향에서 농사일에 뼈가 굳어진 몸에도 이만저만한 고역苦役 몹시 힘들고 고되어 견디기 어려운 일이 아니었다. 물도 입에 맞지 않았고, 음식도 이내 변하곤 해서 도저히 견디어 낼 것 같지가 않았다. 게다가 병까지 돌았다. 일을 하다가도 벌떡 자빠지기가 예사였다. 그러나 만도는 아침저녁으로 약간씩 설사를 했을 뿐, 넘어지지는 않았다. 물도 차츰 입에 맞아 갔고, 고된 일도 날이 감에 따라 몸에 배어드는 것이었다. 밤에 날개를 치며 몰려드는 모기떼만 아니면 그냥저냥 배겨 내겠는데, 정말 그놈의 모기들만은 질색이었다.

사람의 일이란 무서운 것이었다. 그처럼 험난하던 산과 산 틈바구니에 비행장을 닦아 내고야 말았던 것이다. 허나 일은 그것으로 끝나는 것이 아니고, 오히려 더 벅찬 일이 닥치는 것이었다. 연합군의 비행기가 날아들면서부터 일은 밤중까지 계속되었다. 산허리에 굴을 파 들어가는 것이었다. 비행기를 집어넣을 굴이었다. 그리고 모든 시설을 다 굴속으로 옮겨야 하는 것이었다.

여기저기 다이너마이트 튀는 소리가 산을 흔들어 댔다. 앵앵앵 하고 공습경보空襲警報 적의 항공기가 갑자기 공격해 왔을 때 위험을 알리는 경보가 나면 일을 하던 손을 놓고 모두가 굴 바닥에 납작납작 엎드려 있어야 했다. 비행기가 돌아갈 때까지 그러고 있는 것이었다. 어떤 때는 근 한 시간 가까이나 엎드려 있어야 하는 때도 있었는데 차라리 그것이 얼마나 편한지 몰랐다. 그래서 더러는 공습이 있기를 은근히 기다리기도 했다. 때로는 공습경보의 사이렌을 듣지 못하고 그냥 일을 계속하는 수도 있었다. 그럴 때면 모두 큰 손해를 보았다고 야단들이었다. 어떻게 된 셈인지 사이렌이

미처 불기 전에 비행기가 산등성이를 넘어 달려드는 수도 있었다. 그럴 때는 정말 질겁을 하는 것이었다. 가장 많은 손해를 입는 것도 그런 경우였다. 만도가 한쪽 팔뚝을 잃어버린 것도 바로 그런 때의 일이었다.

여느 날과 다름없이 굴속에서 바위를 허물어 내고 있었다. 바위 틈서리에 구멍을 뚫어서 다이너마이트를 장치하는 것이었다. 장치가 다 되면 모두 바깥으로 나가고, 한 사람만 남아서 불을 댕기는 것이다. 그리고 그것이 터지기 전에 얼른 밖으로 뛰어나와야 되었다.

만도가 불을 댕기는 차례였다. 모두 바깥으로 나가 버린 다음 그는 성냥을 꺼냈다. 그런데 웬 영문인지 기분이 께름칙했다. 모기에게 물린 자리가 자꾸 쑥쑥 쑤시는 것이다. 긁적긁적 긁어 댔으나 도무지 시원한 맛이 없었다. 그는 이맛살을 찌푸리면서 성냥을 득 그었다. 그래 그런지 몰라도, 불은 이내 픽 하고 꺼져 버렸다. 성냥 알맹이 네 개째에서 겨우 심지에 불이 댕겨졌다. 심지에 불이 붙는 것을 보자 그는 얼른 몸을 굴 밖으로 날렸다. 바깥으로 막 나서려는 때였다. 산이 무너지는 듯한 소리와 함께 사나운 바람이 귓전을 후려갈기는 것이었다. 만도는 정신이 아찔했다. 공습이었던 것이다. 산등성이를 넘어 달려든 비행기가 머리 위로 아슬아슬하게 지나가는 것이었다. 미처 정신을 차리기도 전에 또 한 대가 뒤따라 날아드는 것이 아닌가. 만도는 그만 넋을 잃고 굴 안으로 도로 달려 들어갔다. 달려 들어가서 굴 바닥에 아무렇게나 팍 엎드러져 버리고 말았다. 그 순간이었다. '쾅!' 굴 안이 미어지는 듯하면서 다이너마이트가 터졌다. 만도의 두 눈에서 불이 번쩍했다.

만도가 어렴풋이 눈을 떠 보니, 바로 거기 눈앞에 누구의 것인지 모를 팔뚝이 하나 아무렇게나 던져져 있었다. 손가락이 시퍼렇게 굳어져서, 마치 이끼 낀 나무토막처럼 보이는 것이었다. 만도는 그것이 자기의 어깨에 붙어 있던 것인 줄을 알자, 그만 '으악' 하고 정신을 잃어버렸다. 재차 눈을 떴을 때는 그는 폭삭한 담요 속에 누워 있었고, 한쪽 어깻죽지가 못 견디게 쿡쿡 쑤셔 댔다. 절단 수술은 이미 끝난 뒤였다.

꽤애액— 기적 소리였다. 멀리 산모퉁이를 돌아오는가 보다. 만도는 앉았던 자리를 털고 벌떡 일어서며, 옆에 놓아두었던 고등어를 집어 들었다. 기적 소리가 가까워질수록 그의 가슴은 울렁거렸다. 대합실 밖으로 뛰어나가 플랫폼이 잘 보이는 울타리 쪽으로 가서 발돋움을 하였다.

째랑째랑 하고 종이 울자, 잠시 후 차는 소리를 지르면서 달려들었다. 기관차의 옆구리에서는 김이 픽픽 품겨 나왔다. 만도의 얼굴은 바짝 긴장되었다. 시커먼 열차 속에서 꾸역꾸역 사람들이 밀려 나왔다. 꽤 많은 손님이 쏟아져 내리는 것이었다. 만도의 두 눈은 곧장 이리저리 굴렀다. 그러나 아들의 모습은 쉽사리 눈에 띄지 않았다. 저쪽 출찰구로 빌려가는 사람들의 물결 속에, 두 개의 지팡이를 의지하고 절룩거리며 걸어 나가는 상이군인傷痍軍人 전투나 군사상 공무 중에 몸을 다친 군인이 있었으나, 만도는 그 사람에게 주의를 기울이지는 않았다.

기차에서 내릴 사람은 모두 내렸는가 보다. 이제 미처 차에 오르지 못한 사람들이 플랫폼을 이리저리 서성거리고 있을 뿐인 것이다. 그놈이 거짓으로 편지를 띄웠을 리는 없을 건데……. 만도는 자꾸 가슴이 떨렸다. 이상한 일이다, 하고 있을 때였다. 분명히 뒤에서,

"아부지!"

부르는 소리가 들렸다. 만도는 깜짝 놀라며, 얼른 뒤를 돌아보았다. 그 순간, 만도의 두 눈은 무섭도록 크게 떠지고 입은 딱 벌어졌다. 틀림없는 아들이었으나, 옛날과 같은 진수는 아니었다. 양쪽 겨드랑이에 지팡이

를 끼고 서 있는데, 스쳐 가는 바람결에 한쪽 바짓가랑이가 펄럭거리는 것이 아닌가.

만도는 눈앞이 노오래지는 것을 어쩌지 못했다. 한참 동안 그저 멍멍하기만 하다가, 코허리가 찡해지면서 두 눈에 뜨거운 것이 핑 도는 것이었다.

"에라이, 이놈아!"

만도의 입술에서 모지게 튀어나온 첫마디였다. 떨리는 목소리였다. 고등어를 든 손이 불끈 주먹을 쥐고 있었다.

"이기 무슨 꼴이고, 이기."

"아부지!"

"이놈아, 이놈아……."

만도의 들창코가 크게 벌름거리다가 훌쩍 물코를 들이마셨다.

진수의 두 눈에서는 어느 결에 눈물이 꾀죄죄하게 흘러내리고 있었다. 만도는 모든 게 진수의 잘못이기나 한 듯 험한 얼굴로,

"가자, 어서!"

무뚝뚝한 한마디를 내던지고는 성큼성큼 앞장을 서 가는 것이었다.

진수는 입술에 내려와 묻는 짭짤한 것을 혀끝으로 날름 핥아 버리면서, 절름절름 아버지의 뒤를 따랐다.

앞장서 가는 만도는 뒤따라오는 진수를 한 번도 돌아보지 않았다. 한눈을 파는 법도 없었다. 무겁디무거운 짐을 진 사람처럼 땅바닥만을 내려다보며, 이따금 끙끙거리면서 부지런히 걸어만 가는 것이다. 지팡이에 몸을 의지하고 걷는 진수가 성한 사람의, 게다가 부지런히 걷는 걸음을 당해 낼 수는 도저히 없었다. 한 걸음 두 걸음씩 뒤지기 시작한 것이, 그만 작은 소리로 불러서는 들리지 않을 만큼 떨어져 버리고 말았다. 진

수는 목구멍을 왈칵 넘어오려는 뜨거운 기운을 꾹 참느라고 어금니를 야물게 깨물어 보기도 하였다. 그리고 두 개의 지팡이와 한 개의 다리를 열심히 움직여 대는 것이었다.

앞서 간 만도는 주막집 앞에 이르자, 비로소 한 번 뒤를 돌아보았다. 진수는 오다가 나무 밑의 그늘에서 오줌을 누고 있었다. 지팡이는 땅바닥에 던져 놓고, 한쪽 손으로는 볼일을 보고, 한쪽 손으로는 나무둥치를 감싸 안고 있는 모양이 을씨년스럽기 이를 데 없는 꼬락서니였다. 만도는 눈살을 찌푸리며, '으음' 하고 신음 소리 비슷한 무거운 소리를 토했다. 그리고 술 방 앞으로 가서 방문을 왈칵 잡아당겼다.

기역 자 판 안에 도사리고 앉아서 속옷을 뒤집어 까고 이를 잡고 있던 여편네가 킥 하고 웃으며 후닥닥 옷섶을 여몄다. 그러나 만도는 웃지를 않았다. 방문턱을 넘어서면서도 서방님 들어가신다는 소리를 내뱉지 않았다. 아마 이처럼 뚝뚝한 얼굴을 하고 이 술 방에 들어서기란 처음일 것이다. 여편네가 멋도 모르고,

"오늘은 서방님 아닌가 배."

하고 킬킬 웃었으나, 만도는 '으음' 또 무거운 신음 소리를 했을 뿐 도시都是 도무지 기분을 내지 않았다. 기역 자 판 앞에 가서 쭈그리고 앉기가 바쁘게,

"빨리빨리."

재촉을 하였다.

"하따나, 어지간히도 바쁜가 배."

"빨리 꼬빼기곱빼기로 한 사발 달라니까구마."

"오늘은 와 이카노?"

여편네가 쳐 주는 술 사발을 받아 들며, 만도는 '휴유……' 하고 숨을

크게 내쉬었다. 그리고 입을 얼른 사발로 가져갔다. 꿀꿀꿀, 잘도 넘어가는 것이다. 그 큰 사발을 단숨에 비워 버리고는, 도로 여편네 눈앞으로 불쑥 내밀었다. 그렇게 거들빼기로[거듭] 석 잔을 해치우고사 '으으윽' 하고 게트림을 하였다. 여편네가 눈을 휘둥그레 가지고 혀를 내둘렀다. 빈 속에 술을 그처럼 때려 마시고 보니, 금세 눈두덩이 확확 달아오르고, 귀뿌리가 발갛게 익어 갔다.

술기가 얼큰하게 돌자, 이제 좀 속이 풀리는 성싶어 방문을 열고 바깥을 내다보았다. 진수는 이마에 땀을 척척 흘리면서 저만큼 오고 있었다.

"진수야!"

버럭 소리를 질렀다.

"이리 들어와 보래."

"……."

진수는 아무런 대꾸도 없이 어기적어기적 다가왔다. 다가와서 방문턱에 걸터앉으니까, 여편네가 보고,

"방으로 좀 들어오이소."

하였다.

"여기 좋심더."

그는 수세미 같은 손수건으로 이마와 코언저리를 아무렇게나 훔친다.

"마 아무 데서나 묵어라. 저, 국수 한 그릇 말아 주소."

"야."

"꼬빼기로 잘 좀……. 참지름도 치소, 알았능교?"

"야아."

여편네는 코로 히죽 웃으면서 만도의 옆구리를 살짝 꼬집고는, 소쿠리에서 삶은 국수 두 뭉텅이를 집어 들었다.

진수가 국수를 훌훌 끌어 넣고 있을 때, 여편네는 만도의 귓전으로 얼굴을 살짝 갖다 댄다.

"아들이가?"

만도는 고개를 약간 앞뒤로 끄덕거렸을 뿐, 좋은 기색을 하지 않았다. 진수가 국물을 훌쩍 들이마시고 나자, 만도는,

"한 그릇 더 묵을래?"

하였다.

"아니예."

"한 그릇 더 묵지 와."

"고만 묵을랍니더."

진수는 입술을 싹 닦으며 푸시시 자리에서 일어났다.

주막을 나선 그들 부자는 논두렁길로 접어들었다. 아까와 같이 만도가 앞장을 서는 것이 아니라, 이번에는 진수를 앞세웠다. 지팡이를 짚고 찌긋둥찌긋둥 앞서 가는 아들의 뒷모습을 바라보며, 팔뚝이 하나밖에 없는 아버지가 느릿느릿 따라가는 것이다. 손에 매달린 고등어가 대고 달랑달랑 춤을 추었다. 너무 급하게 들이마셔서 그런지, 만도의 배 속에서는 우글우글 술이 끓고, 다리가 휘청거렸다. 콧구멍으로 더운 숨을 훅훅 내불어 보니 정신이 아른해서 역시 좋았다.

"진수야!"

"예."

"니 우짜다가 그래 됐노?"

"전쟁하다가 이래 안 됐심니꼬. 수류탄 쪼가리에 맞았심더."

"수류탄 쪼가리에?"

"예."

"음……."

"얼른 낫지 않고 막 썩어 들어가기 땜에 군의관이 짤라 버립디더, 병원에서예."

"……."

"아부지!"

"와?"

"이래 가지고 우째 살까 싶습니더."

"우째 살긴 뭘 우째 살아? 목숨만 붙어 있으면 다 사는 기다. 그런 소리 하지 마라."

"……."

"나 봐라, 팔뚝이 하나 없어도 잘만 안 사나. 남 봄에 좀 덜 좋아서 그렇지, 살기사 와 못 살아."

"차라리 아부지같이 팔이 하나 없는 편이 낫겠어예. 다리가 없어 노니, 첫째 걸어 댕기기에 불편해서 똑 죽겠심더."

"야야, 안 그렇다. 걸어 댕기기만 하면 뭐하노, 손을 지대로 놀려야 일이 뜻대로 되지."

"그러까예?"

"그렇다니까. 그러니까 집에 앉아서 할 일은 니가 하고, 나댕기메 할 일은 내가 하고, 그라면 안 되겠나, 그제?"

"예."

진수는 가벼운 한숨을 내쉬며 아버지를 돌아보았다. 만도는 돌아보는 아들의 얼굴을 향해 지그시 웃어 주었다.

술을 마시고 나면 이내 오줌이 마려워지는 것이다. 만도는 길가에 아무렇게나 쭈그리고 앉아서 고기 묶음을 입에 물려고 하였다. 그것을 본

진수는,

“아부지, 그 고등어 이리 주이소.”

하였다.

팔이 하나밖에 없는 몸으로 물건을 손에 든 채 소변을 볼 수는 없는 것이다. 아버지가 볼일을 마칠 때까지, 진수는 저만큼 떨어져 서서 지팡이를 한쪽 손에 모아 쥐고, 다른 손으로 고등어를 들고 있었다. 볼일을 다 본 만도는 얼른 가서 아들의 손에서 고등어를 다시 받아 든다.

개천 둑에 이르렀다. 외나무다리가 놓여 있는 그 시냇물이다. 진수는 슬그머니 걱정이 되었다. 물은 그렇게 깊은 것 같지 않지만, 밑바닥이 모래흙이어서 지팡이를 짚고 건너가기가 만만할 것 같지 않기 때문이다. 외나무다리는 도저히 건너갈 재주가 없고……. 진수는 하는 수 없이 둑에 퍼지고 앉아서 바짓가랑이를 걷어 올리기 시작했다.

만도는 잠시 멀뚱히 서서 아들의 하는 양을 내려다보고 있다가,

“진수야, 그만두고, 자아 업자.”

하는 것이었다.

“업고 건너면 일이 다 되는 거 아니가. 자아, 이거 받아라.”

고등어 묶음을 진수 앞으로 민다.

진수는 퍽 난처해하면서, 못 이기는 듯이 그것을 받아 들었다. 만도는 등허리를 아들 앞에 갖다 대고, 하나밖에 없는 팔을 뒤로 버쩍 내밀며,

“자아, 어서!”

했다.

진수는 지팡이와 고등어를 각각 한 손에 쥐고, 아버지의 등허리로 가서 슬그머니 업혔다. 만도는 팔뚝을 뒤로 돌리면서, 아들의 하나뿐인 다리를 꼭 안았다. 그리고,

"팔로 내 목을 감아야 될 끼다."

했다.

진수는 무척 황송한 듯 한쪽 눈을 찍 감으면서, 고등어와 지팡이를 든 두 팔로 아버지의 굵은 목덜미를 부둥켜안았다.

만도는 아랫배에 힘을 주며, '끙' 하고 일어났다. 아랫도리가 약간 후들거렸으나 걸어갈 만은 했다. 외나무다리 위로 조심조심 발을 내디디며 만도는 속으로, '이제 새파랗게 젊은 놈이 벌써 이게 무슨 꼴이고. 세상을 잘못 만나서 진수 니 신세도 참 똥이다, 똥' 이런 소리를 주워섬겼고, 아버지의 등에 업힌 진수는 곧장 미안스러운 얼굴을 하며, "나꺼정 이렇게 되다니, 아부지도 참 복도 더럽게 없지. 차라리 내가 죽어 버렸더라면 나았을 낀데……." 하고 중얼거렸다.

만도는 아직 술기가 약간 있었으나, 용케 몸을 가누며 아들을 업고 외나무다리를 조심조심 건너가는 것이었다.

눈앞에 우뚝 솟은 용머리재가 이 광경을 가만히 내려다보고 있었다.

수난이대

작가 소개

하근찬(河瑾燦, 1931~2007)

경상북도 영천에서 태어났다. 1957년 〈한국일보〉 신춘문예에 「수난이대」가 당선되면서 등단했다. 하근찬은 6 · 25 전쟁 이후 황폐해진 소시민의 내면세계에 천착했던 동시대 작가들과 달리 현실 속에 드러난 사회적 모순을 고발하는 작품을 많이 발표했다. 궁핍한 농촌을 무대로, 민족의 비극과 사회 병리의 단면을 포착해 형상화했다는 평가를 받았다. 그의 작품 속에 묘사된 농촌은 단순한 자연 공간이 아니라 역사적 수난과 고통을 가장 절실하게 축적해 온 삶의 현장이다. 주요 작품으로는 「나룻배 이야기」(1959), 「흰 종이수염」(1959), 「화가 남궁씨의 수염」(1985), 「여제자」(1987) 등이 있다.

작품 정리

- **갈래** 가족사 소설, 본격 소설, 전후 소설
- **성격** 토속적, 해학적, 사실적
- **배경** 시간 – 일제 강점기에서 6 · 25 전쟁 직후까지 / 공간 – 전쟁의 상흔이 남아 있는 농촌(현실적 공간), 태평양 전쟁 당시 어떤 섬과 6 · 25 전쟁터(허구적 공간)
- **시점** 3인칭 전지적 작가 시점(3인칭 작가 관찰자 시점을 함께 사용함)
- **구성** '발단 – 전개 – 위기 – 절정 – 결말'의 5단계 구성
- **특징** 사실적 묘사와 상징적 묘사를 함께 사용함
- **주제** 민족의 수난과 이를 극복하려는 의지
- **출전** 〈한국일보〉(1957)

구성과 줄거리

- **발단 만도가 전쟁터에서 돌아오는 아들을 마중 나감**

  박만도는 삼대독자인 진수가 살아서 돌아온다는 통지를 받고, 이른 아침부터 서둘러 역으로 마중을 나간다.

- **전개 일제의 징용에 끌려가 한쪽 팔을 잃은 과거를 회상함**

  만도는 아들이 병원에서 나온다는 말에 걱정은 되지만 자신처럼 되지는 않았으리라 확신하며 한쪽 팔이 없는 자신의 모습을 내려다본다. 진수에게 주려고 장에서 고등어 한 마리를 사 들고 온 만도는 역 대합실에서 과거를 회상한다. 그는 일제의 강제 징용에 끌려가 어떤 섬에 도착했다. 어느 날 그는 공습을 피해 다이너마이트를 장치한 굴로 들어갔다가 폭음과 함께 팔을 잃게 됐다.

- **위기 아들이 다리 하나를 잃은 것을 보고 실망함**

  만도는 기차에서 내린 아들이 한쪽 다리가 없이 지팡이를 끼고 있는 것을 보고 크게 실망한다. 아버지와 아들은 앞서거니 뒤서거니 하며 집으로 향한다. 진수는 자신이 뒤처지기 시작하자 눈물을 참느라 애쓴다.

- **절정 만도가 아들의 하소연을 듣고 위로함**

  뒤도 안 돌아보고 걷던 만도는 주막에 들러 술을 마시고 진수에게는 국수를 시켜 준다. 집으로 돌아가면서 술기운이 돈 만도는 자초지종을 묻는다. 수류탄 때문에 그렇게 됐다는 것을 알게 된 만도는 앞으로 어떻게 살아가야 하느냐고 하소연하는 아들을 위로한다.

- **결말 외나무다리에서 아버지가 아들을 업고 건넘**

  외나무다리에 이르자 만도는 머뭇거리는 진수에게 등에 업히라고 한다. 진수는 지팡이와 고등어를 각각 한 손에 들고 아버지의 등에 업힌다. 서로를 의지하며 다리를 건너는 부자를 우뚝 솟아오른 용머리재가 가만히 내려다본다.

생각해 보세요

1 이 작품에 사용된 주된 소재들의 상징적 의미는 무엇인가?

'고등어'와 '국수'는 아들 진수가 좋아하는 음식이다. '고등어'를 사 들고 진수를 기다리는 행동과 집으로 돌아가는 길에 진수에게 '국수'를 사 먹이는 행동은 무뚝뚝한 만도의 애정 표현이라고 할 수 있다. '주막'은 아버지와 아들의 갈등이 누그러지는 완충 공간이고, '술'은 절망을 희망으로 바꾸는 촉매제이다. 그리고 '외나무다리'는 아버지와 아들이 앞으로 겪게 될 힘겨운 일상을 상징한다. 외나무다리를 건널 때, 아버지가 아들을 업는다는 설정은 서로 의지하면 개인의 비극과 민족의 비극을 충분히 극복할 수 있다는 주제 의식을 드러낸 것이다.

2 이 작품의 구성상 특징은 무엇인가?

이 작품은 내용상 전형적인 5단계 구성을 취하고 있지만, 심리적인 측면에서 해석한다면 결말 부분을 또 하나의 절정으로 생각할 수 있다. 이렇게 본다면 현대 소설이 가지고 있는 결말 없는 구성을 이 작품에서도 찾아볼 수 있다. 전체적으로는 진수를 마중 나간 만도가 진수와 만나서 집으로 돌아오기까지의 과정을 묘사하고 있으며 시간의 흐름에 따른 순차적인 구성을 보여 주고 있다.

인물관계도
어서 학이나 몰아오너라.
한때 동무
현재 반대편
성삼
덕재
치안 대원인 저(성삼)는 인민군 협력자 덕재가 묶여 있는 것을 보았어요. 덕재와 저는 어린 시절 단짝 친구였지요. 저는 자청해서 덕재를 호송했어요. 덕재와 대화하면서 잠시 적대감을 품었지만 곧 진실을 알게 되었지요. 학 떼를 보자 덕재와 학 사냥을 하던 어린 시절이 떠올랐어요. 결국 저는 학 사냥이나 한번 하자며 덕재의 포승줄을 풀어 주었답니다.

학

삼팔 접경의 이 북쪽 마을은 드높이 갠 가을하늘 아래 한껏 고즈넉했다고요하고 아늑했다.

주인 없는 집 봉당封堂 안방과 건넌방 사이의 마루를 놓을 자리에 마루를 놓지 않고 흙바닥 그대로 둔 곳에 흰 박통만이 흰 박통만을 의지하고 굴러 있었다.

어쩌다 만나는 늙은이는 담뱃대부터 뒤로 돌렸다. 아이들은 또 아이들대로 멀찌감치서 미리 길을 비켰다. 모두 겁에 질린 얼굴들이었다.

동네 전체로는 이번 동란에 깨어진 자국이라곤 별로 없었다. 그러나 어쩐지 자기가 어려서 자란 옛 마을은 아닌 성싶었다.

뒷산 밤나무 기슭에서 성삼이는 발걸음을 멈추었다. 거기 한 나무에 기어올랐다. 귓속 멀리서, 요놈의 자식들이 또 남의 밤나무에 올라가는구나, 하는 혹부리 할아버지의 고함 소리가 들려왔다. 그 혹부리 할아버지도 그새 세상을 떠났는가, 몇 사람 만난 동네 늙은이 가운데 뵈지 않았다.

성삼이는 밤나무를 안은 채 잠시 푸른 가을 하늘을 치어다보았다. 흔들지도 않은 밤나무 가지에서 남은 밤송이가 저 혼자 아람밤 따위가 충분히 익어 저절로 떨어질 정도가 된 상태이 벌어져 떨어져 내렸다.

임시 치안대 사무소로 쓰고 있는 집 앞에 이르니, 웬 청년 하나가 포승捕繩 죄인을 잡아 묶는 노끈에 묶이어 있다.

이 마을에서 처음 보다시피 하는 젊은이라, 가까이 가 얼굴을 들여다 보았다. 깜짝 놀랐다. 바로 어려서 단짝 동무였던 덕재가 아니냐.

천태에서 같이 온 치안 대원에게 어찌된 일이냐고 물었다. 농민 동맹 부위원장을 지낸 놈인데 지금 자기 집에 잠복해 있는 걸 붙들어 왔다는 것이다. 성삼이는 거기 봉당 위에 앉아 담배를 피워 물었다.

덕재를 청단까지 호송護送 죄수를 어떤 곳에서 목적지로 감시하면서 데려가는 일하기로 되었다. 치안 대원 청년 하나가 데리고 가기로 했다.

성삼이가 다 탄 담배꼬투리에서 새로 담뱃불을 댕겨 가지고 일어섰다.

"이 자식은 내가 데리구 가지요."

덕재는 한결같이 외면한 채 성삼이 쪽은 보려고도 하지 않았다.

동구 밖을 벗어났다.

성삼이는 연거푸 담배만 피웠다. 담배 맛은 몰랐다. 그저 연기만 기껏 빨았다 내뿜곤 했다. 그러다가 문득 이 덕재 녀석도 담배 생각이 나려니 하는 생각이 들었다. 어려서 어른들 몰래 담모퉁이에서 호박잎 담배를 나눠 피우던 생각이 났다. 그러나 오늘 이놈에게 담배를 권하다니 될 말이냐.

한번은 어려서 덕재와 같이 혹부리 할아버지네 밤을 훔치러 간 일이 있었다. 성삼이가 나무에 올라갈 차례였다. 별안간 혹부리 할아버지의 고함 소리가 들려왔다. 나무에서 미끄러져 떨어졌다. 엉덩이에 밤송이가 찔렸다. 그러나 그냥 달렸다. 혹부리 할아버지가 못 따라올 만큼 멀리 가서야 절로 눈물이 찔끔거려졌다. 덕재가 불쑥 자기 밤을 한 줌 꺼내어 성삼이 호주머니에 넣어 주었다…….

성삼이는 새로 불을 댕겨 문 담배를 내던졌다. 그러고는 이 덕재 자식을 데리고 가는 동안 다시 담배는 붙여 물지 않으리라 마음먹는다.

고갯길에 다다랐다. 이 고개는 해방 전전해 성삼이가 삼팔 이남 천태 부근으로 이사 가기까지 덕재와 더불어 늘 꼴말이나 소에게 먹이는 풀 베러 넘나들던 고개다.

성삼이는 와락 저도 모를 화가 치밀어 고함을 질렀다.

"이 자식아, 그동안 사람을 멫이나 죽였냐?"

그제야 덕재가 힐끗 이쪽을 바라다보더니 다시 고개를 거둔다.

"이 자식아, 사람 멫이나 죽였어?"

덕재가 다시 고개를 이리로 돌린다. 그러고는 성삼이를 쏘아본다. 그 눈이 점점 빛을 너해 가며 제법 수염발 잡힌 입언저리가 실룩거리더니,

"그래 너는 사람을 그렇게 죽여 봤니?"

이 자식이! 그러면서도 성삼이의 가슴 한복판이 환해짐을 느낀다. 막혔던 무엇이 풀려 내리는 것만 같은. 그러나,

"농민 동맹 부위원장쯤 지낸 놈이 왜 피하지 않구 있었어? 필시 무슨 사명을 맡구 잠복해 있는 거지?"

덕재는 말이 없다.

"바른대루 말해라. 무슨 사명을 띠구 숨어 있었냐?"

그냥 덕재는 잠잠히 걷기만 한다. 역시 이 자식 속이 꿀리는 모양이구나. 이런 때 한번 낯짝을 봤으면 좋겠는데 외면한 채 다시는 고개를 돌리지 않는다.

성삼이는 허리에 찬 권총을 잡으며,

"변명은 소용없다. 영락없이 넌 총살감이니까. 그저 여기서 바른대루

말이나 해 봐라."

덕재는 그냥 외면한 채,

"변명은 할려구두 않는다. 내가 제일 빈농貧農 가난한 농민의 자식인 데다가 근농꾼부지런히 농사 짓는 농민이라구 해서 농민 동맹 부위원장 됐든 게 죽을 죄라면 하는 수 없는 거구, 나는 예나 이제나 땅 파먹는 재주밖에 없는 사람이다."

그리고 잠시 사이를 두어,

"지금 집에 아버지가 앓아누웠다. 벌써 한 반년 된다."

덕재 아버지는 홀아비로 덕재 하나만 데리고 늙어 오는 빈농꾼이었다. 칠 년 전에 벌써 허리가 굽고 검버섯이 돋은 얼굴이었다.

"장간 안 들었냐?"

잠시 후에,

"들었다."

"누와?"

"꼬맹이와."

아니 꼬맹이와? 거 재미있다. 하늘 높은 줄 모르고 땅 넓은 줄만 알아, 키는 작고 똥똥하기만 한 꼬맹이. 무던히 새침데기였다. 그것이 얄미워서 덕재와 자기는 번번이 놀려서 울려 주곤 했다. 그 꼬맹이한테 덕재가 장가를 들었다는 것이다.

"그래 애가 몇이나 되나?"

"이 가을에 첫애를 낳는대나."

성삼이는 그만 저도 모르게 터져 나오려는 웃음을 겨우 참았다. 제 입으로 애가 몇이나 되느냐 묻고서도 이 가을에 첫애를 낳게 됐다는 말을 듣고는 우스워 못 견디겠는 것이다. 그러지 않아도 작은 몸에 큰 배를 한

아름 안고 있을 꼬맹이. 그러나 이런 때 그런 일로 웃거나 농담을 할 처지가 아니라는 걸 깨달으며,

"하여튼 네가 피하지 않구 남아 있는 건 수상하지 않어?"

"나두 피하려구 했었어. 이번에 이남서 쳐들어오믄 사내란 사낸 모조리 잡아 죽인다구 열일곱에서 마흔 살까지의 남자는 강제루 북으로 이동하게 됐었어. 할 수 없이 나두 아버질 업구라두 피난 갈까 했지. 그랬드니 아버지가 안 된다는 거야. 농사꾼이 다 지어 놓은 농살 내버려 두구 어딜 간단 말이냐구. 그래 나만 믿구 농사일루 늙으신 아버지의 마지막 눈이나마 내 손으루 감겨 드려야겠구, 사실 우리같이 땅이나 파먹는 것이 피난 간댔자 별수 있는 것두 아니구……."

지난 유월 달에는 성삼이 편에서 피난을 갔었다. 밤에 몰래 아버지더러 피난 갈 이야기를 했다. 그때 성삼이 아버지도 같은 말을 했다. 농사꾼이 농사일을 늘어놓구 어디루 피난 간단 말이냐. 성삼이 혼자서 피난을 갔다. 남쪽 어느 낯선 거리와 촌락을 헤매 다니면서 언제나 머리에서 떠나지 않는 건 늙은 부모와 어린 처자에게 맡기고 나온 농사일이었다. 다행히 그때나 이제나 자기네 식구들은 몸 성히들 있다.

고갯마루를 넘었다. 어느새 이번에는 성삼이 편에서 외면을 하고 걷고 있었다. 가을 햇볕이 자꾸 이마에 따가웠다. 참 오늘 같은 날은 타작하기에 꼭 알맞은 날씨라고 생각했다.

고개를 다 내려온 곳에서 성삼이는 주춤 발걸음을 멈추었다.

저쪽 벌 한가운데 흰 옷을 입은 사람들이 허리를 굽히고 섰는 것 같은 것은 틀림없는 학 떼였다. 소위 삼팔선 완충 지대緩衝地帶 대립하는 나라들 사이의 충돌을 완화하기 위해 설치한 중립 지대가 되었던 이곳. 사람이 살고 있지 않은 그

동안에도 이들 학들만은 전대로 살고 있은 것이었다.

지난날 성삼이와 덕재가 아직 열두어 살쯤 났을 때 일이었다. 어른들 몰래 둘이서 올가미를 놓아 여기 학 한 마리를 잡은 일이 있었다. 단정학 丹頂鶴 붉은 볏을 가진 학이었다. 새끼로 날개까지 얽어매 놓고는 매일같이 둘이서 나와 학의 목을 쓸어안는다, 등에 올라탄다, 야단을 했다. 그러한 어느 날이었다. 동네 어른들의 수군거리는 소리를 들었다. 서울서 누가 학을 쏘러 왔다는 것이다. 무슨 표본인가를 만들기 위해서 총독부의 허가까지 맡아 가지고 왔다는 것이다. 그 길로 둘이는 벌로 내달렸다. 이제는 어른들한테 들켜 꾸지람 듣는 것 같은 건 문제가 아니었다. 그저 자기네의 학이 죽어서는 안 된다는 생각뿐이었다. 숨 돌릴 겨를도 없이 잡풀새를 기어 학 발목의 올가미를 풀고 날개의 새끼짚으로 꼬아 줄처럼 만든 것를 끌렀다. 그런데 학은 잘 걷지도 못하는 것이다. 그동안 얽매여 시달렸던 탓이리라. 둘이서 학을 마주 안아 공중에 투쳤다. 별안간 총소리가 들렸다. 학이 두서너 번 날갯짓을 하다가 그대로 내려왔다. 맞았구나. 그러나 다음 순간, 바로 옆 풀숲에서 펄럭 단정학 한 마리가 날개를 펴자 땅에 내려앉았던 자기네 학도 긴 목을 뽑아 한 번 울음을 울더니 그대로 공중에 날아올라, 두 소년의 머리 위에 둥그라미를 그리며 저쪽 멀리로 날아가 버리는 것이었다. 두 소년은 언제까지나 자기네 학이 사라진 푸른 하늘에서 눈을 뗄 줄을 몰랐다…….

“애, 우리 학 사냥이나 한번 하구 가자.”

성삼이가 불쑥 이런 말을 했다.

덕재는 무슨 영문인지 몰라 어리둥절해 있는데,

“내 이걸루 올가밀 만들어 놀께 너 학을 몰아오너라.”

포승줄을 풀어 쥐더니, 어느새 잡풀 새로 기는 걸음을 쳤다.

대번 덕재의 얼굴에서 핏기가 걷혔다. 좀 전에, 너는 총살감이라던 말이 퍼뜩 머리를 스치고 지나갔다. 이제 성삼이가 기어가는 쪽 어디서 총알이 날아오리라.

저만치서 성삼이가 홱 고개를 돌렸다.

"어이, 왜 멍추같이 서 있는 게야? 어서 학이나 몰아오너라."

그제서야 덕재도 무엇을 깨달은 듯 잡풀 새를 기기 시작했다.

때마침 단정학 두세 마리가 높푸른 가을 하늘에 큰 날개를 펴고 유유히 날고 있었다.

학

작가 소개

황순원(黃順元, 1915~2000)

평안남도 대동군에서 태어났다. 1931년 〈동광〉에 시 「나의 꿈」을 발표하면서 등단했다. 1961년 예술원상, 1983년 대한민국문학상, 1987년 제1회 인촌상 등을 수상했고, 1970년에는 국민훈장 동백장을 받았다. 황순원은 이야기를 풀어나갈 때 직접적 대화보다 감각적 묘사와 서술적 진술을 주로 사용했으며, 현재형 문장과 간결체 문장을 즐겨 썼다. 아울러 서정적인 아름다움을 극대화함으로써 소설을 시처럼 쓴다는 평가를 받기도 했다. 대표 작품으로는 「별」(1941), 「목넘이 마을의 개」(1948), 「독 짓는 늙은이」(1950), 「카인의 후예」(1953), 「나무들 비탈에 서다」(1960) 등이 있다.

작품 정리

- **갈래** 전쟁 소설
- **성격** 휴머니즘, 심리적 사실주의
- **배경** 시간 – 1950년 전쟁 당시의 가을 / 공간 – 삼팔선에 접경한 북쪽 마을
- **시점** 3인칭 작가 관찰자 시점(부분적으로 3인칭 전지적 작가 시점)
- **구성** '발단 – 전개 – 위기 – 절정 – 결말'의 5단계 구성
- **특징** 암시와 상징을 통해 주제를 드러냄
- **주제** 사상과 이념을 초월한 순수한 우정
- **출전** 〈신천지〉(1953)

구성과 줄거리

- **발단 6 · 25 전쟁 당시 마을에 국군이 들어옴**

  성삼과 덕재는 어린 시절 삼팔선 부근의 한 마을에서 단짝 친구로 지냈다. 성삼은 치안대원으로 고향 마을에 돌아오게 된다.

- **전개 성삼이 자청해서 친구 덕재를 호송함**

  성삼은 동네 치안대에서 인민군 협력자 덕재가 포승줄에 묶여 있는 것을 보고 놀란다. 성삼은 덕재를 청단까지 호송하겠다고 자청한다.

- **위기 성삼과 덕재의 갈등이 고조되지만 옛 우정이 되살아남**

  성삼은 덕재를 호송하면서 어린 시절 호박잎 담배를 나눠 피우던 추억과 혹부리 할아버지네 밤을 서리하다가 들켜 혼이 난 추억들을 떠올린다. 성삼은 농민 동맹 부위원장까지 지낸 덕재에게 적대감을 품기도 하지만 대화를 통해 진실을 알게 된다. 덕재는 어떤 이념에 대한 동조도 없이 단지 빈농이라는 이유만으로 이용당했을 뿐이다. 덕재는 병석에 있는 아버지와 농사에 대한 애착 때문에 피난을 가지 않았다고 성삼에게 털어놓는다.

- **절정 성삼은 학 사냥을 하던 어린 시절의 추억을 회상함**

  성삼은 고갯길을 내려오면서 학 떼를 발견하고 어린 시절에 대한 회상에 잠긴다. 성삼과 덕재는 학을 잡아 얽어매 놓고 장난을 쳤다. 어느 날 사냥꾼이 학을 잡으러 왔다는 소문을 듣고 둘은 학 발목의 올가미를 풀어 주었다.

- **결말 성삼이 덕재의 포승줄을 풀어 줌**

  성삼은 덕재에게 학 사냥이나 한번 하자며 포승줄을 풀어 준다. 덕재는 성삼이 자신을 쏘아 죽이려는 것으로 오해한다. "어이, 왜 멍추같이 서 있는 게야?" 성삼의 재촉에 덕재도 무엇인가 깨달은 듯 잡풀 사이를 기기 시작한다. 때마침 단정학 두세 마리가 유유히 날아간다.

생각해 보세요

1 학 사냥의 추억은 이 작품에서 어떤 기능을 하는가?

이념 때문에 상실된 우정을 회복시켜 주는 매개체 역할을 한다.

2 갈등의 고조와 해소를 암시하는 공간적 배경은 무엇인가?

고갯길을 올라가며 갈등이 고조되다가 고갯길을 내려올 때 갈등이 해소되고 있다. 치안대원 성삼은 인민군 협력자 덕재를 호송해야 하는 임무와 옛 우정 사이에서 갈등하지만, 그 갈등은 고개를 넘으면서 해소되고 들판에 이르러서는 덕재의 포승줄을 풀어 주게 된다.

3 이 작품의 마지막 부분인 '단정학 두세 마리가 높푸른 가을 하늘에 큰 날개를 펴고 유유히 날고 있었다'라는 표현이 암시하는 것은 무엇인가?

이념이 순수한 우정까지 얽맬 수는 없다는 인도주의적 정신이 깔려 있다. 자유와 평화를 상징하는 학은 성삼과 덕재의 우정과 덕재의 자유를 의미하듯 유유히 날아간다.

4 이 작품의 구성과 문체의 특징을 지적하라.

이 소설은 시간 순서에 따라 전개되면서도 과거의 사건들이 중간중간에 삽입돼 있다. 호박잎 담배와 밤 서리, 학 사냥 등에 관한 추억은 성삼과 덕재의 우정을 회복하게 만드는 역할을 하고 있다. 작가는 과감한 생략과 암시를 사용하면서도 서정적인 문체를 통해 다소 무거운 주제를 예술적으로 형상화하고 있다.

사라져 가는 것에 대한 아쉬움

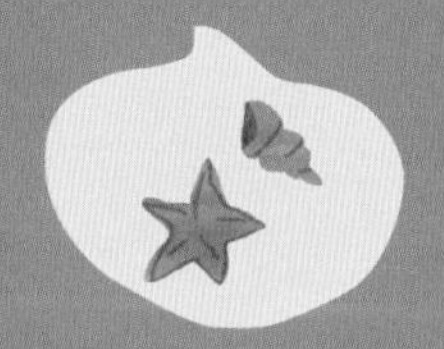

"모든 사라지는 것들은 뒤에 여백을 남긴다."라고 일찍이 고정희 시인이 읊었던 것처럼 어떤 대상의 소멸은 우리에게 쓸쓸함이라는 정서를 불러 일으킵니다. 흘러가는 시간 속에 있는 인간의 삶에서 어떤 것도 영원한 것은 없다는 것을 알면서도, 우리는 사라지는 것들에 대해 아쉬운 시선을 던집니다. 우리 역시 영원한 존재가 아니기 때문에 갖는 진한 동병상련의 감정일 수도 있고, 지나가는 기억에 대한 쓸쓸한 이별가일 수도 있겠지요.

· 유년 시대 · 미뉴에트 · 고향

인물관계도
어머니
아버지
나
저(나)는 행복했던 유년 시절을 추억해요. 어릴 적 저는 실컷 뛰놀고 난 다음, 의자에 앉아서 어머니를 바라봤어요. 어머니께서 저를 쓰다듬어 주시면 마음 속에 사랑이 가득 차올랐지요. 저는 잠들기 전 아버지와 어머니를 위해 기도드렸어요. 그리고 모든 사람의 행복을 빌며 잠들었지요. 순수했던 그 시절은 다시 돌아오지 않겠지요? 그 시절이 정말 그립네요.

유년 시대

즐겁고 행복한, 다시는 돌아가지 못할 유년幼年 어린 나이나 때 시대여! 어찌 그 추억을 사랑하지 않을 수 있으랴. 어찌 그 추억에 잠기지 않을 수 있으랴. 유년 시대의 추억은 내 영혼에 맑고 산뜻한 기운을 불어넣어, 보다 높이 나의 기분과 정신을 북돋는다. 그 추억은 나에게 더없이 달콤한 기쁨의 원천源泉 사물의 근원이다.

방에서 실컷 뛰놀고 난 다음, 나는 테이블 앞에 놓인 높다란 의자에 가서 앉는다. 내 자리로 정해진 팔걸이의자다. 밤이 꽤 깊었고, 설탕을 탄 우유를 마셔 버린 지도 한참이 지났다. 눈꺼풀이 무거워진다. 잠이 오는 것이다. 그래도 꼼짝 않고 앉아서 어른들이 하는 얘기를 듣는다. 어찌 그 얘기들을 놓칠 수 있으랴.

어머니가 누군가와 이야기를 한다. 말할 수 없이 감미로운 목소리가 귓가에 조용조용 들려온다. 그 소리만으로도 내 마음에는 수없이 많은 이야기가 전해져 온다. 졸음 때문에 안개가 낀 듯 몽롱해진 눈으로 나는 언제까지나 어머니의 얼굴을 바라본다. 그러고 있으면 갑자기 어머니의 눈이 점점 줄어들면서 그 얼굴이 단추만 하게 보인다. 그러나 윤곽輪廓 사물의 테두리나 대강의 모습만은 여전히 또렷하다. 어머니가 나에게 살며시 웃어 주는 것까지 분명히 볼 수 있다.

이렇게 콩알만큼 작아진 어머니의 모습을 바라보는 것이 나는 무엇보다 좋다. 눈을 더욱 가늘게 뜨면, 어머니는 마치 눈동자에 비친 어린아이의 형상만큼 작아진다. 그러나 조금이라도 몸을 움직이면 그 형상은 금세 허물어져 버리고 만다. 다시 몸에 힘을 주거나 눈을 가늘게 뜨면서 그 모습을 재생시키려고 애써도 결국은 헛일이 되고 만다.

나는 좀 더 편한 자세를 취해 보려고 두 발을 의자 위로 올린다.

"얘야, 니콜렌카. 또 거기서 자려고 그러는구나."

라고 어머니가 말한다.

"졸리면 어서 이 층에 올라가 자거라."

"저 졸리지 않아요."

하고 나는 대답한다.

그러나 몽롱하면서도 달콤한 환상에 휩싸여 나도 모르는 사이에 두 눈을 스르르 감고 만다. 그런 후엔 아무것도 의식하지 못하게 되어 내쳐 잠을 잔다. 하지만 누군가의 부드러운 손길이 와 닿는 것은 꿈결에도 느낄 수 있다. 그리고 그 감촉만으로도 나를 어루만지는 손의 주인이 누구인지를 알 수 있다. 그러면 잠에 취한 상태에서 거의 본능적으로 그 손을 잡아다 입술에 대고 비빈다.

모두들 이미 자기 방으로 흩어져 들어가고, 응접실에는 촛불 하나가 타오르고 있을 뿐이다. 어머니가 나를 깨우겠다고 말한 모양이다. 어머니는 내 곁에 앉아서 말할 수 없이 부드러운 손길로 나의 머리를 쓰다듬는다. 바로 내 귀 가까이에서 낯익은 달콤한 음성이 들린다.

"이제 일어나야지, 니콜렌카. 이 층에 올라가서 자자."

어머니의 애무를 방해할 그 어떤 시선도 방 안에는 없다. 어머니는 아무 거리낌도 없이 모든 애정을 나한테 쏟는다. 나는 꼼짝도 하지 않는다. 어머니의 손을 더욱 세차게 내 입술에 비빌 뿐이다.

"어서 일어나거라, 응?"

어머니는 다른 손으로 나의 목을 잡는다. 그 손가락이 빠르게 움직이며 내 여린 살을 간질인다. 방 안은 어둡고 조용하다. 간지럼 때문에 나의 신경은 예민해진다. 어머니는 내 곁에 앉아 계속해서 나를 쓰다듬는다. 나는 어머니의 체취를 느끼고 어머니의 음성을 듣는다.

이 모든 것에 감정이 고조되어 나는 벌떡 몸을 일으킨다. 그러고는 두 팔을 어머니의 목에 감고 머리를 가슴에 묻으며 숨 가쁜 소리로 이렇게 말한다.

"엄마, 나는 엄마가 좋아, 엄마가 제일 좋아!"

어머니는 언제나처럼 그 서글프고도 매력적인 미소를 띠며 두 손으로 나의 머리를 감싼다. 이마에 키스를 한 다음 어머니는 나를 무릎 위에 앉힌다.

"정말 엄마가 그렇게 좋으니?"

하고는 잠시 입을 다물었다가 다시 이렇게 말한다.

"그 마음 변치 말아야 해, 알겠니? 그리고 이 엄마를 잊어서는 안 된다. 혹시 엄마가 죽더라도 넌 이 엄마를 잊지 않겠지, 응? 니콜렌카."

어머니는 더욱 다정하게 키스를 해 준다.

"그런 말은 싫어! 이젠 그런 말 하지 말아요, 네? 엄마!"

나는 어머니의 무릎에 입 맞추며 이렇게 외친다. 내 눈에서는 눈물이 줄줄 흘러내린다. 애정과 환희의 눈물이다.

나는 이 층으로 올라가 솜을 넣은 파자마를 입고 성상聖像 그리스도나 성모의 상 앞에 선다.

"주여, 우리 아버지와 어머니에게 복을 내려 주시옵소서."

이런 기도를 드릴 때는 참으로 형언할 수 없을 만큼 황홀한 기분에 휩싸인다.

사랑하는 어머니를 위해, 잘 돌아가지 않는 혀로, 갓 배운 이 기도문을 몇 번이고 되풀이하노라면, 어머니에 대한 사랑과 신에 대한 사랑이 신기하게 하나의 감정으로 융합融合 둘 이상의 요소가 합쳐져 하나의 통일된 감각을 일으키는 일된다.

기도를 끝내고 이불 속으로 기어들어 가면, 홀가분해지고 밝아진 마음에 기쁨이 넘치곤 한다. 잠들기 전에는 온갖 공상이 꼬리에 꼬리를 물고 떠오른다. 그것은 무엇에 대한 공상이었을까? 모두 두서없고 갈피를 잡을 수 없는 것들뿐이었지만, 그것은 순결한 애정에서 우러나는 것이었다. 그리고 어두운 그늘 없는 행복에 대한 기대에서 우러나는 것이었다.

이런 때 나는 카를 이바느이치와 그의 불행한 운명을 자주 떠올린다. 내가 알고 있는 사람들 중에 그가 가장 불행한 인간이기 때문이다. 나는 참을 수 없이 그가 불쌍해진다. 그리고 못 견디게 그가 사랑스러워진다. 어느새 내 눈엔 눈물이 글썽한다.

"하느님, 그 사람에게 행복을 내려 주시옵소서. 그를 도와주시고 그의 슬픔을 덜어 줄 수 있는 능력을 저에게 주시옵소서. 그를 위해서라면 어떠한 어려움도 참아내겠나이다."

그런 다음 나는 가장 아끼는 사기 인형들, 토끼나 강아지를 푹신한 베개 옆에 놓고 그 장난감 동물들이 앉아 있는 모양을 대견스럽게 바라본다. 그러고는 하느님께서 모든 사람에게 행복을 내려 주시기를, 누구나가 다 만족한 생활을 누릴 수 있게 해 주시기를 빈다. 그러고 나서는 내일 소풍을 가는데 좋은 날씨를 주십사고 빈다. 나는 벽 쪽으로 돌아눕는

다. 상상과 공상이 뒤죽박죽 헝클어진다. 그러면 나는 눈물에 젖은 얼굴로 그냥 고이 잠들어 버리는 것이다.

유년 시대에 내가 가진 그 순결성과 낙천성, 사랑에 대한 요구와 신앙의 힘을 되찾을 날이 과연 있을 것인가? 순진무구함과 사랑에 대한 끝없는 요구, 이 두 가지 선善 올바르고 착하여 도덕적 기준에 맞는 것이 삶의 유일한 원동력이었던 그 시대보다 더 좋은 시대가 과연 있을 것인가?

그때의 그 열정적인 기도는 어디 갔는가? 하느님의 귀중한 선물인 그 순결한 감격의 눈물은 어디로 사라졌는가? 위로의 천사가 날아와 미소 지으며 눈물을 닦아 주고, 아직 더럽혀지지 않은 어린 마음에 달콤한 공상의 씨를 뿌려 주던 그 시대는…….

과연 나의 인생이, 그때의 기쁨과 감격의 눈물을 영원히 떠나 버리게 할 만큼 무거운 발자국을 내 가슴에 새겨 놓은 것일까? 그리고 그 기쁨, 그 눈물은 이제 한낱 추억에 지나지 않는 것일까?

유년 시대

작가 소개

레프 톨스토이(Lev Nikolaevich Tolstoi, 1828~1910)

러시아 남부 야스나야 폴랴나에서 태어났다. 24세에 「유년 시대」를 익명으로 발표하면서 작품 활동을 시작했다. 1869년 예술성과 웅대한 구상이 돋보이는 불후의 명작 「전쟁과 평화」를 발표했다. 이후 1877년 집필을 마무리한 두 번째 대작 「안나 카레리나」는 러시아 국가 조직과 특권 계층의 도덕성을 비판한 최고의 걸작으로 평가받는다. 1880년대에는 위선에 찬 귀족 사회와 러시아 정교에 회의를 품고 초기 기독교 사상에 기울어, 예술가에서 도덕가로 변모했다. 19세기 말에서 20세기 초에 다시 예술 지향적인 작품을 썼는데, 그의 만년을 장식한 「부활」과 함께 「신부 세르기」, 「산송장」, 「유일한 수단」, 「세 가지 질문」 등을 남겼다.

작품 정리

- **갈래** 단편 소설
- **성격** 회고적, 감상적, 서정적
- **배경** 시간 - 19세기 / 공간 - 러시아
- **시점** 1인칭 주인공 시점
- **구성** '도입 - 전개 - 설밀'의 3단계 구성
- **특징**
  - 액자 소설 구조로 지난 일을 회상함
  - 어린 시절을 그리워하는 마음이 잘 드러남
- **주제** 순수하고 아름다웠던 유년 시절에 대한 그리움

구성과 줄거리

• 도입 **'나'는 즐겁고 행복했던 유년 시절의 추억에 잠김**

'나'는 다시는 돌아오지 못할, 감미로운 기쁨의 원천이 되는 유년 시절의 추억에 잠긴다.

• 전개 **어머니에 대한 사랑과 순진무구했던 자신의 모습을 생각함**

어릴 적 '나'는 실컷 뛰어놀고 난 뒤 탁자에 앉아, 사람들과 이야기하는 어머니를 바라본다. 잠이 들면 '나'를 어루만지는 손길을 느끼며, 어머니에 대한 사랑이 가슴 가득히 차오른다. 침대에 들어가서는 어머니와 아버지, 모든 사람에게 복을 내려 주시기를 하느님께 기도하며 눈물을 흘린다.

• 결말 **유년 시절의 순수함과 사랑이 사라진 현실을 안타까워함**

어린 시절의 순수함과 낙천성은 어디로 간 것인지, 사랑에 대한 기도와 순결한 눈물은 한낱 추억에 불과한 것인지, '나'의 마음은 영원히 떠나 버린 그 시절에 대한 안타까움으로 가득 찬다.

생각해 보세요

1 '나'의 유년 시절에 대한 회상이 경건한 느낌을 주는 이유는 무엇인가?

누구에게나 유년 시절이 있고, 그 시절은 대부분 맑고 순수한 기억으로 남아 있다. 이 작품에서 작가는 어린 시절의 풍부한 감수성과 사랑에 대한 열망, 깨끗한 신앙심 등을 섬세하고 서정적인 필치로 그려 낸다. 따라서 유년 시절에 대한 그리움은 당시의 순수함을 찾고 싶어 하는 간절함으로 귀결되고, 현재의 삶에 대한 진지한 반성으로 이어진다.

2 이 작품은 톨스토이의 문학을 이해하는 데 어떤 가치를 지니고 있는가?

이 소설은 톨스토이가 처음 발표한 작품이다. 「소년 시대」, 「청년 시대」와 함께 그의 반생애를 기록한 자전적 소설 3부작 가운데 첫 번째 작품이기도 하다. 사실과 허구를 넘나드는 유년 시절에 대한 회상은 톨스토이의 성장 배경과 사상적 기초를 이해하는 데 중요한 역할을 한다. 또 뛰어난 관찰력과 섬세한 감성으로 형상화된 '나'의 어린 시절은 훗날 톨스토이의 문학적 자질을 짐작할 수 있게 한다. 결국 이 소설은 작가로서 톨스토이의 역량을 예견할 수 있다는 점에서 의미 있는 작품이다.

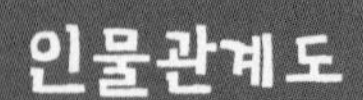

노인 — 무용수 부부 — 라 까스뜨리쓰

('미뉴에트'를 보여 줌)

장 부리델 (나)

저(장 부리델)는 청년 시절 임업 시험장을 산책하면서 명상하기를 즐겼어요. 어느 날, 그곳에서 기이한 복장을 한 노인을 만났지요. 호기심을 느낀 저는 노인에게 말을 걸었고, 그가 유명한 무용수였다는 사실을 알게 되었어요. 노인은 자신의 부인(라 까스뜨리쓰)과 함께 미뉴에트 춤을 보여 주었습니다. 저는 말로 표현할 수 없는 감동과 애수에 젖었지요.

미뉴에트

"어떤 큰 불행도 나를 슬프게 하지는 못해요." 하고 장 부리델은 말했다. 그는 회의주의자懷疑主義者 모든 것을 회의적으로 보아 의심하는 사람로 세상에 널리 알려진 사람이었다.

나는 이번 전쟁을 가까이서 목격했어요. 별로 대수롭지 않게 시체를 밟고 넘기도 했지요. 대자연이나 인간이 엄청난 야수성을 띠고 다가와 전율하게 하고 분개해 고함을 지르게 하는 것도 사실이지만, 우리가 어떤 작은 슬픈 일을 대할 때만큼 등골에 소름이 오싹 돋고 가슴이 미어지는 듯한 아픔을 안겨 주지는 않아요.

두말 할 것 없이 인간이 체험하는 것 중에서 가장 큰 고통은 어머니로서는 자식을 잃어버리는 일이고 사나이로서는 어머니를 잃어버리는 일이 되겠지요. 그건 분명 무섭고 끔찍한 일이고 정신이 나가 버릴 일이고, 가슴이 미어지는 일이지요. 흡사 피가 마구 쏟아지는 큰 상처와 같은 그런 재앙은 쉬 아물게 마련이지요. 그런데 어떤 우연한 기회에 일어난 눈에 잘 띄지 않고 짐작밖에 할 수 없는 사소한 일에서 오는 어떤 은밀한 슬픔이나 불신 같은 것은 인간을 고통스럽게 하고 고뇌하게 하는데, 이건 얽히고설켜서 좀처럼 치유가 되지 않아요.

너무도 고통이 심한 까닭에 어찌 보면 무슨 시련 같기도 하고, 너무나 쥐어짜는 아픔이라 얼른 종잡을 수도 없지요. 또 괴로움이 습관적인 고통처럼 여겨져 오랜 시일이 지나야 비로소 헤어날 수 있는 것처럼 생각하게 되므로 그냥 가슴속에 팽개쳐 두기 일쑤이지요.

내 눈앞에는 항상 몇 가지 기억이 떠올라요……. 여느 사람에게는 눈에 띄지도 않았을 테지만, 그것들은 내 가슴속으로 곧장 들어와 마치 빼낼 수 없는 가시 자국처럼 되어 버렸어요.

여러분은 아마도 그런 순간적인 인상에서 시작된 감정이 이렇게까지 뚜렷이 남아 있다는 것을 얼른 이해하기 어려울 거예요. 저는 그중 한 가지만 이야기해 볼까 해요.

그건 꽤 오래된 이야기이지만 마치 어제 일처럼 떠오르는군요. 지금 머릿속에 그 기억을 그려 보기만 해도 당시의 감동이 새록새록 느껴져요. 나는 올해로 나이가 쉰인데 이 이야기는 내가 아직 젊어서 법률 공부를 하던 때의 일이에요. 그 무렵의 나는 좀 우울하고 생각이 많은 청년이었어요. 그래서인지 염세적厭世的 세상을 싫어하고 모든 일을 어둡고 부정적인 것으로 보는인 철학에 빠져, 시끄러운 친구들과 어울려 소란한 카페에 드나들며 어리석은 계집애들과 상종하는 일 따위에는 끼어들지 않았더랬지요.

나는 아침마다 일찍 일어났어요. 내가 가장 즐겼던 즐거움 가운데 하나가 아침 여덟 시쯤에 뤽상부르룩셈부르크 임업 시험장을 혼자서 산책하는 것이었거든요.

여러분들은 아마 이 임업 시험장에 대해 잘 모르실 거예요. 그건 이전 세기부터 이미 세상에서 잊혀진 정원으로 노인네의 인자한 미소처럼 아늑한 곳이었어요. 우거진 나무 울타리의 무성한 가지가 비좁은 오솔길에 쭉 늘어서 있었고 정원사는 커다란 가위로 쉴 새 없이 그 가지들을 손질하고 있었지요. 마치 소풍을 가는 중학생들처럼 늘어선 어린 나무들이며, 울창한 장미와 과일나무가 숲을 이룬 가운데 군데군데 여러 가지 꽃이 만발한 꽃밭이 눈에 띄었어요.

내 시선을 송두리째 빼앗은 그 숲 속 가장자리에는 꿀벌 일가가 살고 있었어요. 짚으로 된 벌통들은 나뭇가지 사이에 적당한 간격을 두고 하늘을 향해 얌전히 놓여 있었고, 재봉틀 뚜껑 같은 널따란 문이 열려 있었지요. 그래서 근처의 길가에는 어디나 금빛 꿀벌들이 붕붕거리며 고요한 정원의 주인아씨 행세를 하고 있었는데, 이들이야말로 이 주랑朱廊 붉은 칠을 한 복도 같은 고요한 숲길의 진정한 산책자가 아닌가 생각하곤 했지요.

나는 거의 매일같이 정원을 찾아와서 의자에 걸터앉아 책을 읽었어요. 때로는 책을 무릎에 올려놓고 명상에 잠기기도 했고, 주위에서 파리 떼가 떠드는 소리에 귀를 기울이며 해묵은 관목 숲 속에서 무한한 휴식을 즐기곤 했지요.

그런데 나는 이윽고 이 정원에 드나드는 단골손님이 나뿐만이 아니라는 사실을 알게 되었어요. 나는 그 우거진 숲 속의 한 모퉁이 같은 데서 때때로 몸집이 작달막한 어떤 기이한 노인과 마주치곤 했거든요.

그는 승마복 같은 바지에 스페인식의 밤색 프록코트남자용의 서양식 예복의 하나를 두르고 버클이 달린 단화를 신고 있었어요. 넥타이 대신 레이스를 졸라매고, 챙이 넓고 긴 털이 달린 커다란 모자를 쓴 모습이 흡사 노아의 홍수구약 성경 창세기에 나오는 대홍수 시절을 연상케 하는 노인이었어요. 그는 몸이 매우 가냘프고 뼈대가 앙상하게 드러났으며 얼굴을 찌그러뜨리면서 미소를 지어 보이곤 했어요. 그리고 끊임없이 눈꺼풀을 움직이며 눈동자를 번뜩이고 손잡이에 금이 박힌 짧은 지팡이를 손에 들고 있었는데 거기에는 굉장한 추억이 서려 있는 듯싶었지요.

나는 처음에 이 노인을 만나고 꽤 놀랐지만 나중에는 호기심이 생겼지요.

나는 담을 둘러싼 나무 잎사귀 사이로 노인을 바라보며 멀찌감치 뒤를 밟았어요. 노인이 숲 모퉁이를 돌아갈 적에는 그의 눈에 띄지 않도록 발길을 멈추곤 했지요.

하루는 그 노인이 자기 혼자만 있는 줄 알고 괴상한 몸동작을 하기 시작했어요. 처음에는 깡충깡충 뛰다가 멈춰 서서 한 번 경례를 붙이더니, 성큼 뛰어오르면서 그 가느다란 다리로 짝짜꿍을 하더군요. 그런 후 맵시 있게 빙그르르 돌며 괴상한 모습으로 다시 뛰어오른 뒤에 흡사 여러 관중이라도 앞에 있는 것처럼 인상을 쓰며 포옹하는 듯한 몸짓을 하고 한바탕 웃는 것이었어요. 그러고 이어서 그 인형 같은 초라한 몸을 뒤틀면서 텅 빈 정원을 향해 우스울 정도로 정다운 절을 가볍게 해 보이는 것이 아니겠어요.

깜짝 놀란 나는 잠자코 멈춰 서서 분명히 우리 두 사람 중에서 어느 하나가 미쳤구나 생각했지요. 저 노인이 미쳤나, 아니면 내가 미쳤나 중얼거리면서 말이에요.

그는 어느 한순간 갑자기 춤을 멈추더니 마치 무대 위에 선 배우들이 하듯이 앞으로 나갔다가 몇 걸음 뒤로 물러서더군요. 그러고는 입가에 부드러운 미소를 띠고 나무숲을 향해 희극 배우처럼 떨리는 손으로 입맞춤을 하고는 의젓하게 다시 산책을 했어요.

그 후에도 나는 종종 그 노인의 뒤를 밟아 보았고 그리하여 나는 그가 날마다 그 괴상한 짓을 하는 것을 알게 되었답니다.

나는 그에게 말을 건네 보고 싶어서 하루는 용기를 내어 그에게 인사를 했지요.

"오늘은 날씨가 꽤 좋군요."

노인은 가볍게 고개를 끄덕이더니 대답했지요.

"그래, 꼭 옛날의 그 날씨야!"

일주일 후, 우리는 서로 친구가 되었고 나는 그의 과거에 대한 이야기를 들을 수 있었어요.

노인은 루이 15세 때부터 오페라단에서 무용을 가르쳐 온 분으로, 그 멋진 지팡이는 끌데르몽 백작이 선사한 것이라고 했어요. 그는 무용에 관한 이야기를 하기 시작하면 입을 다물 줄 모르고 끊임없이 말했어요.

어느 날 노인은 나에게 이런 비밀을 털어놓았어요.

"나는 라 까스뜨리쓰와 결혼했소. 원한다면 자네에게 소개해 주지. 그런데 아내는 저녁때만 이곳으로 온다네. 이 정원은 바로 우리의 기쁨이자 생명이거든. 옛것 가운데 우리에게 남아 있는 것이라고는 고작 이것뿐이니까. 만일 우리한테 이것마저 없다면 우리는 살아갈 재미를 잃게 될 거야. 나는 여기 오면 젊은 시절과 다름없는 공기를 마시는 기분이 되지. 그래 우리 내외內外 부부는 언제나 오후를 여기서 함께 보내네. 난 아침나절에 미리 이리로 발길을 옮기는 거고. 난 워낙 아침 일찍 일어나니까."

나는 점심을 먹고 다시 뤽상부르로 돌아왔어요. 그 노인도 와 있었어요.

그는 검은 드레스를 걸친 작달막한 할머니에게 점잖게 팔을 내어 맡기고 나를 소개했어요. 할머니가 바로 라 까스뜨리쓰로, 임금님들과 귀공자들을 비롯해 온 세계에 낭만의 달콤한 씨를 뿌리고 다닌, 모든 사람의 사랑을 받아 온 위대한 무용가였어요. 산뜻한 숲의 숨결에는 여러 가지 꽃향기가 풍겨 오고, 부드러운 햇빛이 나뭇잎 사이로 흘러들어 물방울처럼 우리의 머리 위에서 군데군데 떨어지곤 했어요. 라 까스뜨리쓰의 검은 드레스 위로 햇살이 내려앉아 반짝거렸구요.

정원에는 아무도 없었고 마차가 굴러가는 소리만 멀리서 들려올 뿐이었지요.

나는 노인에게 부탁했어요.

"이제 그 미뉴에트 무용의 유래를 말씀해 주십시오."

그는 몸을 한참 떨다가 설명하기 시작했어요.

"미뉴에트는 춤 가운데서 단연 으뜸, 이를테면 춤의 여왕이라네. 알겠나? 그러나 왕이 없어지면서부터 이 춤도 자취를 감추어 버렸다네."

그는 말을 마치고 나서 위엄威嚴 존경할 만한 위세가 있어 점잖고 엄숙함 있는 태도로 매우 선정적인 긴 무용을 시작했는데 정작 나는 전혀 이해할 수가 없었어요. 하지만 그 스텝과 몸놀림, 자세만은 기억해 두고 싶었지요. 노인은 몸이 말을 잘 듣지 않는다며 화를 내고 짜증을 부리다가 서글픈 표정을 지었어요. 그러더니 엄숙한 태도로 잠잠히 지켜보고 있던 옛 동료에게 말했지요.

"엘리지, 어때요? 한번 출래요? 이분에게 미뉴에트가 뭔지 우리 같이 보여 주지 않으려우? 당신 의향은 어때요?"

작달막한 할머니는 불안한 듯한 눈으로 사방을 둘러보다가 말없이 일어나 영감과 함께 춤을 추기 시작했어요. 그리하여 나는 영원히 잊을 수 없는 기억을 간직하게 되었어요.

두 늙은이는 꼭 어린아이처럼 이리저리 오가면서 히죽거리는가 하면 서로 몸을 의지하며 공손하게 인사도 하고 깡충깡충 뛰었어요. 그 모습은 녹슨 기계—옛날에는 상당히 정교한 기술자의 손으로 된 것이지만, 지금은 금이 간—의 힘으로 움직이고 있는 낡은 인형의 모습 같았지요.

나는 두 사람을 번갈아 바라보면서 커다란 감동을 받았어요. 가슴이 설레고 말로 형언할 수 없는 애수哀愁 마음을 서글프게 하는 슬픈 시름로 인해 홍

분되었지요. 마치 서글프면서도 그 희극적인 상황에 웃음이 터져 나왔다고 해야 할까. 아무튼 한 세기쯤 뒤떨어진 어떤 그림자를 보는 느낌이었어요. 그래서 울음과 웃음이 동시에 터져 나왔지요.

이윽고 두 분은 춤을 멈추고는 한동안 서로를 마주 바라보며 놀란 듯한 표정을 짓다가 부둥켜안고 흐느껴 울기 시작했지요.

사흘 후, 나는 다른 지방으로 떠났어요. 그 때문에 두 분을 만날 기회도 없었지요. 2년 후 내가 다시 돌아왔을 때에는 그 임업 시험장은 이미 없어진 뒤였어요. 두 늙은이는 그 정든 옛 추억의 장소인 정원을 잃고 어떻게 되었을까요? 미궁迷宮 들어가면 나올 길을 쉽게 찾을 수 없게 되어 있는 곳처럼 숲이 우거져 있던 정원의 옛 향취와 그 꾸불꾸불한 오솔길이 잊혀지지 않는군요.

두 분은 이미 세상을 떠났을까요? 그래서 그 망령이 희망을 잃은 망명객亡命客 박해를 피하기 위해 외국으로 몸을 옮겨 온 사람처럼, 현대식 거리를 방황하고 있을까요? 그 창백한 망령은 지금도 달 없는 밤 같은 때, 묘지의 나무숲을 누비며 샛길을 무대로 그 꿈결 같은 미뉴에트를 추고 있을까요?

두 분에 대한 추억은 머리에서 잠시도 떠나지 않고 마음을 아프게 하여 무슨 불치병不治病 고치지 못하는 병이나 되는 것처럼 내 안에 살고 있답니다. 무슨 까닭일까요? 나로서는 알 수 없어요.

여러분께서는 우스운 일이라고 조롱하실지도 모르겠지만.

미뉴에트

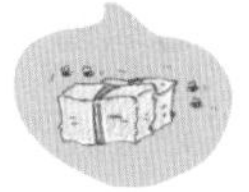

작품 정리

- **작가** 기 드 모파상(97쪽 '작가 소개' 참조)
- **갈래** 단편 소설
- **성격** 회상적, 비판적
- **배경** 시간 – 19세기 / 공간 – 뤽상부르 임업 시험장
- **시점** 1인칭 관찰자 시점
- **구성** '발단 – 전개 – 위기 – 절정 – 결말'의 5단계 구성
- **특징**
  - 액자 소설 구조로 과거의 사건을 회상함
  - 염세주의적 태도를 보임
- **주제** 사라져 가는 것에 대한 아쉬움과 비애

구성과 줄거리

- **발단** **장 부리델이 회상을 시작함**

  장 부리델이 슬픔과 고통에 대해 이야기하며 회상을 시작한다.

- **전개** **어느 날, '나'는 기이한 노인을 만남**

  '나'는 뤽상부르 임업 시험장을 산책하다가 기이한 노인을 만난다.

- **위기** **노인이 유명한 무용수였다는 사실을 알게 됨**

  임업 시험장에서 괴상한 춤을 추는 노인이 루이 15세 때부터 무용을 가르친 사람임을 알게 된다.

- **절정　노부부가 미뉴에트 춤을 추자 '나'는 애수에 젖음**

  노인과 그의 부인 라 까스뜨리쓰가 추는, 춤의 여왕이라는 아름다운 미뉴에트를 보고 '나'는 감동과 애수를 동시에 느낀다.

- **결말　'나'는 과거의 노부부를 추억함**

  '나'는 지방으로 떠났다가 다시 임업 시험장이 있던 장소로 돌아와 두 무용수에 대한 추억을 쓸쓸한 마음으로 떠올린다.

생각해 보세요

1 늙은 무용수 부부가 춤을 마친 후 부둥켜안고 흐느낀 이유는 무엇인가?

루이 15세 때부터 오페라단에서 무용을 가르쳤던 노인은 미뉴에트가 가장 뛰어난 춤이라고 여긴다. 그의 부인인 라 까스뜨리쓰는 전 세계적으로 왕과 귀족의 사랑을 받았던 위대한 무용수이다. 그러나 '왕'과 같은 옛것들이 사라지면서 미뉴에트도 과거의 유물이 되어 버리고 더 이상 예전과 같은 의미를 지닐 수 없게 되었다. 노부부는 자신들이 가치 있다고 여겼던 것들이 역사 속으로 사라지고 있다는 사실에 대해 상실감과 슬픔을 느껴 흐느낀 것이다.

2 장 부리델이 생각한 슬픔과 고통의 특징은?

장 부리델은 "어떠한 큰 불행도 나를 슬프게 하지는 못해요."라고 말한다. 이는 전쟁이나 대자연의 야수성, 거대한 재앙 같은 것도 인간에게 고통을 안겨 주지만 도리어 이러한 슬픔은 쉬이 아물 수 있다는 의미이다. 그러나 그는 우연한 기회에 사소한 사건을 마주하다가 발생한 은밀한 슬픔은 치유가 되기도 어렵고 인간을 오랜 시간 고통과 슬픔에 빠지게 한다고 생각한다. 여기에는 인생의 한 단면을 통해 삶의 본질을 포착하려고 했던 작가의 작품 세계가 반영되었다고 볼 수 있다.

인물관계도
어머니
(어릴 적 친구)
나
룬투
(부자)
(친구)
훙얼
(조카)
쉐이성
저(나)는 20년 만에 고향에 돌아왔어요. 옛날에는 아름다웠던 고향이지만 지금은 황량한 풍경만 남아 있네요. 어린 시절 함께 놀았던 친구 룬투를 만났지만, 그도 많이 변했어요. 저와 룬투 사이에는 벽이 생겼다는 것을 알게 되었지요. 그렇지만 제 조카 훙얼과 룬투의 아들 쉐이성은 격의 없이 서로 잘 어울리네요. 저는 아이들이 단절을 겪지 않기를 바라요.

고향

나는 혹독한 추위를 무릅쓰고 2천여 리나 떨어진 먼 곳에서 고향으로 돌아왔다. 20여 년이나 떠나 있던 고향이었다. 마침 한겨울이라 고향이 가까워지면서 하늘은 잔뜩 찌푸렸고, 음산한 바람이 선창船窓 배의 창문 안에까지 윙윙 소리를 내며 불어닥쳤다. 바람막이 휘장 사이로 밖을 내다보니 흐린 하늘 아래 여기저기 쓸쓸하고 황폐한 마을이 보였다. 아무런 생기도 느껴지지 않는 황량한 풍경이었다. 나는 갑자기 마음이 슬프고 허전해졌다.

'아! 여기가 지난 20년 동안 그리워했던 고향이란 말인가?'

내가 기억하고 있는 고향은 지금과 전혀 다른 모습이다. 적어도 눈앞에 보이는 풍경보다는 훨씬 좋았다. 그러나 그 아름다운 정경情景 정서를 자아내는 흥취와 경치을 머릿속에 떠올리며 이야기를 하려고 하면 그 모습은 순식간에 지워져 버린다. 그림자도 형상도 없이 모두 사라져 버리고, 해야 할 말까지 깡그리 잊어버리게 되는 것이다.

고향이란 것은 어쩌면 이런 것인지도 모른다. 난 스스로를 위로하며 고향을 이렇게 해석해 보았다. '비록 아무 발전이 없다 해도 내가 느낀 것처럼 쓸쓸하거나 허전한 것은 아니다. 단지 내 심정이 그렇게 느끼도록 만든 것뿐이다.' 내가 고향에 돌아온 것은 사실 처음부터 유쾌함과는 거리가 먼 것이었다. 왜냐하면 고향과 작별을 하기 위해서 온 것이었기 때문이다.

오랫동안 우리 가족과 친척들이 함께 살던 집은 이미 성姓 혈족을 나타내기 위하여 붙인 칭호이 다른 사람에게 공동으로 팔아 버린 상태였고, 금년 말까지는 집을 비워 줘야 했다. 그래서 정월 초하룻날 이전에 돌아와 정들었던 옛집과 영원히 이별하고, 고향을 떠나 내가 밥벌이를 하고 있는 다른 먼 고장으로 이사를 해야 했다.

다음 날 아침 일찍 나는 고향 집 대문 앞에 이르렀다. 기와지붕 용마루 위에는 마른풀들이 바람에 나부끼고 있었다. 그것은 이 오래된 집이 어쩔 수 없이 주인을 바꾸어야 하는 이유를 말해 주는 것 같았다. 별채에 살던 다른 친척들은 이미 이사를 했는지 무척 조용했다. 우리 집 방문 가까이 갔을 때 어머니가 벌써 마중을 나와 있었다. 그리고 그 뒤를 따라 여덟 살 난 조카 훙얼宏兒이 뛰어나왔다.

어머니는 나를 기쁘게 반겨 주었지만 여러 가지 복잡한 심정을 감추고 있는 것 같았다. 나에게 차나 마시자고 하면서도 이사에 관해서는 선뜻 말을 꺼내지 못했다. 나를 한 번도 본 적이 없는 훙얼은 멀찍이 떨어져 내 얼굴을 바라보고만 있을 뿐이었다.

우리는 결국 이사 얘기를 꺼냈다. 나는 우리가 살 고장에 이미 셋집을 계약해 놓았고 가구도 몇 가지 사 두었다고 말했다. 그리고 이제 집 안에 있는 목기木器 나무로 만든 그릇들을 모조리 팔아서 필요한 가구를 더 장만해야겠다고도 했다. 어머니도 좋다고 했다. 짐도 대충 정리해서 한 군데 챙겨 놓았고, 목기도 운반하기 불편한 것들은 절반쯤 팔아 버렸다는 것이었다. 다만 아직 돈을 받지 못했다고 했다.

"하루 이틀 쉬고 나서 떠나기 전에 친척 어른들을 찾아뵙고 인사를 드려라. 그런 다음에 바로 떠나자꾸나."

어머니는 이렇게 말했다.

"네."

"그리고 룬투閏土 얘긴데 말이다. 그 애가 우리 집에 올 때마다 네 소식을 물으면서 너를 꼭 한 번 만나고 싶다고 하더라. 네가 집에 도착할 날짜를 그 애한테 대충 알려 줬으니, 아마 곧 찾아올 거야."

그때 내 머릿속에는 묘한 그림 한 폭이 번갯불처럼 퍼뜩 떠올랐다. 진한 쪽빛 하늘에 둥그런 황금빛 보름달이 떠 있다. 그 아래는 바닷가 모래사장에 수박밭이 끝없이 펼쳐져 있다. 그 한가운데 은 목걸이를 한 열두어 살쯤 되는 소년이 손에 쇠 작살을 들고 어떤 오소리를 힘껏 찌른다. 그러나 오소리란 놈은 몸을 한 번 꿈틀하더니 소년의 가랑이 사이로 빠져 도망쳐 버린다. 그 소년이 바로 룬투다.

내가 그를 알게 된 것은 기껏해야 열 몇 살밖에 안 되었을 무렵이었다. 그러니까 거의 30년 전의 일이다. 그땐 아버지도 살아 있었고 집안 형편도 좋아서, 나는 그야말로 어엿한 집안의 도련님이었다.

그해는 우리 집에서 조상에게 큰 제사를 치러야 할 차례였다. 그 제사는 30여 년 만에 한 번씩 차례가 돌아오는 것이어서 아주 정중하게 치러야 했다. 정월에 조상의 상像 조각이나 그림을 나타내는 말 앞에서 제사를 지낼 때에는 차려 놓는 물건도 많고 제기祭器 제사에 쓰는 그릇도 특별히 좋은 것을 골라서 썼다. 또 제사에 오는 사람도 무척 많아서 제기를 도둑맞지 않으려면 정신을 똑바로 차리고 있어야 했다.

그때 우리 집엔 망월忙月이 한 사람 있었다. 우리 고향에서는 남의 집에서 일하는 사람을 세 가지 부류로 나눈다. 1년 내내 한 집에 고용되어 일하는 사람은 장년長年, 날짜를 따져 남의 집에 가서 일하는 사람을 단공短

工, 자기 농사를 지으면서 섣달 대목이나 명절 또는 도지료賭只料 일정한 대가를 주고 빌려 쓰는 논밭이나 집터의 요금를 받아들일 때만 다른 집에 가서 일하는 사람을 망월이라 한다. 그런데 그 때 일이 어찌나 바빴던지 그 망월이 아버지에게 말씀드려 자기 아들 룬투에게 제기를 지키도록 했으면 좋겠다고 말했다.

아버지는 그렇게 하라고 승낙했다. 룬투가 온다는 말에 나는 무척 기뻤다. 전부터 룬투라는 이름을 들어 왔고, 또 그 애가 나와 같은 또래인데 윤달에, 그것도 오행伍行 우주 만물을 이루는 다섯 가지 원소 중에서 토土 흙가 빠진 날에 태어났다고 해서 이름을 룬투로 지었다는 걸 알고 있었기 때문이다. 나는 그 애가 새 덫을 놓아서 새를 잘 잡는다는 것도 알고 있었다.

그래서 나는 새해가 오기만을 목이 빠지게 기다렸다. 새해가 되면 룬투가 올 테니까 말이다. 가까스로 섣달 그믐께가 되었을 때, 어머니는 나에게 룬투가 왔다고 일러 주었다. 나는 뛸 듯이 기뻐하며 밖으로 뛰어나갔다.

그 애는 부엌에 있었다. 발그스름하고 둥근 얼굴에 머리에는 조그마한 털모자를 쓰고, 목에는 반짝반짝 빛나는 은 목걸이를 걸고 있었다. 이것은 그 애의 아버지가 자기 아들을 얼마나 사랑하는지를 보여 주었다. 그 애가 일찍 죽을까 봐 부처님께 불공佛供 부처 앞에 공양을 드리는 일을 드리고 은 목걸이를 걸어 룬투를 지키도록 한 것이다. 룬투는 사람들 앞에서는 무척 부끄럼을 탔지만 나에게는 그렇지 않았다. 사람들이 없을 때면 그 애는 내게 말을 걸어 왔다. 한나절도 못 되어 우리는 금방 친해졌다.

우리가 그때 무슨 이야기를 했는지는 잘 기억이 나지 않는다. 단지 룬투가 성에 들어와서 무척 기쁘다고 했던 게 기억날 뿐이다. 그 애는 그동안 한 번도 보지 못했던 것들을 성안에서 많이 구경했다고 말했다.

그다음 날, 나는 룬투에게 새를 잡아 달라고 졸랐다. 그러자 룬투는 말했다.

"그건 안 돼. 새를 잡으려면 먼저 눈이 많이 와야 해. 모래사장에 눈이 오면 눈을 쓸어 빈터를 만들고, 거기에 짤막한 막대기로 대나무 소쿠리를 버티어 놓는 거야. 그다음에 곡식 쭉정이를 뿌려 놓았다가 새가 와서 쪼아 먹으면 줄을 잡아당기는 거지. 그러면 대나무 소쿠리가 넘어지고, 새는 소쿠리 안에 갇혀 도망칠 수 없게 돼. 그렇게 하면 무슨 새든지 다 잡을 수 있어. 참새, 꿩, 산비둘기, 파랑새……."

그 말을 듣고 나는 눈이 내리기를 간절하게 바랐다. 룬투는 또 내게 말했다.

"지금은 너무 추워. 나중에 여름이 되거든 우리 집에 놀러와. 우리는 낮엔 바닷가에서 조개껍데기를 주워. 붉은 것도 있고 푸른 것도 있고, 갖가지 조개들이 다 있어. 귀신을 쫓는 조개도 있고, 부처님 손 같은 조개도 있어. 그리고 밤엔 아버지하고 수박을 지키러 간다. 너도 함께 가자."

"네가 도둑도 지킨단 말이야?"

"아니. 우리 동네에선 길 가던 사람이 목이 말라서 수박 한 개쯤 따 먹는 건 도둑질도 아니지. 우리가 수박을 지켜야 하는 이유는 두더지, 고슴도치 그리고 오소리 때문이야. 달밤에 어디선가 사각사각 소리가 나면 그건 오소리란 놈이 수박을 깨물어 먹는 거야. 그러면 쇠 작살을 들고 살금살금 다가가서……."

그때까지 나는 오소리란 놈이 어떤 짐승인지 전혀 몰랐다. 몰론 지금도 자세히는 알지 못한다. 그저 조그만 개처럼 생긴, 영악스러운 동물일 것 같다는 생각이 들 뿐이다.

"그놈이 물거나 그러지 않아?"

"쇠 작살이 있잖아. 오소리를 발견하면 당장 찔러 버려야 해. 그 자식은 워낙 약아빠져서 오히려 사람 쪽으로 달려들어선 가랑이 사이로 빠져 달아나거든. 털이 마치 기름칠을 한 것처럼 매끄러워."

나는 그때까지 세상에 이렇게 신기한 일이 많은 줄은 알지도 못했다. 바닷가에 색색의 조개껍데기가 있고, 또 수박에 오소리 사냥 같은 위험한 일이 숨겨져 있다는 것을 몰랐던 것이다. 그때까지 나는 수박이란 그저 과일 가게에서 파는 것으로만 알았을 뿐이었다.

"우리 동네 모래사장엔 말이야, 밀물이 들어오면 날치들이 팔딱팔딱 뛰어올라. 그 녀석들은 모두 청개구리처럼 두 다리가……."

아아! 룬투의 머릿속엔 신기한 일들이 무궁무진無窮無盡 끝이 없고 다함이 없음하게 들어 있었던 것이다. 그것은 내 주변의 친구들이 전혀 알지 못하는 것들이었다. 룬투가 바닷가에서 그렇게 신기한 것들을 만나고 있을 때, 내 친구들은 모두 나처럼 높은 담장으로 둘러싸인 마당에서 네모진 하늘만 바라보고 있었던 것이다.

안타깝게도 정월은 금세 지나가 버리고 룬투는 집으로 돌아가야 했다. 나는 어쩔 줄 몰라 하며 큰 소리로 엉엉 울었다. 룬투도 부엌에 숨어 울면서 밖으로 나오려 하지 않았다. 하지만 결국 룬투는 아버지 손에 이끌려 가 버리고 말았다.

그 애는 나중에 자기 아버지에게 부탁해서 내게 조개껍데기 한 꾸러미와 아름다운 새의 깃털 몇 개를 보내 주었다. 나도 한두 번 뭔가 그 애에게 선물을 보내기도 했지만 다시 만나지는 못했다.

이제 어머니가 그 애의 얘기를 꺼내자, 나는 어렸을 적 기억이 되살아나 마치 아름다운 고향을 다시 찾은 것만 같았다. 나는 대뜸 어머니에게 물었다.

“그것 참 반갑군요! 그래, 룬투는 어떻게 지내요?”

“그 애 말이냐? 살기가 무척 힘든 모양이더라.”

어머니는 이렇게 말하면서 밖을 내다보았다.

“저 사람들이 또 왔구나. 말로는 목기를 사러 왔다고 그러면서 닥치는 대로 아무 물건이나 집어 가 버리니 내가 잠깐 나가 봐야겠다.”

어머니는 일어서서 밖으로 나갔다. 문밖에서 여자들 몇이 주고받는 얘기가 들려왔다. 나는 조카 훙얼을 불러다가 앞에 앉히고 글씨를 쓸 줄 아는지, 다른 고장에 가 보고 싶은지, 하며 말을 시켰다. 훙얼은 눈을 반짝이며 물었다.

“우리, 기차를 타고 가요?”

“그래, 기차를 타고 갈 거다.”

“배는요?”

“먼저 배를 타고, 그런 다음에…….”

“어머나, 세상에! 이렇게 컸네! 수염도 길게 기르고!”

갑자기 찌르는 듯 날카롭고 괴팍한 목소리가 크게 들려왔다. 깜짝 놀라서 고개를 들어 보니, 광대뼈가 튀어나오고 입술이 얇은 쉰 살가량의 여자가 내 앞에 서 있었다. 두 손을 허리에 얹고 치마도 입지 않은 채 두 다리를 벌리고 서 있는 모습이 영락없이 컴퍼스가 두 발을 벌리고 있는 것과 똑같았다.

나는 어안이 벙벙해져 그녀를 쳐다보았다.

“날 모르겠어? 옛날에 내가 많이 안아 줬는데!”

나는 더욱 어리둥절할 뿐이었다. 마침 다행스럽게도 어머니가 들어오더니 옆에서 말을 해 주었다.

“저 앤 너무 오랫동안 객지에 나가 있어서 아마 까맣게 잊었을 거야.”

어머니는 그러더니 나에게 말했다.

"너도 잘 생각하면 기억이 날 거야. 저 양반이 우리 집 건너편에 사시던 양씨네 둘째 아주머니시다. 왜 있지, 두부 가게를 하던……."

아, 이제야 생각이 났다. 어렸을 때 우리 집 건너편 두부 가게에서 하루 종일 앉아 있던 양씨네 둘째 아주머니였다. 사람들은 모두 이 여자를 '두부 가게 서시西施 월나라의 미인'라고 불렀다. 하지만 그때는 하얗게 분칠을 했었고, 지금처럼 광대뼈도 튀어나오지 않았던 것 같다. 입술도 이렇게 얇지는 않았다. 또 그때는 하루 종일 가게에만 앉아 있어서 그랬는지 이런 컴퍼스같은 자세를 본 적이 없었다.

당시에 마을 사람들은 이 여자 덕분에 두부 가게가 잘된다고 말하곤 했다. 하지만 그때만 해도 나는 나이가 어려서 그런 말에는 흥미가 없었기 때문에 그만 까맣게 잊어버리고 있었던 것이다.

그러나 이 컴퍼스는 몹시 기분이 상한 모양이었다. 마치 멸시蔑視 업신여기거나 하찮게 여겨 깔봄하는 듯한 표정으로, 나폴레옹도 모르는 프랑스인이나 워싱턴을 모르는 미국인을 비웃기라도 하는 듯 냉소冷笑 쌀쌀한 태도로 비웃음에 가득 찬 목소리로 이렇게 말하는 것이었다.

"잊었다고? 하긴 귀하신 양반이라 눈이 높으시다 이거지."

"그럴 리가 있습니까. 전 그저……."

"그럼 내 도련님한테 할 얘기가 있소. 도련님네는 부자가 됐고, 또 이렇게 무거운 짐들을 일일이 운반하기도 거추장스러울 테니 내게 주시오. 이런 낡고 하잘것없는 목기들을 어디다 쓰겠소. 우리 같은 가난뱅이에게나 쓸모가 있지."

"난 부자가 아닙니다. 또 이걸 팔아야 그 돈으로……."

"내 참! 큰 벼슬까지 한다던데 부자가 아니라고? 소실小室 정식 아내 외에 데리고 사는 여자이 셋이나 되고 문밖에만 나서면 여덟 사람이 떠메는 큰 가마를 타면서도 부자가 아니란 말이야? 흥! 그런 말로 날 속일 순 없지."

나는 무슨 말을 해도 소용이 없다는 걸 깨닫고는 그저 입을 다물고 있었다.

"원 세상에! 부자가 될수록 지갑 끈을 죄고, 지갑 끈을 죌수록 더욱더 부자가 된다더니, 정말 그 말대로일세."

컴퍼스는 화가 나서 돌아서더니 투덜거리며 밖으로 나갔다. 나가면서 슬쩍 어머니의 장갑 한 켤레를 허리춤에 찔러 넣고 사라져 버렸다.

그다음에는 또 근방에 사는 친척들이 찾아왔다. 나는 그들을 상대하면서 틈틈이 짐을 꾸려야 했다. 이렇게 사나흘이 지나갔다.

날씨가 몹시 춥던 어느 날 오후, 나는 점심을 먹고 차를 마시며 앉아 있었다. 그러다가 밖에서 사람이 들어오는 인기척에 머리를 돌려 바라보았다. 그를 보고 나는 부랴부랴 몸을 일으켜 그를 맞으러 나갔다. 그는 바로 룬투였다. 그를 보자마자 나는 그가 룬투라는 것을 금방 알 수 있었다. 그러나 내가 기억하고 있던 그 룬투는 아니었다. 키는 갑절이나 커졌고, 옛날 발그스름하던 둥근 얼굴은 누렇게 윤기가 없어졌다. 얼굴에 깊은 주름이 패었고, 눈언저리는 그의 아버지처럼 벌겋게 부어올라 있었다. 바닷가에서 농사를 짓는 사람은 하루 종일 바닷바람을 쐬기 때문에 대개 이런 모습을하고 있다는 것을 나는 알고 있었다.

그는 너덜너덜한 털모자에 얇은 솜옷을 걸치고 있었다. 추위에 덜덜 떠는 모습은 초라하고 안돼 보였다. 손에는 종이 봉지 하나와 기다란 담뱃대가 들려 있었다. 그 손 역시 내가 기억하고 있던, 통통하고 혈색 좋은 손은 아니었다. 거칠고 갈라지고 여기저기가 터진 게 마치 소나무 껍질 같았다.

나는 너무 흥분하여 뭐라고 말해야 좋을지 알 수 없었다.

"아, 룬투 형…… 이제 오셨구려……."

이렇게 말했을 뿐이다.

그러고 나니 많은 말들이 꿰어 놓은 구슬같이 줄줄이 터져 나올 것 같았다. 꿩이며, 날치며, 조개껍데기, 오소리……. 그러나 무언가에 가로막힌듯 그 말들은 머릿속에서만 빙빙 돌 뿐 입 밖으로 나오지는 못했다.

그는 그 자리에 우뚝 서 있었다. 얼굴에는 기쁨과 처량함이 뒤섞인 표정이 역력했다. 그는 입술을 달싹이긴 했지만 아무 소리도 내뱉지 못했다. 마침내 그는 공손한 태도를 취하더니 분명히 이렇게 불렀다.

"나으리!"

나는 오싹 소름이 끼치는 것 같았다. 순간적으로 나는 우리 둘 사이에 이미 두꺼운 장벽이 가로막혀 있다는 것을 알았다. 서글프게도! 나는 아무 말도 할 수 없었다.

그는 뒤를 돌아다보며 말했다.

"쉐이성水生! 나으리께 인사를 드려라."

그는 자기 등 뒤에 숨어 있던 어린아이를 앞으로 끌어냈다. 그 아이야말로 20년 전 룬투의 모습 그대로였다. 단지 안색이 나쁘고 비쩍 마른 데다 목에 은 목걸이가 없을 뿐이었다.

"이놈이 다섯째 놈입니다. 아직 세상 구경을 못해서 그런지 비실비실 낯만 가리고 ……."

어머니와 훙얼이 2층에서 내려왔다. 룬투의 말소리를 들은 모양이었다. 룬투는 어머니에게 말했다.

"마나님, 보내 주신 편지는 벌써 받았습죠. 나리께서 돌아오신다는 것을 알고 어찌나 기뻤는지……."

"룬투, 자네 왜 이렇게 어색하게 인사치레를 하나. 옛날에는 둘이 너, 너하고 부르지 않았나? 옛날같이 그냥 쉰迅이라 부르게나."

어머니는 룬투를 보고 기뻐하며 이렇게 말했다.

"참, 마나님도 무슨 말씀을…… 그게 될 법이나 한 얘깁니까? 그땐 철없을 때라 아무것도 모르고……."

룬투는 이렇게 말하면서 또 쉐이성더러 나리께 인사를 드리라고 했다. 하지만 아이는 여전히 부끄러워하면서 제 아버지 등 뒤에 찰싹 달라붙어 있었다. 어머니가 말했다.

"그 애가 쉐이성인가? 다섯째랬지? 모두 낯선 사람뿐이니 겁을 내는 것도 당연하지. 얘 훙얼아, 네가 쉐이성이랑 같이 밖에 나가 놀아라."

훙얼은 이 말을 듣고 쉐이성에게 손짓을 했다. 쉐이성은 그제야 가벼운 걸음으로 훙얼과 함께 밖으로 나갔다.

어머니는 룬투에게 자리에 앉으라고 권했다. 그는 한참 동안 망설이다가 겨우 자리에 앉았다. 그는 긴 담뱃대를 탁자 옆에 기대 놓더니 종이봉지를 앞으로 내놓으며 말했다.

"겨울이라서 드릴만한 게 없어서……. 이건 푸르대콩을 말린 것인데, 변변치는 않지만 그래도 저희 집에서 말린 것이라 나리께서 맛이라도 보시라고……."

나는 그에게 사는 형편이 어떤지를 물었다. 그는 머리를 좌우로 흔들었다.

"말이 아닙니다. 여섯째 놈까지 나서서 집안일을 거드는데도 먹고살 수가 없어요. 세상은 온통 뒤숭숭하고, 이유도 없이 여기저기서 돈만 마구 거둬 가고……. 그러니 버는 게 형편이 없죠. 소출도 점점 나빠져요. 농사를 지어서 내다 팔려고 하면 세금만 몇 번씩 내야 합니다. 그러니 본 전만 까먹고 말죠. 팔지 않고 두자니 그냥 썩혀 버릴 형편이구요."

그는 또 머리를 흔들어댔다.

갈래갈래 주름이 새겨진 룬투의 얼굴은 석상처럼 표정의 변화가 없었다.

그가 느끼는 감정은 오직 괴로움뿐이었다. 그런데 그것을 표현하려 해도 표현할 방법이 없는 듯했다. 그는 잠시 입을 다물고 있더니 담뱃대를 들고 묵묵히 빨았다.

어머니가 이것저것 묻는 중에 그는 집안일이 바빠서 내일 돌아가야 한다고 말했다. 그가 점심도 먹지 않은 것을 알고 어머니는 부엌에 가서 손수 밥을 볶아 먹도록 일렀다.

그가 나간 뒤, 어머니와 나는 그의 사정을 이야기하며 탄식했다. 자식들은 많고, 농사는 해마다 흉작이고, 세금은 가혹하게 많았다. 군인, 강도, 벼슬아치들, 지방 토호土豪 지방 세력가 따위들이 그를 괴롭혀 장승처럼 만들어 버린 것이다. 어머니는 우리가 가져가지 않아도 될 물건은 모두 그에게 주고, 그에게 갖고 싶은 걸 직접 고르게 하자고 했다.

오후에 그는 몇 가지 물건들을 골랐다. 기다란 탁자 두 개와 의자 네 개, 향로와 촛대 한 벌씩, 그리고 짐을 짊어질 때 쓰는 가로대 한 개였다. 그는 또 재(우리 고향에서는 밥을 지을 때 짚을 때고 그 재는 모래밭에 뿌리는 비료로 쓴다)를 전부 달라고 했다. 우리가 떠날 때 배로 실어 가겠다는 얘기였다.

밤에 룬투와 나는 또 이런저런 얘기를 나눴다. 그러나 별로 중요하지 않은 잡담일 뿐이었다.

다음 날 아침 일찍 그는 쉐이성을 데리고 돌아갔다.

그로부터 아흐레가 지났다. 바로 우리가 떠나야 할 날이 온 것이다. 룬투는 아침 일찍부터 우리 집에 와 있었다. 그러나 쉐이성은 데려오지 않고 그 대신 다섯 살짜리 계집애를 데리고 와서 배를 지키도록 했다.

우리는 하루 종일 정신없이 바빴다. 그래서 룬투와 나는 다시 한가하게 이야기를 나눌 틈이 없었다. 집으로 찾아온 손님들도 적지 않았다. 전송하러 온 사람, 이것저것 물건을 가지러 온 사람, 전송도 하고 물건도 가져갈 겸 온 사람 등 가지각색의 사람들로 붐볐다. 저녁 때 우리가 배에 오를 무렵에는 이 오래된 집에 있던 온갖 잡동사니들이 마치 빗자루로 쓸어 버린 듯 깨끗이 사라져 버렸다.

배는 앞으로 나아갔다. 양쪽 강기슭에 줄지어 선 푸른 산들은 황혼 빛에 검푸르게 물들고 있었다. 그 산들은 하나씩 배 뒤쪽으로 사라져 갔다.

훙얼은 나와 함께 선창에 몸을 기대고 어슴푸레한 풍경을 바라보았다. 그러다 그 아이는 갑자기 이렇게 물었다.

"큰아버지! 우리 이제 언제 돌아와요?"

"돌아오다니? 어째서 가기도 전에 돌아올 생각부터 하는 거냐?"

"하지만, 쉐이성이 자기 집으로 놀러 오라고 해서 약속을 했는걸요."

훙얼은 크고 새까만 눈을 똑바로 뜨고 뭔가 이상하다는 표정을 지었다.

나와 어머니는 갑자기 멍해졌다. 그러다가 다시 룬투의 이야기를 시작했다. 어머니가 말하기를, 이삿짐을 꾸리면서부터 두부 가게 서씨가 매일같이 찾아왔는데, 엊그제 잿더미 속에서 접시와 그릇을 열 몇 개씩 찾아내서는 룬투가 제기를 나를 때 함께 가져가려고 숨겨 두었다며 따따부따 떠들어 댔다는 것이었다.

양씨네 둘째 아주머니는 마치 큰 공이라도 세운 것처럼 의기양양해하며 '구기살狗氣殺'을 집어 들고 쏜살같이 달아났다고 한다. (구기살은 우리 고장에서 닭을 기를 때 쓰는 도구이다. 나무판 위에 창살을 치고 그 속에 모이를 넣어 두면 닭은 모가지를 길게 뽑아서 그것을 쪼아 먹는다. 하지만 개는 그럴 수가 없어서 그저 바라보며 속을 태울 뿐이다.) 어머니는 전족을 한 그 여자가 뒤축 높은 신발을 신고 어쩌면 그렇게 빨리 뛰어가는지 모르겠다고 말했다.

옛 고향집은 내게서 점점 멀어져 갔다. 그와 함께 고향의 산천도 점점 멀어지며 작아졌다. 하지만 나는 아무 미련도 느껴지지 않았다. 단지 보이지 않는 높은 담이 내 주위를 둘러싸고 나를 외톨이로 만들고 있다는 생각을 했을 뿐이다. 그리고 뭐라고 설명할 수 없는 답답함을 느꼈다. 아주 뚜렷했던, 저 수박밭의 은 목걸이를 한 작은 영웅의 형상이 갑자기 흐릿해진 것도 나를 슬프게 했다.

어머니와 훙얼은 모두 잠이 들었다. 나도 자리에 누웠다. 배 밑바닥에 부딪치는 물소리를 들으며, 나는 나의 길을 가고 있다는 사실을 깨달았다. 룬투와 나는 이미 딴 길을 가고 있었던 것이다. 하지만 나는 생각했다. 우리의 어린아이들은 아직 하나로 이어져 있다고, 훙얼이 바로 쉐이성을 생각하고 있지 않느냐고…….

난 그 애들이 나와 같은 단절을 겪지 않기를 바랐다. 하지만 서로 같은 마음을 지키기 위해 모두 나처럼 이곳저곳 떠도는 생활을 하는 것은 원치 않았다. 또 그 아이들이 룬투처럼 사는게 괴롭고 힘들어서 마비된 듯한 생활을 하는 것도 원치 않았다. 또한, 다른 사람들이 괴롭고 힘들게 사는 것을 멸시하는 것도 바라지 않았다. 그 아이들은 마땅히 새로운 삶을 살아야 한다. 우리가 아직 경험해 본 일이 없는 그런 생활 말이다!

나는 희망이라는 것을 생각하면서 갑자기 무서워졌다. 룬투가 향로와 촛대를 달라고 했을 때, 나는 그를 속으로 우습게 여겼다. 그가 아직도 우상을 숭배하고 그 습관을 버리지 못한 인간이라고 생각한 것이다.

그러나 내가 지금 말하는'희망'이라는 것 역시 내가 만들어 낸 또 하나의 우상이 아닌가? 단지 그의 희망이 보다 현실적이고 절박한 것인 반면, 나의 희망은 막연하고 아득하게 멀다는 차이가 있을 뿐이다.

나는 무의식중에 눈앞에 펼쳐진 바닷가 모래사장을 바라보았다. 짙은 쪽빛 하늘엔 동그란 황금빛 보름달이 떠 있었다.

나는 생각했다. 희망이란 것은 있다고도 할 수 없고, 없다고도 할 수 없다. 그것은 땅 위에 난 길이나 마찬가지다. 원래 땅에는 길이란 게 없고, 걸어가는 사람이 많아지면 그게 곧 길이 되는 것이다.

고향

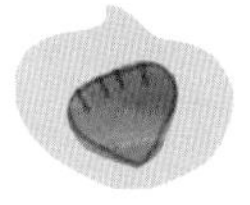

작가 소개

루쉰(魯迅, 1881~1936)

중국 저장성에서 태어났다. 37세에 처음 '루쉰'이라는 이름으로 「광인 일기」를 발표했는데, 이 작품은 반봉건 사상의 대표적인 작품으로 손꼽힌다. 3년 후 「아큐정전」으로 작가로서의 위치를 확립했다. 중국의 좌익 작가로서 국민당에 저항하다 암살자 명단에 오르자 문필 생활에 전념했다. 중국 현대 문학의 창시자로 불리는 루쉰은 당대 중국의 어떤 작가와도 비교할 수 없는 독보적 위치를 차지한다. 대표 작품으로는 「고향」, 「광인 일기」, 「아큐정전」, 「공을기(孔乙己)」, 「눌함(訥喊)」, 「방황」, 「조화석습(朝花夕拾)」 등이 있다.

작품 정리

- **갈래** 단편 소설
- **성격** 사회적, 철학적, 비판적
- **배경** 시간 - 1900년대 / 공간 - 중국
- **시점** 1인칭 주인공 시점
- **구성** '발단 - 전개 - 위기 - 절정 - 결말'의 5단계 구성
- **특징** 고향이 쇠퇴한 원인인 암울한 사회 현실을 비판함
- **주제** 변해 버린 고향과 계층 간의 단절에 대한 서글픔

구성과 줄거리

- **발단** **'나'는 20년 만에 고향에 돌아옴**

  오랫동안 타지에서 살던 '나'는 20년 만에 고향에 돌아온다. 집을 정리하고 고향과 이별하기 위해서다. 고향에는 어릴 적의 아름다움은 사라지고 황량한 풍경만 남아 있다.

- **전개** **어린 시절 룬투와 놀던 일을 회상함**

  어머니는 '나'에게 룬투가 찾아올 거라고 이야기한다. 룬투는 열 살 무렵에 알게 된 친구로, '나'는 강한 인상을 남겼던 룬투에 대해 생각한다.

- **위기** **룬투가 아들 쉐이성을 데리고 찾아옴**

  가난에 찌들어 생기 없이 늙은 룬투의 모습에 '나'는 놀란다. 그는 '나'에게 꼬박꼬박 '나으리'란 호칭을 붙이며 굽실거린다. 그러나 그의 아들 쉐이성은 '나'의 조카 훙얼과 친구처럼 잘 어울려 논다.

- **절정** **이삿짐을 꾸려 배를 타고 고향을 떠남**

  고향을 떠나는 날, 룬투는 어머니가 주기로 약속한 향로와 촛대, 모래밭에 뿌릴 재를 가지러 온다. 이삿짐을 실은 배는 마침내 고향집에서 서서히 멀어지기 시작한다. 훙얼은 쉐이성의 집에 놀러 가기로 약속했다며 언제 고향에 돌아오는지 묻는다.

- **결말** **'나'는 훙얼과 쉐이성이 새로운 삶을 살기를 희망함**

  '나'는 룬투와의 사이가 단절된 것을 서글퍼하며 훙얼과 쉐이성의 관계를 생각한다. 그러면서 그 아이들은 자신과 같은 단절을 겪지 않고 진보적인 삶을 살아가기를 희망한다.

생각해 보세요

1 이 작품에서 '나'의 고향이 쇠퇴하게 된 원인은 무엇인가?

20년 만에 찾아온 '나'의 고향은 황폐하고 쓸쓸한 빈촌으로 변해 버렸다. 그 원인은 옛 친구 룬투와의 대화를 통해 알 수 있다. 룬투는 농사는 안 되고, 세금이 가혹하게 많이 나와 살기 어렵다고 탄식한다. 이는 군인, 강도, 벼슬아치들, 지방 토호들의 횡포 때문이다. 마을 사람들이 염치없고 비굴해지는 것 역시 부조리한 사회가 만들어 낸 결과이다. 이 작품은 등장인물들의 입을 빌려 봉건주의의 병폐를 비판하고 있다.

2 쉐이성과 훙얼을 통해 작가가 꿈꾸는 것은 무엇인가?

'나'는 고향을 떠나면서 친구 룬투와의 단절을 안타까워한다. 그러면서 룬투의 아들 쉐이성과 자신의 조카 훙얼만큼은 단절되지 않고 하나로 이어진 삶을 살기를 바란다. 즉, 자신과 룬투가 살아온 세상과는 다른, 새롭게 변화된 세상에서 살기를 희망하는 것이다. 여기서 '고향'은 당시 중국의 모습을 상징한다. 작가는 현실의 중국은 황량하고 암담하지만, 미래의 중국은 변화된 모습이어야 한다는 강한 의지를 드러내고 있다.

3 이 작품에서 루쉰의 사상이 가장 잘 집약된 부분은 어디인가?

루쉰은 이 소설을 통해 현실의 비애 속에서도 결코 포기할 수 없는 미래에 대한 전망을 담아냈다. 작품의 마지막 문장에 이러한 전망이 드러난다. "희망이란 것은 있다고도 할 수 없고, 없다고도 할 수 없다. 그것은 땅 위에 난 길이나 마찬가지다. 원래 땅에는 길이란 게 없고, 걸어가는 사람이 많아지면 그게 곧 길이 되는 것이다." 이는 새로운 길을 용납하지 않았던 당시 사회의 보수성을 맹렬히 비난한 것으로서, 루쉰이 지닌 삶의 철학이기도 하다.

더불어 살아가야 할 이웃

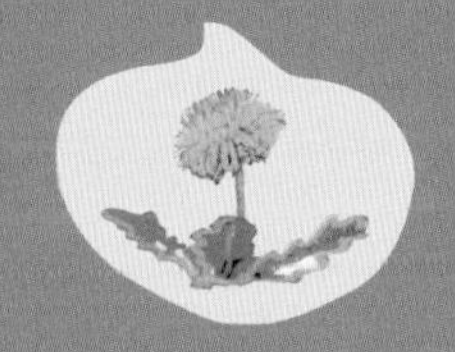

'한 아이를 키우기 위해서는 온 마을이 필요하다'는 아프리카의 격언이 보여 주듯, 인간은 공동체를 떠나서는 살 수 없습니다. 하지만 인간은 공동체에서 살아가며 필연적으로 갈등을 겪습니다. 생존과 행복을 위해 공동체를 이루어 낸 인간들이 다시 그 공동체 속에서 고통스러운 갈등에 휘말리는 아이러니를 겪게 되지요.

· 소음 공해 · 옥상의 민들레꽃

저(나)는 심신 장애자 시설에 자원봉사를 다녀온 후 온전한 휴식을 취하고 싶었어요. 하지만 위층 소음 때문에 그럴 수 없었지요. 여러 번 주의해 달라고 항의했지만 소음은 멈추지 않았어요. 참다못한 저는 슬리퍼를 선물로 들고 직접 위층을 방문했습니다. 문이 열리는 순간 위층 여자가 휠체어를 탄 장애인이라는 사실을 알게 되었어요. 어찌나 부끄럽던지요.

소음 공해

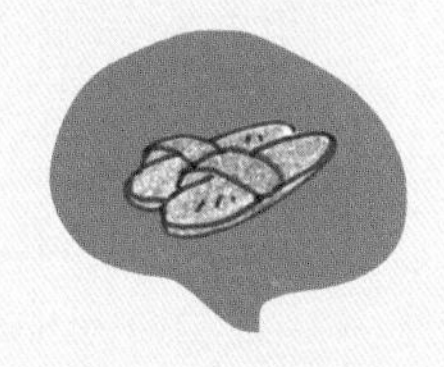

집에 돌아오자마자 뜨거운 물로 샤워를 하고 실내복으로 갈아입었다. 목요일, 심신장애자 시설에서 자원봉사자로 일하는 날은 몸이 젖은 솜처럼 피곤하고 무거웠다. 그래도 뇌성마비나 선천적 기능 장애로 사지가 뒤틀리고 정신마저 온전치 못한 아이들을 씻기고 함께 놀이를 하고 휠체어를 밀어 산책을 시키는 등 시중을 들다 보면 나를 요구하는 곳에서 시간과 힘을 내어 일한다는 뿌듯함이 느껴졌다. 고등학생인 두 아들은 아침에 도시락을 두 개씩 싸들고 가서 밤 11시나 되어야 올 것이고 남편은 3박 4일의 출장 중이니 날이 저물어도 서둘 일이 없었다. 더욱이 나는 한나절 심신이 지치게 일을 한 뒤라 당당히 휴식을 즐길 권리가 있다. 아이들은 머리가 커져 치마폭에 감기거나 귀찮게 치대는 일이 없이 "다녀왔습니다." 한마디로 문 닫고 제 방에 들어앉기 마련이지만 가족들이 집에 있을 때는 아무리 거실이나 방에 혼자 있어도 혼자 있다는 기분을 갖기 어려웠다. 사방 문 열린 방에서 두 손 보두어모아 쥐고 전전긍긍 24시간 대기하고 있는 형국이었다. 거실 탁자의 갓등을 켜고 커피를 진하게 끓여 마시며 슈베르트의 아르페지오네 소나타를 틀었다. 첼로의 감미로운 선율이 흐르고 나는 어슴푸레하고 아득한 공간, 먼 옛날로 돌아가는 듯한 기분에 잠겨 들었다. 몽상과 시와 꿈과 불투명한 미래가 약간은 불안하게, 그러나 기대와 신비한 예감으로 존재하던 시절, 내가 이러한 모습으로 살아가리라는 것은 상상할 수도 없었던 시절로.

사람이 단돈 몇 푼 잃는 것은 금세 알아도 본질적인 것을 잃어가는 것에는 무감각하다던가? 눈을 감고 하염없이 소나타의 음률에 따라 흐르던 나는 그 감미롭고 슬픔에 찬 흐름을 압도하며 끼어든 불청객에 사납게 눈을 치떴다. 드륵드륵드르륵, 무거운 수레를 끄는 듯 둔탁한 그 소리는 중년 여자의 부질없는 회한과 감상을 비웃듯 천장 위에서 쉼 없이 들려왔다. 십 분, 이십 분. 초침까지 헤아리며 천장을 노려보다가 나는 신경질적으로 전축을 껐다. 그 사실적이고 무지한 소리에 피아노와 첼로의 멜로디는 이미 소음에 지나지 않았다. 하루 이틀의 일이 아니었다. 위층 주인이 바뀐 이래 한 달 전부터 나는 그 정체 모를 소리에 밤낮없이 시달려왔다. 진공청소기 소리인가, 운동 기구를 들여놓았나, 가내 공장을 차렸나. 식구들마다 온갖 추측을 해 보았으나 도시都是 도무지 알 수 없는 일이었다. 도깨비가 사나 봐요, 롤러스케이트를 타는 도깨비. 아들 녀석이 처음에는 머리에 뿔을 만들어 보이며 히히덕거렸으나 자정 넘도록 들려오는 그 소리에 드디어 짜증을 내기 시작했다. 좀체 남의 험구險口 남의 흠을 들추어 헐뜯는 욕를 하지 않는 남편도 한 지붕 아래 함께 못 살 사람들이군, 하는 말로 공동생활의 기본적인 수칙을 모르는 이웃을 나무랐다. 일주일을 참다가 나는 인터폰을 들었다. 인터폰으로 직접 위층을 부르거나 면대하지 않고 경비원을 통해 이쪽 의사를 전달하는 간접적인 방법을 택한 것은 상대방과 자신에 대한 품위와 예절을 지키기 위해서였던 것이다. 나는 자주 경비실에 전화를 걸어, 한밤중 조심성 없이 화장실 물을 내리는 옆집이나 때 없이 두들겨 대는 피아노 소리, 자정 넘어서까지 조명등 쳐들고 비디오 찍어 가며 고래고래 악을 써 삼동네양옆과 앞에 이웃하여 있는 가까운 동네 잠을 깨우는 함진아비신랑 집에서 신부 집에 보내는 함을 지고 가는 사람의 행태 따위가 얼마나 무교양하고 몰상식한 짓인가 등등을 일깨워 주었다. 그러고는 소음 공해와 공동생활의 수칙에 대해 주의를 줄 것을, 선의의 피해자들을 대변해서 강력하게 요구하곤 했었다. 직접 대놓고 말한 것은 아래층 여자의 경우뿐이었다. 부부 싸움을 그만두게 하라고 경비실에 부탁할 수는 없는 것이 아닌가. 남편이 오퍼상매도인과 매수인 사이의 거래 조건을 조정하는 일을 전문으로 하는 업자을 한다는 것, 돈과 여자 문제로 부부 싸움이 잦다는 것은 부엌 옆 다용도실의 홈통을 통해 들려온 소리 때문에 알게 된 일이었다. 홈통은 마이크처럼 성능이 좋았다. 부엌에서 일을 할라치면 남자를 향해 퍼붓는 여자의 앙칼진 소리들을 싫어도 들을 수밖에 없었다. 엘리베이터에 단둘이 타게 되었을 때 나는 여자에게, 부엌이나 다용도실에선 남이 알면 거북할 얘기는 안 하는 게 좋다고 조용히 말했다. 여자가 자꾸 남편의 자존심을 건드리고 약점을 잡아 몰아대면 남자는 더욱 밖으로 돌기 마련이라고, 알고도 모르는 체 속아 주기도 하는 게 좋을 때도 있는 법이라는 충고를 덧붙인 것은 나이 많은 인생 선배로서의 친절이었다. 여자는 차갑게 굳은 얼굴로 명심하겠노라고 말했지만 다음부터는 인사는커녕 마주치면 괴물을 보듯 아예 고개를 돌려 버리곤 했다.

위층의 소리는 멈추지 않았다. 드르륵거리는 소리에 머리카락 올이 진저리를 치며 곤두서는 것 같았다. 철없고 상식 없는 요즘 젊은 엄마들이 아이들에게 집 안에서 자전거나 스케이트보드 따위를 타게도 한다는데 아무래도 그런 것 같았다. 인터폰의 수화기를 들자 경비원의 응답이 들렸다. 내 목소리를 알아채자마자 길게 말꼬리를 늘이며 지레 짚었다. 귀찮고 성가셔 하는 표정이 눈앞에 역력히 떠올랐다.

"위층이 또 시끄럽습니까? 조용히 해 달라고 말씀드릴까요?"

잠시 후 인터폰이 울렸다.

"충분히 주의하고 있으니 염려 마시랍니다."

경비원의 전갈傳喝 전하는 말이었다. 염려 마시라고? 다분히 도전적인 저의底意 겉으로 드러나지 않은, 속에 품은 생각가 느껴지는 전언이었다. 게다가 드륵드륵 소리는 여전하지 않은가. 이젠 한판 싸워 보자는 얘긴가. 나는 인터폰을 들어 다짜고짜 909호를 바꿔 달라고 말했다. 신호음이 서너 차례 울린 후에야 신경질적인 젊은 여자의 응답이 들렸다.

"아래층인데요. 댁이 그런 식으로 말할 건 없잖아요? 나도 참을 만큼 참았다구요. 공동 주택에는 지켜야 할 규칙들이 있잖아요. 난 그 소리 때문에 병이 날 지경이에요."

"여보세요. 난 날아다니는 나비나 파리가 아니에요. 내 집에서 맘대로 움직이지도 못하나요? 해도 너무하시네요. 이틀거리로 전화를 해 대시니 저도 피가 마르는 것 같아요. 저더러 어쩌라는 거예요?"

"하여튼 아래층 사람 고통도 생각하시고 주의해 주세요."

나는 거칠게 수화기를 내려놓았다. 뻔뻔스럽긴. 이젠 순 배짱이잖아. 소리 내어 욕설을 퍼부어도 화가 가라앉지 않았다. 그렇다고 언제까지 경비원을 사이에 두고 '하랍신다', '하신다더라' 하며 신경전을 펼 수도 없는 일이었다. 화가 날수록 침착하고 부드럽게 처신해야 한다는 것은 나이가 가르친 지혜였다. 지난겨울 선물로 받은, 아직 쓰지 않은 실내용 슬리퍼에 생각이 미친 것은 스스로도 신통했다. 선물도 무기가 되는 법, 발소리를 죽이는 푹신한 슬리퍼를 선물함으로써 소리를 죽이라는 메시지와 함께 소리로 인해 고통 받는 내 심정을 간접적으로 나타낼 수 있으리라. 사려 깊고 양식 있는 이웃으로서 공동생활의 규범에 대해 조곤조곤 타이르리라.

위층으로 올라가 벨을 눌렀다. 안쪽에서 누구세요, 묻는 소리가 들리고 십 분 가까이 지나 문이 열렸다. '이웃사촌이라는데 아직 인사도 없이…….' 등등 준비했던 인사말과 함께 포장한 슬리퍼를 내밀려던 나는 첫마디를 뗄 겨를도 없이 우두망찰정신이 얼떨떨하여 어찌할 바를 모르는 모양했다. 좁은 현관을 꽉 채우며 휠체어에 앉은 젊은 여자가 달갑잖은 표정으로 나를 올려다보았다.

"안 그래도 바퀴를 갈아 볼 작정이었어요. 소리가 좀 덜 나는 것으로요. 어쨌든 죄송해요. 도와주는 아줌마가 지금 안 계셔서 차 대접할 형편도 안 되네요."

여자의 텅 빈, 허전한 하반신을 덮은 화사한 빛깔의 담요와 휠체어에서 황급히 시선을 떼며 나는 할 말을 잃은 채 슬리퍼 든 손을 등 뒤로 감추었다.

소음 공해

작가 소개

오정희(吳貞姬, 1947~)

서울에서 태어났다. 1968년 〈중앙일보〉 신춘문예에 단편 소설 「완구점 여인」이 당선되면서 등단했다. 1982년 「동경」으로 동인문학상을 수상했다. 2003년에는 독일에서 번역 출간된 「새」로 리베라투르 상을 수상했는데, 해외에서 한국인이 문학상을 받은 최초의 사례다. 그녀는 인간의 존재론적 불안과 내면의 고뇌를 자의식적인 측면에서 예리하게 묘사하는 데 능숙한 작가다. 창작 초기에는 타인과 단절되고 고립된 인물들의 굴절된 파괴 충동을 주로 그렸다. 이후 중년 여성들을 주인공으로 삼아 본질적이고 근원적인 여성성을 탐구했다. 주요 작품으로는 「불의 강」(1977), 「중국인 거리」(1979), 「유년의 뜰」(1980), 「불망비」(1983), 「파로호」(1989), 「옛 우물」(1994) 등이 있다.

작품 정리

- **갈래** 현대 소설
- **성격** 비판적, 교훈적, 반성적
- **배경** 시간 – 현대 / 공간 – 도시의 아파트
- **시점** 1인칭 주인공 시점
- **구성** '발단 – 전개 – 위기 – 절정 – 결말'의 5단계 구성
- **특징** 극적인 반전을 통해 주제를 부각시킴
- **주제** 이웃에 무관심한 현대 도시인의 삶에 대한 비판
- **출전** 〈술꾼의 아내〉(1993)

구성과 줄거리

- **발단 휴식 중에 소음 문제가 발생함**

  심신장애인 시설에 자원봉사 활동을 다녀온 후 휴식을 취하고 있는 '나'는 위층에서 들리는 소음에 신경이 날카로워진다.

- **전개 소음으로 인해 '나'와 가족들은 고통을 느낌**

  정체를 알 수 없는 위층 소음으로 인해 '나'는 물론 가족 전체가 고통을 겪고, 경비원을 통해 윗집에 주의시킬 것을 당부한다.

- **위기 위층 소음을 해결하려고 직접 항의함**

  일주일 동안 참다가 인터폰을 들어 위층 여자에게 직접 항의하면서 이웃과의 갈등이 고조된다. '나'는 위층에서 들리는 소음에 불쾌해 하기만 하고 왜 소음이 발생했는지에 대해서는 알려 하지 않는다.

- **절정 위층 여자가 장애인임을 알게 됨**

  '나'는 소음을 줄여 달라고 부탁하기 위해 선물로 걸을 때 소리가 나지 않는 슬리퍼를 들고 직접 찾아가지만 위층 여자가 휠체어를 타는 장애인임을 알고 놀란다.

- **결말 이웃에 무심했던 자신에게 부끄러움을 느낌**

  '나'는 소음의 원인이 휠체어 때문임을 알게 되고, 주변 사람들에게 경솔하고 무심했던 자신에 대해 부끄러움을 느낀다.

생각해 보세요

1 이 작품의 주제와 그 주제를 강조하기 위해 작가가 사용하고 있는 기법은 무엇인가?

이 소설은 도시의 아파트를 배경으로 소음 공해에 대한 갈등을 다루고 있다. 아래층에 사는 주인공은 위층에서 들리는 소음과 자신의 항의에 달갑지 않게 반응하는 위층 여자에 대해서 불쾌한 감정을 가지게 된다. 결국 주인공은 소음 문제를 원만히 해결하기 위해 슬리퍼를 들고 위층 여자를 찾아가게 되고, 위층 여자가 휠체어에 앉아 있는 장애인이라는 사실을 알게 된다. 주인공은 자신의 경솔한 행동을 부끄러워하며 들고 있던 선물을 등 뒤로 숨긴다. 주인공이 겪은 이러한 사건은 이웃의 처지와 입장에 무관심한 현대인들의 세태를 드러내고 있으며, 이에 대한 비판과 반성의 계기를 독자에게 제공한다. 특히 결말에서 보이는 극적인 반전이 이러한 주제 의식을 강하게 드러내기 위한 효과적인 장치로 사용되었다.

2 '인터폰'과 '실내용 슬리퍼'의 의미와 작품 전개상의 역할은 무엇인가?

'인터폰'은 현대인들의 의사소통 단절을 상징하는 소재이다. 현대에는 '직접적인 대면'이라는 전통적인 소통 방식이 사라지고 '인터폰'을 통한 편의적이고 간접적인 의사소통만 이루어지고 있다. '인터폰'은 결국 인간적인 소통을 불가능하게 하는 것이다. '실내용 슬리퍼'는 현대인들의 상호 무관심을 상징하는 소재이다. 주인공인 '나'는 새로 이사 온 이웃에게 슬리퍼를 선물해서 소음을 줄일 계획을 가지고 있지만, 막상 위층 이웃은 하반신을 쓸 수 없는 장애인이다. 이웃에 대한 정보가 부족하다는 것은 곧 관심이 부족하다는 의미로 해석될 수 있다.

인물관계도

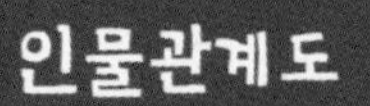

주민들
(회장, 아줌마, 아저씨, 교수 등)

모든 사람들이 부러워하는 궁전아파트에서 할머니 두 분이 스스로 목숨을 끊는 일이 일어나요. 이와 관련한 주민 대책 회의가 열리지만 어른들은 할머니가 돌아가신 이유를 이해하지 못해요. 저(나)는 엄마가 나를 미워한다고 오해했을 때 살고 싶지 않아 옥상에 올라갔던 일을 떠올려요. 그때 척박한 땅에서 피어난 민들레꽃을 보고 마음을 바꾸었지요. 저는 생명을 살리는 것은 따뜻한 관심과 사랑이라고 생각해요.

옥상의 민들레꽃

우리 아파트 7층 베란다에서 할머니가 떨어져서 돌아가셨습니다. 실수로 떨어지신 게 아니라 일부러 떨어지셨다니까, 할머니는 자살을 하신 것입니다. 이런 일이 벌써 두 번째입니다. 그것을 제일 먼저 발견한 할머니의 며느리가 놀라서 소리를 지르자, 아파트에 사는 사람들이 모두 베란다로 뛰어나갔습니다. 나도 뛰어나갔습니다. 다만, 엄마가 뒤에서 내 눈을 가렸기 때문에 7층에서 떨어진 할머니가 어떻게 망가졌는지 보지는 못했습니다.

"오오, 끔찍한 일이다."

다른 어른들도 "끔찍한 일이야. 오오, 끔찍한 일이야." 하면서 아이들의 눈을 가려서 얼른 안으로 데리고 들어갔습니다.

우리 궁전아파트는 살기가 편하고, 시설이 고급이고, 환경이 아름답기로 이름이 난 아파트입니다. 우리나라에서 나는 물건은 물론, 외국에서 들어온 물건까지 없는 것 없이 갖추어 놓은 슈퍼마켓도 있고, 어린이를 위한 널찍한 놀이터도 있고, 아름다운 공원도 있고, 노인들을 위한 정자도 있고, 사람의 힘으로 만든 푸른 연못도 있습니다.

누가 "너, 어디 사냐?" 하고 물었을 때, 궁전아파트에 산다고 하면, 물은 사람의 얼굴에 부러워하는 빛이 역력해집니다. 그리고 한숨을 쉬며 말합니다.

“참 좋겠다. 우린 언제 그런 데 살아 보누.”

그러니까 궁전아파트에 살지 않는 사람들은 궁전아파트에 사는 사람이 행복하다는 걸 아무도 의심하지 않나 봅니다. 그렇게 믿고 있는 사람들을 실망시키지 않기 위해서도 궁전아파트에 사는 사람들은 모두모두 행복할 수밖에 없습니다.

그런데 이게 웬일입니까? 벌써 두 사람이나 살기가 싫어서 스스로 목숨을 끊었습니다. 얼마나 사는 게 행복하지 않으면 목숨을 끊고 싶어지나 궁전아파트 사람들은 상상도 할 수 없습니다. 궁전아파트 사람들이 생각할 수 있는 건 앞으로 이런 일이 다시는 일어나선 안 된다는 겁니다. 이런 일이 자꾸 일어나 소문이 퍼져 보십시오. 사람들은 궁전아파트 사람들의 행복이 가짜일 거라고 의심할지도 모릅니다. 그렇게 되면 큰일입니다. 그런 생각만으로도 궁전아파트 사람들은 금방 불행해지고 맙니다.

궁전아파트 사람들이 여태껏 행복했던 것은 다른 사람들이 그렇게 알아주었기 때문이니까요. 그것은 마치 엄마를 행복하게 하는 이유가 엄마의 보석 반지가 아름다워서가 아니라, 그 보석이 진짜라는 보석 장수의 보증 때문인 것과 같은 이치입니다.

여태껏 굳게 믿고 있던 행복이 흔들리자, 궁전아파트 사람들은 그 불안을 견디다 못해 회의를 하기로 했습니다. 모이는 장소는 칠십 평짜리 아파트 두 채를 터서 쓰는 사장님 댁으로 정했습니다.

넓은 사장님 댁은 벌써 사람들로 꽉 들어차 있습니다. 반상회班常會 정부의 공시 사항을 전달하고 의견을 수렴하여 이웃 간의 친목도 도모하기 위한 모임 날보다 더 많은 사람들이 모여들었습니다. 반상회 날은 더러 아이들도 섞여 있었는데, 오늘은 아이들이 한 명도 안 보입니다. 어른들만 모여 있으니까 회의의 분위기가 한층 엄숙해지는 것 같았습니다.

엄마도 그제야 내가 따라간 게 창피한지 눈짓을 하며 나를 등 뒤로 숨기려 했습니다. 그러나 나는 엄마의 등 뒤에 숨을 수 있을 만큼 작은 아이가 아닙니다. 나는 모습을 보이고 싶고, 참견도 하고 싶었습니다. 다른 일이라면 모를까, 이번 일은 내가 꼭 참견을 해야 할 것 같았습니다.

왜냐하면, 나는 그 할머니가 왜 살고 싶어 하지 않으셨는지 알고 있기 때문입니다. 생전의 그 할머니와 만나 본 적은 없지만, 그것만은 자신 있게 알고 있었습니다.

"에에 또, 이렇게 여러 귀빈貴賓 귀한 손님들을 한자리에 모시게 되어서 영광입니다. 오늘은 저희 집에 모신 만큼 제가 임시회장이 돼서 이 회의를 진행하겠습니다. 아 참, 회장이 있으려면 회 이름도 있어야겠군요. 명함에 넣으려면 '무슨무슨 회' 회장이라고 해야지 그냥 회장이라고 할 순 없지 않습니까? 안 그렇습니까, 여러분?"

"옳습니다."

여러 사람이 찬성을 했습니다.

"'서로돕기회'가 어떻습니까?"

어떤 젊은 아저씨가 말했습니다.

"안 됩니다, 그건. 서로 돕다니요? 우리가 뭐가 부족해서 서로 돕습니까? 이웃 돕기는 가난하고 불쌍한 사람들끼리 하는 겁니다."

"옳소, 옳소."

여러 사람이 찬성했기 때문에 '서로돕기회'는 부결의논한 안건을 받아들이지 아니하기로 결정함이 됐습니다.

"그, 그렇지만 우리가 여기 이렇게 모인 건 서로 돕기 위해서가 아닙니까?"

'서로돕기회'를 주장한 아저씨가 외롭게 말했습니다.

"아닙니다. 이번 사고를 수습할 대책을 마련하려고 모인 겁니다."

"아, 됐습니다. 바로 그겁니다. 수습대책협의회가 좋겠군요. '궁전아파트 사고수습대책협의회'……. 적당히 어렵고 적당히 길고, 그걸로 정할까요?"

"사장님, 아니 회장님, 그럼 그 명의로 명함을 만드실 건가요?"

"그럼은요. 썩 마음에 드는 명칭입니다. 안 그렇습니까?"

"안 그렇습니다. 그건 마치 우리 궁전아파트가 사고만 나는 아파트란 인상을 퍼뜨리는 것과 같습니다. 아파트 값이 뚝 떨어질지도 모릅니다."

아파트 값이 떨어질지도 모른다는 소리에 여러 사람들이 일제히 와글와글 들고일어나 그 의견도 부결이 됐습니다.

"여러분, 지금 급한 건 회의 이름 짓기가 아닙니다. 어떡하면 그런 사고가 다시는 안 일어나게 하는가 하는 겁니다. 이번이 벌써 두 번째입니다. 이 소문이 퍼져 보십시오. 제일 먼저 영향을 받는 건 우리 아파트 값일 겁니다. 아마 한 번만 더 사고가 나면 우리 아파트 값은 당장 똥값이 될걸요."

회 이름을 '서로돕기회'로 하자던 아저씨가 이렇게 말하자, 장내는 조용해지고 사람들의 얼굴은 사색이 됐습니다.

"여러분, 우리 아파트 값을 똥값으로 만들지 않기 위해 머리를 짭시다. 좋은 의견이 있으신 분은 편한 마음으로 말씀해 주십시오."

"젊은 사람, 그것은 회장의 권한입니다. 좋은 의견이 있으신 분은 말씀해 주십시오."

회장이 젊은 아저씨로부터 말끝을 빼앗았습니다.

"저요, 저요."

나는 학교에서 선생님한테 나를 시켜 달라고 조를 때처럼 손을 들고 벌떡 일어서려 했습니다. 그런데 엄마가 나를 붙잡았습니다.

"아니, 여기가 어딘 줄 알고 네가 나서려고 해? 아이 창피해."

엄마의 얼굴이 홍당무가 됩니다.

"아니, 여기가 어디라고 아이를 끌고 다녀? 쯧쯧."

사람들이 수군대는 소리도 들립니다. 엄마는 얼굴이 더 빨개지면서 어쩔 줄을 모릅니다.

"제가 한마디하겠습니다."

뚱뚱한 아줌마가 엄숙한 얼굴로 말을 시작했습니다.

"나도 조금 전까지만 해도 지금처럼 심각하진 않았습니다. 우리 집엔 노인네가 안 계시니까요. 그러나 지금은 누구 못지않게 심각합니다. 다들 그래야 됩니다. 노인네들 지키는 것은 노인네를 모신 집만의 골칫거리지만 최고의 아파트 값을 지키는 것은 우리 모두의 일입니다. 아시겠어요?"

장내가 물을 끼얹은 듯 조용해졌습니다.

"제일 처음 우리가 할 일은 절대로 이번 사고를 입 밖에 내지 않는 겁니다. 소문만 안 나면 그런 일은 없었던 거나 마찬가집니다. 다음은 그런 일이 다시는 안 일어나게 하는 겁니다. 감쪽같이 감추는 것도 한두 번이지. 자주 계속되면 소문이 안 날 수가 없게 됩니다. 왜냐하면, 이사 가는 사람이 생기거든요. 나부터도 그런 사고가 한 번만 더 나면 아파트 값이 뚝 떨어지기 전에 제일 먼저 팔고 이사를 갈 테니까요. 이사만 가 보세요. 뭐가 무서워 소문을 안 냅니까? 아시겠죠? 소문을 안 내는 것보다는 그런 사고가 또다시 안 일어나게 하는 게 더 중요한 까닭을……."

모두들 말없이 고개만 끄덕였습니다. 뚱뚱한 여자는 더욱 의기양양해서 연설을 계속했습니다.

"그래서 제가 연구한 사고 방지책을 지금부터 말씀드리겠어요. 조용히 하세요, 조용히……. 우리 아파트 베란다는 너무 허술해요. 노인네가 아니라도 아이들이 장난치다 떨어지지 말란 법도 없잖아요?"

"아유, 끔찍해라."

엄마가 나를 꼭 껴안았습니다. 딴 엄마들도 아이들도 떨어질 수 있다는 새로운 근심에 안절부절못합니다. 아이들한테만 집을 맡기고 온 엄마는 뒤로 몰래 빠져나갈 눈치를 보이기도 합니다.

"그래서 베란다에다 일제히 쇠창살을 달면 어떨까 하는 의견을 말씀드리는 겁니다. 바람은 통하되 사람은 빠져나갈 수 없는 쇠창살 말입니다."

"옳소, 옳소."

"옳은 말씀이에요. 왜 진작 그 생각을 못 했을까? 인제부터 발 뻗고 자게 됐지 뭐예요?"

모든 사람들의 얼굴에서 근심이 걷히면서 뚱뚱한 여자의 의견에 대한 칭찬의 소리가 자자했습니다.

"옳은 일은 서두르는 게 좋아요. 곧 쇠창살을 해 달도록 합시다. 회장의 권한으로 명령합니다."

회장님이 주먹으로 탁탁 탁자를 치면서 말했습니다.

"쇠창살 주문은 내가 받겠어요. 우리 애기아빠가 쇠붙이 회사 사장이니까요. 누구보다도 값싸게, 누구보다도 빨리 해 드릴 수가 있어요. 품질은 보증하겠느냐고요? 여부가 있나요."

뚱뚱한 여자가 신이 나서 소리쳤습니다. 사람들은 서로 먼저 쇠창살 신청을 하려고 밀치고 아우성이었습니다.

"여러분, 침착하세요. 이럴 때일수록 흥분을 가라앉히고 이성을 되찾아 침착하게 생각해야 합니다. 과연 쇠창살이 가장 좋은 방법일까요?"

젊은 아저씨가 아우성치는 사람들을 향해 팔을 휘두르며 외쳤습니다. 사람들은 젊은 아저씨의 다음 말을 기다리느라 잠깐 조용히 하였습니다. 그때 나는 내가 다시 나서야 할 것처럼 느꼈습니다.

나는 알고 있기 때문입니다. 베란다에서 떨어져 그만 살고 싶은 마음을 돌이킬 수 있는 건 쇠창살이 아니라 민들레꽃이라는 걸 나만이 알고 있기 때문입니다. 게다가 나는 이걸 어른들처럼 머릿속으로만 떠올린 게 아니라 직접 겪어서 알고 있는 것이기 때문에 더욱 자신이 있습니다.

'베란다에 있어야 할 것은 쇠창살이 아니라 민들레꽃이에요. 정말이에요.'

그 소리를 높이 외치고 싶어 목구멍이 간질간질하고 가슴이 두근댑니다. 오줌을 쌀 것처럼 아랫도리가 뿌듯하기도 합니다. 나는 참을 수가 없어서 몸부림치면서 엄마의 품을 벗어나려고 했습니다.

"얘가, 누구 망신을 시키려고 또 이러지?"

엄마는 입속으로 중얼대면서 쇠사슬처럼 꽁꽁 나를 껴안았습니다. 젊은 아저씨가 말을 계속했습니다.

"여러분, 우리 아파트가 가장 값이 비싼 것은 내부의 시설과 부대시설이 잘 된 때문만은 아니란 걸 알아야 합니다. 우리 아파트는 겉모양이 아름답기로도 소문난 아파트입니다. 지나가던 사람도 우리 아파트를 보면 금방 한번 살아 보고 싶은 생각이 들 만큼 아름다운 겉모양을 하고 있습니다. 옛 궁전이나 성을 연상하고, 그 속에 들어가 살면 왕족이나 귀족이 될 것 같은 희망이 생기기도 합니다. 그런 아파트의 베란다마다 쇠창살을 달아 보세요. 사람들이 뭘 연상하겠습니까?"

"감옥이요, 감옥."

"세상에 끔찍해라. 감옥이라니……."

"아파트 값이 똥값이 되고 말 거예요."

"나라면 거저 줘도 안 살 거예요."

이렇게 해서 베란다에 쇠창살을 달자는 의견은 흐지부지되고 말았습니다.

"제 생각으로는……."

노 교수님이 천천히 입을 열었습니다. 사람들의 눈길이 노 교수님의 우물대는 입가로 모였습니다.

"제 생각으로는 할머니가 두 분씩이나 왜 갑자기 살고 싶지 않아졌나, 우리가 그걸 먼저 알아야 한다고 생각합니다. 중요한 건 그분들이 목숨을 끊고 싶어 끊었지 베란다가 있기 때문에 끊은 건 아니라는 겁니다. 목숨을 꼭 끊고 싶으면 베란다가 아니라도 끊을 데는 얼마든지 있습니다."

"옳소, 옳소."

젊은 아저씨가 눈을 빛내면서 큰 소리로 동의했습니다.

"그분이 왜 목숨을 끊고 싶었을지에 대해 아는 대로 대답해 주십시오. 먼저, 돌아가신 할머니의 따님과 며느님."

교수님은 교수님답게 대답을 기다리지 않고 지적을 합니다.

지난번에 돌아가신 할머니는 따님하고 같이 사셨고, 이번에 돌아가신 할머니는 아드님하고 같이 사셨답니다. 두 할머니의 딸과 며느리는 고개를 숙이고 눈물을 닦을 뿐 대답을 못합니다.

"무엇을 부족하게 해 드리지 않았습니까?"

교수님은 울고 있는 아주머니들을 똑바로 바라보면서 따지듯이 말했습니다.

"아니요, 그런 일 없었습니다. 저희 어머니의 방 냉장고는 늘 어머니께서 즐기시는 음식으로 가득 채워져 있었고, 옷장엔 사시장철사철 중 어느 때나 늘

충분히 갈아입을 수 있는 비단옷으로 가득 차 있습니다. 어머니께서 돌아가신 후 그걸 다 양로원에 기부했는데, 열 사람의 노인네가 돌아가실 때까지 입을 수 있을 거라고 했습니다. 필요하시다면 그분들을 증인으로 부를 수도 있습니다."

"아, 알겠습니다. 이번엔 며느님에게 변명할 기회를 드리겠습니다."

"저도 마찬가지입니다. 지금도 그분의 방이 그대로 보존돼 있습니다만, 부족한 건 아무것도 없습니다. 제 방과 똑같은 크기의 방에, 제 방에 있는 건 그분의 방에도 다 있습니다. 그분이 한 번도 듣지 않는 전축이나 녹음기도 제 방에 있는 것이기 때문에 그분 방에도 들여 놓았습니다. 그랬건만 그분은 늘 불만이셨습니다."

"바로 그겁니다. 그걸 말씀해주셔야 합니다."

교수님이 마침내 유도 신문에 성공한 형사처럼 좋아하며 그 아주머니 앞으로 한발 다가갔습니다.

"그분은 손자를 업어서 기르고 싶어하셨어요."

"그건 안 되죠. 안짱다리가 되니까."

"그분은 바느질을 좋아해서 뭐든지 깁고 싶어하셨어요. 특히 버선을 깁고 싶어하셨죠."

"점점 더 어렵군요. 요새 버선이라니? 더군다나 기워서 신는 버선을 어디 가서 구하겠소?"

"그분은 또 흙에다 뭘 심고, 거름을 주고, 김을 매고 싶어하셨어요. 그분은 시골에서 자란 분이거든요."

"참으로 참으로 어려운 분이셨군요."

교수님이 낙담을 합니다. 이때 젊은 아저씨가 또 나섭니다.

"이제야 알겠습니다. 그분은 고향이 그리워서 돌아가셨군요."

"저희 어머니는 이 도시가 고향인데도 베란다에서 떨어지셨어요."
먼저, 돌아가신 할머니의 딸이 젊은 아저씨에게 말했습니다.
"고향이 시골이 아니어도 마찬가질 겁니다. 도시에서도 사람 살아가는 모습이 예전보다 너무 많이 달라졌으니까요. 노인들은 예전의 사람 사는 모습이 그리워서 더 이상 살고 싶지가 않았을 겁니다. 그렇지만 제 아무리 효자라도 세월을 거꾸로 흐르게 할 수는 없습니다. 이렇게 문명화된 세상에 돈 가지고 안 되는 일이 아직도 남아 있다는 건 참으로 통탄할 일입니다."
젊은 아저씨가 이렇게 결론을 내리자 장내가 숙연해졌습니다.
나는 이번에야말로 내가 나설 차례라고 생각했습니다. 다시 목구멍이 간질간질하고 가슴이 울렁거리고 오줌이 마려웠습니다. 나는 베란다에서 떨어져 목숨을 끊고 싶은 생각을 맨 마지막으로 막아 줄 수 있는 게 쇠창살이 아니라 민들레꽃이라는 걸 알고 있습니다. 마찬가지로, 할머니가 살고 싶지 않아진 게 세월을 거꾸로 흐르게 할 수 없었기 때문이 아니란 것도 알고 있습니다. 둘 다 상상이나 남에게 들어서 알고 있는 게 아니라, 스스로 겪어서 알고 있는 것이기 때문에 확실합니다. 나는 어른이 되려면 아직 멀었는데도 살고 싶지 않았던 적이 있습니다. 정말입니다.
나는 이것을 말하고 싶어서 쇠사슬처럼 단단하게 나를 껴안은 엄마의 팔에서 드디어 벗어났습니다. 그리고 회장석 앞으로 나가려고 했습니다. 꼭꼭 끼여 앉은 어른들을 헤치려니 어떤 아저씨는 어깨를 짚었다고 눈을 부라리고, 어떤 아줌마는 발가락을 밟았다고 비명을 지릅니다. 그러건 말건 나는 반장도 모르는 어려운 문제의 답을 나만 알고 있을 때처럼 의기양양 신이 나서 사람들을 마구 밀치고 드디어 앞으로 나섰습니다.
그러나 내가 미처 입도 떼기도 전에 회장이 탁자를 탁 치며 호령을 했습니다.

"누굽니까? 도대체 누굽니까? 이런 중대한 모임에 어린이를 데리고 온 분이 누굽니까?"

"죄송합니다. 미안합니다. 애가 막내라 버릇이 없어서……."

어느 틈에 엄마가 따라 나와 나를 치마폭에 싸면서 어쩔 줄을 모릅니다.

"그 아이를 데리고 먼저 퇴장할 것을 회장의 권한으로 허락합니다. 여러분 이의가 없으시겠죠?"

회장이 말했습니다. 모두 이의가 없다면서 엄마와 나의 퇴장을 찬성했습니다.

"이 회의에서 앞으로 결정된 일은 서면으로 통지할 테니 빨리 그 애를 데리고 돌아가시오."

"저도요, 저도요."

딴 엄마들도 회장한테 퇴장할 것을 허락받고자 손을 들었습니다. 이유는, 집에 놓고 온 아이가 베란다에서 떨어질까 봐 불안해서 더 이상 회의만 지켜볼 수 없다는 거였습니다. 회장은 그런 엄마들에게도 퇴장을 허락했습니다.

엄마와 나를 선두로 하여 여러 엄마들이 회의장을 물러났습니다. 집에 돌아온 나는 엄마에게 호된 꾸지람을 들었습니다.

나는 꾸지람을 들은 것보다 내가 알고 있는 걸 발표하지 못한 것이 억울하고 슬펐습니다. 내가 알고 있는 걸 어른들이 귀담아들어 주었더라면 베란다에서 사람이 떨어져 죽는 일을 미리 막는 데 적지 않은 도움이 되었을 것입니다.

내가 지금보다 더 어렸을 적입니다. 학교에도 가기 전이었으니까요. 어느 날, 누나와 형이 학교에서 만든 꽃을 한 송이씩 들고 왔습니다. 내일이 어버이날이라나요. 누나와 형은 또 조그만 선물 꾸러미도 마련해 놓고 있었습니다. 내일 아침 꽃과 함께 엄마 아빠께 드릴 거라고 했습니다.

그날 밤, 나도 꽃을 만들었습니다. 누나가 쓰던 색종이를 오려서 만든 꽃은 보기에는 누나나 형 것만 훨씬 못해 보였습니다. 그러나 정성 들여 만든 것이기 때문에 엄마 아빠가 신통해하실 것으로 믿고 가슴이 잔뜩 부풀어 있었습니다. 선물은 장만하지 않았습니다. 나는 학교에도 들어가기 전이라 용돈이 없으니까 그걸로 엄마 아빠가 섭섭해할 리는 없었습니다.

어버이날 아침이 됐습니다. 아침상에서 누나가 먼저 선물과 꽃을 아빠 앞에 내어놓았습니다. 아빠는 누나에게 뽀뽀하고 선물을 끌렀습니다. 넥타이핀이 나왔습니다. 아빠는 입이 귀에까지 닿게 크게 웃으시면서 그 자리에서 넥타이핀을 넥타이에 꽂고, 꽃은 양복 깃에 달았습니다. 아빠의 얼굴이 예식장의 신랑처럼 행복해 보였습니다.

다음엔 형이 꽃과 선물을 엄마한테 드렸습니다. 엄마가 형한테 뽀뽀하고 선물을 끌렀습니다. 오색찬란한 브로치가 나왔습니다. 엄마는 좋아하시더니 브로치를 블라우스에 달고, 꽃은 단춧구멍에 끼우셨습니다.

다음은 내 꽃을 드릴 차례입니다. 그러나 형과 누나는 내 차례는 주지도 않고 어버이날 노래를 부르기 시작했습니다. 나는 그 노래를 모르기 때문에 따라하지 못했습니다.

형과 누나의 노래를 들으며 부끄러워하고 좋아하시는 엄마 아빠의 모습이 꼭 신랑 신부처럼 고와 보였습니다. 나는 엄마 아빠가 아무쪼록 오래오래 아름답고 젊기를 마음속으로 바랐습니다. 그런 바람을 전하는 마음으로 조용히 나의 꽃을 엄마와 아빠 사이에 놓았습니다. '꽃을 두 송이 준비할걸.'하고 후회도 했습니다만, 어느 분이 가져도 상관없다고 생각했습니다. 두 분이 함께 쓰는 물건이 한두 가지가 아니기 때문입니다. 두 분께 꽃을 드리고 나자, 나는 뽐내고 싶은 마음보다는 부끄러운 마음이 더해서 고개를 숙이고 아침도 먹는 둥 마는 둥 했습니다.

누나와 형은 학교에 갔습니다. 아빠는 꽃을 단 채 출근했습니다. 엄마도 꽃을 단 채 노래를 부르면서 집안일을 했습니다. 나는 놀이터에 나가 놀았습니다.

놀이에 싫증도 나고 배도 고프기도 해 집에 들어와 냉장고를 열려다가 나는 내 꽃을 보았습니다. 내 꽃은 식당 구석에 있는 쓰레기통 속에 과일 껍질과 밥찌꺼기와 함께 버려져 있었습니다.

그때 엄마는 거실에서 전화를 걸고 있었습니다. 오래간만에 소식을 알게 된 친구로부터 온 전화인가 봅니다. 아이는 몇이나 되나 친구가 물어본 모양입니다. 엄마는 한숨을 쉬면서 대답했습니다.

"글쎄 셋이란다. 창피해 죽겠지 뭐니? 우리 동창이나 우리 아파트에 사는 사람들을 아무리 살펴봐도 하나 아니면 둘이지 셋씩 낳은 사람은 하나도 없더구나. 창피해서 얼굴을 들고 다닐 수가 없단다. 어쩌다 막내를 하나 더 낳아 가지고 이 고생인지, 막내만 아니면 지금쯤 얼마나 홀가분하겠니? 막내만 아니면 남부러울 게 뭐가 있니?"

그때 나는 처음으로 엄마에게 내가 필요하지 않다는 것을 알았습니다. 나에겐 나의 가족이 필요한데 나의 가족은 나를 필요로 하지 않는다는 건 나에겐 견디기 어려운 슬픔이었습니다.

엄마는 늘 나를 '막내, 우리 귀여운 막내' 하면서 사랑해 주셨기 때문에, 나는 한 번도 엄마가 나를 사랑한다는 걸 의심해 본 적이 없었습니다. 그러나 엄마의 사랑은 거짓이었습니다. 나는 엄마를 진짜로 사랑했는데 엄마는 나를 거짓으로 사랑했던 것입니다.

나는 말없이 집을 나왔습니다. 계단을 오르고 또 올랐습니다. 마침내 옥상까지 올랐습니다. 옥상에서 내려다보니까 사람들이 개미처럼 작게 보였습니다. 나는 살고 싶지 않다고 생각했습니다. 정말 그랬습니다. 내가 사랑하는 사람들이 내가 없어져 줬으면 하고 바라고 있는데, 내가 무슨 재미로 살아가겠습니까?

나는 옥상에서 떨어지기 위해 밤이 되길 기다렸습니다. 낮에 떨어지면 사람들이 금방 보게 되고, 병원에 데리고 가서 살려 놓을지도 모르기 때문입니다. 나는 정말로 살고 싶지 않았기 때문에 밤까지 기다려야 했습니다.

밤을 기다리는 동안 춥지도 않았고 배고프지도 않았습니다. 아파트 광장에 차와 사람의 움직임이 멎자 둥근 달이 하늘 한가운데 와서 옥상을 대낮같이 비춰 주었습니다. 마치 세상에 달하고 나하고만 있는 것 같은 기분이 들었습니다. 그때 나는 민들레꽃을 보았습니다. 옥상은 시멘트로 빤빤하게 발라 놓아 흙이라곤 없습니다. 그런데도 한 송이의 민들레꽃이 노랗게 피어 있었습니다. 봄에 엄마 아빠와 함께 야외로 소풍 가서 본 민들레꽃이었습니다.

나는 하도 이상해서 톱니 같은 이파리를 들치고 밑동을 살펴보았습니다. 옥상의 시멘트 바닥이 조금 파인 곳에 한 숟갈도 안 되게 흙이 조금 모여 있었습니다. 그건 어쩌면 흙이 아니라 먼지일지도 모릅니다. 하늘을 날던 먼지가 축축한 날, 몸이 무거워 옥상에 내려앉았다가 비를 맞고 떠내려가면서 그곳이 움푹하여 모이게 된 것입니다. 그 먼지 중에 민들레 씨앗이 있었나 봅니다. 싹이 나고 잎이 돋고 꽃이 피기에는 너무 적은 흙이어서 잎은 시들시들하고 꽃은 작은 단추만 했습니다. 그러나 흙을 찾아 공중을 날던 수많은 민들레 씨앗 중에서 그래도 뿌리내릴 수 있는 한 줌의 흙을 만난 게 고맙다는 듯이 꽃은 샛노랗게 피어서 달빛 속에서 곱게 웃고 있었습니다.

도시로 부는 바람을 탄 민들레 씨앗들은 모두 시멘트로 포장된 딱딱한 땅을 만나 싹을 틔우지도 못하고 죽어 버렸으련만, 단 하나의 민들레 씨앗은 옹색하나마형편이 넉넉하지 못하여 생활에 필요한 것이 없거나 부족하나마 흙을 만난 것입니다. 흙이랄 것도 없는 한 줌의 먼지에 허겁지겁 뿌리를 내리고, 눈물겹도록 노랗게 핀 민들레꽃을 보자 나는 갑자기 부끄러운 생각이 들었습니다, 살고 싶지 않아 하던 것이 큰 잘못같이 생각되었습니다.

나는 집으로 돌아왔습니다. 온 가족이 나를 찾아 헤매다 돌아와서 슬피 울고 있었습니다. 엄마는 나를 껴안고 엉엉 울면서 말했습니다.

"아무 일도 없었구나, 막내야. 만일 너에게 무슨 일이 있으면 나도 더 살지 않으려고 했다."

엄마는 내가 무사히 돌아온 것만 반가워서, 말없이 집을 나간 잘못에 대해선 나무라지도 않았습니다. 나 역시 엄마의 잘못에 대해서 말하지 않았습니다. 엄마가 나를 사랑하고 나를 필요로 한다는 것을 안 것만으로도 충분했습니다. 그 일도 그렇게 끝났습니다.

그러나 그 일을 통해 사람은 언제 살고 싶지 않아지나를 알게 된 것입니다. 사람은 사랑하는 사람이 자기를 없어져 줬으면 할 때에 살고 싶지 않아집니다. 돌아가신 할머니의 가족들도 말이나 눈치로 할머니가 안 계셨으면 하고 바랐을 것이 틀림없습니다.

그리고 살고 싶지 않아 베란다나 옥상에서 떨어지려고 할 때에 그것을 막아 주는 건 쇠창살이 아니라 민들레꽃이라는 것도 틀림없었습니다. 그것도 내가 겪어서 알고 있는 일이니까요.

그러나 어른들은 끝내 나에게 그 말을 할 기회를 안 주었습니다.